FLEURS DE FOUDRE

De la même autrice chez Addictives

Sous le pseudonyme Izia Soley (en duo avec Isla A. Rowley)

Fauve
Initiation. On Your Skin

EMILY KIND

FLEURS DE FOUDRE

addictives

« – Pourquoi tu as l'air triste ?
– Parce que tu me parles avec des mots.
Et moi, je te regarde avec des sentiments. »
Anna Karina et Jean-Paul Belmondo dans
Pierrot le Fou, de Jean-Luc Godard (1965)

Au coup de foudre… Il fait mal mais c'est si bon.

AVERTISSEMENT

Certaines scènes peuvent heurter
la sensibilité du lecteur.

PROLOGUE

Yenna

Dès leur plus jeune âge, les enfants inuits sont bercés par les histoires. De belles histoires où des hommes d'exception et de puissants chamans sauvent de magnifiques princesses des griffes d'horribles entités malfaisantes. Ou bien encore celles d'esprits chérissant de superbes bambins aux joues potelées. D'animaux incroyables. Malgré les épreuves, ces héros finissent immanquablement par vivre heureux, entourés de leur famille, sous un soleil perpétuel.

Et puis il y a les autres. Ces légendes gardées sous silence. Parce que l'on est trop jeunes. De temps en temps, elles sont vaguement citées pour provoquer l'effroi. Pour que l'on prenne conscience des répercussions, parfois dramatiques, qu'engendrent nos actes. Pour nous obliger à réaliser que le monde n'est pas aussi enchanté qu'on le croit. Que, dans l'obscurité, rôdent les ombres… Les *tuurngait*, ces esprits diaboliques, ou, pire encore, les humains devenus de véritables monstres à la suite d'horreurs sans nom.

Grâce à ces contes, grâce à leurs menaces, la morale est sauve, tout simplement parce que les enfants savent désormais ce qu'est la peur. Ils se couchent dans leur lit, sagement bordés, leurs dix orteils à l'abri sous la couverture, afin qu'aucune créature ne s'en empare durant leur sommeil.

Moi… je n'étais pas sage. Je n'ai pas appris correctement ma leçon. Rien ne m'effrayait.

Sauf que, ces montres… ils n'étaient que du vent.

Et je n'allais pas tarder à le découvrir.

1

Yenna

Les vibrations de la musique remontent le long de mes jambes fatiguées. Pourtant, à aucun moment je ne songe à aller m'asseoir. Au lieu de me rendre, je force. Force sur mes muscles endoloris, force sur les sourires, force sur l'alcool. Plutôt que de quitter la piste du club où nous avons échoué afin de continuer la soirée en after, je m'abandonne au tempo. Les bras en l'air, le visage pointé vers le plafond recouvert de rails de stroboscopes, je ferme les yeux en me trémoussant furieusement.

Toujours plus. Plus loin, plus fort…

À croire que, si je m'arrête ne serait-ce qu'une seconde, le monde s'écroulera dans l'unique but de m'obliger à réintégrer un univers compliqué. Alors, je me simplifie la vie, même si, j'en ai conscience, ce n'est que temporaire.

J'inspire à m'en crever les poumons en dépit de l'odeur qui n'a rien d'agréable. À cet instant, les effluves de corps transpirants et les relents d'alcool ont le merveilleux parfum de la liberté. Très bancale, certes, mais oui, ils en ont la saveur.

La liberté…

Ma dernière nuit de liberté avant… très longtemps. Trop longtemps. Je m'offre donc le luxe d'oublier qui je suis, ce qui me pourrit le crâne, et joue à être une autre.

Une autre qui n'aurait pas rendez-vous, le lendemain, avec un destin sacrément foireux. Le lendemain, ou plutôt tout à l'heure, d'ailleurs. Une autre fille qui ne s'appellerait pas Yenna Ochoa.

Eh merde ! Voilà exactement ce que je ne voulais pas : repenser à « ça ».

Ma température interne grimpe en flèche. Mes cheveux sont trempés de sueur et mieux vaut ne pas s'attarder sur l'état de mon visage. Avec la chaleur qui règne dans cette boîte, mon maquillage a coulé, me donnant l'allure d'une poupée défoncée à l'acide. Pas grave. Vu l'heure avancée et le quartier délabré de Bethel, où le club se situe, ne pas paraître à son avantage n'a rien d'un réel problème.

La preuve.

Une paire de bras serpente sur ma taille, des mains s'enlacent sur mon abdomen afin de lover, d'une pression, mon dos contre un torse inconnu. Le rythme soudain plus suave greffe une pellicule d'envie à mes cellules. D'excitation. La nuque basculée en arrière, je jette un œil à l'homme qui s'autorise ainsi à me toucher. Un sourire évanescent ourle mes lèvres. Les détails que j'aperçois attisent la légère houle dans mon bas-ventre. Menton carré, nez droit et regard de braise : plus que suffisant pour ce que j'ai à l'esprit. Sans pudeur ni complexes, j'ondule contre lui sans articuler ne serait-ce qu'une syllabe, provoquant un début d'érection, qui gonfle contre mes fesses.

« Allumeuse » diraient les plus polis. Oui, carrément.

Ses doigts agrippent mes hanches, durcissent leur étreinte pour que je sois incapable d'ignorer ce qu'il désire. En même temps… difficile de faire plus limpide que la barre comprimant le bas de mes reins.

Le chatouillis d'un souffle chaud s'éparpille sur le grain de ma peau moite.

– Ce que t'es bonne, toi… J'ai envie de te bouffer, chérie.

Un vrai poète. Ma paume sur ses mains, toujours entremêlées, je le laisse me manipuler. Lui donne l'impression qu'il détient l'ascendant, alors qu'en réalité, je pèse le pour et le contre d'un coup rapide.

Contre : l'entrée en matière assez pourrie, il faut bien l'avouer. Le sourire trop sûr de lui qui fend sa bouche. La lueur noyée d'alcool dans son regard.

Pour : le sexe. Le sexe. Et… ah oui, le sexe avant d'intégrer… Je n'arrive même pas à prononcer ces mots qui me crament la trachée. Bref, avant d'être enfermée à double tour pour l'année à venir. En croisant les doigts pour que Monsieur Subtilité me *bouffe* jusqu'à l'orgasme.

Et pourquoi pas ? J'ai besoin de lâcher prise. Vraiment besoin. Mon attention s'égare vers ma copine Sori, en train de discuter sur la mezzanine. Puis je finis par me laisser tenter. Passablement ivre, je me retourne et m'écrase contre le buste du brun.

– Droit au but, hein ? ricané-je, un sourcil arqué. Même pas tu m'offres un verre ?

– On sait tous les deux que ce n'est pas ce qui t'intéresse. Ni moi.

Je me détache de lui en vacillant légèrement.

– Tu sais parler aux femmes, toi…

– Et encore, t'as pas tout vu.

Waouh ! J'en ai l'eau à la bouche.

Je ne lui demande pas son prénom, lui non plus d'ailleurs. Là, encore, c'est inutile. Aussi, je ravale la repartie qui me brûle le palais et gagne le vestiaire, puis l'extérieur, l'inconnu sur mes talons. Aussitôt, une lame de froid polaire, propre à la côte ouest de l'Alaska, me transperce. Je resserre instinctivement les bras autour de moi, sans résultat. La bise gelée fait se recroqueviller ma libido, qui repart finalement crescendo lorsqu'il m'attrape par les épaules et me rabat contre lui.

Un gloussement alcoolisé bloqué dans la gorge, je me hisse sur la pointe des pieds pour m'emparer de sa bouche. Toutefois, il se borne à choper fermement ma main et à impulser le départ, lui aussi transi par la température négative. Le silence entrecoupé par la maigre circulation, les battements de mon cœur et le son de mes escarpins martelant le bitume, le voilà qui m'entraîne vers une petite rue adjacente. Coup-d'un-soir marche rapidement, comme s'il craignait que je ne change d'avis. À aucun moment il ne s'arrête pour flirter ou essayer de me peloter. Ce qui aurait bizarrement tendance à me freiner en dépit du froid glacial. J'attrape son poignet, exerce une légère pression afin de l'obliger à desserrer sa prise. Geste dont il ne tient pas compte. Au contraire, il accélère, et moi, à chaque pas, je dessaoule.

– Tu ne veux pas ralentir ? suggéré-je, haletante. Je suis flattée, hein, mais là, ce n'est plus de l'envie, c'est de la rage.

Il me balance un clin d'œil exagéré qui m'arrache un rire étranglé.

– Faut dire qu'il y a de quoi s'enrager…

Et d'enchaîner les clichés, de toute évidence. Un sentiment étrange nappe alors ma peau. Je secoue la tête dans le but d'éclaircir mes idées, engluées par l'alcool ; ainsi que cette scène qui me plaît de moins en moins.

Le mec pile sans prévenir, si bien que je me cogne le nez contre son dos. Puis il se retourne, un immense sourire aux lèvres. Dommage que ce dernier n'atteigne pas ses yeux. Le malaise qui me remue enfle jusqu'à ruer au creux de mon abdomen.

– On y est, murmure-t-il en désignant un SUV flambant neuf.

De nouveau, il m'enlace, enfouit son visage dans mon cou sans pour autant raviver l'envie qui, elle, décroît à grande vitesse.

Dans quel guêpier je me suis encore fourrée ?

– Prête à faire connaissance avec ma banquette arrière ?

Habile, l'homme extrait ses clés d'une poche de son jean et, le bras tendu en direction de son bolide tandis que l'autre me ceinture, il le déverrouille. Mon pouls déraille lorsque Coup-d'un-soir me pousse vers la voiture. L'impression d'être un moucheron prêt à tomber dans la toile d'une araignée me saisit. Aussi, je me dégage d'un mouvement abrupt.

– Tu sais quoi ? Je crois que l'on va en rester là.

Je n'ai pas le temps d'approfondir le fond de ma pensée que les traits du mec se durcissent.

– Tu déconnes ?

Je me raidis. Si ce type croit m'impressionner... Je suis une native Inuk[1], une orpheline sans aucune famille, ayant grandi au sein d'une institution où chaque enfant demeure anonyme avant d'être expulsé du système à sa majorité. Une trajectoire pourrie qui m'a amenée tout droit jusqu'à la situation merdique dans laquelle je me trouve aujourd'hui. Et je ne parle même pas de ce gars.

Je recule d'un pas sans cesser de le fixer.

– Tu connais la chanson... On peut dire « non » à n'importe quel moment, et là, j'use de ce droit. Ne le prends pas pour toi, déclaré-je d'une voix ferme, seulement je n'ai plus envie, voilà tout.

---

1. Inuk : nom propre qui désigne une personne appartenant au peuple autochtone inuit, habitant dans les régions arctiques d'Amérique du Nord.

– Voilà tout ? répète-t-il sèchement. Voilà tout ?

– On a qu'à retourner à l'intérieur et je te paie un verre…

Conciliante, je plaide pour adoucir le vent que je viens de lui coller dans les dents. Toutefois, je n'ai qu'à voir les tendons gonflés de son cou pour deviner qu'il n'attrapera pas la perche. Ça ne loupe pas. Il avance d'un pas, les poings serrés, m'acculant contre sa voiture.

– Allumeuse !

J'imagine que la situation pourrait être pire…

– Salope !

Ah bah, voilà, nous y sommes. Un éclat de colère se loge sous mon crâne. Au moment où je m'apprête à répliquer, une voix intervient. Une voix qui entraîne un sourire immédiat sur mes lèvres.

– Ta maman ne t'a jamais dit qu'il fallait être respectueux envers les femmes ? Y compris quand elles changent d'avis ?

Avant qu'il ne réagisse, un choc dans le dos le fait chanceler. J'en profite pour le contourner, attraper la main que me tend Sori, puis me mets à courir en riant pour ne m'arrêter qu'une fois au bout de la jetée, hors d'haleine.

Face à la mer de Béring déchaînée, je garde tout d'abord le silence. Les flots sombres se cabrent, créant d'impressionnants nuages d'écume. Les doigts enroulés autour de la balustrade, j'inspire l'air iodé, puis, les poumons en feu, je pivote vers mon amie. Ses longues dreadlocks noires volettent autour de son visage. Ses yeux bruns luisent sous la lumière des étoiles. L'euphorie se dissipe pour laisser place à une profonde amertume. Dire que, d'ici quelques heures, je serai perdue au milieu de nulle part…

Sa main se pose sur mon avant-bras pour capter mon attention.

– Tu ne devrais pas t'en faire autant.

– Je ne m'en fais pas, rétorqué-je, bravache.

– Ce n'est que pour un an…

– Je t'ai dit que je m'en foutais !

Pas du tout impressionnée, Sori me répond d'un mince sourire, sachant, par habitude, que je suis du style à m'emporter. Les éducateurs de l'orphelinat l'ont toujours dit : je suis une vraie tête de mule.

– Tu vas détester ce que je m'apprête à dire, mais peut-être que tu peux transformer cette merde qui te tombe dessus en un nouveau départ.

Les larmes coulent sur mes joues. Pas que je sois triste : il s'agit clairement de frustration.

– Les nouveaux départs sont pour les autres. Pour celles qui ont le choix. Les filles comme moi ne l'ont jamais. Au pire, on coule. Au mieux, on s'adapte.

– Il peut s'en passer, des choses, en un an, murmure-t-elle, empathique.

Mon regard s'égare dans la contemplation du ciel et de ses constellations, encore visibles malgré l'aube qui s'amorce.

– Tout ça va me manquer… Me sentir libre.

– Mais, dans un an, nous serons de nouveau sur cette saloperie de jetée, à se geler le cul, à confondre les lumières d'un avion avec les étoiles.

Un pressentiment désagréable mord mon échine. Pourtant, je ne la détrompe pas. Après tout, ce qui me fout en l'air n'a rien de tangible. Juste une foutue sensation. Décidée à ne pas y céder, je consulte la montre à mon poignet et grimace en tentant d'ignorer le poinçon dans ma poitrine.

– C'est l'heure.

2

Yenna

J'essaie de parler. De prononcer un mot. Juste une syllabe. Or, tout ce que j'arrive à émettre est un affreux couinement pathétique. Affalée sur la banquette du bateau, je ne parviens pas à émerger ni à enrayer la nausée qui joue au yo-yo le long de mon œsophage. Trop crevée. Histoire de ne pas totalement sombrer, je réussis tout de même à soulever les paupières. Aussitôt, me voilà agressée par la lumière crue de l'ampoule qui se balance au plafond de la minuscule cabine.

Je devrais penser à la suite, à ce qui m'attend au terme de la traversée… Impossible. Mes pensées ne parviennent pas à s'organiser. Tout ce qui remonte à la surface est la colère noire qui me ronge. Je voudrais me lever, tout casser, mais je ne peux pas au risque de voir s'alourdir la masse de mes problèmes. Au lieu de ça, je reste là, assise sur du Skaï bon marché. Mon sac de voyage à mes pieds, je me dandine sur le siège, emmitouflée dans un vieil anorak prêté par Sori. J'aurais tellement voulu enfiler mon *amauti*[1] bien chaude, mais… inutile d'attirer l'attention dès mon arrivée. On a beau être au XXIe siècle, les clichés envers mon peuple ne s'effacent pas. Des exemples, j'en ai des dizaines : vivre dans un igloo, aller à l'école en chiens de traîneau, se nourrir exclusivement de viande crue… Ça, ce sont les plus

---

1. Manteau traditionnel inuit.

« sympas ». Parce qu'il y a aussi ces préjugés qui font passer les Inuits pour des crasseux, des alcooliques, des paresseux... Alors, oui, je préfère me cailler dans ce blouson et ces gants dont la laine s'effiloche méchamment.

L'ensemble de mes réflexions n'est plus, à cet instant, qu'un amas de cendres. Un haut-le-cœur virulent explose soudain sur mon palais. Les lèvres scellées, j'essaie d'inspirer profondément tandis qu'un début de migraine bat mes tempes, empêchant la somnolence de grignoter trop de terrain.

Une silhouette envahit alors le champ de vision étréci que m'autorisent mes yeux aux paupières trop lourdes. Une paire de chaussures masculines, des jambes, puis une poitrine sanglée dans une chemise blanche, et enfin une figure sévère... Ah oui, je le reconnais. Il m'attendait devant le bateau au moment d'embarquer. L'homme se penche, couche sa paume sur mon front, le palpe comme s'il essayait de déceler une réponse quelconque.

– Tu ne te sens pas au top de ta forme, je me trompe ?

Ses doigts dérivent lentement dans mes cheveux, abandonnant, dans leur sillage, une sensation déplaisante. Un instant, je songe sérieusement à envoyer ma *boot* cueillir son entrejambe. Dommage... Je suis consciente que m'en prendre à ce type me placera dans son collimateur pour l'année à venir, et ça, c'est hors de question.

Incapable de lui dire d'aller se faire foutre, je renferme, dans ma poitrine, la plainte qui cherche à s'en évader. Tout à coup, sa main se rétracte en poing serré avant de tirer brutalement ma tête en arrière. Telle une foutue poupée désarticulée, je m'arque au point que plusieurs de mes vertèbres craquent méchamment.

Son visage au-dessus du mien, l'homme me fixe sans une once de pitié.

– Les filles dans ton genre paraissent toujours surprises de ce qui finit immanquablement par leur arriver, grogne-t-il, une note de sarcasme dans la voix.

Avec un effort quasi surhumain pour ne pas ruer, je bégaie en accrochant son regard :

– D… dans mon g… genre ?

– Oh, je suis certain que tu sais exactement ce dont je parle.

La brûlure qu'il inflige à mon cuir chevelu cuit littéralement ma peau. Ses yeux dégueulent de vice, boivent chacune des expressions de douleur qu'il occasionne.

– Il faut toujours vous mettre au pas. En vous dressant, précise-t-il avec un sourire mauvais.

Un frisson glace mon échine. Je ne peux répliquer – encore moins m'échapper –, mais ses paroles tracent leur chemin entre les parois de mon crâne. Or, ce que j'entrevois, à travers ses mots, me paralyse. Pour la première fois, je réalise pleinement l'étendue du désastre dans lequel je me suis mise toute seule comme une grande.

Sa poigne me relâche enfin. Mon corps s'avachit, plombé, sur la banquette sous mes fesses.

– Mais inutile de nous précipiter. Nous aurons tout le temps de faire connaissance…

3

Yenna

Une bonne heure plus tard, la navette accoste enfin. L'embarcadère sur lequel je pose le pied craque, ses lattes de bois défoncées par les ans et les intempéries. Un frisson s'empare de ma colonne pour jouer aux osselets avec. Il la traverse de part en part avant de tomber lourdement dans mes reins et de s'y enrouler. Mes doigts fermement agrippés à la lanière de mon sac, je relève la tête et contemple mon nouveau chez-moi pour l'année à venir. Nappé de grisaille, le ciel sombre jette une aura obscure sur le paysage de l'île où nous venons d'accoster.

Cet endroit a l'air… sinistre. Plusieurs rangées d'immenses séquoias forment une barrière végétale le long de la rive, dissimulant l'intérieur des terres, le ponton excepté. Il n'y a rien sur ce bout de caillou, si ce n'est… Le frisson enfle jusqu'à exploser à même ma peau. Si ce n'est une maison aux allures de manoir qui semble jaillir du sol gelé. La seule de cette île minuscule.

De style victorien, voire gothique, elle est aussi atypique qu'imposante. Bâtie sur trois étages et pourvue d'une tourelle en son centre, la demeure exhale une impression dérangeante. À mesure que j'avance dans sa direction, je compte quatre balcons lestés de garde-fous en fer forgé crevant sa façade de briques noires telles des saillies agressives. Une foule de détails se succèdent : les colonnes sculptées à la peinture écaillée, les pignons sur lesquels des gargouilles paraissent se moquer, des lucarnes semblables à deux immondes Yeux de Sauron[1].

La brume perlée de particules de glace, qui niche l'île dans une espèce de cocon, confère à ce lieu une atmosphère étrange. Nous avons beau être encore à l'extérieur, j'ai la sensation d'étouffer. Je resserre mes phalanges autour de la bandoulière de mon unique bagage dans l'espoir de rassembler mon courage. Malheureusement, la respiration qui vient s'échouer sur ma nuque fouette mon sang du besoin, quasi pathologique, de prouver au garde, qui m'a escortée depuis Bethel, que je n'ai pas peur.

– Tu entres, l'Esquimaude ?

Une pulsion de dégoût détraque mes papilles au moment où ses doigts frôlent mon dos.

– S'il nous prenait l'envie de tenter de décamper, ce serait peine perdue. La navette est déjà repartie pour le continent. En dehors d'elle, il n'existe aucun autre moyen de quitter cet endroit.

Qu'il parle de moi à la première personne du pluriel dilue instantanément la panique au creux de mon ventre. Cette tactique est tellement… ridicule. À la place, une vague tiède et réconfortante afflue dans mes membres, m'impulsant l'effort nécessaire. La barre qui me transperce d'une tempe à l'autre ne s'allège certes qu'un peu, mais je suppose que ce n'est déjà pas si mal.

Je grimpe les marches du perron et pénètre d'un pas résolu dans la maison pour me retrouver dans un gigantesque vestibule, de chaque côté duquel s'élève un escalier en bois noir sculpté. Néanmoins, je n'ai pas le temps de m'attarder sur les lambris sombres ni sur le mobilier luxueux, quoique démodé. L'homme, qui me talonne comme mon ombre depuis

---

1. Sauron est un personnage de l'univers du *Seigneur des anneaux*.

le port, me fait signe de le suivre dans un dédale de couloirs jusqu'à une porte, qu'il ouvre après un coup bref. D'une main, le type – dont je ne connais toujours pas le nom – me force à lui remettre mon sac, puis me propulse à l'intérieur avant de refermer le battant.

Totalement seule, je progresse de quelques pas incertains dans ce qui semble être un bureau. Passe une main nerveuse dans mes cheveux. Des tentures noir et or sur les murs, une double-fenêtre stylisée grâce à des vitraux aux couleurs chaudes, une cheminée surmontée d'une paire de candélabres anciens, une somptueuse table de travail en bois rouge, des rayonnages surchargés de livres et courant sur deux des murs… J'ai l'impression d'avoir été catapultée dans un manoir de la fin du XIXe siècle. Un lieu dont pas un Inuk ne devait dépasser le seuil du coin des domestiques à l'époque… Et encore.

Malgré les tons chauds, une onde de froid et surtout d'insécurité se propage dans mes artères.

Les jambes flageolantes, je jette un œil du côté des fauteuils cossus installés devant la cheminée où crépite un feu joyeux. Ou sinistre. Tout dépend du point de vue, j'imagine.

– Vous devriez vous asseoir, Yenna.

L'onde se transforme en une bulle de panique qui éclate à la surface de ma peau. Je ne suis pas certaine de ce qui doit le plus m'inquiéter. Cette voix d'homme inconnue ou cette voix d'homme inconnue qui prononce mon prénom comme si j'appartenais déjà à cette île.

Je me redresse comme un ressort au lieu d'obtempérer, à la recherche du propriétaire de ce timbre trop doux pour être véritablement honnête. Quelques secondes à peine me sont nécessaires pour débusquer l'homme dans l'encadrure d'une porte dissimulée sous un épais rideau de velours. La quarantaine svelte, les cheveux blonds coupés à la militaire, des traits fins, quoiqu'un peu fades, avec un menton fuyant, il dégage une aura trouble. Vêtu d'un coûteux costume trois-pièces gris perle, il me dévisage derrière des lunettes à monture d'écailles.

– Assise.

Cette fois, il ne propose pas, mais exige. Plutôt que de protester, je préfère choisir mes combats, et celui-là n'a rien de prioritaire. Aussi, je me laisse tomber dans un fauteuil, savourant, sans en donner l'air, la chaleur du feu et le coussin sous mes fesses.

Un pâle sourire ourle ses lèvres aussi fines qu'un fil de fer.

– Voilà qui est mieux, déclare-t-il en allant s'installer nonchalamment en face de moi. Enchanté de faire la connaissance de ma nouvelle pensionnaire.

Je me mords la langue pour ne pas lui balancer que la réciproque ne se vérifie pas du tout. Inutile, son rictus parle pour lui.

– Uriel Saint-John, directeur.

Mes paumes jointes coincées entre mes cuisses, j'observe avec soin, et surtout prudence, celui qui détient, pour les prochains mois, mon destin entre ses mains. Plus mes pensées s'éclaircissent, plus je suis consciente de ce qui plane au-dessus de moi tel un nuage tissé de menaces. Je déglutis avec tant de difficulté qu'un instant, je me demande si je n'ai pas avalé du verre pilé.

– Vous avez accumulé les erreurs et les fautes, mademoiselle Ochoa. Collectionnant les allers-retours au tribunal, et ce, depuis votre adolescence. Or, vous n'êtes plus une adolescente.

Indéchiffrable, il continue d'un ton indolent, derrière lequel je perçois une note tranchante.

– Vous avez fini par atteindre le point de non-retour.

– Ce n'était pas entièrement ma faute…

– Le problème, Yenna, me coupe le quadragénaire, le problème est que, de votre faute ou non, vous vous retrouvez immanquablement au cœur des ennuis. Et ce dernier incident vous a conduite aux portes de la prison de Bethel.

L'envie de hurler à m'en écorcher les cordes vocales me scie le ventre. Pourtant, je reste muette.

Et l'homme, à enfoncer ainsi le clou, ne m'aide pas en assénant, chirurgical :

– Heureusement pour vous, la juge Rosenberg a décidé de vous offrir une dernière chance. Un choix qui n'est pas donné à tout le monde : purger la durée initiale de votre peine derrière les barreaux ou…

Ses doigts se cramponnent aux accoudoirs de son siège tandis qu'il se penche vers moi. J'avale le peu d'air que je réussis encore à inspirer.

– Ici. Entre les murs de ce foyer fermé pour jeunes adultes.

J'ai beau être au courant – la preuve en est que je suis ici –, le choc est toujours aussi brutal. Le nœud dans mon estomac se resserre. Depuis ma comparution au tribunal et ce choix qui n'en est pas vraiment un, je marche sur un fil d'équilibriste. J'ai connu l'orphelinat, je sais ce que c'est que d'être prise au piège sans aucune échappatoire possible. Je m'étais juré de ne jamais être enfermée à nouveau et… Ce n'est pas un frisson qui me démolit, mais une avalanche dévastatrice.

Parce que j'y suis.

Enfermée pour une durée d'un an. Trois cent soixante-cinq jours sur cette île, sans moyens de m'en échapper, sous peine de me retrouver en prison. Le pire ? Je suis sûre que la sentence de la juge partait d'une bonne intention.

Seulement, ne plus détenir le pouvoir sur moi-même me tue. Que ce soit ce Saint-John qui l'ait dorénavant me tue. Penser au type qui a assuré mon transfert jusqu'ici me tue.

– Un an… lancé-je sans réfléchir.

– Un an, confirme le directeur. Ce qui peut se révéler assez court.

Il se tait, patiente une bonne minute pour appuyer ses propos, puis reprend :

– Ou *très* long.

Son calme, sa façon si pondérée de présenter la situation me sonne aussi fort que s'il m'avait décoché un uppercut.

– Je ne cherche pas les ennuis, affirmé-je en plantant mes yeux bruns dans les siens.

Pas vraiment. Jamais intentionnellement.

– Bien, dit froidement l'homme en souriant. C'est préférable pour votre dossier et la suite de votre séjour. Nous devons travailler ensemble à votre future réinsertion.

Il se lève, noue les mains dans son dos, puis se campe devant moi.

– Vous voilà désormais sur une île qui ne contient que cette bâtisse, un jardin et ses serres, ainsi qu'un bois tellement petit qu'en faire le tour demande tout juste quelques minutes. Rien ne nous échappe, souvenez-vous-en si vous êtes tentée d'engager quelque chose de stupide. De plus, je me dois de vous informer que l'accès à votre portable est révoqué à partir de cette minute et que vous ne trouverez pas de connexion Internet, hormis dans ce bureau. Yenna… appliquez-vous à suivre le règlement du foyer si vous souhaitez réintégrer le monde extérieur au lieu d'une cellule. En attendant, considérez votre vie en suspens.

Il décroise les bras et m'incite, d'un regard acéré, à serrer la main qu'il me tend.

– Bienvenue au foyer Solanum, mademoiselle Ochoa.

4

Liêm

Le crachin qui me tombe sur la gueule ne me fait pas décoller d'un centimètre. Au contraire. La pluie fine arrose ma peau encore à vif de mon dernier passage dans l'Octogone. Elle adoucit l'incendie perpétuel qui la dévore depuis des années maintenant. Allongé sur le béton, les chevilles croisées, je scrute le ciel nuageux en train de se déchirer au-dessus de ma tête. Avec l'envie, de plus en plus pressante, d'entendre le grondement de l'orage au loin se rapprocher jusqu'à me menacer. D'admirer les éclairs fendre la grisaille de cette taule et cramer cette île maudite.

Perdu dans un no man's land de pensées qui me permet de m'isoler, y compris lorsque je ne suis pas seul, je reste immobile. Ne bouge pas non plus au moment où un corps m'enjambe, puis se positionne à califourchon sur mes hanches. Toujours pas quand ce dernier commence à onduler, d'abord doucement, puis comme s'il essayait de me dompter pour imposer sa loi. Un vrai rodéo… Je réintègre alors cette réalité absolument pourrie qui est la mienne. D'un coup d'œil, j'embrasse le toit de la maison censé être interdit aux pensionnaires, le bordel dans tous les coins, les lampes raccordées avec les moyens du bord pour éviter l'obscurité totale lors de nos échappées nocturnes à l'air libre.

J'attrape la taille de la nana occupée à se trémousser en rythme avec la musique pulsant à travers ses écouteurs, m'y cramponne afin de lui filer un coup de reins provocateur qui lui soutire un râle excité. Sans vraiment d'entrain, je savoure le début d'érection qu'engendre la friction de son sexe chaud, à peine couvert par son string sous sa jupe, contre le mien sans chercher à aller plus loin. Je pourrais. Après tout, ce ne serait pas la première fois qu'elle et moi, nous baisons ensemble. Nous avons déjà largement dépassé ce stade, tous les deux, mais… disons que je tiens à mes dents. Aussi, je finis par la repousser. Qu'elle se barre de là.

– Tire-toi, Circé.

Au lieu de s'offusquer, elle se cambre en arrière dans le but de piocher un joint coincé dans ma botte. Elle le fiche entre ses lèvres charnues pour l'allumer et aspirer une longue bouffée. Ses yeux noirs plantés dans les miens, l'orage plus près de nous désormais, elle relâche la fumée en prenant un soin tout particulier à me la recracher en pleine face. Les effluves de cannabis chatouillent mes narines, galopent dans mes veines jusqu'à s'emparer de mes poumons. Saisissant le stick entre le pouce et l'index afin de le faire pivoter, elle me le présente sans prononcer un mot.

Avec son visage en forme de cœur, ses immenses iris sombres et ses traits latins, Circé Santana est absolument divine. Pourtant, cette fille n'a rien d'un ange. À l'instar des âmes hantant ce foutu manoir, elle possède, au creux d'elle, les racines du Mal. Une pure beauté au cœur aussi vicié que nous tous ici. Instinctivement, je soulève la tête, entrouvre la bouche pour recueillir le mégot tandis qu'elle me cloue au sol, sa paume sur mon sternum. Sans douceur, elle continue de se balancer pour accentuer la sensation.

– Cir… grogne une voix. Stop.

Comme si elle ne l'avait pas entendue, Circé me chevauche de plus en plus vite, de plus en plus agressive. Elle aussi cherche à faire flamber ce qui l'empoisonne de l'intérieur. Et moi, je la laisse agir au lieu de tenter de la calmer. Parce que je suis con. Parce que je m'en tape. Parce que… parce que je suis à moitié taré, à ce qu'il paraît. Alors, ouais, je laisse cette responsabilité-là à celui que ça intéresse vraiment.

La nuque rejetée en arrière, Circé resserre les cuisses autour de mon bassin, traque ce dont elle imagine avoir tant besoin. Avant de s'envoler. Littéralement parlant. Ceinturée par une paire de bras appartenant au seul corps qu'elle se refuse à baiser, elle atterrit sur un tas de couvertures en vrac sur le béton.

– J'ai dit stop !

Circé bougonne, s'emmêle en essayant de se remettre debout avant d'abandonner avec un rire flirtant méchamment avec l'hystérie. Elle s'allonge sur le ventre, puis sur le dos, en écartant les jambes, pour mater le mec qui la surplombe, une bonne dose de défi noyant son regard. Je tire une dernière latte du joint, puis l'écrase avec un demi-sourire. Leur jeu, je le connais sur le bout des doigts. C'est une partition rodée entre eux.

Debout, Khass la toise d'un air mauvais avant de se reporter sur moi. Faut croire que, finalement, il a décidé de changer de cible. Ce qui, clairement, n'est pas bon pour ma gueule. Mieux vaut ne pas être dans le viseur de Khassian Zhelev, tout le monde le sait. Y compris les matons de Solanum. Une fois pris dans l'un de ses habituels cycles de violence, ce type devient aveugle, ne distingue plus le bien, le mal ni qui se tient en face de lui. Il se borne à enchaîner les coups jusqu'à tomber, rompu de fatigue ou maté par les matraques.

Ses poings qui se convulsent par intermittence parlent mieux que ne le feraient des mots. Sa tignasse décolorée en un blanc éclatant agit tel un putain de phare dans la nuit. Je me redresse de manière à m'asseoir sans tenir compte du danger qui exsude de sa peau. Les coudes soudés à mes cuisses, je demeure là, à soutenir son attention. Parce que c'est ainsi qu'on agit avec les bêtes sauvages.

Ce que l'on est, pour ainsi dire, tous ici. Filles, mecs... Pas un n'est épargné. Si nous ne le sommes pas en arrivant, Solanum se charge de nous transformer à son image en se gravant dans chacun de nos os.

– Je ne la toucherai pas.

– Je sais, marmonne Khassian, son accent slave ripant sur l'ensemble des syllabes, comme toujours lorsque la colère s'empare de lui. Voilà pourquoi tes rotules sont encore en état de fonctionner.

Plutôt que de répondre, quand bien même je m'en fous, j'avise une troisième silhouette. Contre la rambarde longeant le toit, une bouteille piquée dans les réserves à la main, elle oscille dans la pénombre. Agile comme un chat malgré l'alcool réchauffant ses artères, Ismaël enroule ses doigts autour du garde-fou, puis l'enjambe pour se confronter au vide. En équilibre contre la balustrade, à un rien d'aller se crasher au sol, des mètres plus bas, il se penche en avant pour tester le risque, un éclat de rire sourd coincé dans la trachée.

Sans plus me préoccuper des autres, je le rejoins et m'accoude tranquillement au fer forgé. Je n'essaie pas de le convaincre de revenir en sécurité. À la place, je glisse une clope entre mes lèvres, puis, d'un mouvement souple, passe aussi de l'autre côté comme si tout était normal. J'imagine que, quelque part, dans notre monde à nous, ça l'est.

Silencieux, il me file la vodka, dont je siffle une gorgée, ou deux... ou trois. OK, un bon tiers de la bouteille. Plutôt que de la récupérer, il plonge sa main restée libre dans sa poche pour en tirer un Twinkie, dont il déchire l'emballage avec les dents.

– Quelque chose d'intéressant ?

Il hausse les épaules, ses yeux sur le ponton, dissimulé par les séquoias plantés tout autour de cette putain d'île.

– Plus rien depuis l'arrivée de la navette.

Qui dit « navette » dit « nouveau pensionnaire ». Je devrais éprouver de la compassion pour le nouveau venu... Ce n'est pas le cas. Nous sommes trop occupés à préserver nos culs pour penser à ceux des autres, en particulier quand ledit cul n'appartient pas à notre cercle.

– Un autre pauvre con au royaume des cinglés.

– Amen.

C'est assez bien résumé. Encore un qui s'apprête à être broyé par les mâchoires acérées du système. Ce que nous sommes tous sur cette île. Des brûlures disgracieuses camouflées sous un tas de cendres. Une fracture qui, jamais, ne se consolide. Au point que l'on préfère nous mettre au rebut. Ici, sur Solanum.

Un sourire obscur fend mon visage émacié. Le truc, avec les cendres, c'est que, sous leur tapis sont souvent planquées des braises. Rougeoyantes et meurtrières. Or, il suffit d'un léger coup de vent pour qu'elles s'envolent avant de tout cramer.

5

Yenna

– Tu m'écoutes toujours ?

Pour être honnête… non. J'ai plutôt l'impression que mon crâne va imploser. Je suis même prête à parier que, si je me regardais dans un miroir, je verrais de la fumée s'échapper de mes oreilles. Sans vraiment lui accorder mon attention, je me retourne vers la surveillante. Depuis que le directeur m'a virée de son bureau, cette femme m'a pratiquement assommée à coups d'informations et de consignes dont j'ai déjà oublié la moitié.

Vu son attitude sévère, je préfère hocher docilement la tête plutôt que d'admettre être larguée. Prendre sur soi est la clé de la survie. Qu'importe sa façon de me parler ou sa manière de me jauger, comme si elle essayait de débusquer la moindre de mes faiblesses afin de l'exploiter.

– Tu as perdu ta langue ? raille la gardienne en chef Jane Leary. D'après ton dossier, il paraît pourtant qu'elle est d'ordinaire bien pendue. Je sais que le directeur Saint-John t'a déjà dressé un rapide topo, mais je vais tout de même clarifier, à mon tour, la situation dans laquelle tu te trouves. Tout ce que tu dois retenir est que, sur Solanum, tu n'es rien. À peine la misère qui a attendri la juge et l'a décidée à t'envoyer sur l'île. Suis les règles et tout se passera bien. Le foyer sera ta maison. Ne les suis pas, et ta vie risque de s'en trouver très vite compliquée.

Me rappeler que je ne suis plus rien exacerbe ma tension, qui grimpe en flèche. Encore une fois, je me mords la langue pour ne pas l'envoyer bouler. Répondre, c'est facile. Seulement, il s'agit d'une arme à double tranchant. L'avantage, je l'aurais… quoi ? Durant quelques secondes de satisfaction, alors que, les conséquences, elles, m'enverraient direct à la case prison. Le choix est vite fait. Pendant une année, je dois adopter un profil bas et demeurer sous les radars, jusqu'à ce que je puisse sortir d'ici.

Elle plaque mon dossier contre sa poitrine opulente, ses yeux dardés dans les miens.

– Reste sur le bon chemin, Yenna. J'imagine ce que tu peux penser…

J'en doute très sincèrement.

– Dis-toi que, sur Solanum, tes repères habituels sont faussés, reprend-elle avec un rictus pincé. Nous contrôlons chacun de nos pensionnaires. Nous sommes l'autorité, nos règles sont les lois. Et maintenant…

Elle agite le bras, appelant ainsi une fille qui patiente sagement à l'écart, dans le renfoncement du gigantesque escalier en colimaçon.

– Lenor va te faire visiter la maison. Tu verras, ce sera rapide. Comme tu t'apercevras tout aussi rapidement qu'il n'y a aucun moyen d'esquiver notre vigilance. Elle t'expliquera aussi deux ou trois choses essentielles à savoir.

Essentielles pour quoi ? Ma survie ? Je ravale ce qui pourrit sur ma langue, préférant encore qu'elle me prenne pour une demeurée, ce dont elle ne se prive pas, de toute évidence.

– L'extérieur sera pour plus tard, quand le temps s'y prêtera.

Un ricanement est expulsé d'entre ses lèvres filmées d'un rouge criard lorsque son regard vole vers une fenêtre. La pluie tombe dru contre les carreaux, assourdissante.

– À supposer que ce soit le cas un jour.

Sur ce, elle ne s'occupe déjà plus de mon cas et file dans un couloir au carrelage géométrique typique des années 1930. Dès qu'elle a disparu, je me focalise sur la petite rouquine. Ses immenses yeux de chat, de la couleur du jade, me sondent avec curiosité. Un hoquet de surprise m'échappe quand sa main fuse pour attraper une mèche de mes cheveux, qu'elle lisse entre ses doigts.

– J'adore ! s'extasie-t-elle en gloussant. Ils sont si longs et si noirs ! Et ta peau, elle est si… Tu es une Inuite ?

– Une Inuk, la corrigé-je par automatisme. Yenna Ochoa.

Ses phalanges coulent ensuite sur ma joue, longent le fil de ma mâchoire inférieure avant que je ne finisse par les chasser d'un mouvement de la tête. Un sourire contrit se dessine sur ses lèvres, illuminant son visage mutin.

– Désolée, j'ai une tendance naturelle à me montrer tactile. Quant à moi, je suis Lenor, juste Lenor, reprend-elle d'une voix douce en sautillant sur place.

– Alors, juste Lenor, tu es mon nouveau guide ? Dis-moi tout… Qu'est-ce que je dois savoir ?

– Mis à part que tu leur appartiens ? s'esclaffe-t-elle, sans réelle joie cette fois. C'est plutôt simple, en réalité. Fais ce que l'on t'ordonne, respecte les horaires, ne cherche pas à contourner les règles… en tout cas, toute seule.

Le clin d'œil exagéré qu'elle m'adresse sans arriver à le retenir me fait tiquer. Voilà une info que je me promets de garder dans un coin de mon esprit. Apparemment, certains ici franchissent les limites, et ceux-là sont à blacklister d'office si je ne veux pas avoir de problèmes… plus de problèmes que je n'en ai déjà.

Elle avance d'un pas vif jusque dans un immense salon double qui, comme tout le reste de la maison, est aussi luxueux que légèrement décrépit. Les meubles baroques, les vitraux, les épais tapis persans, la décoration aux couleurs sombres… Rien n'est fait pour mettre à l'aise. Rectification : tout a été pensé pour empêcher les pensionnaires de se sentir bien.

– La pièce commune, annonce Lenor. Au fond, il y a une porte donnant sur la bibliothèque. L'usage de la télévision est réglementé, voire quasi inexistant. Comme tout, en vérité…

Partout ailleurs, j'aurais dit que cette fille carbure aux amphètes. Véritable pile électrique, elle ne me donne pas l'occasion d'approfondir que nous passons déjà au reste de la visite. Le réfectoire, plusieurs minuscules cabinets de toilette, les bureaux de l'administration – zone interdite –, la cuisine. Longeant l'immense îlot central qui décompose cette dernière en deux parties distinctes, Lenor continue sur sa lancée :

– Jane t'a expliqué les grandes lignes. Nous travaillons tous de façon à occuper les différents postes nécessaires à l'entretien de la maison. Les pôles fonctionnent par équipes. La bouffe, le ménage, les serres extérieures. Tu ne te tourneras pas les pouces, crois-moi !

– Super… maugréé-je en la suivant maintenant dans l'un des escaliers en colimaçon. Je ne savais pas être ici pour me transformer en Caroline Ingalls…

Encore une fois, elle ricane, ses cheveux roux coiffés en torsades dansant dans son dos.

– Mieux vaut préparer des tartes aux pommes que de se retrouver à l'Octogone, tu peux me faire confiance.

– L'Octo quoi ?

Au lieu de me répondre, elle biaise en ouvrant la

porte de ce qui se révèle être une chambre.

– Tu le sauras bien assez tôt, siffle-t-elle.

Elle inspire profondément, puis se tourne vers moi, un sourire accroché aux lèvres. Dommage que celui-ci, tout ce qu'il y a de plus forcé, provoque une onde glacée le long de mes vertèbres.

– Voilà, tu es chez toi. Et chez Circé et moi, conclut-elle en montrant les trois lits qui se partagent l'espace. Tu verras, Cir est… spéciale, mais tout ira bien. Nous sommes tous abonnés à la même galère, hein ? Donc, les filles au premier étage, les gars au second. Au troisième se trouve le grenier, mais il est condamné depuis très longtemps.

Dans un tout autre contexte, je serais bouche bée. Quelque part, enfoui profondément, j'imagine l'être un peu. Depuis gosse, je n'ai jamais vécu que dans un confort très relatif, m'estimant satisfaite d'un matelas jeté sur le sol. Alors, me retrouver là, face à ces lits à baldaquin camouflés sous leurs voilages de tulle, me dépasse un peu. Néanmoins, l'impression qui se dégage de cette chambre est plutôt malaisante en dépit de ses meubles coûteux. La dominance du noir et du pourpre, peut-être… Je ne sais pas trop. Cette pièce serait certainement plus à sa place dans une maison close que dans un foyer fermé tant elle respire la décadence.

Soudain, la voix fluette de Lenor m'arrache de mes pensées :

– Pourquoi tu es ici, toi ?

J'abandonne mon sac sur la malle au pied du lit qu'elle m'a désigné, puis furète, histoire de m'accoutumer. Une nouvelle fois, je triche et réponds par une autre question :

– Et toi ?

Sans aucune hésitation, elle lâche le morceau tandis qu'elle se plante devant une psyché accrochée au mur :

– Pour m'empêcher de retrouver la communauté qui m'avait recueillie quand j'étais seule et dans la rue. Il paraît qu'elle est nocive et illégale.

Une secte, quoi.

Sa façon de présenter une situation apparemment catastrophique est stupéfiante et ne fait que démontrer à quel point nous sommes tous ébréchés.

Une lueur malicieuse troublant ses yeux verts, elle virevolte pour me faire face :

– Ça ne me dit pas ce que, toi, tu fais ici, mais tant pis. J'attendrai que tu veuilles partager l'info. Je suis patiente. En revanche, je doute que les autres le soient. Eux ne te lâcheront pas. Tu vis désormais avec nous, et certains sont loin d'être tendres.

Oh, je ne risque pas de l'oublier… Après tout, j'ai déjà vécu cette sorte de proximité. Je l'ai expérimentée à l'Orphelinat pour les Autochtones d'Alaska, ainsi que son cortège d'embrouilles.

Enfin… j'en étais persuadée.

6

Yenna

Je termine d'enfiler les premières fringues qui me tombent sous la main, après une douche bienvenue, quand un gong surpuissant retentit. Ma brosse entre les doigts, je me laisse pourtant tomber sur le lit qui m'a été attribué plutôt que de me ruer au réfectoire. M'enfoncer dans le matelas moelleux me donne instantanément envie de me rouler en boule pour dormir au minimum une bonne semaine. Au lieu de ça, je démêle énergiquement les nids formés dans mes cheveux en regardant Lenor se presser. Elle ressemble à un feu follet à sautiller ainsi tandis qu'elle termine de lacer ses Vans blanches. Tout à coup, elle s'immobilise et pivote vers moi si vite que je suspends mon geste. Les sourcils froncés, elle colle les poings sur ses hanches étroites.

– Ôte-moi d'un doute. Tu attends quoi, au juste ?

Je me borne à hausser vaguement les épaules en espérant que cela lui suffise. Puis j'ajuste le col bateau de ma tunique ainsi que le collier de wampum traditionnel, en perles blanches et turquoise, et les boucles d'oreilles en fanon de baleine, avant d'accrocher de nouveau son regard, où la fascination se mêle à un éclair de panique.

– Je sens que tu as quelque chose à me dire.

– Deux, rétorque Lenor du tac au tac. La première : waouh, j'adore tes bijoux ! Et la seconde : tu ne comptes pas descendre au réfectoire ou je me trompe ?

– Rassure-toi, dis-je avec un sourire angélique. Tu ne te trompes pas.

Son visage se voile, soulignant son mécontentement.

– Je n'ai pas faim, plaidé-je, un soupir bloqué dans ma trachée.

En une fraction de seconde, elle se campe devant moi. Sa petite main attrape mon poignet au vol pour avoir mon attention pleine et entière.

– En vérité, personne ne te demande de l'avoir. Faim. Il n'empêche que c'est l'heure.

Ses doigts s'enfoncent dans ma peau nue, m'insufflant ainsi la peur que je devine clairement dans ses iris limpides.

– Je te l'ai dit, Yenna. Les règles, les règles, les règles. Il n'y a que ça à Solanum. Et puis…

Lenor baisse la tête comme si elle avait honte de l'admettre, comme si elle culpabilisait. Elle finit par relever le menton de manière à me harponner. Sauf que, ses mots, je les devance.

– Je suis sous ta responsabilité, c'est ça ? Le moindre manquement de ma part rejaillira sur toi ?

Inutile qu'elle réponde. En réalité, son mutisme est encore plus criant. Super. Un soupir gonfle ma poitrine, étirant un peu plus le tissu cicatriciel qui la constitue. Je n'aime pas dépendre de quelqu'un d'autre. Je n'aime pas que quelqu'un d'autre dépende de moi. Voilà pourquoi je n'ai jamais eu que Sori dans mon entourage. Tout simplement parce qu'elle a su m'empêcher de la dégager, qu'importe le nombre de fois où j'ai souhaité l'exclure de ma vie. De toute façon, si je veux passer sous les radars, que le personnel du foyer sache à peine mon prénom, je dois commencer par suivre leurs lois, même si elles sont d'une stupidité abyssale. J'ai peut-être échappé à la prison, mais la réalité est que j'y suis bien.

– T'as gagné. Passe devant, j'ai oublié le chemin.

Ses iris de chat se teintent de soulagement et de gratitude. Merde ! Si, toutes les deux, nous continuons sur cette lancée, Lenor risque d'imaginer que nous pouvons être amies. Ce que je ne veux pas. Me protéger est déjà compliqué ; m'inquiéter pour une autre personne est absolument hors de question.

Je plaque sur mon visage une expression que j'espère indifférente, ignore sa main, puis saisis ma paire de bottes fourrées. Enfin prête, je la laisse me guider au travers de ce labyrinthe qui paraît posséder un nombre incalculable de recoins sombres.

Au moment où je m'apprête à entrer dans la salle à manger, je me statufie sur le seuil avec l'impression de franchir un autre cap qui m'enterrera plus profondément encore au cœur de cette île sombre et austère. Les lampes aux couleurs tamisées offrent si peu de clarté que, de l'extérieur, on pourrait penser assister à une veillée mortuaire. Autour de la longue table rectangulaire sont assis la plupart des pensionnaires du foyer. Aux alentours de la vingtaine, tous différents et quelque part si semblables, garçons comme filles ont les yeux braqués sur moi.

La dernière attraction en date… Je suppose qu'il ne doit pas y en avoir des masses entre ces murs.

Je note machinalement que plusieurs places, en bout de table, sont disponibles. Cependant, je ne m'y attarde pas. D'une pression légère sur mon bras, Lenor m'enjoint de la suivre jusqu'à une chaise libre avant qu'elle-même ne se coule sur sa voisine. En une seconde, le déluge s'abat sur moi. Un déluge de questions plus ou moins indiscrètes et de coups d'œil appuyés.

– C'est toi, la nouvelle ?

– T'es là pour quoi ?

– Comment tu t'appelles ?

– Moi, c'est Viggo, et lui, Elijah. Là, t'as Amanda, Cate et Christopher. La petite blonde dans le coin, c'est Ainhoa.

– T'es une vraie Inuite ?

Inuk, bordel ! Et, non, je m'amuse à me déguiser…

– Et celle qui fait genre de ne pas te voir, c'est Canel.

Là, c'est trop. Incapable de résister, je laisse s'évader un gloussement douteux, que ladite Miss Épice capte sans souci. Elle me fusille du regard, les lèvres pincées.

– Ne la cherche pas, me conseille Lenor avec un coup de coude. Cette meuf est la reine des poisons.

Je ne doute pas, vu son attitude glacée, qu'elle ne serait pas contre l'idée de me servir un cocktail à base d'arsenic. Quant à moi, ma tête bourdonne littéralement. Cela fait bien longtemps que je n'ai pas été le centre d'une telle assemblée. Heureusement, leur attention est vite distraite par l'arrivée d'un chariot poussé par deux pensionnaires. Tout ça sous l'œil des surveillants, qui ne perdent pas une miette de ce spectacle minable depuis leur propre table.

Les murmures des discussions s'épuisent net à l'instant où la voix sèche de la surveillante en chef retentit depuis le coin où elle est retranchée avec ses collègues.

– C'est à cette heure-ci que vous arrivez, vous ?

Machinalement, je relève les yeux pour voir à qui elle parle. Je n'aurais pas dû.

Non… je n'aurais vraiment pas dû.

7

Yenna

Je n'ai jamais été attirée par les études. Les leçons dispensées à l'orphelinat m'ennuyaient. J'étais bien trop occupée à élaborer d'hypothétiques scénarios dans lesquels des familles aimantes me sauvaient de la misère où je vivais, jour triste après jour triste, dans cet endroit tout aussi triste. Quelques souvenirs diffus me restent de cette époque. Et celui qui me vient immédiatement à l'esprit en fait partie. Le cours de biologie était pratiquement la seule matière qui avait réussi l'exploit de retenir mon attention.

En particulier ce sujet-là : les animaux les plus dangereux de la planète pour l'homme, aussi charismatiques que mortels. Et cette espèce : le cobra indien. Le naja. Autrefois vénéré par les Égyptiens, encore aujourd'hui par les hindous. Extrêmement venimeux. Exhibé par les charmeurs de serpents. Neurotoxique, sa morsure vous paralyse avant de vous asphyxier… lentement, pour que vous vous sentiez mourir.

Pourquoi je repense soudain aux paroles d'un prof dont je ne me rappelle même plus le nom ? Parce que la peur et la fascination qui m'avaient alors étreinte m'enlacent de nouveau.

Au moment où je relève la tête, où mes yeux accrochent la silhouette masculine qui se découpe dans l'encadrement de la porte, je sais.

Quoi, précisément ? Aucune idée. Juste cette sensation qui me colle d'emblée à la peau. Le mec n'a même pas desserré les lèvres, mais… L'intuition, elle est là. Nichée au cœur de ma poitrine. Une impression de violence, de… de vice.

De non-retour.

Ce n'est pas une question d'attirance. Pas vraiment. Enfin, si, mais pas au sens propre du terme. Il s'agirait plus de… ce penchant étrange, de cette attraction malsaine que l'on éprouve à la vue de quelque chose de dérangeant. Un sentiment ambigu mêlant l'envie de se détourner et cette autre qui la court-circuite. Celle de ne pas vouloir en perdre une seule miette. Et ça… ça, c'est carrément… exaltant.

Au point d'occulter tout le reste. Comme à cet instant précis, où je ne saurais décrire ceux qui l'encadrent, *lui.*

Alors, quoi ? Qu'est-ce qui ne va pas chez moi ?

Peut-être est-ce dû à l'allure de ce gars. À sa carrure svelte et élancée. Au canevas de ses muscles déliés que suggère son tee-shirt humide. Peut-être.

Ou plus certainement à son regard. Pire, encore, lorsque ce dernier croise le mien. Prise sur le vif d'un matage en bonne et due forme, je sens mes joues cramer. Pas que je sois timide, mais je n'aime pas être prise en défaut. Ses lèvres fines se froissent sans pour autant s'étirer réellement. À croire qu'il lit dans mes pensées ou qu'il ne sait pas comment sourire.

Soudain, il bouge. Sans l'ombre d'une hésitation, il chasse la nana assise devant moi afin de prendre sa place. Sans un mot. Pas même l'esquisse d'un geste. Tous ceux de l'autre côté de la table se décalent aussitôt pour permettre à ses potes de s'installer à leur tour.

D'aussi près, je note ses cheveux noirs, un brin trop longs, qui coulent autour de son visage jusque sur ses épaules. La paire de pommettes si saillantes qu'elles pourraient couper du verre. Son nez fin et droit sur lequel une petite bosse indique que ce dernier a déjà été fracturé.

D'un mouvement calculé, il se renverse contre le dossier de son siège, sa cheville calée sur le genou opposé. Un bras en appui sur la chaise à sa droite, il me fixe d'une façon si frontale qu'un frisson se grave sur ma nuque.

C'est là que je distingue la couleur profonde de ses iris. Aussi bleue que peut l'être la mer de Béring. Et même si je jurerais me trouver face à deux stalactites, c'est paradoxalement une vague de chaleur qui rebondit sous mon épiderme. Une vague agressive…

Foudroyante.

En dérivant sur ses traits, je remarque un détail étrange qui amplifie le malaise au creux de mon ventre. Comment décrire ce qui se déploie sous mes yeux ? Comment trouver les mots justes ? Le côté droit de son visage… De sa tempe jusqu'à l'encolure de son tee-shirt, sous laquelle elles disparaissent, des marques parsèment sa peau. Rosées, elles forment un enchevêtrement semblable à une espèce de feuillage.

Au bout d'un laps de temps vraiment trop long pour que je réussisse à paraître indifférente, je m'arrache de l'étau de son regard glacé.

– Je réitère : c'est à cette heure que vous arrivez ? vocifère Jane depuis son poste de surveillance.

Il incline la tête de côté sans la regarder ni me permettre de me détourner, puis claque des doigts, son annulaire frottant contre son pouce. Une fois, deux fois. Une sorte de métronome, plutôt irritant d'ailleurs, dont il semble se servir pour doser ses paroles.

– Qu'est-ce que tu veux, Jane… On voulait faire bonne impression sur notre nouvelle *sœur*.

Je tressaille. Ma fourchette ripe contre la porcelaine usée de mon assiette. Percutée. Et, encore une fois, rien à voir avec une émotion très saine. Au contraire, sa voix m'enferme. M'isole dans un tombeau de plomb. Décidément, j'avais raison en le comparant à un cobra indien… Son timbre est si caressant qu'il ne peut que dissimuler une morsure violente. Si doux qu'il en est presque tendre. Dommage que le sarcasme qui le teinte également soit si corrosif.

La gardienne se met à rire, moqueuse.

– Liêm Casablancas qui essaierait de faire bonne impression… On aura tout vu !

– Il y a un début à tout.

Avant que je ne sois tentée d'analyser ses mots ou la situation, le mec assis à la droite de Liêm se penche pour piquer dans mon assiette. Sauf que, non, hors de question. Pas que je ne veuille pas partager, mais sûrement pas de cette manière. Je sais comment fonctionne ce genre d'endroit. Si je commence mon année ainsi, je serai cataloguée « victime ».

No way.

D'un geste adroit, je contre son mouvement d'un autre plus rapide. Surpris, il me décoche un regard assassin. De toute évidence, il n'a pas l'habitude qu'on lui résiste. Avec un sourire, je l'envoie se faire foutre, lui et sa coupe de cheveux décolorés qui aiguise ses traits délicats. Le coude sur la table, j'attrape un morceau insipide de poulet et le croque comme si c'était la meilleure des friandises.

– Putain ! siffle un troisième gars pendant qu'il s'empiffre. Elle se fout clairement de ta gueule !

Le brun en face de moi n'a toujours pas ouvert la bouche… enfin, pour s'adresser à moi. Néanmoins, l'éclat dans ses iris parle pour lui. Apparemment, je l'amuse assez pour qu'il ignore les regards appuyés de Canel et d'une autre nana, latina, arrivée en même temps qu'eux.

– Elle me donne surtout envie de me faire sucer, là, tout de suite, grogne le Slave, vu son accent à couper au couteau.

Ses paumes à plat sur la nappe, il me plante d'un œil mauvais.

– De lui démolir la gorge, précise-t-il, aussi létal qu'un coup de scalpel mal dosé. En l'étouffant avec ma queue.

Les conversations s'épuisent, fracassées contre un mur invisible tandis que le type, à demi affaissé sur la table, semble à deux doigts de sauter par-dessus pour me déchirer la carotide. Un relent de peur s'enroule autour de mes os. Pourtant, je ne bouge pas d'un centimètre. Je suis déjà allée bien trop loin pour me protéger, trop loin pour reculer.

– Encore de la poésie, Zhelev ! intervient l'un des gardiens. Assieds-toi avant de mal finir !

– Khassian.

Encore lui. Encore sa voix. Le cobra. Avec à peine quelques lettres, il muselle les pulsions délirantes de son pote. Ce dernier ne me quitte pas des yeux. Autour de nous, je sens les autres dans l'attente et les matons se délecter du spectacle. J'imagine que la façon dont je vais réagir les renseignera sur moi. Merde. Dire que j'espérais passer inaperçue… Je décapite un autre bout de viande et le mastique tranquillement.

– Encore faut-il qu'il y ait de quoi s'étouffer.

Ainsi que je m'y attendais, le dénommé Khassian explose bel et bien. Mais de rire, et ça, j'avoue que je ne m'y attendais pas. Il rit à s'en péter les côtes, puis se laisse tomber sur la chaise à côté de la Latine, qui me regarde avec curiosité sous la frange de ses longs cils noirs. La tension retombe aussitôt. Tous reprennent le cours de leur repas. Lenor s'incline pour souffler à mon oreille :

– Liêm Casablancas. Khassian Zhelev, et celui qui mange comme s'il n'avait pas bouffé depuis des semaines, c'est Ismaël Harkness.

À ce dernier nom, sa voix s'altère de manière si imperceptible que beaucoup louperaient l'espèce de soupir qui gonfle dans sa trachée.

– Quant à la brune avec eux, c'est notre coloc, Circé.

– Et toi, tu es ? renchérit cette dernière en mordillant sa lèvre inférieure.

– Ouais, t'es qui, la nouvelle ? grogne Khassian.

J'ignore la sensation qui me grignote l'estomac alors que Liêm continue son manège avec ses doigts. Encore et encore. À intervalles réguliers, ses phalanges claquent. Je me demande même si, l'air de rien, il ne guide pas ainsi les réactions des autres.

– Elle s'appelle…

– Elle a prouvé qu'elle avait une langue, intervient-il, impassible.

Le menton en appui sur mon poing, je le dévisage durant plusieurs secondes, puis consens à répondre le strict minimum.

– Yenna Ochoa.

Au creux de ses iris, un cœur de lave jaillit soudain. Une flèche de rouille me transperce la poitrine sous le feu crépitant qui fait s'enrager ses pupilles. Avant que la couche de glace ne s'opacifie de nouveau. Ses traits anguleux se fendent alors d'un genre de rictus, créant une fossette sur sa joue gauche.

Cet ersatz de sourire m'empêche de déglutir correctement. Parce qu'il est là, le cobra. À tenter de me faire croire qu'il est en stase, qu'il n'attend pas une ouverture pour planter ses crocs dans ma peau. Silencieux, il commence à manger sans plus se préoccuper de moi.

Qu'est-ce qu'il vient de se passer, là ?

8

Liêm
Un peu plus tard dans la nuit

– Écoute, Liêm…

– Si je te le dis ! Putain, Khass ! Tu l'as entendu comme moi, non ?

– Attends, mec… Tu sais que je suis avec toi. Qu'on l'est tous les deux, avec Isma.

– J'espère bien. Parce que nous étions tous présents cette nuit-là. Ce pacte, on l'a signé tous les trois. Et il est temps de tenir parole.

9

Yenna

Le poids habituel s'affaisse sur ma poitrine, entraînant l'éternel sanglot qui rampe le long de ma gorge. Je dois le retenir. Impossible qu'il m'échappe. Un hurlement enfle dans ma trachée, que j'étouffe de justesse en mordant l'intérieur de ma joue. Les paupières plissées à m'en faire mal pour ne pas me confronter aux ténèbres de la pièce, je me sens m'enfoncer.

Perdue à mi-chemin entre le sommeil et l'éveil, je n'arrive pas à atteindre une phase plus profonde. Comme je suis incapable de me réveiller totalement. Jusque-là recroquevillée, je me détends d'un coup. Me retourne sur le ventre. M'allonge sur le dos. La sueur tapisse ma peau sous le coton élimé de mon tee-shirt. Les jambes et les bras raides, je redoute mes rêves presque autant que mes cauchemars qui me terrifient.

À bout de nerfs, de force également, j'essaie de calquer ma respiration sur celles de Circé et de Lenor en train de dormir à poings fermés. Leurs souffles réguliers me bercent autant qu'ils m'apaisent. Ce silence est le bienvenu après la foule de questions avec lesquelles elles m'ont mitraillée une fois dans la chambre. Ces filles m'ont épuisée à chercher la moindre petite info.

Décidée à ne pas me confronter à l'obscurité, je garde les yeux clos. Mes ongles grattent le drap. Je murmure ces litanies que m'avait apprises ma grand-mère et que l'orphelinat s'est acharné ensuite à vouloir gommer. Tout pour tenter de trouver un point d'ancrage afin de ne pas sombrer. Pour ignorer les ombres qui tendent leurs bras vers moi…

Soudain, une masse – bien réelle, celle-ci – s'abat sur ma poitrine. Sauf qu'il ne s'agit pas d'une ombre, encore moins d'un fantôme ou de je ne sais quoi, mais bien d'un corps. Sa chaleur se fond dans la mienne. Des cuisses cadenassent durement mon bassin pour m'entraver. Avant que je n'aie le temps ou juste le réflexe de crier, une paume me bâillonne sans douceur tandis que sa jumelle exerce une pression sur ma cage thoracique.

– Si tu brailles, si seulement tu parles, je t'arrache la langue, chuchote une voix basse à mon oreille.

Je referme la bouche, sûre que ce ne sont pas des paroles en l'air. L'instinct de survie, je suppose. L'unique chose que captent mes cellules affolées est la peur. Elle rebondit sur et sous ma peau à mesure que les secondes défilent. Tout se passe tellement vite que je ne réalise pas vraiment.

Que l'on m'assied de force, la couette virée du lit.

Que l'on m'enfile une taie d'oreiller – ma taie d'oreiller – sur la tête.

Que l'on me tire hors du baldaquin, pieds nus et en tee-shirt.

Je rue, me cabre, file des coups, mais rien n'y fait. Je ne sais pas qui ils sont ni ce qu'ils veulent. Je saisis seulement qu'ils sont plusieurs. Une deuxième voix, rocailleuse, me parvient malgré le chaos. Un timbre à l'accent slave qui ne m'est pas inconnu.

– Vous deux, vous la bouclez. Les filles, vous connaissez la chanson. Restez tranquilles ou je reviens m'occuper de vous.

Seul un petit rire excité – d'une fille pas du tout inquiète pour sa propre sécurité – lui répond. À première vue, j'opterais pour Circé.

– Ne faites rien que je ne ferais. Sinon, vous finirez à l'Octogone. Encore.

– Pourquoi vous l'embarquez ?

– Si on te le demande, Lenor, tu diras que tu n'es pas au courant.

La rousse essaie de les raisonner, sans succès. De toute façon, il apparaît vite clair que ceux qui ont décidé de s'en prendre à moi se contrefoutent des conséquences. Une ou deux minutes de plus s'écoulent, durant lesquelles ils me lient les chevilles et me chargent sur une épaule. Un parfum intense enlace mon épiderme. Des notes sèches de tabac, de sauge et de… miel ? Oui, c'est ça, de miel. Des effluves puissants, contrastés, qui me montent littéralement à la tête alors que je me retrouve ballottée dans les couloirs de la maison, mon tee-shirt remontant dangereusement sur mes fesses.

Plongée dans le silence, l'immense demeure paraît encore moins chaleureuse. Aussi glaciale qu'une chambre froide, sans un surveillant pour intervenir. De toute évidence, qui qu'ils soient, ces types se déplacent sans difficulté dans le ventre du manoir délabré. Aveugle, je cherche à me repérer du mieux possible. Note l'escalier, le décompte des marches, tout en sachant pertinemment combien c'est inutile. Au son de leurs pas feutrés et de leurs voix, je peux dire qu'ils sont trois minimum. Quant à moi, je suis seule. Les filles n'alerteront personne. Parce qu'elles pensent, en toute logique, à leur propre peau en priorité. Parce qu'elles s'en foutent. C'est au choix. Et ce n'est pas moi qui vais les blâmer. J'agirais de la même façon à leur place.

La survie, c'est tout ce qui importe au bout du compte.

Les gonds d'un énième battant qui s'ouvre me ramènent à ma réalité franchement dégueulasse. Un filet d'air froid serpente le long de mes jambes nues. Le déclic d'un interrupteur retentit, puis, l'instant suivant, me voilà balancée sur une chaise. J'attrape les accoudoirs, m'y arrime fermement alors que le siège sur lequel j'ai été assise de force grince sous mon poids. La panique se paralyse au creux de mon ventre et crée des remous de plus en plus virulents.

Eux ne parlent toujours pas. Ils se bornent à me tourner autour, tels des charognards, histoire de me faire mariner dans un bain de frayeur. Alors qu'il gèle, j'ai pourtant la sensation de prendre feu, que des flammes lèchent mes membres tandis que mon pouls accélère jusqu'à provoquer de furieuses embardées.

– Qui est là ? Vous êtes qui, putain ?

Comme ils ne me répondent pas, s'amusant à me frôler pour faire grimper la tension, j'enfonce jusqu'à la douleur mes ongles dans les appuis-main. Si bien qu'une écharde se plante dans la pulpe de mon doigt. Au lieu de geindre, je me sens étrangement… rassérénée. La douleur a ça pour elle de focaliser mon attention dessus, permettant à la panique de refluer.

Mes pensées s'extirpent du brouillard dans lequel je baigne. J'arrête de gigoter, muselle l'envie qui me dévore de crier à l'aide. Mes orteils recroquevillés contre le parquet, j'attends, essayant d'ignorer le coton qui m'empêche de respirer correctement. À chaque effleurement, une chair de poule agressive matraque mon épiderme, le voile d'une transpiration gelée.

Dans mon dos, un corps s'impose. Des paumes se

plaquent sur mes épaules, les tirent en arrière pour me maintenir contre le dossier.

– Assez courageux pour me foutre une taie sur la tête et m'emmener jusqu'ici, mais pas téméraires au point de montrer vos sales faces de rat ! craché-je, haletante.

C'est là. Pile à ce moment. Les mains fantômes me quittent pour arracher le tissu de mon visage et en laisser apparaître un autre en face de moi. Je cligne des yeux pour m'habituer à la lumière crue qui nous éclabousse et me prends de plein fouet l'homme debout. Campé sur ses deux jambes, il me surplombe, ses traits ciselés dans un bloc de granit. Sa bouche frémit à peine lorsqu'il murmure, sa voix toujours trop douce :

– Surprise.

Cette fois, ce ne sont pas ses doigts qui claquent, mais le rabat d'un Zippo en argent, qui luit faiblement sous la luminosité de l'unique ampoule oscillant au-dessus de nos têtes. Je n'ai pas encore articulé une syllabe qu'il est sur moi. Son corps incliné recouvre le mien sans qu'aucun point de contact entre nous ne se crée.

Liêm empoigne le dossier de ma chaise, nos deux visages séparés par quelques pauvres centimètres. Aussitôt, un parfum de tabac mêlé de sauge et de miel me submerge. Un sourire ondule sur ses lèvres. À peine esquissé, mais qui provoque des pulsions de violence entre mes côtes. L'envie de le lui arracher à coups d'ongles. Parce qu'il n'a rien à faire là. D'ailleurs, je suis sûre que ce type ne sourit jamais. Ce rictus… il est bien trop cassant, fendillé… malveillant.

– Salut, Yenna Ochoa.

Je ne me détournerai pas… Je ne me détournerai pas… Je ne me détournerai pas…

Cette manière qu'il a d'articuler mon nom est… corrosive. Comme s'il le crachait. Oubliant où je suis et avec qui, j'utilise ma langue maternelle sans m'en rendre compte :

– *Susiliarpit*[1] ? Qu'est-ce que vous me voulez, putain ?

Un gloussement rauque polarise mon attention sur l'un de mes ravisseurs, posté devant la porte. Non, mais je rêve… Je suis en train de vivre quoi, d'ailleurs ? Une saloperie de situation cauchemardesque, et ce mec, il bouffe ! Ou plutôt, il engouffre des gâteaux comme s'il risquait de crever de faim dans la minute. Comment il s'appelle, lui, déjà ? Israël ? Non ! Ismaël ! Donc, celui dans mon dos ne peut être que l'autre dingue aux cheveux décolorés.

Tout à coup, Liêm me ramène à lui. Son briquet entre les doigts, il frotte la roulette et fait surgir une flamme, qui nous hypnotise tous les deux. Avant que mon regard ne trouve le sien au travers de l'éclat mordoré qui se reflète dans ses iris translucides.

– Qu'est-ce que l'on peut te vouloir, à ton avis ?

Il ferme son Zippo. L'actionne de nouveau. Une, deux, trois fois.

– À ton avis ? insiste Casablancas d'un ton suave.

De nouveau, il sourit et, de nouveau, sa façon de dévoiler ainsi ses dents me donne l'impression de me trouver face à un animal enragé prêt à plonger ses crocs dans ma carotide. Aussi proches que nous le sommes, je visualise parfaitement les marques que j'avais tout d'abord prises pour des scarifications. Fascinantes…

– C'est un bizutage ? chuchoté-je presque avec espoir.

Sa bouche demeure scellée tandis que Khassian se charge de me détromper. Ses mains bloquent mes épaules

1. « Que voulez-vous ? »

dans un étau qui me charcute pour me clouer à la chaise. Toujours dans mon dos, il se penche à son tour, cale sa joue contre la mienne pendant qu'Ismaël picole maintenant une bouteille de tequila et que Liêm me reluque comme s'il n'avait pas encore décidé de mon sort.

– On devrait s'occuper de son cas tout de suite. Sans bavure. Une fille comme ça ne mérite pas mieux. Si elle sait ce qu'est le mieux pour son cul, cette garce priera pour qu'on en termine vite. Elle ne vaut même pas un coup de queue. J'aurais trop peur que son vagin ressemble à un putain de piège à loups.

Ismaël se met à rire. Le clapet du briquet, lui, retentit. Plus sec, plus fort encore. Puis Liêm recule. Silencieux, il va chercher une chaise, qu'il traîne dans son sillage alors que mes articulations mutent en plomb.

– Pourquoi ? Pourquoi vous faites ça ?

Il installe son siège au plus près du mien et s'assied. Légèrement désaxé par rapport à moi et le dos bien droit, Liêm me scrute d'un œil si lourd qu'il me liquéfie.

– Si elle savait ce qui est bon pour elle, son cul ne se serait pas retrouvé à Solanum. Quant à ce qu'elle ne mérite pas, reprend-il dans un murmure glacé, c'est, au contraire, que l'on en finisse trop vite.

Au moment où il termine sa phrase, il capture ma main. Et attaque. Attaque vraiment, je veux dire. Une morsure à la détente aussi rapide qu'incroyablement douloureuse foudroie mon poignet pendant que son pouce caresse le creux de ma paume, m'arrachant un gémissement rauque.

– Perso, je sais ce qui est bon pour moi… souffle Liêm contre ma peau.

– Ce qui est bon pour toi est de me faire mal ? bégayé-je, haletante.

Ses doigts claquent contre sa cuisse tandis qu'il tient toujours ma main, l'enveloppant d'une chaleur étrange.

– Ce qui va être bon pour moi Yenna Ochoa… c'est que tu te consumes.

10

Yenna

Il est sincère. Et je crois – non, je suis sûre – qu'en avoir conscience est ce qu'il y a de plus terrifiant. Ses yeux trop clairs ne me dissimulent aucune des émotions obscures qui l'animent. Je me les prends de plein fouet. Seulement, je n'ai pas le temps de les analyser. De réagir.

Comme si de rien n'était, comme s'il ne venait pas de me promettre l'enfer sur terre, Liêm se lève et recule. Insaisissable.

Comme si de rien n'était… Mon cul, ouais ! Juste quelques menaces par-ci, par-là…

Liêm rejoint tranquillement Ismaël, occupé à vider sa bouteille, avant d'ouvrir la porte avec un sourire moqueur à mon attention. Un rictus aussi puant que ceux de ses potes. À son tour, Khassian se désintéresse de moi, à croire que je n'existe plus. Il marche jusqu'aux deux autres, puis, au moment de franchir le seuil, se retourne pour me balancer un clin d'œil lourd de promesses que je devine sacrément dégueulasses.

Lorsque le trio me quitte, me plantant sur cette foutue chaise, je me rappelle à peine mon nom. Le cœur au bord des lèvres, je les regarde se barrer. Visiblement, je ne représente plus aucun intérêt. Ils viennent de fixer les règles. Maintenant que me voilà prévenue, j'imagine être devenue invisible. Enfin, pour l'instant. Jusqu'à la prochaine étape. Parce que je ne doute pas qu'il y en aura une suivante. La menace était on ne peut plus limpide. Quels que soient les griefs qu'ils ont contre moi, apparemment c'est du lourd. Le ressentiment que ces trois gars éprouvent suintait des murs.

En vacillant, je me remets debout, mon poignet douloureux replié contre ma poitrine, avec le besoin urgent de sortir d'ici. Une fois dans le couloir, je m'adosse à la porte. Mon pouls cogne férocement contre ma peau.

Je suis totalement paumée. Je suppose que c'est assez logique pour une nana que l'on a enlevée, puis à qui l'on a fourré une taie d'oreiller sur la tête pour l'entraîner dans une pièce et la soumettre à… *ça*.

Au bout de plusieurs minutes laborieuses, je finis par retrouver mon chemin. Telle une ombre, je me faufile dans ma chambre, consciente que Lenor et Circé ne dorment pas. Cependant, elles aussi se taisent. Toutes les trois à l'affût, nous nous contentons de… De quoi, d'ailleurs ? De nous protéger en ne voulant pas admettre que je viens de rentrer de je ne sais où et qu'elles, elles n'ont pas bougé d'un pouce ? Peut-être. Je n'en sais rien et m'en balance. Je ne leur en veux même pas. La joue pressée contre l'oreiller, l'esprit en déroute, je perds le fil des heures, obnubilée par une seule et unique pensée : de quelle manière survivre durant les trois cent soixante-quatre prochains jours.

11

Yenna

– Aïe !

Je porte vivement mon pouce à ma bouche et suce la goutte de sang. Avec une grimace, je laisse le pic de douleur refluer en dardant un regard noir vers le rebord métallique de la porte-fenêtre que j'étais en train de nettoyer.

– Ça va, Yenna ?

Si ça va ? Un ricanement, jusque-là coincé dans ma gorge, s'écoule d'entre mes lèvres. À vrai dire, je n'en sais foutre rien. Je n'en sais rien, car, depuis deux jours et l'espèce d'enlèvement dont j'ai été victime, je marche, je respire, mais ne suis pas vraiment là. Trop occupée à longer les murs, à éviter les trois mecs qui m'ont sortie de mon lit pour me coller sur une chaise et me menacer. Passer sous leur radar ainsi que celui du personnel du foyer m'épuise. Émotionnellement autant que physiquement.

Et ça ne fait que deux jours.

Encore trois cent soixante-deux. Alors, non. Je crois pouvoir affirmer que je ne vais pas bien. Surtout que, lorsque je ne joue pas à cache-cache avec ceux qui se sont proclamés mes bourreaux attitrés, je m'entortille le crâne à tenter de comprendre pourquoi. Pourquoi s'en sont-ils pris à moi ? De ce que j'ai pu soutirer aux filles, ils sont du genre rebelles, mais pas tyrans. Alors…

pourquoi moi ? Une info me manque, ce n'est pas possible autrement. Or, si je veux m'en sortir à peu près indemne, il faut que je sache ce que ces trois-là me reprochent.

Et vite, très vite.

– Yenna ?

Avec un soupir, je bascule sur les fesses et masse mes genoux, sur lesquels je me trouve depuis presque trois heures, à récurer la cuisine de fond en comble. La minuscule tache rouge sur mon jean, au niveau de mon articulation, me confirme qu'une pause s'impose. Calée contre un placard, je replie mes jambes en tailleur et regarde Lenor me dévisager depuis l'autre coin de la pièce. À travers la fenêtre dans son dos, j'aperçois le terrain à l'arrière de la maison. Les quatre serres alignées, le bassin au milieu duquel trône une affreuse statue de Poséidon essayant de violenter une nymphe, et un étrange bâtiment qui alimente ma curiosité depuis mon arrivée. Relativement petite, sans fenêtre et avec une seule porte, la bâtisse blanche de forme octogonale semble crever la terre pour s'en éjecter.

– Ça va, affirmé-je sans y croire.

– Tu mens. Tu as le droit de nous en vouloir. Plus que le droit, même.

Comme je reste silencieuse, elle approfondit sa pensée.

– Nous aussi, avec Circé, on a notre part de responsabilité pour l'autre nuit. Nous aurions pu aller chercher de l'aide, mais…

Je la coupe, accompagnant mes paroles d'un geste vague.

– Tu ne me connais pas et ce sont vos potes. Le choix était vite fait. Pas de souci.

Son expression se fige sur ce qui la remue. Un vrai livre ouvert. Songeuse, elle réfléchit avant de clarifier :

– Nous formons un groupe particulièrement soudé au sein du foyer. Les garçons nous ont pris sous leur aile. La vie ici est déjà tellement dure, alors, sans eux…

Ses lèvres frémissent, sa phrase en suspens. Mouais. J'ai du mal à imaginer que les trois mecs qui m'ont saucissonnée puissent se montrer bienveillants. Ou être seulement autre chose que trois énormes connards.

– Et puis tu sais, parfois, le remède est pire que le mal.

Elle en a l'air si certaine. Le sous-entendu que je perçois derrière ses paroles alourdit méchamment leur sens. Comme si certains paramètres m'échappaient encore pour le moment.

– Je ne sais pas pourquoi ils ont agi ainsi, renchérit Lenor en plissant le nez. Un bizutage idiot, un pari… Ils n'ont rien dit. Le seul conseil que je peux te donner est de ne pas t'arrêter à ça.

L'arrière de ma tête cogne contre la porte du placard. Elle a peut-être raison. J'ai une tendance naturelle à vouloir rendre les coups mais, dans ce cas précis, le mieux serait certainement d'oublier cette nuit-là.

– Qu'ils me laissent tranquille, sinon…

Un sourire soulagé illumine le visage de Lenor. Soudain, une voix s'immisce entre nous, résonnant entre les murs de cette immense cuisine trop sombre pour être harmonieuse ou juste chaleureuse.

– Sinon quoi ?

Le timbre est suave. Bas. Menaçant sous cette douceur qui explose. À m'en arracher la peau. Je tourne la tête si vivement que mes cervicales cèdent en un chapelet de craquements. Depuis l'encadrement de la porte, Liêm nous contemple tour à tour, ses bras levés de manière à accrocher la barre horizontale du chambranle. Sa position étire son corps. Sa posture n'est pas destinée à paraître sexy. N'est pas étudiée pour en imposer. Alors, pourquoi je me tends ? En réalité, je sais. Parce que j'attends la morsure de cette saleté de reptile.

– Sinon quoi ? répète-t-il, les traits indéchiffrables.

Sinon, je jure que vous me le paierez, toi et tes potes.

Il relâche sa prise, attrape sa nuque entre ses doigts sans me quitter des yeux. Leur teinte trouble creuse un sillon de malaise entre mes côtes. Il avance jusqu'à l'un des plans de travail en Inox et passe son index dessus comme s'il testait notre travail. Je serre les poings sur mes cuisses, puis me relève en réprimant un couinement lamentable. La sensation d'être en kit… Rester à quatre pattes pour récurer pendant des heures n'aide pas le capital glamour.

Une fois sur mes jambes, je rejette mes tresses dans mon dos sans cesser de l'observer. Finalement, je reviens sur ce que j'ai dit. Lenor a tort. Je le devine à la lueur qui brasille dans son regard. Ce que j'y lis, c'est un requiem.

Requiem pour un massacre.

– Qu'est-ce que tu veux, Liêm ?

L'intervention de la rousse, qui, à son tour, s'est redressée, me donne le sentiment agréable qu'elle se range de mon côté.

– Rien d'elle, marmonne-t-il en progressant jusqu'à moi avec un clin d'œil pour Lenor. En même temps, on ne peut pas attendre grand-chose d'une fille qui a grandi dans un de ces orphelinats à la con.

Quoi ? Comment il sait ça, lui ?

Il se campe devant moi, me domine carrément tant il est grand. J'ai l'impression folle de devenir liquide. Sauf que je ne suis pas de l'eau. Je ne le suis plus depuis bien longtemps. Je veux être du feu. Une vague foudroyante de napalm. Il désire que je rompe devant lui pour je ne sais quelle raison… Eh bien, je ne plierai même pas.

Ses yeux de cristal me fouillent tandis que je bloque sur la mèche noire qui griffe son front. Au moment où la peau de ma gorge s'enflamme, un sourire se révèle sur sa bouche. Un sourire carnivore qui dévoile la ligne impeccable de ses dents.

– Tu es une peureuse, Ochoa.

Au lieu de me recroqueviller face à lui, je me déploie. Même si je mens, même si je n'en mène pas large, je tiens bon. Rendre les armes équivaudrait à s'éteindre. Or, moi aussi, j'ai appris à mordre.

– Je suis beaucoup de choses, rétorqué-je avec hauteur. Mais certainement pas peureuse.

Son index suit la ligne de ma mâchoire pour se planter durement sous mon menton et le tenir relevé vers lui.

– Vraiment ? Moi, je ne vois qu'une petite chose affolée, incapable de se servir d'une éponge.

Casablancas recule alors de deux pas. Cale sa semelle sur le bord du seau où stagne l'eau croupie. Un nœud se forme dans mon estomac. Il ne va quand même pas…

– Recommence.

Sans aucun remords, sous nos yeux médusés, il renverse le récipient. Le liquide s'écoule en mare sur le sol carrelé, dessinant des entrelacs sombres à l'écume blanchâtre. Ses poings désormais dans les poches de son jean, Liêm se penche légèrement en avant pour mieux épier ma réaction.

– Liêm ! s'écrie Lenor, offusquée. Mais qu'est-ce qu'il te prend ?

– Re-com-men-ce.

Révoltée, je suis prête à lui sauter à la gorge tant la colère supplante ma raison.

– Nettoie toi-même ! Avec ta langue, tiens ! Vu les merdes que tu débites, elle a déjà tout d'une putain de poubelle !

En deux enjambées, il est de nouveau sur moi. Ses mains – ses serres, devrais-je dire – s'arriment à mes bras. S'enfoncent dans leur chair jusqu'à ce que je ne puisse plus retenir un spasme de douleur.

– La voilà, la véritable Yenna Ochoa… gronde-t-il, son visage si proche que son nez touche le mien. Une saleté de vipère.

– Lâche-moi… grincé-je entre mes dents. Lâche-moi ou…

D'un mouvement, il me plaque contre lui. Sans douceur, tout en brutalité. Son regard est noir et assassin. Aussi polaire qu'une stalactite, il plâtre mes membres de panique autant que de colère. Comme s'il devinait mes pensées, Liêm sourit, railleur.

– Envie de cracher ton venin, la vipère ?

Mon ventre crépite de rage. Cette dernière se transforme en étincelles qui partent se loger dans chacun de mes organes. Contre lui, contre cet endroit, contre la situation. Et plus particulièrement contre moi, qui me suis plongée dans cette antichambre de l'enfer toute seule.

– Tu ne mérites pas que je gaspille ma salive.

– Et si on parlait de ce que, toi, tu mérites ?

– Mais de quoi tu parles ? Qu'est-ce que tu me reproches, enfin ? m'exclamé-je, les nerfs en pelote.

Tout à coup, une autre voix masculine crève le chaos qui nous drape d'une chape de plomb.

– Il se passe quoi, ici ?

12

Yenna

Cette voix… Elle éveille un sentiment dégueulasse entre mes tempes. Personnifie à elle seule mon arrivée à Solanum. Vif, Liêm se penche jusqu'à frôler mon oreille.

– Tu le sauras bientôt, tu peux me croire. Ça aussi, c'est une promesse que je compte bien tenir.

Sans rien ajouter, il me relâche et lève les mains à la verticale avant de pivoter pour faire face au surveillant qui m'a amenée sur l'île. Il ne manquait plus que lui ! Depuis le seuil, il inspecte d'un œil critique l'état de la pièce, puis Lenor, transformée en statue de peur. Et enfin notre position, à Liêm et moi, qui porte à confusion.

– Comment il faut te le dire, Casablancas ? Tu connais la règle, pourtant. Interdiction de s'enfiler les p'tits culs des pensionnaires. Fais comme les autres : astique-toi sous la douche.

– Duke, t'en fais pas. Aucun risque. Celui-là, je n'y toucherai pour rien au monde, nie Liêm d'un ton traînant en me reluquant de haut en bas.

La répulsion qui déborde de ses mots… elle fait mal. Ce n'est pas vraiment lui qui me blesse, mais la foule de souvenirs qui me submerge. Ceux d'une époque où les orphelines inuites subissaient tellement plus que les autres. Le dégoût. Les jeux méchants. La pauvreté. La honte de nos origines martelée à nos oreilles.

La voix de Duke Tannen retentit de nouveau.

– Ou alors… il y a toujours… d'autres solutions.

Quelque chose dans le ton de sa voix ne va pas. Quelque chose qui suppure et attaque l'homme en face de moi. Le teint de Liêm, déjà pâle, blêmit. La haine, la colère… Un tas d'émotions négatives froissent ses traits ciselés. De toute évidence, les paroles du surveillant ne ressemblent pas à du chinois pour lui, au contraire de moi. Toutefois, il ne lui faut que quelques secondes pour se reprendre et couler un masque d'indifférence sur son visage. Le gardien avance dans la cuisine. Lorgne l'eau par terre tandis que, sans répondre, Liêm s'éloigne à reculons en articulant silencieusement à mon unique attention :

– Tu ne perds rien…

– Pour attendre, terminé-je avec un sourire perfide qui retrousse le coin de mes lèvres.

Pas le temps d'épiloguer. Le fracas des corbeilles remplies sur le carrelage m'extorque un mouvement de recul instinctif. Les fruits, les légumes… Les denrées que nous venons tout juste de ranger roulent un peu partout, jusque sous les meubles. Et je ne parle même pas du paquet de sucre éventré ni de celui de farine.

– Lenor, tu ranges, ordonne Duke sèchement. Ochoa, tu me suis. T'as la visite médicale, le doc est rentré du continent. Quant à toi, Casablancas… encore une remarque, et ce sera l'Octogone.

Il se pourlèche les lèvres, trop épaisses, alors que Liêm se raidit de manière pratiquement imperceptible avant de récupérer cette désinvolture étrange qui lui colle à la peau.

– Retourne bosser dans la serre A. Zhelev t'attend déjà là-bas. Yenna, avec moi.

À la mention de mon nom, la bouche de Liêm mute en un mince fil de fer.

– Bien, chef, ironise-t-il en s'écartant afin de me laisser passer.

Muette, je dépasse Duke, qui m'emboîte le pas et me dirige dans un couloir dont les motifs géométriques du carrelage me donnent le tournis. Dans mon dos, son regard me brûle. Tout est calculé, dans son attitude, pour que je sois en perpétuelle alerte. Je ne le vois peut-être pas, néanmoins son allure lourde et son ombre qui cherche à engloutir la mienne, sur le sol, m'obligent à me dépêcher. Il détient le pouvoir et se délecte de l'imposer sur les pensionnaires impuissants de Solanum. Des mecs qui ont ce profil, il y en existe des tas dans sa branche. Dans les foyers ou bien les centres pénitentiaires, ce type d'enflures pullule…

Au bout de quelques mètres, il stoppe ma lancée.

– On y est, ma jolie petite Esquimaude.

Esquimaude mon cul ! Je suis certaine qu'il sait parfaitement que ce nom est carrément offensant pour les Inuits. Je fais volte-face, prête à lui balancer ses quatre vérités, quitte à en subir les conséquences, lorsque son aura incroyablement perverse me caillasse de l'intérieur. Pile à cet instant, je comprends qu'encore une fois, un élément m'échappe.

– Tu retourneras ensuite ranger la cuisine avant d'aller assister à ta première séance avec le conseiller de réinsertion, débite-t-il en mimant une paire de guillemets sur ce dernier mot.

Comme si c'était utile…

Sans attendre, il se penche de façon que son bras surplombe mon épaule, frappe un coup sec sur le battant et l'ouvre. Avec un ricanement, il me pousse à l'intérieur, sa paume entre mes omoplates, puis décampe sans demander son reste.

Mon attention est aussitôt sur le qui-vive. L'odeur d'antiseptique n'a rien d'agréable. Toutefois, ce n'est pas ça qui m'intrigue le plus. Je foule les tapis moelleux, bloque sur le déballage de luxe dont regorge cet endroit quand, d'un renfoncement du cabinet, surgit Circé. D'un geste brusque, elle rajuste la bretelle de son top. Sa queue-de-cheval est à moitié écroulée, ses épaules crispées par une tension que je me prends de plein fouet.

– Circé ? Tu vas bien ?

Ses immenses yeux sombres se relèvent pour s'insérer dans les miens. L'étonnement de me voir étincelle dans ses iris, vite remplacé par un éclat cruel d'être… D'être quoi, d'ailleurs ? Surprise ici ? Déstabilisée, je me sens presque obligée de justifier ma propre présence. Le pouce en l'air pour désigner la porte, je commence à m'expliquer :

– Il paraît que je dois passer un examen et…

– Effectivement, mademoiselle Ochoa, intervient l'homme vêtu d'une blouse immaculée qui apparaît derrière Circé. C'est avec moi que vous avez rendez-vous. Dr Sterling.

Je lui dirais bien que ça n'a rien d'un rendez-vous, mais tout d'une convocation. Cependant, la main qu'il pose sur l'épaule de ma colocataire m'en empêche.

– Vous connaissez ma nièce, je crois ?

Sa nièce ? Sérieux ? C'est quoi, cette connerie ?

Une méchante chair de poule s'étale sur mon épiderme. Du peu que j'ai aperçu de Circé, celle-ci n'a pas la langue dans sa poche. Je dirais même qu'elle est du genre tout feu tout flamme. Et pourtant, là, elle paraît juste…

éteinte. Les doigts de son oncle pressent son articulation pour signifier son départ.

– Tu devrais y aller. N'oublie pas de revenir après-demain pour ton traitement.

Silencieuse, elle acquiesce en prenant soin de ne plus me regarder, puis file hors de la pièce, la porte claquée derrière elle. Le docteur me sourit avec bienveillance. Il part s'installer derrière son bureau avec un geste m'invitant à prendre place sur la chaise en plastique de l'autre côté. Assise, je promène mon regard sur les murs couverts de diplômes, de photos de lui ainsi que du personnel du foyer, des serres, ou bien encore de ce que j'identifie comme étant des cérémonies officielles.

– Curiosité satisfaite ?

Je reviens sur lui, essayant de traquer la moindre info à son sujet. La bonne soixantaine, les cheveux poivre et sel, légèrement ventripotent, il correspond à l'image de ce que j'imagine être un grand-père blanc typique. La bonne âme de Solanum.

Tranquille, il farfouille dans la pile de dossiers posée sur son bureau, en extrait un, qu'il pose devant lui afin de rapidement le compulser.

– Yenna Ochoa, origine inuite, 20 ans, résume-t-il à haute voix. Sans parents dès l'âge de 2 ans. Élevée dans un orphelinat pour Autochtones.

Là, il effectue une pause, le temps de me jeter un coup d'œil compatissant. Ses mains, ridées et manucurées, se posent l'une sur l'autre tandis que son buste s'incline légèrement vers moi.

– Une suite d'événements, de situations bien difficiles à surmonter pour une enfant. Ces établissements sont des nids à misère.

Je me garde de répondre. À quoi bon ? Nous savons,

tous les deux, qu'il a raison. Ce n'est un secret pour personne, qu'en Alaska, les Inuits n'ont pas la belle vie. Nous sommes coincés, quels que soient nos choix. Coincés dans une vie où chaque acte est une lutte. Où le combat s'apprend dès que nous tenons sur nos jambes. Il n'est pas question de pitié, seulement de notre réalité. Belle ou laide, elle n'est que ça, finalement : la réalité.

– Je vois que vous avez été opérée de l'appendicite à 10 ans, énonce le docteur en reprenant sa lecture. Les dents de sagesse à 16. Autre chose ? Allergies, troubles alimentaires ? Quoi que ce soit ?

Je secoue la tête, un peu étourdie par le flot de paroles.

– Non, rien.

– Alors, passons à l'examen, Yenna.

Il désigne le renfoncement d'où est sortie Circé il y a quelques minutes. Je me lève, la chaise raclant le parquet coûteux, puis je suis le médecin jusque dans l'espèce de cagibi où sont installés un brancard, un paravent, une console sur laquelle est entassé du matériel, ainsi qu'un tabouret à roulettes. Il fouille dans son bazar pendant qu'il me donne ses instructions sans me regarder.

– Sur le pèse-personne.

Lorsque la balance grince, je grimace. Il se penche en remontant ses lunettes, puis inscrit le chiffre sur le dossier.

– Je sais ce que vous allez dire…

– Mais non, lâche-t-il dans un rire tonitruant. Vous avez des formes, il en faut !

Sa paume flatte doucement l'arrière de ma cuisse. Surprise, je sursaute. Ou plutôt, je fais un bond qui accentue son hilarité. Toujours sans me fixer, il désigne le paravent.

– Et maintenant, ma petite, on se déshabille, et hop, sur la table.

La manière qu'il a d'utiliser ce *on* pour parler de moi

m'agace. Toutefois, je me mords l'intérieur de la joue pour ne pas répliquer et dire au sosie du père Noël d'aller se faire voir. Derrière le panneau de papier, je commence par retirer mon tee-shirt avant de m'attaquer aux boutons de mon jean. Comme si mon inconscient refusait d'agir, mes doigts se raidissent au point que je peine à le faire glisser le long de mes jambes. Une fois en sous-vêtements, je repasse de nouveau de l'autre côté. Tendue, je me focalise sur le son de la trotteuse de la pendule murale en attendant qu'il me dise quoi faire. Enfin, le Dr Sterling fait pivoter son siège vers moi. Derrière les carreaux de ses lunettes, je devine la contrariété.

– Mademoiselle Ochoa, l'examen est complet. Ôtez-moi tout ça. Et grimpez là, conclut-il en tapotant le brancard recouvert d'un drap blanc.

Une vague de trouble galope sur ma peau. L'aiguille de l'horloge clique. Encore. Et encore. S'alourdit à mesure que les mots s'impriment entre les parois de mon crâne. D'une pression mentale, je me force à me calmer. Qu'il continue de s'intéresser à ses papiers, comme si de rien n'était, contribue à me rassurer un peu. Aussi, je retire ma culotte, puis mon soutien-gorge. Les bras repliés sur ma poitrine pour la camoufler, je monte sur la table d'auscultation et m'allonge, les genoux serrés.

– Eh bien, voilà ! Ce n'était pas si dur ! Il ne faut pas avoir honte, Yenna. Vos formes feraient saliver n'importe quel homme. Vous savez ce que l'on dit : il vaut mieux faire envie que le contraire ! Les hommes aiment se cramponner à leurs partenaires…

Hein ? Pardon ?

Avant que je ne réalise la portée de ses *compliments* déplacés, il saisit mes pieds pour les caler dans les étriers. La pendule se mélange au bruit des roulettes du tabouret qui rayent le plancher. L'atmosphère se sature alors de particules étranges.

Étrangement lourdes.

Étrangement confuses.

Étrangement honteuses.

Comme si je ne devais pas me laisser faire. Comme si j'étais fautive de quelque chose que j'ignore.

Comme si je devais…

Mes pensées explosent. Elles s'éparpillent en débris si tranchants qu'ils m'entaillent absolument tous. Elles éclatent au moment où je sens deux de ses doigts s'introduire en moi sans prévenir.

Sans…

Son autre main se pose, autoritaire, sur mon bas-ventre pour me maintenir sur le lit mobile.

– L'examen est bientôt terminé. Détendez-vous, Yenna.

Mon prénom sur sa langue, comme s'il le savourait, me plonge dans un bain de torpeur. Me détache de mon propre corps. J'ai l'impression de flotter. D'être là sans y être réellement. Un relent de nausée remonte le long de mon œsophage. Mon pouls ralentit si bien que je me demande s'il bat encore quand sa paume cueille le haut de mon sexe, comprimant sans hésitation mon clitoris alors que ses phalanges remuent entre mes chairs.

Aussi vite qu'il a agi, le Dr Sterling se relève. Une fois debout, il se penche sur moi, souriant.

– Et voilà, c'est terminé ! Ce n'était pas si terrible ?

Terminé ? Terrible ?

J'ai plutôt la sensation d'avoir été jetée dans la gueule de l'Enfer.

13

Yenna

Je les entends toujours. L'aiguille de la pendule fixée au mur nu. Les roulettes du siège sur le parquet.

L'aiguille. Les roulettes. L'aiguille. Les roulettes. L'aiguille. Les roulettes. L'aiguille. Les roulettes…

Elles résonnent entre mes tempes. Frappent mes veines. Saccagent toutes ces cellules invisibles à l'œil nu qui font que je suis moi.

Comme si rien ne s'était passé, le voilà debout devant moi, à me recouvrir gentiment d'un drap. Pourtant, ses yeux, eux, ne mentent pas. Je ne rêve pas la fièvre dans ses iris. Comme si rien ne s'était passé, je me rhabille. Une marionnette à la mécanique grippée. Comme si rien ne s'était passé, il retourne à son bureau en parlant de je ne sais quoi. Ses lèvres bougent, mais ses mots, eux, ne montent pas jusqu'à mon cerveau, incapable d'en traduire le sens.

Tout ce que j'arrive à remarquer, c'est qu'il n'a pas enlevé les gants avec lesquels il vient de… Ou bien encore la bosse proéminente tendant le tissu de son pantalon, sa blouse courte ne dissimulant pas cette partie de son anatomie.

Et, comme si rien ne s'était passé, il me reconduit à la porte, l'ouvre avant de me la claquer au nez avec un vague marmonnement incompréhensible. Face au panneau clos, je reste là. Impuissante. Nauséeuse.

L'aiguille. Les roulettes. L'aiguille. Les roulettes. L'aiguille. Les roulettes. L'aiguille. Les roulettes…

Est-ce que c'est moi qui délire ? Non. L'image de Circé s'impose tout à coup à moi. Son regard vide. Sa manière de se rhabiller.

Non, je ne déraille pas.

Je viens de rencontrer le premier *tuurngaq* de Solanum, et il a enfoncé ses crocs dans ma chair pour la déchirer.

Basculée en mode pilote automatique, je pivote sur mes talons pour rejoindre la cuisine. Sauf que… sauf que, sous ma peau, le tumulte règne. Il se déchaîne. J'accélère. M'emballe. Me mets à courir dans la direction opposée pour finir par m'affaler contre une double porte que je pousse, mue par mon instinct totalement détraqué.

Une fois le battant refermé, le dos appuyé contre le bois, j'inspire.

L'aiguille. Les roulettes. L'aiguille. Les roulettes. L'aiguille. Les roulettes. L'aiguille. Les roulettes…

Les paupières baissées, je tente de m'isoler, du moins mentalement à défaut de pouvoir m'échapper. De débusquer mon âme recroquevillée dans un coin de mon esprit. Sans pouvoir m'en empêcher, je me rejoue la scène. Quelque part, j'espère vraiment être à côté de la plaque. Je ne peux pas… Il n'a pas pu… Merde ! J'ai passé des années à l'orphelinat, des années à déployer mon énergie pour me préserver, et, en trois jours, je…

L'aiguille. Les roulettes. L'aiguille. Les roulettes. L'aiguille. Les roulettes. L'aiguille. Les roulettes…

Sous le choc, je porte mon poing à ma bouche et le mords durement. Si fort que mes dents s'y enfoncent et qu'un goût de rouille envahit mon palais. Une lame de fond me submerge. Le temps d'une minute, je songe sérieusement à me jeter à la mer pour rejoindre la terre ferme.

Fuir. Fuir. Fuir…

Immobile, incapable de raisonner, de dominer les émotions qui m'étouffent, je me concentre sur la pièce où je viens d'atterrir. Je n'ai encore jamais vu cet endroit. En toute autre occasion, je serais sûrement tombée sous le charme de ce salon de musique et de sa verrière en forme de dôme. Du vieux piano à la peinture écaillée, éclairé par les rayons épars du soleil. Des méridiennes tendues de soie, disposées devant une énorme cheminée. Au lieu de ça, je ne vois que les plantes grimpantes, à demi mortes, qui dentellent une toile sinistre sur les murs. La poussière sur le mobilier.

L'impression d'être une épave. D'avoir été attaquée de l'intérieur. Je voudrais pleurer. Pleurer, que les sanglots libèrent la flétrissure qui me gangrène. Seulement, mes yeux demeurent secs. Parce qu'en réalité, je préfère laisser brûler la colère, l'horreur et le désespoir.

Chancelante, je vacille jusqu'à l'immense tableau noir cloué sur l'un des murs. Attrape une craie abandonnée sur un guéridon. Et, comme je ne peux pas crier au risque d'ameuter du monde, je passe mes nerfs à vif en hurlant tous ces sentiments. Je les vomis à coups de craie. La rage vissée au ventre, je crayonne furieusement jusqu'à ce que, épuisée, je m'arrête enfin. Haletante, le front contre la surface recouverte de gribouillis, j'essaie d'inspirer. Uniquement respirer afin de ne pas me noyer.

Je n'ai pas le choix. Le temps de me remettre est un luxe que je ne possède pas. Pas ici. Plus tard, dans un an, je pourrai repenser à cette intrusion qui m'a épinglée sur le brancard. Pour le moment, c'est impossible.

Parce que la survie est un choix de vie, justement. Que j'exagère ou non la violence que cet homme vient de me faire subir… je choisis. De faire face.

Je lâche le bâtonnet, griffe le tableau qui, en grinçant, me soutire une série de frissons. Je me redresse, résolue.

Et je reprends pied. Prête à survivre à Solanum.

14

Yenna

Assise sur le lit, dont les voilages n'ont pas encore été tirés pour la nuit, je contemple Circé s'habiller en silence. Une seule jambe repliée en tailleur, je l'observe apposer des strass bleu électrique autour de ses yeux bruns. Le reste de la journée a été noyé dans une espèce de transe post-traumatique, et nous sommes tous remontés depuis maintenant des heures dans nos chambres respectives. La dernière ronde des gardiens effectuée, la nuit nous appartient… en tout cas, jusqu'à la prochaine, programmée sur les coups de cinq heures. Au foyer, l'avenir est à ceux qui se lèvent tôt.

Un rictus condescendant fleurit sur mes lèvres. L'avenir… Comme si cette notion existait entre ces murs!

Bref.

Certains des pensionnaires comptent bien en profiter, eux, et Circé en tête de liste, de toute évidence. D'après ce que m'a raconté Lenor, avant de disparaître dans les couloirs, Liêm et ses deux potes sont devenus experts dans l'art de passer inaperçus. Tu m'étonnes… J'en ai *légèrement* fait les frais. Toutefois, ma bouche est demeurée scellée malgré mon envie de le lui faire remarquer. Elle a beau être sympa, je suis toujours une étrangère, contrairement à sa clique de psychos en puissance.

Le regard de la Latine accroche le mien au travers du miroir.

– Crache le morceau, lance-t-elle en finissant de tapisser ses longs cils d'une couche de mascara. Je vois bien que tu veux me dire quelque chose.

J'hésite encore une seconde avant de craquer. Je ne devrais pas. Ce ne sont pas mes affaires. Le truc… c'est que les miennes croisent les siennes au détour d'une pièce où l'horreur domine.

Je déglutis et, prenant mon courage à deux mains, lâche :

– Tout à l'heure… dans le cabinet de… ton oncle. Je…

– Je t'arrête tout de suite.

Elle repose le tube de maquillage en le faisant claquer sur le bureau qui lui a été attribué et se lève. Fait bouffer ses cheveux, puis d'un pas royal, elle vient se planter devant moi. Le bout de ses doigts sous mon menton, elle m'oblige à relever la tête afin de me regarder droit dans les yeux.

– Il ne s'est rien passé tout à l'heure. Tu ne m'as pas vue, je ne t'ai pas vue. C'est ainsi que les choses fonctionnent ici.

– Circé…

– Les conséquences sont parfois pires que le mal.

J'ai l'impression d'entendre Lenor. Sauf que Circé est bien plus directive et hautaine.

– Crois-moi sur parole. Quand tu penses toucher le fond, dis-toi que tu n'as qu'effleuré la surface. Surtout que tu n'as pas l'air très douée pour te dégoter des… protecteurs.

Un rire amer s'extirpe difficilement d'entre ses lèvres enduites de gloss.

– Dans la mesure où ils arrivent à se protéger à peu près eux-mêmes.

Elle attrape une mèche de mes cheveux et la lisse entre ses doigts jusqu'à la pointe.

– Ce qu'ils sont longs… chuchote-t-elle pour elle-même, songeuse.

Puis elle assène :

– Trouve-toi une armure, une cuirasse bien épaisse. Détourne le mal avant qu'il ne te ronge. Tu sais quoi ? Laisse tomber. Abandonne l'armure, trouve plutôt une putain de couronne. Que ce soit celle des tox, des cas irrécupérables ou des psychos. Celle qui porte cette saloperie de couronne reste la reine.

Sa philosophie est pour le moins discutable. Toutefois, elle fait écho sous ma peau. La meilleure défense reste souvent l'attaque. Et l'attaque… Disons que celle-ci possède bien des visages que l'on ne soupçonne pas.

– Et la tienne, de couronne ? De qui es-tu la reine ?

Son index file le long de ma mâchoire, stoppe sur le renflement de ma lèvre inférieure, qu'elle presse doucement.

– *De las putas*, évidemment. Tout le monde pourra te le dire.

Je vais pour la contredire. Néanmoins, son visage m'en dissuade. La flamme qui crame ses iris m'assure qu'elle me livre sa vérité toute nue. Or, qui je suis pour la juger ? Personne. Chacun – chacune – se débrouille avec les cartes que ce salaud de Destin lui a distribuées.

– Habille-toi, je t'emmène.

Un tic dévore le coin de ma bouche. Franchement, je ne m'en sens pas capable. Pas après cette journée. Pas après… *ça*.

– Écoute, Circé, je ne suis pas sûre que ce soit une bonne idée…

– *Écoute*, Yenna… Tu as déjà oublié ? me sermonne Circé avec un claquement de langue.

La couronne.

***

Vingt minutes plus tard, je suis prête. Enfin, d'après les critères de Circé. Les yeux maquillés et la bouche trop rouge, mon corps moulé dans un top ainsi que dans un jean trop serré, je me sens étrangement mise à nu. Les cheveux lâchés, j'enfile sur mes épaules un gilet que je traîne depuis des années, puis la suis dans le couloir. Telles des ombres, nous déambulons dans la pénombre. Impossible d'actionner l'interrupteur au risque de nous faire repérer.

Obligée de m'en remettre à Circé, je la laisse me guider jusqu'à une porte dissimulée sous une lourde tenture, à l'étage supérieur. Je suppose que le panneau mène aux combles de la maison… combles interdits et dont, apparemment, Circé possède une clé, qu'elle extirpe de son décolleté avec un sourire convenu.

– Je ne veux même pas savoir comment tu as réussi à l'avoir.

– Je ne comptais pas te le révéler. T'es en passe de devenir une copine, pas une amie, rétorque-t-elle du tac au tac. Je peux juste te dire que l'administration est persuadée de les avoir perdues au fil des années, elle comme ses doubles, et que cette partie de la maison est condamnée. Quelle bande de cons !

Son sourire se creuse.

– Tu vas rentrer dans notre Saint des Saints. Parce que je te fais assez confiance. Ne me prouve jamais que tu n'en es pas digne.

Sous-entendu : sinon, je te le ferai payer.

Sans un mot de plus, elle se faufile dans l'interstice après un dernier regard dans le couloir. D'un geste de la main, elle me fait signe de l'imiter. Une autre série de marches s'élève vers le grenier. Chaque degré grince plus ou moins selon l'endroit où l'on pose le pied. Aussi, je cale mes pas dans les siens. À mesure que nous montons, une musique assourdie sinue jusqu'à nous. Les notes lascives de « Cigar » de Tamino me plongent aussitôt dans une espèce de cocon tissé de chaleur, d'humidité, de particules de tabac. Au moment où je pénètre dans leur espace caché de tous, un friselis chute le long de ma colonne pour s'enrouler dans mes reins.

La lumière ténue éclaire à peine l'immense grenier. Un vieux tourne-disque posé sur une pile de parpaings et un unique canapé défoncé constituent le mobilier. Des guirlandes d'ampoules bricolées sont suspendues entre les poutres du plafond pour donner un minimum de clarté.

– C'est… magnifique… chuchoté-je, émerveillée.

Une magnifique bulle de liberté sur cette île de malheur.

– C'est un véritable trou à rats, se marre Circé en saisissant ma main pour entrelacer nos doigts. Mais c'est le nôtre. Au moins, ici, nous sommes à l'abri. En revanche, fais attention où tu marches. Il y a d'énormes trous un peu partout.

Je lui jette un coup d'œil oblique.

– Un royaume pour aller avec les couronnes.

– Exactement, dit Circé en souriant. Tous les pensionnaires de Solanum ne sont pas au courant de son existence. Plus un secret est connu, plus il a des chances d'être éventé.

En gros, si je décrypte ce qu'elle m'explique à mots couverts, c'est que, si je moufte, ils sauront à qui s'en prendre. OK, message reçu.

– Si tu ne veux pas devenir une victime, continue Circé à voix basse, tu dois connaître ceux que tu as en face. C'est une condition essentielle pour avoir un coup d'avance, pour savoir de quelle manière réagir et avec qui.

Elle inspire, puis enchaîne en passant un bras autour de mes épaules.

– Je t'aime bien. Ils voudraient que je me méfie, et d'habitude, je suis du genre à écouter leurs conseils, mais, te concernant, je vais faire une exception. Ne me le fais pas regretter. Et maintenant…

Circé rapproche ma tête de la sienne en exerçant une pression autour de mon cou.

– Voilà de quoi bâtir ta couronne : des infos. Tu sais déjà que Lenor est une accro à sa communauté, belle façon détournée de parler d'une secte. Si elle devait choisir entre n'importe qui, n'importe quoi et sa merde, elle n'hésiterait pas une seule seconde.

D'un mouvement du menton, elle désigne ensuite Khassian, qui me fixe d'un œil mauvais. Bizarrement, il ne rechigne pas à ma vue, ce qui me semble franchement suspect. Après tout, j'ai encore, sur la langue, le goût de son accueil si chaleureux.

– Khassian a été condamné à cause…

Elle lèche la ligne de ses dents avec une telle lubricité qu'un lasso de chaleur paraît se déployer d'elle pour claquer sur sa peau à lui.

– Disons qu'il a un appétit immodéré pour la violence et qu'il a énormément de mal à se canaliser.

Sans déconner ? Je ne m'en étais pas aperçue…

– Résultat : la dernière fois, il a envoyé un mec aux soins intensifs avec une perforation du poumon, des côtes cassées, une pommette en bouillie, et je te passe les détails les plus croustillants. Il en est à je ne sais même plus combien de séjours à Solanum, après quelque temps en centre de rétention pour mineurs.

Parfait : le bras droit du psycho en chef est bel et bien un taré.

L'attention de Circé volette jusqu'au type brun qui gardait la porte lors de mon *bizutage* de bienvenue. Ce gars n'a jamais les mains vides, ma parole… La preuve : les deux bouteilles – sûrement volées – à moitié bues devant lui ou le tas d'emballages de gâteaux. Sans m'accorder un regard, il s'empare d'un bang pour en tirer une bouffée impressionnante, et se laisse tomber à la renverse, les paupières closes. Les bras en croix, il relâche enfin la fumée, qui serpente en un mince filet.

– Ismaël, murmure Circé à mon oreille. Ce gars a, comment dire… un gros problème avec l'addiction en général. L'addiction avec un grand A dans le sens où il est accro à… tout. La bouffe, l'alcool, la drogue, etc. Donne-lui quelque chose à quoi il peut se raccrocher, et voilà, il sera perdu. Ce qui l'emmène, tu t'en doutes, à avoir régulièrement de gros problèmes avec la loi.

L'esprit saturé, je ne sais pas trop comment organiser cette avalanche d'informations. Soudain, ma guide virevolte pour se positionner devant moi. Une main sur la hanche, l'allure hautaine, elle me dévisage avant de lâcher sa bombe.

– Puis il y a moi. Comme je te l'ai dit, je suis *la reina de las putas*. Alors, à ton avis, pourquoi je suis là ? Pourquoi je vis sur Solanum depuis des années ?

– Cir… grogne le blond platine, affalé sur le divan, ses chevilles croisées sur l'accoudoir.

Occupé à fumer, il ferre la Latine du regard sans chercher à paraître discret.

– Bah quoi ? rétorque-t-elle. Je ne fais qu'énoncer la vérité. Mon cas clinique.

– On le connaît, ton cas clinique, *guapa*.

Le choc s'inscrit sur mes traits. Parce que, si je devine ce qu'a Circé, je ne comprends pas ce qu'elle fait ici. Ce n'est pas dans un foyer pour jeunes adultes délinquants qu'elle devrait se trouver, mais, à la rigueur, dans un centre de soins adaptés. L'image de son oncle se grave douloureusement sur mes rétines. Aussitôt, une nausée houleuse remonte dans ma gorge. L'autre taré décoloré est peut-être… bah, taré, oui, mais il a raison sur un point : le cas clinique de Circé, on le connaît. Il s'agit de son oncle, qui a dû jouer de son influence pour la garder sous sa coupe. Un frisson d'horreur s'éparpille sur la totalité de mon corps.

– Puisque tu as peur de le dire à voix haute, je vais t'aider. Encore, déclare Circé en faisant bouffer ses boucles noires. Je suis nympho. Une vraie de vraie. Je saute sur tout ce qui porte une braguette. Je saute tout ce qui porte une braguette.

Sa correction m'extorque un pauvre sourire. Je me demande si son état n'est pas la conséquence du comportement de son oncle à son égard plutôt que le contraire. Cette réflexion en amène une deuxième. Cet endroit… Est-ce que la juge a réellement cru faire preuve d'indulgence en m'envoyant sur Solanum ?

Je n'ai pas le temps de m'appesantir sur la question. Pas le temps, car Circé passe déjà à la suite. L'espace d'un instant, je suis distraite par Lenor, qui titube jusqu'à Ismaël et s'allonge à ses côtés en gloussant. Elle se cale dans le creux de son épaule, le nez contre ses pectoraux, et me tire la langue.

Avec un claquement de doigts pile devant mon visage, Circé me rappelle à l'ordre. Avant de tourner la tête. Je suis son mouvement et tombe sur un coin sombre du grenier.

Tombe… Oui, c'est le mot juste. Je tombe.

Durement.

15

Yenna

Dans cet angle des combles trône une baignoire à la porcelaine blanche douteuse. D'où je me tiens, j'aperçois tout d'abord une paire de Dr. Martens dépasser. Puis un paquet de cigarettes écorné en équilibre. Sa nuque calée contre le rebord, Liêm fume, son long corps étendu nonchalamment dans la cuve sans eau. Vêtu d'un jean noir ainsi que d'un tee-shirt de la même couleur, ses cheveux ondulés cachant une partie de son visage, qui reste ainsi dans l'ombre, il ne m'accorde pas un regard. J'imagine que je ne suis pas assez importante. Il se contente de rester là, les paupières éteintes. Seules ses lèvres bougent autour du tube de nicotine, sans toutefois émettre un seul son.

Est-ce qu'il a seulement conscience de ma présence ? J'en suis persuadée. Derrière la barrière de ses yeux clos, il m'envisage. C'est ainsi qu'agissent les prédateurs. Ils vous jaugent avant de passer à l'attaque. D'instinct, je frotte mon poignet, là où est encore imprimée la marque écarlate de ses dents.

Mal à l'aise à l'idée de me retrouver dans un espace confiné avec ces trois gars, je me dandine d'un pied sur l'autre sans savoir quoi faire de mon corps. J'inspire profondément pour chercher, et surtout trouver ce souffle qui m'a désertée depuis mon arrivée sur l'île. Un frisson presque liquide coule sur ma peau lorsque mes pensées entrent en collision avec le tic-tac fantôme de la pendule, ou bien encore le crissement des roulettes du tabouret. D'un revers mental, je vire ces horreurs de mon esprit. Elles finissent par se tapir dans un coin de ma tête lorsque la voix d'Ismaël rebondit jusqu'à moi.

– Pourquoi tu l'as amenée ici, Cir ?

Cette dernière ricane en enjambant la baignoire. Sans lui demander son avis, elle s'installe à califourchon sur les cuisses de Liêm. Ses paumes sur son bas-ventre, elle commence à se déhancher. De plus en plus fort, de plus en plus vite. À croire qu'elle essaie de soulager le mal dont elle souffre. Et qu'il la laisse se servir de lui. Troublée, je devrais me détourner. Sauf que… je suis fascinée. La voilà, la vérité. Une fascination malsaine.

Liêm ouvre enfin les yeux. Étrangement, ce n'est pas l'attention de Circé qu'il recherche. Son regard traque le mien pour s'y enraciner. Opaques, ses iris ne reflètent aucune émotion. Il n'y a… que du vide. Une pulsion violente fourmille aussitôt dans mes phalanges, contrecarrée par le halètement de la Latine, qui m'extirpe de son emprise.

– Elle est sympa, halète Circé, la tête rejetée en arrière.

Lenor se relève sur un coude pour soutenir sa copine. Ses boucles rousses brillent tels des feux follets sous la lumière.

– Très sympa. Je ne comprends décidément pas ce que vous lui reprochez.

– Toi, tu trouverais un cannibale très sympa du moment qu'il se contente de te bouffer une jambe au lieu des deux, rétorque Khassian, son regard toujours braqué sur Circé.

Ce qui les relie tous les deux se trouve hors de ma portée. Ainsi que l'a dit Circé, nous ne sommes pas amies.

On n'en est pas à se raconter nos vies en se tenant les mains. Toutefois, ce lien entre eux, il est palpable. L'unique inconnue de cette équation est de quoi il est tissé.

– Je suis cannibale, maintenant ? Si je l'étais, je t'aurais arraché les couilles pour les bouffer après que vous m'avez si *gentiment* expliqué comment allaient se dérouler les choses ici.

Les mots fusent sans que j'essaie de les retenir. Besoin d'extérioriser ce qui me ronge. Marre de faire attention. Marre de subir. Marre. Marre. Marre. Quitte à subir, autant que ce soit justifié.

Khassian me dévisage comme si une corne venait de pousser au milieu de mon front. Ismaël rit, défoncé. Quant à Liêm, il demeure silencieux, son regard pesant sur moi. Le Slave se remet debout d'un bond. En deux enjambées, il rejoint son pote au sol, lui arrache son bang, puis se poste devant moi. D'aussi près, je note ses iris dilatés, la finesse presque délicate de ses traits ou bien encore la petite cicatrice qui déforme très légèrement l'ourlet de sa lèvre supérieure.

– Vraiment ? siffle-t-il, une expression farouche modelant son visage en un masque de rage perpétuelle.

Ce qu'il ne saisit pas, c'est que, moi aussi, je suis façonnée à partir d'un magma de colère. Qu'il s'est logé dans mon ventre et domine chaque parcelle sous ma chair. Je hausse les épaules, mes mains dans mes poches pour cacher leur tremblement.

– Je me suis dit que l'image te plairait étant donné qu'à chaque fois que je me retrouve en ta présence, tu mentionnes ta queue. À croire que tu veux prouver quelque chose…

Lenor pouffe en roulant sur le dos. Circé, toujours à califourchon sur Casablancas, ralentit l'allure pour passer au petit trot et mieux nous reluquer. Ses cils papillonnent à la vitesse de la lumière alors que Khassian choque son front contre le mien. L'idée qu'il fracasse le bang sur le coin de mon crâne pour me faire payer mes paroles m'effleure. J'avais oublié un détail. Ce que m'a révélé Circé sur son léger problème à contrôler sa violence. Et je confirme : ce type est taré.

Ses doigts se crispent sur le long col de l'objet. Son hésitation transpire dans le regard qu'il jette à la Latine. S'il est encore indécis, le mérite en revient à Circé, pas à moi. Je n'en mène pas large, sentant les pulsations dans ma poitrine en train de salement dérailler, mais je ne cède pas d'un pouce.

Qu'il aille se faire foutre ! Qu'ils aillent tous se faire foutre !

– Qu'est-ce que tu attends ? Toi aussi, tu voulais m'en faire baver, non ? Vas-y, le provoqué-je, les poings serrés. Personne ici ne t'en empêchera. Nous le savons tous les deux.

Je me presse carrément contre lui, le bang cisaillant mon abdomen, pour mieux le provoquer.

– Allez, fais-toi plaisir. Vas-y…

Un claquement de doigts met à la fois fin au manège de Circé, en train d'onduler sur Liêm, ainsi qu'à celui de Khassian. Le souffle filant entre ses lèvres entrouvertes, Circé s'éjecte de la baignoire et me rejoint comme si de rien n'était. Sans se préoccuper du Slave, elle me saisit par les épaules pour murmurer à mon oreille :

– Spoiler : ce n'est pas celui-là qui adore jouer avec le feu. Et je parle au premier degré, si tu vois ce que je veux dire.

L'impression d'être avalée par un éclair de foudre me saisit. Parce que, la révélation de Circé, je sais devoir la prendre au pied de la lettre. Voilà pourquoi il est là. Pour quel motif Liêm a été envoyé ici, sur Solanum. D'où vient sa manie de claquer ainsi des doigts. Il a juste remplacé une addiction par une autre. La roulette d'un briquet contre ses phalanges.

Liêm Casablancas est pyromane, j'en mettrais ma main à couper.

Je devrais avoir peur. Et quelque part, oui, j'ai peur. Mais il y a aussi cette autre chose. Cette vague dont la chaleur me liquéfie de l'intérieur. Une houle ardente, composée de cendres, de braises, de poison, qui remonte le long de mes os, de mes artères.

La lumière qui se réverbère sur la porcelaine de la cuve contraste tant avec ses cheveux sombres qu'une sorte de halo se dessine autour de sa tête. Un véritable soleil noir.

Jusqu'ici indolent, soudain, il s'anime. Sa paume en appui sur le rebord, Liêm saute avec souplesse par-dessus. En une fraction de seconde, il est là. Derrière Khassian, toujours campé devant moi. Dissimulé en partie dans son dos. Je ne perçois que ce que lui décide. Un œil si clair qu'il ressemble à du cristal. Un coin de sa bouche moqueuse. Sans qu'il ait besoin d'articuler une syllabe, Khassian dégage, non sans m'avoir gratifiée d'une ondulation de sourcils insolente. Tandis qu'il échoue à nouveau sur le divan dans une pirouette, Liêm me surplombe avec arrogance. Son bras le long de son corps, ses doigts fuselés, pour ne pas dire osseux, pianotent sur la toile de son jean. Son pouce frotte ensuite contre son annulaire pour créer son foutu tempo.

Une fois. Deux fois. Trois fois.

La musique crachée par le tourne-disque semble perdre en puissance, les chuchotements autour de nous, devenir de faibles murmures. D'instinct, j'esquisse un pas en arrière.

– Tu t'en vas déjà, Yenna Ochoa ?

Encore son obsession étrange à m'appeler par mon nom complet. Comme s'il ne voulait pas perdre de vue qui je suis. Sauf qu'il ne me connaît pas. Sa voix basse s'accorde aux effluves de sauge et de miel que sa peau exhale. Cette touche de douceur m'égratigne avec plus de brutalité que s'il se bornait à hurler. Dire que je ne la supporte pas est un euphémisme. Piquée, je lève le menton avec hauteur.

– Et pourquoi je m'enfuirais ?

Il avance vers moi. Je flanche et pars à reculons en balançant le premier mensonge qui me picore la langue.

– Si tu penses me faire peur, je te l'ai dit, tu…

Son index se couche sur ma bouche, crochète ma lèvre inférieure en prenant soin de la griffer.

– Menteuse.

– Tu te donnes beaucoup trop d'importance, Liêm Casablancas, rétorqué-je en retournant ses armes contre lui.

Encore une autre foulée. Pour moi, afin de l'éviter. Pour lui, histoire de s'amuser à mes dépens.

– Tu trembles.

– Il fait froid dans ce foutu grenier.

Je réprime l'envie de mordre mon poing quand il s'approche. Encore. Et lorsque, moi, je glisse en arrière. Encore. J'ai presque la sensation de danser. De brûler.

– Ou alors, c'est une réaction allergique aux connards, et je ne parle pas au figuré, hein ! Dans ce cas, j'imagine que tu as certainement raison, je tremble.

Les murmures autour de nous se transforment en huées amusées, dont nous sommes l'attraction principale. Toutefois, je ne les entends pas vraiment. Ses lèvres s'arquent dans un mélange de cynisme et de sarcasme. Mes doigts me démangent d'y mettre un terme en les tailladant, et la lueur perfide qui siège au creux de ses prunelles m'indique qu'il en a tout à fait conscience.

Les marques, qui forment un étrange feuillage sur sa peau, paraissent encore plus éclatantes sous la lumière artificielle. Je m'en arrache difficilement pour me recentrer sur… ce qu'il ne faut pas. Sa bouche toujours incurvée en un sourire assassin.

C'est perturbant. Plutôt inquiétant, aussi.

– Arrête.

Encore un autre pas. Plus un en arrière en ce qui me concerne.

– De ?

– Sourire, lancé-je avec un frisson face à son expression enténébrée. Ça n'a rien de naturel chez toi.

L'insolence se peint sur ses traits fins.

– Tu sais ce qui me fait sourire ? poursuit Liêm en s'inclinant sur moi. C'est l'idée que tu te brises. Que tu tombes.

Il se courbe de telle manière qu'il me recouvre maintenant totalement.

– Et je ne parle pas au figuré, moi non plus.

Voilà. C'est ça, de jouer avec le feu : Liêm Casablancas qui crame vos ailes.

– Vas-y, je ne mords pas, moi, le défié-je, vipérine. C'est ta spécialité, pas la mienne.

La pointe de sa langue lisse la ligne de ses dents supérieures avant qu'il ne souffle sur un ton caressant, démenti par son regard glacial :

– Ne rêve pas. Je prendrai tout mon temps. Que tu te brises en des milliers de morceaux impossibles à recoller.

Ses immenses mains épinglent mes épaules, puis me rabattent contre son torse en un mouvement brutal.

– Appelle ça… une mise en bouche.

Avant que je ne comprenne, ses bras se tendent brusquement. Ses paumes imposent une pression sur mon buste qui me déséquilibre. Projetée en arrière, je mouline l'air, sans aucune prise à laquelle me raccrocher.

Et bascule. Mon corps tombe en arrière. Sauf qu'il ne rencontre pas le plancher. Ce salaud m'a acculée, sans que je ne m'en rende compte, vers l'un des trous dont a parlé Circé à notre arrivée. Le cri dans ma gorge se bloque en un hurlement silencieux tandis que mon poids m'entraîne dans le vide… Toutefois, la douleur n'explose pas mes os comme je m'y attendais. Non, pas de douleur : juste ma respiration salement coupée lorsque j'atterris sur… un matelas ?

Quelques secondes à peine. Pourtant, je jurerais que ma chute a duré… je ne sais pas… Plus longtemps, en tout cas. Incapable de bouger, je fixe la silhouette penchée à l'étage supérieur. Son rire résonne, ses accents sinistres et moqueurs se répandant sur moi telle une nappe de brouillard.

Mes pensées se télescopent.

Putain ! Il m'a balancée !

Liêm Casablancas m'a balancée dans le vide.

Sans un gramme de remords, son affreux sourire accidenté aux lèvres.

16

Yenna
Plus tard dans la nuit

Un bruit. Si léger que j'imagine l'avoir rêvé. Puis un deuxième. Plus fort. Suivis d'une ribambelle d'autres. Des grattements, des sons de pas feutrés. Un canevas de voix étouffées.

Couchée dans mon lit, avec l'impression que mon corps entier s'est disloqué depuis que je me suis relevée de ce foutu matelas, je me statufie. Lenor dort déjà, Circé n'est toujours pas rentrée, et moi… Moi, je pédale carrément dans la semoule. J'ai beau fouiller ma mémoire, je suis certaine de n'avoir jamais rencontré ce mec. Alors, pourquoi cette haine à mon égard ? Je tourne peut-être en rond, mais, putain, pourquoi s'acharner ainsi sur moi ? Pour passer le temps ? Non. Ce n'est pas un jeu qu'il manie, je l'ai vu dans ses yeux. L'origine du mal qui l'anime est bien plus profonde.

L'humeur au plus bas et la colère à son paroxysme, je décide d'agir à l'encontre de ma première intuition, qui est de ne pas bouger, et vais voir ce qui transperce le silence de cette nuit sans fin.

Il faut croire que je suis faible. Ou que ma curiosité ne connaît pas de limites. Aussi discrètement que possible, j'attrape le vieux peignoir en éponge au bout de mon lit et l'enfile avant de me lever.

Devant la fenêtre de notre chambre, je soulève le rideau de velours et jette un coup d'œil. Quasi instantanément, je sais avoir commis une grosse erreur. Mon pouls se met à battre si fort que j'ai la sensation dingue que ma cage thoracique risque de se fissurer. Le pire, c'est qu'il n'y a pas réellement de raison à cet élan de peur. Ce qui se déroule dehors n'a rien de compromettant en soi.

Et pourtant… le sentiment de malaise qui me ronge s'intensifie. Jusqu'à enrober mes organes d'une couche de métal fondu. À cause de la file de pensionnaires, deux garçons et deux filles qui marchent en ligne pour rallier le ponton, sous la surveillance de Duke et de deux de ses collègues ? Ou de la manière qu'ont les gardiens de les éclairer furtivement, avec des lampes torches, au lieu d'allumer les lampadaires, comme s'ils voulaient à tout prix éviter d'attirer l'attention ?

J'ai trouvé. Un frisson poinçonne méchamment mes vertèbres quand mon regard accroche la tenue de Canel sous sa mince parka. Une minirobe en lamé doré, accompagnée d'une paire d'escarpins.

– Qu'est-ce que…

Soudain, la tête de Duke se relève, en alerte. Le cœur en ébullition, je laisse retomber la tenture pour me cacher. Impossible qu'il m'ait seulement entraperçue, j'en ai conscience. Néanmoins, entre savoir et ressentir, la frontière est si fine qu'elle s'effrite d'elle-même. Une paume sur la bouche pour m'empêcher d'émettre un son, j'écarte de nouveau l'épaisse couche de tissu et observe le groupe grimper dans la vedette amarrée à l'embarcadère, avant qu'elle ne reparte, feux éteints.

Encore un mystère à ajouter au compte de ce nid de secrets qu'est Solanum.

17

Yenna

Les bras chargés du linge propre destiné au cabinet médical, j'inspire face à la porte derrière laquelle se trouve le bureau du croque-mitaine. Le souvenir de ma visite est tellement à vif que je sens encore ses mains sur ma peau. J'aimerais avoir le choix de refuser d'entrer, mais… je ne l'ai pas. C'est aussi simple que cela. Chaque matin, Jane nous donne une liste de tâches pour la matinée, les après-midi étant consacrés aux différents rendez-vous que notre statut nous impose. Les sessions avec le psy, les groupes destinés à notre soi-disant réinsertion… En gros, ce qu'ils estiment nécessaire pour éduquer les animaux inadaptés à la société que nous sommes. Ironique quand on sait que certains des prédateurs de Solanum sont de l'autre côté de la barrière.

Face au panneau de bois, je rejette les épaules en arrière, déroule mes cervicales pour tenter de relâcher la pression et, mon paquet coincé sur la hanche, je m'apprête à toquer lorsque… je change d'avis. Je les emmerde tous, et plus particulièrement ce porc de médecin. Aussi, je laisse tomber les draps et les blouses, qui échouent sur le carrelage, et fais demi-tour. Cependant, je ne vais pas très loin en me réfugiant dans la verrière.

Je ne veux rien avoir à faire avec cet endroit. Avec cette île. Je la hais déjà, alors que je suis arrivée il y a tout juste quelques jours. Il n'y a que cette pièce. Cette pièce agit sur mes nerfs. Elle leur permet de se libérer du carcan de Solanum durant quelques minutes. Ici, je suis hors du temps. Hors de cette noirceur dont l'île a l'air de se nourrir.

Machinalement, je caresse du bout des doigts la rangée de touches noires et blanches du vieux piano avant de me diriger vers le tableau. Caché derrière les branches à moitié mortes des plantes grimpantes suspendues par des crochets au dôme de verre, il semble m'attendre. Mes graffitis sont d'ailleurs toujours là, témoins de mon mal.

Je frôle les tracés empreints de colère, de honte, ou encore de peur. Un frisson s'étale jusque sur ma gorge. D'un mouvement brusque, presque frénétique, j'efface les traînées de craie. Ces preuves de combien je suis seule.

Machinalement, je relève la tête pour regarder au-delà des immenses baies vitrées. Entre cet Octogone auréolé de mystère et les serres, j'aperçois… Mes poings se serrent par automatisme. Sur la pelouse cristallisée de perles de givre se trouvent les 3S – 3S pour les Trois Salauds. Ce surnom leur va comme un gant. Du cousu sur mesure.

Comme si de rien n'était, comme si Casablancas ne m'avait pas jetée d'un étage, ils discutent. Vêtus légèrement malgré la température négative, ils parlent sans se préoccuper des autres. D'où je suis, je vois leur haleine s'échapper tels des rubans blanchâtres, tissant un halo fantomatique autour d'eux.

C'est là. Là que je me prends la vérité de plein fouet. Les deux ans passés hors de l'orphelinat m'ont fait oublier une chose essentielle. La première règle que vivre dans ce genre d'institut inculque aux enfants dès le plus jeune âge : la loi du plus fort est la seule qui compte. Les faibles perdent. Ils sont maltraités par les encadrants. Tabassés par les autres gamins. Écrasés.

Personne ne m'écrasera. Je me le suis juré il y a longtemps.

En roue libre, j'ouvre la verrière et m'expulse si violemment à l'extérieur que l'on pourrait croire qu'une main invisible m'a poussée. Des flocons, si fins qu'ils sont translucides, s'accrochent à la longue tresse noire qui bat contre mes reins à mesure que je fuse vers eux. Tous les trois se tournent alors comme une seule et même entité maléfique dans ma direction.

Si les visages de Khassian et d'Ismaël me demeurent flous, celui de Liêm, en revanche… Chaque détail excite les rivières de rage qui coulent sous ma peau. Ses yeux brûlants d'une flamme pareille à de l'essence. Le rictus qui déforme ses lèvres…

Mon souffle s'emballe. La brise glaciale gifle mes joues. Qu'importe que l'on me voie, je n'en ai rien à cirer. C'est à moi de marquer un point si je ne veux pas finir avec une étiquette de victime punaisée sur le front.

– Alors, la voltigeuse, comment tu te sens ?

– Prête pour une autre leçon ? lance Khassian avec un tel détachement que je me sens presque décoller.

– Une leçon de quoi ? m'exclamé-je, vindicative.

Ses deux potes s'amusent clairement à mes dépens. Ils ricanent, me poussent à bout, mais lui… Liêm se contente de me mater avec tant d'insistance qu'un nœud se forme dans mon abdomen. Plus son sang est froid, plus c'est un véritable magma de fureur qui me consume.

– Tu vas finir par le cracher, ton putain de morceau ? Qu'est-ce que je t'ai fait ?

Mes paumes s'abattent sur son torse.

– Dis-le ! Mais dis-le !

Sa manière de me fixer, sans dévier le regard, alimente le foutoir dans ma poitrine. Le froid mordant décuple ma force, mes poings choquent durement son buste sans qu'il bouge d'un centimètre. Ismaël jette un œil vers l'une des serres, à l'entrée de laquelle un sous-fifre de Duke nous scrute sans intervenir. Au contraire, le spectacle paraît à son goût.

Tout à coup, l'air semble se raréfier, en tout cas entre mes côtes meurtries par la chute de cette nuit. Il suffit de cette fraction de seconde pour que Liêm révèle son vrai visage. Ses traits s'aiguisent, nimbés d'un accent… presque cruel. L'étoffe de son tee-shirt enroulée autour de mes poings dévoile un tatouage à la naissance de sa gorge. Des lettres, une question qui me désarçonne.

Who is this?[1]

De mon ongle, j'érafle l'encre noire.

– Qui tu es ? ricané-je sans une once d'amusement. Tu te poses sérieusement la question ? Parce que, moi, je l'ai, ta foutue réponse. T'es un connard, Liêm Casablancas. Voilà qui tu es. Un connard qui mérite sa place dans cet enfer !

Aussitôt, une lame de fond me fauche, mon élan coupé par ses doigts, qui cadenassent mes poignets pour m'obliger à le relâcher.

– C'est ta vie que je vais transformer en enfer, Ochoa, articule-t-il, ses lèvres frôlant ma joue.

Je tourne à peine le visage. Lui ne bouge pas, nos bouches à un souffle empoisonné l'une de l'autre.

– Tu aimes jouer avec le feu, n'est-ce pas ? murmuré-je

1. « Qui est-ce ? »

d'un ton cinglant. Tu oublies une chose : le *backdraft*[2]. Le retour de flammes. L'explosion, puis la combustion. Et, crois-moi, s'il le faut, je la craquerai moi-même, l'allumette, si tu t'obstines à vouloir me pourrir la vie. Les hommes n'ont pas le monopole du mal.

Il se redresse et fiche son regard trop clair au creux du mien.

– La voilà, la vraie Yenna Ochoa, raille-t-il sans plus l'ombre d'un sourire. Tu dévoiles enfin ce qui se cache sous cette jolie gueule.

Déstabilisée, je recule pour mieux lui faire face.

– T'es un grand malade… Et puis tu sais quoi ? Je m'en tape, de ce qui triture ton cerveau de taré.

Sans réfléchir, je fais volte-face et commence à m'éloigner sous leurs rires moqueurs.

– Les gars, vous croyez qu'une chatte de cinglée a une saveur différente ? Genre : la kryptonite du cul.

Un claquement de doigts répond à Ismaël, suivi de la voix teintée d'ironie de Liêm :

– Ne compte pas sur moi pour vérifier. Je passe mon tour.

Le dégoût dans sa voix me fusille. Non pas que j'aie envie qu'il… je ne sais pas trop quoi, d'ailleurs, mais ce timbre écœuré me fout en vrac.

Sale con !

Je me retourne et fonce. Sauf qu'au lieu de m'en prendre à eux, je les dépasse et me plante devant la brouette où sont entassées les mauvaises herbes qu'ils ont arrachées durant des heures, sous la surveillance des gardiens. J'attrape le rebord métallique, puis la renverse pour en déverser le contenu dans la fontaine pendant que des cris s'élèvent. La satisfaction que j'éprouve est, néanmoins, de

---

2. Retour de flammes.

courte durée. Au moment où je croise le regard furieux de Liêm, un étau de regrets serre ma poitrine.

À cause de lui ? Non. Au contraire, ses traits féroces sont la seule chose qui vaille le coup. Plutôt à cause de ce que je n'avais pas prévu.

Un sifflement strident rebondit partout autour de nous. Un poids s'abat soudain à l'arrière de mes genoux. Incapable d'opposer la moindre résistance, je m'écroule, manquant de m'éclater les dents sur la margelle du bassin. En un instant, je me retrouve allongée sur le ventre, un genou dans le creux de mes reins, une paume entre mes omoplates.

– C'est bon, elle va nettoyer son bordel ! Faites pas chier…

– Allez, putain, laisse-la, mec…

– Vous voulez l'accompagner chez Saint-John ?

Entravée, je suis remise debout sans ménagement par deux paires de bras. Une main m'enserre salement le cou, une autre prend mon biceps en tenaille tandis que Liêm et ses deux potes s'emportent. Il n'est pas question de me défendre, mais de refuser de s'aligner. Je survole plus que je ne parcours la distance séparant le terrain de la maison. Puis celle jusqu'à la porte du directeur, contre laquelle je m'affaisse lorsque les deux molosses me libèrent.

Une minute plus tard, je suis dans le bureau.

18

Yenna

– Entre, Yenna.

J'avale l'excès de salive qui englue ma langue en prenant mon courage à deux mains pour avancer jusqu'à l'énorme bureau, derrière lequel le directeur est assis. Penché, il n'a pas encore relevé les yeux de ses papiers depuis que j'ai posé un pied dans son antre. Mon pouls cogne si fort que je le sens prêt à jaillir d'entre mes lèvres. Au moment où je m'empare d'une des chaises, sa voix retentit de nouveau, froissée d'une tonalité cuisante.

– Je ne crois pas t'avoir invitée à t'asseoir.

Ravalant une insulte, je pince la bouche de façon à ne pas creuser plus profond le trou au bord duquel je me trouve. Un haut-le-cœur remonte le long de mon œsophage lorsque je remarque la pendule murale au-dessus de lui. La même que dans le cabinet du docteur. Aussitôt, la trotteuse alourdit l'atmosphère.

Saint-John continue d'écrire, son stylo plume griffant le papier. Les bras le long du corps, je demeure plantée là, à attendre qu'il daigne s'occuper de mon cas. Chose qu'il ne semble pas pressé de faire…

Trop de pensées parasitent mon esprit. Entre les pensionnaires, le personnel, ou bien encore cette scène surréaliste surprise l'autre nuit, je sature. Peut-être qu'elle est là, juste devant moi, la solution à la plupart des problèmes qui me polluent l'existence. Cet homme avec ses sermons sur la droiture. À force d'être retranché entre ces murs et de déléguer son pouvoir aux membres de son staff, il n'est plus en phase avec la réalité du foyer qu'il dirige. Aussi, je me lance en ignorant l'énorme nœud dans mon estomac.

– Je suis désolée ! Désolée d'avoir agi sans réfléchir, désolée de m'être montrée si…

– À quel moment ai-je exprimé le désir de t'entendre ? Alors, de deux choses l'une : soit je perds la mémoire, soit tu ne connais décidément pas le sens du mot « discipline ».

À ces mots, mes joues s'empourprent violemment. Je regarde le bout de mes vieilles baskets, mortifiée. L'instinct me dicte que répondre est la dernière chose à faire. Aussi, je garde les lèvres scellées.

Pas lui.

– Peut-être est-ce à moi de te l'enseigner ?

Le tic-tac de la pendule envahit le bureau alors qu'une chape de fer s'écroule sur mes épaules. Tout à coup, le grattage sur le papier s'interrompt. Avec une nonchalance calculée, Saint-John se carre contre le dossier de son fauteuil en cuir et, les mains croisées devant lui, me scrute. Si intensément que je dois me blinder pour ne pas céder à l'envie de m'enfuir. Impeccablement peigné, les yeux étincelants derrière ses lunettes à monture d'écailles, il me sonde. À croire qu'il tente de mettre mon âme à nu. Une âme déjà sacrément amochée.

Une âme que chaque minute passée sur cette île foudroie.

La pointe de sa langue lèche sa lèvre inférieure. Le dos droit, il me juge de pied en cap alors que mon sang déserte mes veines pour former une masse informe dans mon abdomen.

– Tu n'as pas franchi la ligne rouge, mais tu t'en approches dangereusement, petite. Avant que cela n'arrive, nous devons remédier à ce type de comportement qui n'a pas sa place sur Solanum. Qu'en penses-tu ?

Cette façon qu'il a de m'inclure dans son discours déploie, le long de mon échine, une onde piquée de givre. Il me demande tout simplement si j'estime devoir être punie. Sauf qu'il n'existe qu'une seule réponse à cette question qui n'en est pas vraiment une. Si je ne rentre pas dans son jeu, je suis grillée.

– Mon rôle est de te guider sur le bon chemin, Yenna. Et, surtout, de t'y garder. Voilà ce qu'attend de moi la juge. Ce qu'attend de moi la société. Et, si tu te montres honnête, ce que, toi, tu attends de moi, reprend-il d'une voix affreusement posée. Alors, je réitère : qu'en penses-tu ? Veux-tu être sauvée ?

À chaque lettre, chaque syllabe, je me pétrifie. Mon sort en est jeté, ses dés, pipés.

– Ce n'était qu'un peu de chahut, plaidé-je sans trop y croire.

– Mais le chahut entraîne le chaos.

Sa bouche fine se tord en un fil barbelé. Il y a beau avoir son bureau qui nous sépare, je ressens jusqu'aux tréfonds de mon esprit que Saint-John a le pouvoir. Qu'il s'apprête à me dépecer. Sans bouger un seul muscle.

– Veux-tu être sauvée ?

Je veux beaucoup de choses. Je voudrais avoir eu le droit de vivre mon héritage à l'orphelinat sans que l'on cherche à éradiquer mes racines inuites. J'aurais voulu trouver un sens à ma vie ces deux dernières années. Je voudrais n'avoir jamais posé un pied sur cette île, dont l'unique but est de rogner nos âmes jusqu'à ce qu'il ne reste plus rien. Seulement… Je ne suis rien, justement.

Ne représente rien. Et défier cet homme… Un frisson dévale mon dos en guise de signal d'alerte.

Le menton baissé, je fais l'unique chose à ma portée: je plie.

– Bien, apprécie le directeur avec un claquement de langue. Enfin, nous avançons. Enlève ton pantalon.

Une rafale de coups violente ma poitrine aussitôt qu'il lâche son ordre. Le cœur au bord des lèvres, je m'exécute. Le jean entre mes doigts, je le garde contre mon ventre en une vaine barrière défensive. S'il me touche, je romprai définitivement. Je ne peux pas… Je ne peux…

– Pose-le sur la méridienne, commande Saint-John sans se lever, sans même effleurer mes jambes nues du regard. Tu vois le petit réfrigérateur derrière toi? Ouvre la partie congélateur. Prends le sac de petits pois.

Décontenancée, j'obéis sans comprendre où il souhaite en venir, en tremblant tant mes membres ne m'appartiennent plus. Qu'est-ce qu'il peut bien faire avec ces trucs-là dans son bureau? Il n'y a même pas de plaque chauffante…

De nouveau devant son bureau, j'attends ses directives, qu'il prend un malin plaisir à distiller lentement pour me démontrer qui a le pouvoir et qui n'est qu'une saleté sous sa semelle. Je me sens tellement vulnérable, à demi nue face à cet homme qui possède le contrôle sur mon existence…

– Renverse-les sur le sol. Forme une bande horizontale.

Quand j'ai terminé de dispatcher les minuscules légumes surgelés, je relève la tête sur Saint-John, qui m'observe avec intérêt.

– Et maintenant, à genoux.

– Quoi?

– On dit « comment », jeune fille. Sache que je déteste me répéter. À genoux, sur les pois.

De manière presque fulgurante, une gêne fusille mes articulations dès que je m'exécute.

– Les bras en l'air.

La gêne se mue très rapidement en douleur. Le mal fuse dans chaque parcelle de mon corps. Les élancements dans mes épaules se transforment en brûlures. Les légumes, aussi minuscules qu'inoffensifs, transpercent ma peau.

Le directeur, quant à lui, a repris son stylo, sans plus m'accorder un brin d'attention, cette dernière sur ses documents.

– Utilisons ce moment pour méditer. À notre place dans le monde, à Solanum.

Liêm avait raison. Cette île, ses occupants… Ils n'ont qu'un unique but en tête : me briser jusqu'à ce que je ne sois plus que de la poussière au vent. Mais aucun d'eux n'a compris.

Certes, je plie. Je ploie, mais je refuserai toujours de rompre.

19

Liêm

– Vous êtes une bande de cons !

Assis sur un vieux tonneau, je ne relève pas la tête vers Circé, qui nous incendie, debout entre nous trois, un poing sur la hanche. Au contraire, je me focalise sur le briquet entre mes doigts. Sur la flamme qui lèche ma paume à mesure que je passe et repasse le Zippo sous ma main. Salutaire, le pic de douleur oblige celle dans mes reins à refluer. Une grimace écorne le coin de mes lèvres tandis que mes côtes me titillent salement. Putain, ce connard n'a pas lésiné sur les coups, cette fois…

– Mais qu'est-ce que vous avez dans le crâne ?

Constatant qu'aucun de nous ne daigne répondre, elle pousse un soupir agacé, puis se laisse tomber sur l'un des poufs.

– Vous êtes aussi cons les uns que les autres, approuve Lenor, lovée sur le rebord de la fenêtre.

Son index sur la vitre perlée de condensation du grenier, elle semble ailleurs. Comme d'habitude, ses pensées sont parties rejoindre sa foutue secte. On le sait tous. Il n'y a qu'elle pour refuser de la qualifier ainsi. Toutefois, personne ici ne lui jette la pierre. Parce que personne ici n'a de leçons à donner. Nous avons tous nos démons de prédilection.

D'un œil, j'embrasse la nuit noire au-delà de la fenêtre.

Encore une journée de passée sur Solanum. Une de plus en enfer. Perdu dans le dédale de mes réflexions, j'en oublie ma paume, qui crame méchamment, me ramenant à la réalité.

– Elle ne mérite rien de plus, rétorqué-je, laconique.

– Tu ne sais pas de quoi tu parles, déclare Circé, agacée.

Je rabats le clapet du briquet d'un geste sec, m'incline, les coudes sur les cuisses, avant de croiser les mains sur ma nuque.

– C'est vous qui ne savez pas de quoi vous parlez.

– Cette fille est un nid à embrouilles, renchérit Khassian en m'envoyant une clope, que j'allume aussitôt. La preuve. Elle est à peine arrivée qu'elle fait son show et attire l'attention sur nous.

– Vous n'arrêtez pas de la chercher, logique que vous finissiez par la trouver, riposte Circé sur le même ton qu'elle utiliserait pour s'adresser à des abrutis. Et n'oublie pas où elle a terminé la journée.

– Si Yenna n'a aucun répit, entre vous, Saint-John ou bien encore Duke et ses sbires, je ne donne pas cher de sa peau, souffle Lenor dans un murmure contrarié.

Je connais les horreurs que dissimule Solanum, et pourtant je n'éprouve pas un soupçon de remords. Tout comme je n'en ai pas ressenti lorsque je l'ai balancée sur le matelas. Peut-être qu'à force d'être renvoyé sur cette pourriture d'île, j'en suis devenu une à mon tour. Une de ses monstruosités. Et puis… j'aurais pu la faire tomber là où il n'y avait rien pour amortir son cul.

– Elle ne mérite pas plus, répété-je, borné.

Devant nous, Khassian éclate ses poings contre le sac de sable qu'il s'est confectionné pour défouler ses nerfs au lieu de les écraser sur la gueule d'un résident ou, pire, d'un surveillant.

– Tu ne la connais pas, Cir.

– Toi non plus, réplique-t-elle, venimeuse.

Je tire une latte, seul plaisir auquel ma mère souscrit en m'envoyant trois cartouches de tabac tous les quinze jours. Faut croire que, dans son esprit, me coller un cancer des poumons est synonyme d'amour maternel.

Une jambe désormais repliée en tailleur, je bloque une minute sur Ismaël, en train de s'enquiller la bouteille de bourbon qu'il a soudoyée à l'une des gardiennes en échange d'une baise rapide. Il ne l'apprécie même pas, se contentant de boire sans soif. Comme il le fait avec la bouffe, la drogue, le sexe… Tout ou rien. Jusqu'à la saturation. Jusqu'à ce qu'un jour, il en crève. Parce que, fatalement, c'est ainsi qu'il finira… dévoré par ses excès. Comme nous tous, je suppose.

Mon regard dérive ensuite sur la cerise rougeoyante de ma clope, que j'approche dangereusement de ma cheville à découvert, la toile de mon jean légèrement remontée. La chaleur lèche ma peau, fait courir dans mes artères une veine d'électricité pure.

– Vous tirez des conclusions sans la connaître. Vous êtes moins cons, d'ordinaire.

– Et toi, moins naïve.

– On s'est toujours protégés de l'extérieur. On maintient les autres à l'écart dès lors qu'ils représentent une galère. Là, vous jugez sans savoir. Je n'aime pas ça. Je dirais même que cela me déplaît souverainement.

Un arc de haine me tacle. Il picore l'ensemble de mes cellules. Constater que cette salope a réussi à se mettre Circé et Lenor dans la poche avec tant de facilité me fout la rage. Littéralement. Je la sens se déverser, ramper, et même rebondir sur ma chair déjà abîmée. Avec ses grands yeux de biche et ses longs cheveux noirs, Ochoa roule son monde avec l'aisance d'un tox face à une pipe à crack.

J'aimerais que les filles s'alignent sur nous. Pourtant, je ferme ma gueule. Il est bien trop tôt. Je ne veux pas qu'elles se jettent sur cette garce pour dénouer les fils. Hors de question qu'elle me voie arriver. Je veux que le coup, ce jour-là, soit fatal.

– J'en sais bien assez. Au contraire de toi, lancé-je, abrupt, en sautant sur le sol.

Le filtre coincé entre mes lèvres, j'abats ma paume sur ma joue, puis frotte mon épiderme afin d'en chasser la fatigue.

– Vous me gonflez, décrété-je d'une voix enrouée. Je me casse.

J'écrase sèchement mon mégot avec le talon. Un sourire aussi aimable qu'une fermeture Éclair ombre mon visage. Je passe les doigts dans mes cheveux, fais claquer ensuite une ou deux fois mon annulaire contre mon index, histoire de détendre la laisse qui ceinture mon abdomen.

– Liêm, ne réagis pas comme ça…

– Ce que tu peux te montrer têtu !

– Et vous, bornées.

Incapable de résister à l'envie de les envoyer chier, je me tire avant de dire quelque chose que je regretterais réellement et m'engage dans l'escalier sans faire de bruit. La porte entrouverte, je m'assure que le couloir est désert et me coule ensuite par l'interstice. Graisser la patte d'un ou deux matons est relativement facile, surtout pour un mec dans ma situation, mais, lorsqu'il s'agit de certains d'entre eux… c'est juste mission impossible. Et là, on est l'une de ces nuits. D'ordinaire, on ne joue pas avec le feu quand Duke Tannen est de garde. Pourtant, ce soir, nous avons agi à l'encontre de ce principe. En partie parce que Ochoa nous a collé les nerfs. Parce qu'elle a excité les miens en les plantant avec un putain de pic à glace. Mon estomac se convulse, mes muscles se tétanisent lorsque son visage s'imprime sur mes rétines. Ses yeux en amande. Ses lèvres naturellement aussi rouges qu'une cerise en plein été. Pas étonnant qu'elle trompe si bien son monde…

Dès que j'atteins l'étage où se situe la chambre que je partage avec Khassian et Ismaël, je m'immobilise. Le karma a visiblement décidé de s'amuser avec ma carcasse.

Postée au milieu du couloir, Yenna. Dos à moi, elle ne bouge pas. Un peu plus, et l'on pourrait la prendre pour une statue. Une statue qui n'a pas l'air décidée à virer son cul de là. Mon regard glisse sur sa silhouette moulée dans un legging usé ainsi qu'un tee-shirt d'une bonne taille trop juste. En parlant de son cul, force m'est d'admettre qu'il envoie du lourd. Bombé et ferme, bien en chair… Dans d'autres circonstances qui n'impliqueraient pas…

Stop !

Je me remets d'aplomb d'un revers mental. Que l'on me coupe les couilles si je commence à fantasmer sur cette garce…

Les mains fourrées dans les poches, je m'approche furtivement afin de ne pas donner l'alerte. Manquerait plus qu'elle attire l'attention et dévoile, par inadvertance ou non, l'absence des autres dans leur piaule. Une fois derrière elle, je contemple, grâce aux rayons de la lune transperçant les fenêtres, la ligne de sa nuque. Comme Yenna continue son manège, je la contourne afin de me planter pile devant elle.

Aucune réaction. Enfin… pas complètement.

Ses yeux noirs grands ouverts, la bouche scellée, l'Inuite ne semble pas me voir. Elle ne paraît pas calculer grand-chose, d'ailleurs. Les poings toujours emprisonnés, je me penche vers elle jusqu'à ce que nos deux visages se retrouvent l'un en face de l'autre. D'aussi près, je note, malgré moi, les taches de rousseur sur son nez et ses pommettes délicates. Ses putains de lèvres rouges. Sans émettre un seul son, elle articule une litanie impossible à déchiffrer.

Un sourire à la limite de la malfaisance m'échappe. Ma paume balaie l'air entre nous avant que mes doigts ne claquent face à son expression inerte dans le but de valider ma théorie.

– Tu ne m'entends pas, hein, la vipère ?

Les pupilles fixes de Yenna se dilatent tandis que son corps commence à trembler. J'avance d'un pas, envahissant totalement son espace. Toujours sans la toucher, je m'incline de manière que mon souffle caresse le grain de sa peau.

– Mais je parierais que tu me sens…

Yenna recule, gémit, tente de se soustraire à ma présence. Et moi, je refuse de lui accorder le moindre répit. Soudain, elle mute. Se transforme en abandonnant les faux-semblants dont elle use devant les autres.

Ses iris se durcissent, ses traits également. Elle s'ourle de violence en une seconde. Avec un cri muet coincé dans la trachée, Ochoa me saute à la gorge. Ses phalanges repliées en un poing frappent sans aucune pitié ma mâchoire. Son buste heurte mon torse en cherchant à me faire perdre l'équilibre.

Et tout ça sans qu'elle se réveille. De ça, aussi, j'en suis certain. Ochoa est en pleine crise de somnambulisme et transfère tout ce qu'elle a accumulé depuis son arrivée dans sa façon de m'agresser.

Un léger rire s'évade d'entre mes lèvres lorsque la douleur irradie sur mon visage. Un ruban de colère s'emmêle à l'amusement qui me scie le bide. Jusqu'à ce que je traduise le son qui provient de l'escalier.

Des pas…

Abandonnant les commandes à mon instinct, alors que la furie se déchaîne contre moi, je la saisis d'une main à la gorge tandis que, de l'autre, j'ouvre la porte d'un débarras. D'une impulsion, je nous propulse dans le placard, que je referme sur nous. Il paraît qu'il ne faut pas bousculer une personne atteinte de somnambulisme. Rien à foutre. Mieux vaut ça que Duke qui nous tombe dessus.

Mieux vaut ça que de se retrouver à…

L'instant d'après, je la plaque contre la cloison nous séparant d'une putain de galère. Ses courbes emprisonnées s'impriment sur mon corps. Je pourrais éviter de la tenir si près. Pourtant, au lieu de lâcher du lest, je resserre mon étau. Sa respiration hachée devient la mienne. Ma jambe glissée entre ses cuisses frôle leur delta, provoquant un orage sous ma peau. Un de ses bras replié entre nous deux, son autre poignet épinglé entre mes doigts, je l'observe émerger de sa crise. Incapable de me détourner. Mon pouls tonne contre mes tempes tandis que mon ventre est dévoré par une insupportable fournaise.

Fasciné, je ne loupe rien de ses cils, qui papillonnent tellement fort que je jurerais les sentir battre sur mon propre épiderme. De ses yeux, qui roulent. De ses membres alanguis, qui reprennent vie. De ses seins, écrasés contre mes muscles et sous lesquels se débat un souffle qu'elle ne maîtrise pas. Tous ces putains de détails qui me volent le mien, de souffle.

Au moment où elle s'apprête à parler, une voix étouffée résonne à travers le bois. Machinalement, ma paume quitte sa gorge pour la bâillonner tandis qu'un sourire moqueur ravage ma bouche.

– T'as de la chance, murmuré-je si doucement qu'elle

décrypte mes paroles plus qu'elle ne les entend. Je crois bien préférer ta compagnie à la sienne.

Yenna me fusille du regard. Elle doit se mordre la langue pour éviter de se rebiffer. La peur bouffe la rage, car, au-delà de la porte, les voix de Duke et de l'un de ses sous-fifres retentissent.

– J'étais persuadé d'avoir entendu du bruit.

– Pas un d'eux n'oserait bouger une oreille sous ma surveillance, se rengorge ce salopard de Duke. Ils savent ce qui les attend.

Mes phalanges appuient sur les lèvres de Yenna pour l'empêcher de lâcher le moindre son. En réponse, elle se tortille, exaltant le cyclone au creux de mon bide. Cet orage alimenté par une excitation carrément malsaine. Celle de l'avoir à ma merci. Celle de la mettre profond à l'autre connard dans le couloir.

Vicieuse, Ochoa me mord un doigt en représailles, et moi, j'accentue la pression sur son visage.

– Crois-moi, sifflé-je quasi silencieusement, les maxillaires serrés. S'ils nous chopent, tu prieras pour t'agenouiller des heures sur ces conneries de petits pois congelés.

Elle accroche ma main, la griffe pour m'obliger à la décaler et pouvoir ainsi murmurer :

– Dis-moi ce que tu as contre moi. J'en ai assez… Ne pas comprendre me rend folle. Toi, tu me rends folle.

Je plonge dans son cou, respire à pleins poumons cette note de fraîcheur presque… nocturne qu'exhale sa peau. Soudé à sa chair, je gronde :

– Pas encore suffisamment.

20

Yenna

J'enjambe d'un pas incertain le bac de la douche de notre salle de bains. La fatigue, conjuguée à mes nerfs piqués de tellement d'aiguilles qu'ils doivent ressembler à des poupées vaudoues, me pèse déjà alors que le réveil vient à peine de sonner. L'impression de ne pas avoir fermé l'œil de la nuit écrase mes épaules. Une fois la porte de la cabine refermée, je positionne le mitigeur sur la température la plus chaude… qui s'avère tout juste tiède.

– Fait chier!

La respiration bloquée, je plonge sous le ciel de pluie. Offre mon visage au jet afin de le nettoyer de cet amas d'impuretés qui me colle à la peau, puis courbe la nuque. Les paumes à plat sur la vieille faïence, je me laisse aller. Quelques minutes pour sortir du brouillard. Quelques minutes pour me remettre de ma crise nocturne.

Comme à chaque fois, je ne me rappelle pas m'être relevée de mon lit ni avoir quitté la chambre. Un frisson d'appréhension griffe ma colonne. D'aussi loin que je suis capable de me souvenir, ces épisodes surviennent quand mes émotions partent en vrille. Une longue privation de sommeil, ainsi qu'aimaient les infliger les nonnes de l'orphelinat, un pic de stress, ou même une simple angine peuvent, depuis que je suis gamine, m'emporter jusqu'à cette lisière floue entre l'éveil et le rêve. Et, lorsque je suis dans cet état… Un soupir s'évade d'entre mes lèvres tandis que l'eau refroidit de plus en plus.

Pas vraiment somnambule, je souffre plutôt de parasomnie. Plus sournois, les symptômes vont de l'hallucination à la terreur nocturne. Sans parler des pulsions agressives qui me déchirent…

Il a fallu que ce soit ici. Il a fallu que ce soit avec lui. Que ce salaud soit présent durant l'un de mes moments les plus vulnérables.

Merde !

Mon poing s'abat contre le carrelage afin que j'évacue la colère et ce sentiment de honte qui me submergent. Son sourire satisfait doublé d'une pointe d'arrogance pure s'impose à moi. Cette impuissance qui me cisaille le ventre est tellement humiliante…

D'un autre geste rageur, je ferme le robinet et sors de la douche en attrapant la serviette. Puis je me frictionne avec tant d'énergie que mon épiderme se pare d'immenses traînées écarlates. Devant le miroir en pied fixé au dos de la porte, je prends une minute pour inspecter ce corps qui me trahit en allant se balader n'importe où sans autorisation.

– Sale traître… accusé-je mon reflet avec amertume.

Je lâche un énième soupir en me détournant pour saisir la pile de fringues embarquée avec moi. J'hésite encore une petite seconde devant mon choix. Comment je suis censée m'habiller pour une séance de thérapie de groupe ? La première du genre à laquelle je m'apprête à assister, sur injonction du directeur. Un frisson me cueille, mes pensées déviées vers le dingue qui dirige cet asile de tarés. Il y a de quoi hurler. Je ne peux pas me rebeller au risque de très mal finir. Ça, je l'ai bien compris. Il y va de ma survie, au minimum mentale.

L'orphelinat était peut-être le purgatoire, mais Solanum… Solanum n'est rien d'autre que le nid de l'enfer.

L'esprit à la dérive, j'enfile rapidement mon jean avec un débardeur sous un gros pull à l'encolure si large qu'il dévoile l'une de mes épaules en retombant quasiment dans le creux de mon coude. Je natte ensuite mes cheveux en une lourde tresse. Le visage dépouillé de maquillage, avec pour unique bijou des boucles d'oreilles typiquement inuites, je repasse dans la chambre déserte afin de dénicher une paire de mukluks. Une fois les bottes fourrées si douillettes aux pieds, je prends mon courage à deux mains en chassant la panique de devoir faire semblant d'expulser des secrets que je ne compte absolument pas révéler face à un groupe au mieux indifférent, au pire hostile.

Les étages avalés, je frappe à la porte de la psy tout en priant de m'être trompée de jour, d'heure, de mois, voire de dimension. Malheureusement, le « Entrez ! » retentissant à travers le bois, ne me laisse guère d'espoir. À peine entrée, je me prends de plein fouet les visages de ceux déjà assis sur des chaises pliantes disposées en cercle. Celui, bienveillant, de la médecin. Amical de Lenor. Renfermé de Khassian. Dédaigneux de Canel. Juvénile de Billy.

Et, pire que tout… les traits aussi harmonieux que féroces de Liêm.

Cela dit, lui non plus n'a pas l'air ravi. J'imagine que l'idée que j'en apprenne plus à son sujet lui déplaît. Bien. Très bien, même. Un sourire éclate sur mes lèvres. Soudain plus légère, je vais m'installer sur le dernier siège libre.

– Bienvenue dans notre cercle de confiance, Yenna. Je suis la Dre Boyd. Dans cette pièce, le jugement n'a pas sa place. Nous sommes tous présents pour la même chose : trouver l'équilibre et, plus encore, arriver à le maintenir.

Débusquer ces émotions négatives qui vous façonnent pour arriver à les évacuer une bonne fois pour toutes. Et, au cas où vous vous poseriez la question, oui, la non-participation à ces séances empêchera de valider ce module, et si je ne le valide pas…

Elle ne termine pas sa phrase. Inutile. Nous sommes tous conscients des enjeux. Avec un soupir, je croise les bras ainsi que les jambes, rencognée contre le dossier de ma chaise.

– Khassian, tu veux commencer ?

Aucune réaction. Je retire ce que je viens de dire. Apparemment, non, nous n'en sommes pas tous conscients. Ou alors, il s'en tape. J'ai du mal à imaginer que l'on ne mette pas toutes les chances de son côté pour se tirer d'ici. La doc griffonne sur son dossier, puis relève la tête pour nous détailler les uns après les autres.

– Le travail en groupe permet de motiver chacun d'entre vous à pratiquer ses exercices, à réaliser que vous n'êtes pas seuls. La méditation, la respiration et le désamorçage sont des techniques basiques, mais nécessaires.

Elle se met debout et commence à déambuler autour de nous.

– Gardez à l'esprit que les opinions exprimées dans ce cercle sont respectables et respectées, quelles qu'elles soient. Et maintenant, nous allons jouer à l'éventail aux compliments.

Alors que des grognements de protestations s'élèvent, la psy les ignore royalement pour aller farfouiller dans sa mallette et en sortir plusieurs feuilles blanches, qu'elle nous distribue.

– Vous êtes six pour six éventails. Sur le vôtre, vous écrirez uniquement votre prénom. Ensuite, vous le passez à votre voisin, qui notera dessus quelque chose de positif sur vous, et ainsi de suite. Cela peut être une qualité ou un simple compliment. À la fin, chacun récupère le sien et lit à voix haute ce qu'il y a d'écrit. Prêts ?

Durant le quart d'heure qui suit, nous nous bornons à suivre du mieux possible la consigne. Billy, du haut de ses 17 ans, ou bien Lenor se prêtent avec entrain au jeu quand Liêm file un coup de pied dans le siège de Khassian, qui se met à l'insulter bruyamment dans une langue slave. Du russe, peut-être… Un beau duo de salopards, ces deux-là.

Lorsque je relève les yeux, je croise le regard de Canel qui, aussitôt, pince les lèvres. Son visage hautain me ramène à ce moment où je l'ai surprise avec d'autres, sur le ponton, sous la surveillance de Duke. Néanmoins, je suis vite expulsée de mes pensées à l'instant où mon éventail me revient entre les doigts.

La psy frappe dans ses mains, satisfaite de nous voir collaborer.

– Qui se lance ? Billy ?

Pas folle, la guêpe : elle choisit le plus malléable pour dérider le groupe qui renâcle. Le petit blond, à peine plus grand que moi, déplie un pan de sa feuille. Un immense sourire éclot sur ses traits, dévoilant ainsi ses dents du bonheur.

– « Tu es stylé. » Merci, Canel.

Cette dernière hoche la tête à son attention sans se dérider. Bizarrement, je doute d'avoir autant de chance, vu la manière dont elle me jauge. Cette nana n'a pas l'air d'apprécier les gens en général, et les femmes en particulier.

– Mis à part tes dents, on va dire que c'est potable, tempère-t-elle sur un ton indifférent.

– À toi, Lenor.

La rousse trépigne, puis déroule un pli avant de jeter un œil torve vers Khassian.

– « Tu es bonnasse », lit-elle. Sérieusement, Khass ? Bonnasse ? T'es nul.

Le décoloré s'esclaffe en abattant sa paume sur sa cuisse moulée dans un *skinny* noir. Il checke dans sa direction avec un clin d'œil.

– C'est un putain de compliment, tu sais.

– Venant d'un type qui se taperait un babouin s'il n'avait que ça sous la main, je n'en suis pas totalement convaincue.

J'éclate de rire, incapable de me retenir. Ce qui me vaut un regard amusé de Lenor, courroucé de la part de Khassian et… À vrai dire, je ne sais pas trop comment interpréter celui, ambigu, que m'adresse Liêm. Il y a désormais ce secret entre nous, celui qui nous relie sans que je ne puisse rien y faire. Il m'a surprise pendant la crise d'une pathologie dont personne, ici, n'est au courant.

– Et si Ochoa nous lisait un de ses plis ? intervient-il tout à coup.

– Bien. Et ce sera ensuite ton tour, approuve la médecin en se tournant de mon côté.

Je sais. Je sais déjà que ça va être ma fête. L'intuition. Le cœur battant, je reporte mon attention sur le papier entre mes doigts, consciente d'être le point de mire. Et je suis censée choisir lequel, au juste ? Car ce que j'ai sous les yeux est un florilège de conneries.

Tu as les plus beaux cheveux que j'ai jamais vus. Merci, Lenor.

T'es courageuse, il en faut pour porter tes fringues. Canel ou l'art de balancer une vacherie sans en avoir l'air.

Ta bouche de suceuse. Ce mec a vraiment un problème.

Tu es souriante. Les mots de Billy m'apaisent aussitôt.

Puis le dernier. Avant de le déplier, j'hésite. J'hésite,

car il est clair que les mots de Liêm doivent dégueuler de haine et de mépris. En face de moi, lui prend son pied. Assis de biais, un bras sur son dossier, il ne me regarde pas vraiment. Pourtant, je n'éprouve aucun doute sur le fait qu'aucun de mes gestes ne lui échappe. Ses cheveux mouillés ondulent encore plus qu'à l'ordinaire, cachant ainsi une bonne moitié de son visage. Son seul œil visible est voilé par un nuage de brume, le coin de sa bouche rehaussé d'un rictus grinçant alors qu'il échange un regard complice avec son horrible binôme.

– Fatiguée, Ochoa ? Mal dormi, peut-être ?

– Comme un bébé, rétorqué-je du tac au tac. À l'exception d'un cauchemar où il était question d'un cafard. Une grosse blatte qui s'est permis de venir hanter mes rêves.

Soudain aussi vif qu'un cobra, il pivote pour s'asseoir correctement. Les coudes plantés sur les cuisses, il me dévisage. Frontal, cette fois.

– Tu passes ton tour ?

J'avale l'excès de salive qui colle à mon palais et me reporte sur l'encre. Mes phalanges se rétractent sur le papier et le froissent. Un éclair me foudroie de l'intérieur. L'impression qu'une boule de lave vient d'éclater dans mon ventre pour irradier l'intégralité de mes cellules.

Un mot. Un seul mot.

Marleigh.

21

Yenna

Les lettres inscrites sur le papier se floutent. Incapable de m'arracher à l'inscription qui me nargue, je dois prendre sur moi pour ne rien laisser paraître. Inutile de lever la tête pour savoir que Liêm ne perd pas une miette de l'expression qui barre mon visage. Une seconde de faiblesse provoque un tremblement, que j'enraye assez rapidement. Pas assez, cependant, pour que je n'entende pas un ricanement s'effilocher entre nous. Tout le monde me fixe avec curiosité. Je dois… Je… Mon poing se referme sur l'éventail pour le transformer en une boule chiffonnée. Mes phalanges sont si serrées que leurs jointures pâlissent.

Marleigh…

Comment ? Comment ce mec peut-il… Je ne suis pas bouleversée. Je suis au-delà. Contempler ce prénom me renvoie à une période si compliquée de ma vie que j'ai parfois l'impression de l'avoir vécue de l'extérieur. Sans compter que, de toute évidence, Liêm possède un ascendant indéniable sur moi.

Et il en a tout à fait conscience.

Si j'avais le moindre doute à ce sujet, je n'ai qu'à me heurter à son regard nébuleux. Les commissures de sa bouche frémissent à peine. Ses mâchoires contractées se dessinent avec finesse lorsqu'il bascule très légèrement la nuque. Oui, Liêm a tout à fait conscience de ce qu'il détient sur moi. Une vérité que je croyais secrète, et surtout enterrée depuis des années. Comment, pourquoi ? Finalement, je m'en fous. Le résultat sera toujours le même.

Et ce résultat tient en cinq mots : je suis dans la merde.

Un frisson infernal se tatoue à même mes cellules. Le bleu de ses yeux, semblable à une couche de cristal, miroite tant Liêm savoure sa victoire. Une seconde, peut-être une minute, à moins que ce soit une heure, nous restons là, à nous observer. À débusquer la faille. À compter les coups.

– Tu ne nous fais pas partager, Ochoa ? T'es timide ? Tu sais quoi ? J'en lis un, et puis c'est ton tour.

Sa voix douce me soutire une moue contrariée. Ainsi qu'un battement de cœur trop fort. Trop lourd, également. Un battement traître et meurtrier. Son timbre est atroce. Il me donne l'impression de couler sur ma peau. De s'enlacer à la plus petite parcelle de mon être pour le corrompre.

Imperturbable, Liêm déplie son éventail pour choisir l'un des messages.

– « Joue avec le feu et c'est toi qui flamberas, taré », déchiffre-t-il avec un sourire en coin. J'aime les mots d'amour. Ils sentent bon la désillusion. La rage. Et le désespoir.

La survie oblige, de temps en temps, à reconnaître une défaite temporaire. Je recule les pieds de ma chaise, me remets si vivement debout que celle-ci tombe en arrière, et fourre la note dans ma poche en m'exclamant, les muscles tendus :

– J'en ai ma claque ! C'est bon, j'arrête !

La psy fronce les sourcils. D'une main, elle triture le turban sous lequel sont emprisonnés ses cheveux châtains en suivant mon regard dirigé sur Liêm, mais aussi sur Canel ou encore Khassian, histoire de la perdre.

– Qu'avez-vous encore fait ? Qu'est-ce que vous avez écrit, tous les trois ?

Au lieu de lui donner raison, je balance ce qui me passe par le crâne pour l'éloigner des interrogations que soulève le prénom écrit sur le papier.

– Rien qui mérite d'être répété.

Dépitée, elle soupire, puis se lève à son tour.

– Je vous libère. La séance est de toute façon réduite à néant. La prochaine fois, je ne serai pas si conciliante, menace-t-elle sur un ton qu'elle espère cassant.

Le problème, c'est qu'adopter le style baba cool sous LSD n'incite pas à être pris au sérieux. Bien décidée à vite me tirer de là afin de pouvoir rassembler mes idées et réfléchir aux conséquences de la bombe lâchée par Liêm, je fuis lamentablement. À vif, je m'échappe pour rejoindre le bureau de Jane et le tableau journalier d'attribution des tâches.

Évidemment, je tombe des nues en voyant mon nom appartenir au même groupe de travail que celui de Casablancas. Évidemment, je refuse de l'approcher, répugnée. J'ai terriblement besoin de temps. De temps loin de lui.

Mais, évidemment, je fonce. Quitte à me créer de nouveaux problèmes. Au point où j'en suis… Qu'importe, du moment que je suis retirée de son équipe.

Je vais ouvrir la porte, la forcer, devrais-je dire, en dépit du panneau d'interdiction de déranger, quand une main sur mon biceps m'en empêche. Le visage inquiet de Lenor apparaît dans mon champ de vision.

– Ne jamais outrepasser les ordres. Tu ne sais jamais ce que tu risques.

Butée, je me dégage. Butée et paniquée. Le prénom de Marleigh flotte autour de moi comme s'il attendait une erreur de ma part pour m'attaquer et me porter le coup fatal. C'est insupportable. Que Liêm détienne ce morceau de moi me terrifie.

– Il est hors de question que je passe la journée dans l'ombre de ce connard. Tu m'entends ? Hors de question !

Parce que sous son casque de boucles rousses se cache une entêtée, elle attrape mon poignet afin de me tirer dans un recoin.

– Je ne sais pas ce qu'il se passe pour que tu aies à ce point la frousse, chuchote Lenor, son regard verrouillé au mien. Ça ne me regarde pas. Je ne suis même pas sûre de vouloir le savoir, d'ailleurs. Je vais juste te donner un conseil : ne te mets pas plus de personnes à dos. Tu as assez de problèmes comme ça à Solanum, inutile d'en rajouter. Tu ne crois pas ?

Je crois… qu'il est vraiment temps que j'organise ma défense. Et, souvent, celle-ci se définit par l'attaque.

22

Yenna

Septième jour sans incident.

Septième jour depuis cette séance de groupe.

Septième jour et… je n'aime pas ça. Vraiment pas. Pas que je sois pessimiste, mais nous sommes à Solanum. Ici, le chaos est la règle. Ici, celui-ci est un art de vivre. Une véritable addiction. Ou une infection.

Le silence complet me détruit, morceau par morceau. Parce qu'il engendre l'attente. Parce qu'il crée l'angoisse. Parce qu'il alimente toutes mes pensées.

Quand Liêm va-t-il s'en prendre à moi ? Pourquoi ? En réalité, je sais pourquoi. Liêm Casablancas est un con et, en roi des cons, il s'amuse. À mes dépens, en se taisant.

Une lame de froid me cueille par surprise alors que je termine de ranger la salle à manger après le dîner. Tendue, je m'appuie sur la table sur laquelle je viens de m'échiner avec un chiffon. Cette inertie me tue. Je crois bien encore préférer quand il attaque de manière plus frontale. Est-ce que je deviens dingue ? Aussi tarée que les tarés qui hantent les murs de ce foyer ?

Un léger bruit de pas dans mon dos recentre mon attention. Sans me dépêcher, mes omoplates brûlées par le laser d'un regard, je prends le temps de ranger les produits ménagers dans la corbeille avant de me retourner sur… Canel. Les bras croisés, elle me fixe d'un œil inquisiteur. Sa bouche se froisse en un sourire si froid que j'imagine très sérieusement cette fille en train de pisser des stalactites.

– Qu'est-ce que je peux faire pour toi ? Besoin que je te prête des fringues, peut-être ?

– Je suppose ne pas l'avoir volée, celle-là, mais non. Je te les laisse. À regret, hein !

Elle avance d'un pas, examine la salle commune pour avoir la certitude que nous sommes seules et finit par dévoiler la raison de sa venue.

– On ne peut pas dire que nous soyons parties du bon pied, toutes les deux.

– On ne peut pas, non. C'est même un euphémisme, grommelé-je en enlevant les gants de latex pour triturer la tresse qui pend sur mon épaule.

– Oui, bon… élude Canel, les yeux au plafond. Tu sais ce que l'on dit : la clé, c'est de ne pas ressasser le passé.

Le passé… Un ricanement déborde de mes lèvres. Quelques semaines ne sont pas exactement ce que j'appellerais le passé.

– Qu'est-ce que tu veux ? la coupé-je avec un soupçon d'impatience.

Elle arrête enfin son manège pour opérer une volte-face en mode drama queen. Ses cheveux blonds rassemblés en une queue-de-cheval haute me fouettent presque le visage. Sa main droite s'arrime à sa hanche.

– Je demande un armistice. Solanum est suffisamment stressant pour ne pas en rajouter.

Décidément… Cette fille a un réel talent pour minimiser les faits. Je cale une fesse sur la table, attendant la suite, qui ne tarde pas.

– Écoute, Jenna… Yenna, se reprend-elle avec un sourire faussement contrit.

Garce.

– Nous devrions mettre de côté nos *débuts* et devenir amies. Cette île a tendance à exacerber nos mauvais instincts plutôt que de les mettre en sourdine. C'est assez fou quand on y pense. Nous sommes censés nous créer une seconde chance. Sauf que, finalement, nous nous divisons plutôt que de nous allier.

Là, je dois avouer qu'elle marque un point.

– Et tu proposes quoi ?

Ses traits se détendent aussitôt. Soulagée, Canel inspire profondément, comme si elle prenait de l'élan pour asséner son coup.

– Tu es au courant pour les petites soirées de Liêm Casablancas et sa bande ?

Ses paroles n'ont rien d'une question, mais tout d'une affirmation… que je ne confirme pas. Si j'ai appris une chose au cours de ma vie, c'est bien que la survie réside dans le silence. Je n'ai rien vu, rien entendu, rien dit. Aussi, je me contente de l'observer, la tête penchée, lui laissant ainsi le champ libre. La pointe de sa langue apparaît, lèche sa commissure gauche, avant que Canel n'enchaîne :

– Bref. Le sujet n'est pas vraiment là.

Sa voix perd plusieurs octaves, devenant un mince filet, tandis qu'elle s'approche.

– Il n'y a pas qu'eux, souffle-t-elle d'un ton conspirateur, qui réussissent à s'amuser. Solanum est pétri de règles. Cependant, les contourner n'est pas si compliqué lorsque l'on sait s'y prendre. Il suffit d'un peu d'expérience et d'une mécanique huilée. Encore une fois, il n'y a pas qu'eux qui savent s'y prendre.

Ses doigts s'enroulent autour de mon poignet.

– J'aimerais que tu m'accompagnes. Pour m'excuser de mon accueil pourri, plaide-t-elle en battant des cils.

J'hésite. J'hésite vraiment entre lui coller un stop dans

les gencives ou… lui coller un stop directement dans les gencives.

– Tu n'as pas confiance, traduit Canel devant ma bouche close.

– Tu ne m'as pas donné de raisons d'en avoir, tu en conviendras.

– Touché. Mais c'est une chance d'y remédier, me contre-t-elle calmement. Viens, fais-toi un avis par toi-même. Et puis tu risques quoi ? De passer un mauvais moment ? Les distractions sont si nombreuses que tu préfères bouder celle que je te propose parce que c'est moi, justement, qui te mets sur le coup ?

Elle a mis dans le mille. Pile-poil au centre de la cible. Non seulement je ne lui accorde aucun crédit, mais, surtout, que ce plan provienne d'elle l'enrobe d'une odeur de soufre. Une grimace tord son visage avant que son expression ne vire à une moue plus maligne.

– Bien sûr, tu peux rester dans ton coin et laisser les autres décider à ta place, te ballotter du point A au point B. Abandonner les commandes aux surveillants, à ces trois connards. Ou même à Lenor et Circé. Tout dépend.

– De quoi ?

– De la manière dont tu désires être perçue.

Je hausse les épaules, indifférente.

– Je me fiche de la façon dont les autres me voient, assuré-je avec fermeté.

D'une impulsion, Canel se redresse, lisse ses cheveux, qu'elle rejette dans son dos d'un geste gracieux, puis se dirige vers la porte.

– Je parlais de celle dont, toi, tu te perçois, précise-t-elle sans me jeter un dernier coup d'œil. Éternelle victime. Combative. À toi de choisir.

Et ce choix, il est vite fait.

***

Il est plus d'une heure du matin lorsque je me glisse, stressée, en dehors de la chambre que je partage avec Lenor et Circé. Lenor et Circé, qui sont absentes. Sûrement à l'une de leurs petites soirées privées dans les combles, sauteries où je ne suis clairement plus la bienvenue. Je ne leur en veux pas. Après tout, ils étaient amis bien avant que je ne débarque…

Résultat, me voilà, prête à entrer dans la gueule du loup, et de mon plein gré, ce qui est pire. Je ne suis pas totalement stupide, même si là, tout de suite, à me voir descendre l'escalier en catimini, j'ai un énorme doute à ce sujet. Canel ne s'est pas transformée en sainte patronne des causes perdues en quelques heures. Pas plus que, moi, je suis devenue la fille populaire de ce foyer qui ressemble de plus en plus à un *escape game* impossible à solutionner. Ce qu'elle a en tête m'échappe. Néanmoins, je plonge. Peut-être parce que je me sens seule, ou juste par envie de jeter un œil. En attendant, je suis là. Qu'importent mes raisons. Qu'importent les siennes.

En bas des marches de l'escalier, dissimulée dans un recoin sombre afin d'éviter d'être remarquée, ma nouvelle copine patiente. Elle ne porte pas grand-chose, me renvoyant, une fois de plus, vers cette nuit où je l'ai surprise du côté du ponton. Quant à moi, avec mon gros anorak, mon jean et mes bottes fourrées, je suis prête à affronter le froid. Sans prononcer un mot, Canel saisit mon bras, enroule le sien autour, mieux que ne le ferait un boa constricteur, et m'entraîne dehors via les caves.

Si, durant la journée, l'île paraît aussi belle qu'inhospitalière, ce n'est rien à côté de la nuit. Tout semble si… atrocement magnifique. Un tableau baroque où chaque coup de crayon crée une aura énigmatique. La nappe de brume au-dessus de la cime des séquoias géants, la mélodie du vent dans leurs branches, celle des rares animaux nocturnes peuplant Solanum, le jeu des ombres çà et là… ou bien encore le manoir et l'Octogone, tous deux menaçants dans l'obscurité. Chaque détail creuse un sentiment de malaise, insuffle une lame d'angoisse dérangeante entre mes flancs.

Lorsque nous atteignons le carré de bois et nous enfonçons entre les arbres, je dois pratiquement me contraindre à ne pas me dégager de l'étreinte de Canel pour me tirer de là fissa et regagner la sécurité de mon lit. Pourtant, plutôt que de suivre mon instinct, je laisse Canel dicter mes pas. Mes doigts agrippés aux siens, à moins que ce soit l'inverse, je trébuche sur une racine, bute contre une pierre, ronchonne, le visage cinglé par la bise glaciale typiquement alaskienne.

– Nous y sommes.

Devant nous se dresse, dans la pénombre, un mausolée. Un frisson, qui n'a rien à voir avec la température, s'immisce sous mon blouson. Machinalement, je tâte la fausse fourrure bordant ma capuche. Les pierres grises accentuent l'allure fantomatique du monument, me donnant l'impression étrange que quelqu'un – ou quelque chose – joue aux osselets avec mes vertèbres. La prise de Canel sur mes phalanges se resserre.

– Tu as peur ?

Peur. Paniquée, curieuse, certaine de commettre une erreur ? Oui, complètement.

23

Yenna

Lorsque je pénètre dans le mausolée, je réalise deux choses. La première : j'aurais vraiment mieux fait de rester dans ma chambre, car j'ai, de toute évidence, sauté à pieds joints dans un sacré paquet d'embrouilles. La deuxième : cet endroit, ce foyer, en général, n'a décidément rien de normal.

Le directeur et sa discipline archaïque, dont mes os se souviennent encore. Les surveillants incorruptibles. Ceux qui sont aussi – voire plus – tarés que les résidents. Et les autres, les profiteurs, qui se remplissent les poches grâce à la contrebande. Sinon, comment expliquer l'alcool ? Le cannabis ? Ou bien encore le briquet que l'autre cinglé de pyromane ne doit pas être autorisé à posséder et qui ne quitte jamais ses doigts ?

Vu ce qui se déroule sous mon nez, il est clair que Solanum est une vraie passoire.

– Je… Waouh ! soufflé-je, abasourdie. Comment c'est… possible ?

Canel me lâche enfin avant de virevolter pour me faire face, la porte ayant été refermée derrière nous. Ses iris flamboient d'une lueur rusée.

– Je te l'ai dit : il faut simplement avoir… du doigté. Ainsi que des contacts.

Je ne réponds pas, sans voix. À quoi bon ? Inutile, la

démonstration se passe juste là. Toute à ma contemplation, je réalise que Canel a changé de place au moment où son menton se pose dans le creux de mon épaule. Son buste moulé contre mon dos, ses mains s'arriment à mes hanches.

– Bienvenue à Solanum *by night*… dans notre club privé.

L'espace est étroit. Aucune fenêtre, en dehors d'un soupirail à peine entrouvert, histoire que la fumée s'évacue. L'impression d'être coincée dans un genre d'aquarium saturé d'hormones, de relents de shit, de nicotine et d'alcool contracte ma gorge. Il n'y a pas de chauffage, mis à part un vieux radiateur à pétrole. Toutefois, la température et l'humidité font que je crève de chaud sous mon anorak. Plusieurs lampes de camping sont disposées sur le sol afin de donner un peu de luminosité à ceux qui s'entassent entre les murs épais.

Dans la semi-pénombre, les visages restent flous. Les silhouettes, elles, se découpent en ombres. Certains dansent collés-très-serrés sans vraiment bouger. D'autres se contentent de boire ou de fumer. Dans un coin, quelques-uns – dont Billy – sont assis en cercle autour d'un saladier rempli… de gélules et de cachets multicolores. Canel doit sentir ma stupéfaction, car elle se met à rire doucement.

– L'art et la manière, Yenna. L'art et la manière…

– Il n'empêche, la coupé-je, médusée. Que ce soit quasi sous le nez des gardiens est inconcevable. Démentiel. Oui, c'est ça : démentiel. Je me répète, donc, mais comment ?

– Tu permets que je garde encore quelques petits secrets ?

L'un des pensionnaires, Viggo, il me semble, chope un médoc, l'avale avec une gorgée de tequila, puis se laisse tomber en arrière, les bras en croix, déjà stone. Je finis par suivre l'exemple de Canel et l'enjambe pendant qu'un gars pioche, les yeux bandés, dans le récipient. Je ne sais même plus où poser le regard. Tout est tellement… étrange.

Canel exerce une légère pression sur mon bras dans le but de récupérer mon attention.

– Ce n'est que l'antichambre, s'amuse-t-elle, un sourcil arqué soulignant son ton railleur. Un simple avant-goût. Tout le monde n'a pas accès à l'autre côté. Il faut faire ses preuves pour le mériter, mais… disons que tu es l'exception qui confirme la règle.

Tout à coup, elle capture mon autre main, son air mortellement sérieux saupoudré d'une bonne dose d'impertinence.

– Tu en veux plus ? susurre-t-elle, ses iris suspendus aux miens. Inutile de mentir. Je le lis dans tes yeux. Alors, viens avec moi.

Je me rends seulement compte qu'elle s'est immobilisée devant une porte fermée. Mon pouls accélère méchamment comme s'il réalisait, avant moi, que quelque chose est sur le point de se passer. Quelque chose dont je ne suis pas certaine de me remettre.

Je devrais refuser, m'en aller, et je dois sérieusement délirer, mais…

D'un hochement de tête, j'acquiesce avec une pointe d'arrogance destinée à planquer tout… *ça*. Ce *ça* qui me remue si violemment.

– J'ai grandi au sein d'un orphelinat, pas dans de la soie. J'ai déjà vu beaucoup de trucs dans ma vie. Beaucoup. Crois-moi, je suis prête.

Un sourire effronté étire ses lèvres enduites d'une couche de gloss rose trop *girly* pour cet endroit louche.

– *Crois-moi*, me corrige-t-elle en m'imitant, tu n'es pas prête.

Elle n'attend pas que je renchérisse. Mon bras emprisonné

sous le sien pour que je ne change pas d'avis, Canel se retourne à nouveau… et ouvre la boîte de Pandore. Sauf qu'à l'intérieur, ce n'est pas l'espoir qui demeure. Pas l'espoir, mais la folie.

Je change d'univers. Littéralement. Si la première partie du mausolée m'a impressionnée, là, je… je me perds. Dans mes sensations.

Parce que je plonge. Noyée dans un flot de lumière rouge, la petite pièce fait aussitôt écho avec l'enfer promis par Canel. Une enceinte portable diffuse une musique aux accents carrément indécents, si basse que, paradoxalement, son pouvoir s'accroît en jouant avec nos sens. Les notes rampent sur ma peau pendant que, désormais main dans la main avec la blonde, j'avance.

Je suis submergée.

Par les sons, ces gémissements sourds qui m'effleurent telle la caresse d'une plume trempée dans de l'acide.

Par les effluves, un mélange suave d'encens et de cet autre parfum, plus tranchant, qui s'incruste dans mes veines dans l'unique but de les faire bouillir.

– Ce que tu vois te plaît ? murmure Canel contre mon oreille en me débarrassant de mon blouson sans que je songe à opposer la moindre résistance. Je parie que oui. Petite vicieuse…

Submergée par les images. Ces images qui explosent à la surface de mes rétines. Ces images qui dévorent chacune de mes synapses, chacun de mes neurones.

Dans tous les coins… Ils sont dans tous les coins et recoins de cet espace exigu. Occupés à succomber. À créer le cinquième cercle[1].

Dans un renfoncement, Khassian, son jean baissé sur les genoux, prend sans douceur une fille contre le mur

1. Le cinquième cercle est celui de la luxure selon *La Divine Comédie* de Dante.

du fond. Un bras tendu en appui sur la pierre, l'autre qui ceinture sa partenaire, il la besogne si durement que le corps fragile semble se briser à chaque impact.

Un hoquet m'échappe lorsque sa tête se tourne vers moi. Ses yeux se révulsent dans leurs orbites. Elle expulse un râle si indécent que mon pouls fait une embardée.

– Lenor…

– Et ce n'est pas terminé, s'amuse Canel en soulevant ma tresse pour la ramener sur l'une de mes épaules. Ce n'est jamais fini…

Ses doigts tracent la ligne de ma mâchoire inférieure jusqu'à s'emparer de mon menton afin de me manipuler. Un frisson monstrueux m'arrache la peau. J'aurais dû le voir tout de suite, et pourtant, inconsciemment, je l'ai occulté en me concentrant sur le couple formé par cette brute de Slave et la poupée rousse.

Il est là. Juste à quelques mètres. Calé contre une dalle, Liêm m'apparaît uniquement de profil. Il ne me remarque pas, focalisé sur la fille agenouillée entre ses jambes largement écartées. Ses traits fins se durcissent au moment où il renverse la nuque en arrière. Sa paume flatte le sommet de la tête brune, l'encourage à le prendre plus profondément en bouche. Ma respiration se suspend. Je suis en apnée dans cet aquarium infernal. Mes membres plâtrés par le choc, je me tétanise. Ne réfléchis même pas à m'enfuir. Une véritable statue.

Un pic à glace transperce mes tempes, provoquant la fusion entre les parois de mon crâne.

– Avoue. Avoue que ce que tu vois te plaît… insiste Canel, le timbre enroué. Tu agis comme si tu étais meilleure que nous mais, toi et moi, nous savons ce qu'il en est. Toi, moi et *lui*. Tu as le cœur aussi rouillé que ce salaud.

Ses phalanges se rétractent sur mon visage quand

Liêm tire les cheveux de la nana pour libérer son… sa… Putain ! D'un mouvement aussi vif que félin, il la fait pivoter de façon qu'ils échangent leurs places respectives. Mes yeux s'élargissent en découvrant l'identité de la fille, mon esprit jusque-là trop accaparé par l'aura écrasante de Casablancas.

– Circé… balbutié-je, heurtée. Je croyais qu'ils ne… Que Khassian leur interdisait de… Qu'ils…

Incapable d'aligner deux mots cohérents, je ne peux empêcher cette scène surréaliste de me happer. Liêm bloque Circé, toujours à genoux, contre la dalle du caveau. Épingle ses poignets pour l'empêcher de le toucher, puis s'enfonce de nouveau entre ses lèvres. Ses hanches déchaînées contre son visage, Liêm lui baise la bouche.

Ce n'est pas du désir. Pas de l'envie. Ni même de la colère. Mais de la rage qui se dégage de ses coups de reins à lui. Qui transpire de sa fougue à elle. Comme si chacun d'eux assouvissait un besoin presque animal.

Une flaque de magma se liquéfie dans mon abdomen. Implose en centaine d'étincelles dans absolument tous mes organes. La blonde dans mon dos a raison. Je ne vaux pas mieux qu'eux. Pas quand j'ai la sensation d'avoir avalé mon cœur tant celui-ci bat fort. Pas quand j'étouffe, mes poumons écrasés. D'un mouvement sec, Canel me force autant que possible à tourner la tête vers elle.

– Tu… tu… tu croyais quoi ? se moque-t-elle. Avant d'être tes copines, ces filles appartiennent à son cercle, à lui. Son cercle ultra-fermé. Tout se passe uniquement entre eux. La voilà, la vérité sur cet endroit. Tu sais pourquoi Liêm aura toujours une longueur d'avance sur toi ?

Malgré moi, mon regard se déporte vers lui… qui a disparu. Là où se tenait Casablancas, il n'y a plus que

Circé qui, haletante, rampe sur la dalle afin de s'allonger, rompue et satisfaite. Ses lèvres luisantes et gonflées m'hypnotisent avant que je ne décroche vite d'elle, les paroles de Canel volant toute la place.

– Parce qu'il ne se contente pas de subir cet orage qui stagne en permanence au-dessus de Solanum, chuchote-t-elle rapidement. Il sait aussi le dompter pour le modeler à son image. Celle d'un détraqué.

Son index longe ma gorge jusqu'à la naissance de ma poitrine.

– Je ne devrais pas te le dire, mais tu mérites d'avoir un aperçu de ce qui est sur le point de te dévorer. Alors, je vais te donner une petite info sur lui. Tu te demandes d'où viennent ces marques sur sa peau, hein ? Gosse, Liêm a été frappé par la foudre. Ce type est tellement pourri jusqu'à la moelle que même la mort n'a pas voulu de lui, ricane Canel. Cela dit, elle lui a laissé un petit souvenir en explosant une partie de ses vaisseaux sanguins. Voilà qui tu t'es mis à dos.

Choquée, je peine à émerger, engloutie par ses mots autant que par les images qui se télescopent devant mes yeux. C'est tellement dingue ! Épuisant mes dernières réserves, je m'accroche pourtant à cette réalité. Tant pis si elle est tordue, le principal restera toujours de ne pas sombrer.

Et quand j'espère me débattre suffisamment pour atteindre la surface, me voilà de nouveau entraînée par le fond. Les courbes de Canel me quittent tandis que sa voix résonne, moqueuse, pour s'adresser à quelqu'un… qui n'est pas moi.

– Chose promise, chose due. Elle est toute à toi.

24

Yenna

Avant que je ne comprenne pleinement la portée de ses paroles, la situation switche encore. Derrière moi, Canel a disparu. Pourtant, sans me retourner, je sais ne pas être seule. Même si je ne peux pas l'être réellement dans cet endroit où les corps se percutent et s'emboîtent.

Je le devine à ma nuque qui me brûle. Liêm est là, tapi dans mon dos. Enfin, tapi… non. C'est même plutôt le contraire, en réalité. Une vague de chaleur galope dans mes artères. Je devrais paniquer, et c'est le cas. Toutefois, la peur s'enlace à cette autre sensation. Celle de posséder enfin un fil barbelé de pouvoir à mon tour. Parce que l'un de ses secrets m'appartient aussi, désormais. Et même s'il n'a pas la puissance de ce que peut représenter Marleigh, je saurai m'en contenter.

Quand il se penche, les émanations de sexe dont est imprégnée sa peau s'enroulent autour de moi pour me mordre sans aucune pitié. Ma respiration coincée quelque part dans mes poumons, je m'arrache du spectacle de Lenor, en train de chevaucher Ismaël, tandis que Khassian continue de la pilonner, pour me retourner.

Et le prendre de plein fouet. Son teint pâle. Ses yeux de cristal. Ses cheveux si noirs que j'y distingue des reflets bleutés. Sa bouche. Le pli cruel qui étire ses lèvres en un sourire grinçant. Presque rouillé.

Mon regard plonge sur ses doigts, occupés à reboutonner lentement son jean, avant de s'attarder sur les cicatrices provoquées par l'éclair qui l'a foudroyé enfant. Les marques rosées, qui disparaissent sous sa chemise, grimpent le long de son cou jusqu'à manger une partie de sa mâchoire. Leur forme est si étrange… Une espèce de liane épanouie en un entrelacs compliqué. Le temps d'une nanoseconde, je ne peux m'empêcher. M'empêcher de me demander quelle sensation caresser ces fleurs de foudre me procurerait… Est-ce que les toucher m'électrocuterait, moi aussi ?

Sans aucun doute possible.

Mon instinct me préconise de foutre le camp. Et pourtant… Pourtant, je reste là, enracinée au sol crasseux de ce caveau lugubre. Face à Liêm, qui n'attend qu'une chose, une chose que je ne lui céderai jamais : le moyen de planter ses crochets pour m'inoculer sa saleté de venin. Campé fermement sur ses longues jambes, il me scrute d'un œil opaque. Pas assez, cependant, pour que je ne capte pas les flammes qui assiègent ses pupilles dilatées. Son attention se détourne sur le trio infernal, qui n'en finit plus de gémir, puis revient se braquer sur moi. Il avance d'un pas, si près que son haleine épicée s'écrase sur mon visage.

– Pourquoi ?

Comme si tout était normal, quand rien ici ne l'est, il me répond avec une décontraction hallucinante qui me fout à cran.

– Parce que je l'ai décidé.

– À quel point tu mènes la danse ? le questionné-je, effarée.

Ce type est dingue. Pas un doux dingue, hein, mais bel et bien un détraqué.

Un autre pas vers moi. Du revers de son index, Liêm repousse délicatement une mèche brune de mon front.

– Envie de danser, la vipère ?

Au lieu d'entrer dans son jeu, je suis le fil de ma propre pensée.

– Tout ça pour me montrer que…

– Que, quoi que tu croies, imagines ou je ne sais quelle connerie, tu n'es rien sur Solanum ? Exactement.

Si vif que je n'ai pas le temps de réagir, Liêm m'attrape par les épaules pour m'obliger à pivoter de nouveau et à mater le trouple. Ses paumes glissent lentement sur mes bras, ses ongles râpent ma peau. Je sais ce qu'il essaie de faire : il tente de me fragiliser. Encore.

Sa bouche à l'orée de mon oreille, mon corps recouvert par le sien, Casablancas murmure d'une voix si langoureuse qu'elle se pare d'un accent atrocement lascif. Pour ne pas dire obscène tant elle est imprégnée par les effluves de sexe.

– Dis-le.

– Dire quoi ? chuchoté-je en déglutissant.

Son timbre agit comme de l'acide. Il décompose le tison planté dans ma cage thoracique depuis que j'ai posé un orteil dans cet endroit. À cause de Liêm, celui-ci se désagrège en une kyrielle de particules qui m'ébrèchent au passage.

– Que tu voudrais être à sa place.

Coléreuse, je serre les mâchoires ainsi que les poings et assène :

– Tu essaies de me piéger, espèce de tordu. Cette nuit n'est que ça : un foutu piège.

Liêm se met à rire, un son à la fois flippant et étrangement suave, alors même qu'il ne contient pas un gramme d'hilarité.

– Qu'est-ce qui ne l'est pas ici ?

Un râle sourd m'échappe lorsque ses phalanges s'enfoncent durement dans mes bras pour les griffer.

– Regarde-les… Et ne mens pas, je le saurai.

Incapable de me défiler, j'espionne Lenor, prise entre Khassian et Ismaël. Par Khassian et Ismaël. Le plaisir qui s'inscrit sur son visage est juste… beau. Une pointe de jalousie me traverse, fugace mais bien réelle. Ce n'est pas tant la rousse que je jalouse, mais ça, ce plaisir qui a déserté mes veines il y a longtemps.

– Tu en as envie ?

La musique pulsant toujours en sourdine, je n'entends pas clairement leurs plaintes ni leurs corps qui claquent. Toutefois, mon esprit fait le lien. Comble les manques. Parce que, ces sons, ils courent sur ma peau.

– Juste là ?

Une lame d'excitation fend ma poitrine lorsque l'une de ses mains se pose sur mon ventre tandis que, de l'autre, il emprisonne mon poignet, traçant un frisson. Son pouce me caresse avant de se positionner, avec une précision étrange, sur la veine à l'intérieur de mon articulation. Il appuie légèrement mais avec fermeté, son corps maintenant le mien.

– Tu as envie de te glisser entre eux ? De prendre la place de Lenor ?

Je meurs de chaud. L'impression que les murs se resserrent sur nous. Que je deviens folle, moi aussi. Qu'un simple doigt sur mon épiderme me consumerait.

Que le simple contact de son doigt me tue.

– À moins que tu veuilles que les trois s'occupent de toi ? Qu'ils découvrent chaque parcelle de ta peau, te lèchent…

– Si tu cherches à me déstabiliser, essaie encore, rétorqué-je sur un ton acide.

Je crâne. Alors qu'en réalité, je n'en mène pas large. J'essaie de demeurer imperturbable. De ne pas inspirer trop fort. De ne pas perdre mon souffle quelque part dans ma cage thoracique parce que j'ai compris. Liêm contrôle les pulsations de mon pouls sous la pulpe de son pouce pour juger si je mens ou non.

Connard.

– Peut-être que tu préférerais que ce soit quelqu'un d'autre qui pénètre ton ventre, murmure Casablancas d'un ton… sale. Un autre que tu hais. Après tout…

Il a beau se trouver dans mon dos, je le sens esquisser l'un de ses sourires bancals dont il a le secret.

– La haine est tellement puissante… Elle décuple ce qui pourrit entre nos côtes.

Sa voix douce est aussi tranchante qu'un tesson de verre. Elle est partout. À se répercuter entre les murs en pierre pour revenir tel un boomerang. L'impression qu'il hurle alors qu'il murmure. La sensation que sa bouche frôle ma joue quand il ne me touche pas. Qu'il…

– Va te faire foutre, Liêm.

– Allez, *mon cœur*… Tu adorerais ça, crois-moi. Et tu le sais.

Soudain, l'overdose. Elle déborde de sous ma chair pour libérer un monstre avide et dévorant. Juste au moment où ses dents cisaillent la peau tendre de mon cou. Où ses lèvres l'aspirent avec violence. Non, pas presque. Avec une violence tout ce qu'il y a de plus réelle. Un pic de douleur bourdonne au creux de mon abdomen, créant une masse trop lourde, trop corrosive entre mes cuisses.

Un soupir se disloque dans ma trachée sans réussir à la franchir. Ce n'est pas Liêm. Ça ne peut pas être lui qui provoque cet amas de pulsions folles. Je le refuse. Il est tard. La vision des corps entrelacés déforme mes pensées et…

Reprends-toi, Yenna !

– Ochoa… susurre-t-il, un rire cruel s'expulsant de sa gorge. On sait, toi et moi, que tu aimes que ce soit brutal.

– Tu ne sais rien de moi.

Son pouce continue d'écraser mon pouls qui s'envole. Ralentit. Repart en trombe. Qui n'en fait qu'à sa tête et s'aligne sur ses paroles. Sur les oscillations de son corps.

Un putain de cobra en train de fasciner sa proie pour mieux la bouffer.

– J'en sais bien plus que tu ne l'imagines.

La douche froide. Marleigh. Évidemment… Bien sûr qu'il en sait déjà beaucoup trop. Quoi qu'il sache, la moindre info lui fournit des munitions contre moi. Liêm n'a plus qu'à charger son arme et tirer. Or, dire qu'il n'hésitera pas est un euphémisme.

– Assez pour te briser le cœur…

Ses mots devraient me faire peur, porteurs de promesses qui ont tout d'une menace. Pourtant, ils ont l'effet inverse. Ils rouvrent la brèche que les années à l'orphelinat ont creusée. La brèche transformée en gouffre sans fond après ce que j'ai vécu avec… avec Marleigh. Et avec elle renaît cette flamme qui m'a permis de tenir tout ce temps.

Une pellicule dégueulasse se greffe à ma peau.

– Tu crois me connaître, mais c'est faux.

D'un mouvement sec, je me dégage de son étreinte sans qu'il cherche à me retenir. Je fais volte-face, plante mes yeux dans ses prunelles noyées par la lumière rouge qui se déverse sur nous. Et pars à reculons.

– Personne ne me brise le cœur. Jamais.

– C'est toi qui les emmènes en enfer, hein, Ochoa ?

J'esquisse un sourire désinvolte en voyant, contre sa cuisse, ses doigts claquer, preuve qu'il n'est pas aussi décontracté qu'il le prétend. Si infime soit cette preuve, je m'en satisfais.

– Nous y sommes déjà. En enfer.

Mon corps branché en mode automatique, je soude mon regard au sien tandis que je rejoins Circé. Sans réfléchir, je monte sur la dalle sur laquelle elle est allongée, masque ses courbes avec les miennes. Mes seins compriment sa poitrine, mes hanches se plaquent contre son bassin.

Encore une fois, je ne me comprends pas moi-même. Je m'étais juré de faire profil bas et je me retrouve… *là*. À faire… *ça*.

À califourchon sur Circé, qui me fixe d'un œil lourd, et face à un Liêm narquois, je ne peux plus me défiler. Impossible. D'un geste calculé, je m'arc-boute, ramasse mes cheveux sur mon épaule. Avant de me pencher sur elle. L'une de mes paumes s'enroule autour de sa gorge, l'autre en appui sur la pierre froide, à côté de sa tête. Et je l'embrasse. Mes lèvres s'écrasent sur les siennes. En réponse à mon baiser, Circé empoigne mes fesses afin d'approfondir la fusion de nos deux corps.

L'excitation ébouillante mon sang. Pas franchement à cause de Circé. Elle se nourrit plutôt de la situation. De l'attention de Khassian et d'Ismaël. Surtout de celle, aussi aiguisée qu'une lame, de l'homme pour qui je provoque ce show. Un lacet de désir s'empare de mes sens, les ligote dans un nœud redoutable quand je devine l'érection qui barre son jean. Lorsque son sourire se déforme sous le coup de l'envie et de la colère entremêlées.

Je laisse s'écouler un gémissement, que je puise dans son regard incendiaire, creuse les reins pendant que les paumes de Circé remontent sur mes seins pour les pétrir. Plus je la chevauche, plus j'ondule, et plus le sourire de Liêm mute en un rictus carnassier.

La folie de ce qui est en train de se passer m'explose soudain au visage. Nous sommes enfermés dans un foyer censé nous réhabiliter. Sauf que l'influence de cette île est tout autre. Qui sommes-nous, sinon des gamins jouant à des jeux dangereux ? Des presque adultes traumatisés qui souhaitent tout casser. Tout détruire. Se détruire, peut-être aussi.

Et moi, au lieu de m'en préserver, je plonge plus profondément dans cet enfer. Noyée volontaire. Apparemment, il n'y a pas que Liêm Casablancas qui soit dingue. Nous le sommes tous.

25

Liêm

– Je te jure, putain ! J'ai l'impression de m'être fait branler par Wolverine. Elle m'a griffé le gland, bordel ! C'est quoi, cette mode d'ongles aussi longs, sérieux ?

– Longs et pointus, ajoute Khassian avec une moue dégoûtée. Elles ressemblent à Baba Yaga[1] avec leurs machins.

– Tout ça pour dire, reprend Ismaël avec une grimace douloureuse, que c'est la dernière fois que je laisse cette connasse de surveillante me bouffer la queue pour toi, Liêm.

Installé sur le rebord de la fenêtre de notre chambre, une jambe repliée, je mate d'un œil distrait l'extérieur. Le brouillard tombe en nappe sur la nuit déjà bien avancée, révélant la nature ténébreuse de cette foutue île. L'enfer est bien ici, tout comme ses démons. Ils sont partout autour de nous, à fouler cette terre maudite.

Le bras en appui sur mon genou, je les écoute parler tandis que mes doigts claquent les uns contre les autres pour m'aider à aligner mes réflexions. Le briquet au fond de ma poche crame le peu de neurones qui n'a pas été torpillé depuis mon arrivée, il y a quelques mois maintenant. Enfin… mon énième retour.

Une onde dégueulasse se couche sur ma nuque. Croque chacune de mes terminaisons nerveuses à la simple idée

1. Sorcière russe

de frotter la pierre du Zippo et de créer une flamme qui réduirait Solanum en un tas de cendres.

– Tu y as trouvé ton compte la nuit dernière, lâché-je d'une voix si basse qu'ils doivent se concentrer pour m'entendre. Lenor avait du mal à marcher ce matin. Vous ne l'avez pas loupée.

– Tu connais la règle : tout est permis. Leur corps, leur chatte, leur cul, et inversement. Les voilà, les règles de notre jeu à tous les cinq.

Isma a raison sur toute la ligne. Le jour où l'on a… planifié ces nuits particulières, à la crypte, le seul endroit assez à l'abandon pour ne pas attirer l'attention, chacun a posé ses exigences. L'arrière-salle nous appartient, à nous seuls. Et si l'on ne baise pas ensemble en temps normal, là… les barrières comme les inhibitions s'effondrent dans les règles de l'art. Entre nous : uniquement les filles et nous trois.

– Tout le monde y a trouvé son compte. Y compris toi en attirant Yenna là-bas.

– Je pense toujours que c'était une connerie, grogne Khass, les sourcils froncés. De l'y emmener.

– Elle a du style, rétorque Isma, les yeux rivés sur la poudre blanche étalée sur un miroir de poche. On ne peut pas lui reprocher ça. Elle m'a filé une de ces triques ! J'aurais voulu qu'elles aillent plus loin.

– N'importe quel sandwich te ferait bander, tranché-je dans un murmure.

En réalité, je suis d'assez mauvaise foi. Ça me torture de l'admettre, mais le show d'Ochoa ne m'a pas laissé insensible, moi non plus, ce qui aurait tendance à me foutre à cran. L'espace d'une bonne minute, peut-être même deux, je laisse le film se dérouler, histoire de vérifier si je déraille encore ou s'il s'agissait d'une faiblesse passagère.

Et le fait est que… ouais, carrément. Ma tension de nouveau à son paroxysme parle pour elle. C'est désagréable autant que frustrant de sentir le frisson lascif qui a bouffé ma peau renaître parce que mes réflexions se cristallisent sur elle.

Mon annulaire claque contre mon pouce.

Une fois, deux. Trois.

Un sourire déverrouille ma bouche quand, enfin, j'arrive à me recentrer. Ce n'est rien. Yenna Ochoa n'est qu'une écharde temporaire. Une inconnue de plus dans l'équation avec laquelle je jongle depuis que le juge m'a renfermé à Solanum. Encore.

Khassian s'amuse avec le cran d'arrêt volé à un gardien, s'entaillant volontairement l'index. Au lieu de le bander immédiatement, il contemple le sang perler et couler le long de son doigt, fasciné. Quant à Ismaël, il se marre pendant qu'il s'enfile une ligne dans le nez. Cadeau de la surveillante qu'il se tape régulièrement. Un échange de bons procédés, en somme : quelques coups de reins contre des faveurs, telles que fermer les yeux sur la nuit dernière au caveau, celle qui lui a valu d'avoir la queue balafrée.

– Elle risque de nous foutre des bâtons dans les roues, précise Khass. C'est un putain de problème, cette gonzesse.

L'odeur de la peau de Yenna sur ma langue me revient en pleine gueule, la sensation de ses courbes contre moi également. Mon poing se contracte. Je me fends alors d'un seul mot pour les rappeler à l'ordre, et moi avec :

– Marleigh.

Aussitôt prononcées, ces deux syllabes les figent. Le voile de givre qui baigne l'île semble s'être infiltré à l'intérieur de la pièce. Deux syllabes qui dévorent nos trois âmes. Huit lettres qui tissent ce lien invisible entre nous.

– Sa présence ne change rien, continué-je après quelques secondes en pivotant vers eux.

– T'en es bien sûr ?

– Ochoa n'est rien, insisté-je. À peine une épine. Au contraire, c'est même une bonne chose qu'elle ait été envoyée à Solanum.

– Et une sacrée coïncidence, intervient Ismaël alors qu'il sépare la poudre pour un second rail.

Khassian plante la lame de son couteau dans le cadre de son lit en bois avant de braquer son regard dans le mien.

– Et moi, j'ai l'intuition que t'y prends un peu trop de plaisir.

Du plaisir ? Une odeur d'essence imaginaire envahit tout à coup mes narines. Celle que j'assimile à Yenna Ochoa. Parce qu'elle est tout aussi volatile. Aussi nocive. Et pourtant, on ne peut s'empêcher de s'approcher pour la respirer.

Quant à moi, je crève d'envie de créer une flamme, noyé dans cette essence. Juste pour voir le feu s'allumer. Vérifier si, ainsi que je le pense, ce brasier embraserait le monde.

Mon sourire mute en un rictus sombre. Un rictus qui retrousse trop haut mes lèvres, dévoilant, au passage, la ligne de mes dents. Un sourire de loup, ainsi que l'appelle ma mère. D'une main, je fourrage dans mes cheveux et les rabats en arrière pendant que je scanne Khassian et Ismaël tour à tour.

– Je prends plaisir à imaginer Marleigh jouir dans son froc à l'idée de la savoir ici. Enfermée avec nous.

Ils n'ont pas le temps de réagir que, soudain, la porte s'ouvre avec tellement de force qu'elle rebondit contre le mur. En synchro parfaite avec l'ensemble des autres chambres, à en juger par le bordel dans le couloir.

– Inspection !

Ismaël a à peine le temps de balayer le miroir d'un revers que Duke pénètre dans la pièce, un air satisfait imprimé sur sa sale gueule. La matraque télescopique se balance à sa ceinture en me narguant. Ses yeux étrécis par l'adrénaline qui court dans ses veines, il nous fixe tour à tour.

– Vous connaissez la chanson. À vous de chanter le couplet.

On peut dire ça, ouais. Les inspections sont aussi fréquentes que totalement aléatoires, sans forcément de motifs. Dommage pour nous, on a carrément été négligents. Et chacun de nous trois en a conscience. L'esprit verrouillé, nous nous foutons à genoux en attendant que Duke passe la piaule au peigne fin. Qu'il laisse ses hommes le faire pour lui. Ce porc ne s'occupe pas du sale boulot. Lui préfère se charger de ce qui vient ensuite.

Les deux autres surveillants retournent la chambre. Une vraie mise à sac. Les lits sont défaits, les matelas jetés sur le sol, les draps arrachés. Ils retirent les tiroirs des commodes et des bureaux, fouillent derrière les meubles, sous les tapis. Dévissent les bouches d'aération. Ouvrent les chiottes pour voir si rien n'est planqué dans le réservoir. À mesure qu'ils procèdent, je sens la patience de Duke Tannen s'effilocher. Il a envie d'en découdre. Il a même besoin de ça. Pour se sentir important.

Pour nous écraser.

Son regard furète un peu partout, pire qu'un camé en manque à la recherche d'une dose dans un squat. Avant de s'arrêter sur Khassian. Ses traits épais s'aiguisent.

Eh merde !

Certain d'avoir ferré une proie, il se poste devant lui. Ses mains croisées dans le dos, il siffle.

– Lui. Fouillez-le.

Quand le cran d'arrêt apparaît, extirpé de sa chaussette, Khass inspire pour ne pas être tenté de filer un coup de tête au maton, fier de sa trouvaille. Heureusement, il est loin d'être stupide. De la marchandise frauduleuse représente toujours une galère – inutile de se mentir –, mais ce n'est rien à côté de violences volontaires sur un gardien. Aussi, il se coule instantanément dans un carcan de métal impossible à fissurer. Une fois son sort scellé, Tannen se ramène de mon côté.

Hors de question que l'un d'eux pose ne serait-ce qu'une phalange sur moi. Je préfère encore me pendre moi-même. Nonchalant, je me penche pour saisir le briquet dissimulé dans ma botte et le lui balance. Vif, il le rattrape au vol, le manipule entre ses doigts comme s'il s'agissait d'une bombe, puis, avec un sourire repu, le fourre dans sa poche.

– Regardez-le. L'insolence déborde de ses veines, s'amuse Duke. Du pur Casablancas.

– T'as touché le jackpot, Duke.

Un autre membre de son équipe apparaît sur le seuil. Il nous dévisage, à la recherche de son chef, et, une fois qu'il l'a trouvé, avance d'un pas rapide afin de murmurer à son oreille. Les joues de Duke se colorent de rose, preuve qu'il s'apprête à prendre son pied.

– Tiens donc.

26

Yenna

– Avance !

Hagarde, des lambeaux de sommeil imprégnant encore mes cellules, je passe devant Circé et Lenor qui me regardent quitter la chambre, impuissantes. La pitié dans leurs yeux est si palpable… La pitié, ainsi que l'incompréhension.

Je tends la main pour attraper un gilet avant de franchir le seuil. Un coup vif sur le bras m'en empêche. Suivi d'un autre dans les reins afin de m'intimer d'aller plus vite.

Encore l'un de mes secrets éventé. Encore un que je ne suis pas arrivée à retenir. Qui m'a explosé en plein visage quand les gardiens ont jailli dans la pièce dans le but de procéder à leur inspection. S'ils n'ont rien découvert du côté des filles… ça n'a pas été mon cas. Loin de là. Mon matelas une fois bazardé hors du sommier, la messe était dite.

Qui sème le vent récolte la tempête, à ce qu'il paraît. La tempête, elle est déjà terminée en ce qui me concerne. Elle s'est épuisée au moment où j'ai posé le pied sur le ponton de Solanum. Ce qui m'attend désormais tient plutôt du cataclysme.

À chaque foulée, je dois me concentrer pour enclencher la suivante, mes jambes de plus en plus raides. Glacée jusqu'aux os, je descends les marches pour gagner le vestibule derrière Viggo qui, lui aussi, s'est fait choper.

Les bras croisés sur la poitrine dans le vain espoir de me protéger, j'obéis aux ordres aboyés par un surveillant, qui m'indique où je dois attendre. Attendre quoi ? Attendre « qui », plutôt.

Une onde de choc se propage de ma nuque à mes orteils recroquevillés sur la laine coûteuse du tapis. Uniquement vêtue d'un legging et d'un tee-shirt, je grelotte. Peut-être à cause de la peur. Ou bien à cause du froid polaire régnant au rez-de-chaussée.

– Il a coupé le chauffage, chuchote Viggo à ma droite. Il fait toujours ça lors de ses inspections surprises. Histoire de nous mettre dans l'ambiance. La thérapie de l'attaque : paraît que sa *méthode* s'appelle comme ça. Si tu veux mon avis, c'est juste de la torture.

– Fermez-la ! s'égosille un autre garde en saisissant la matraque accrochée à sa ceinture. Personne ne parle, personne ne bouge !

Du bruit dans l'escalier me fait machinalement lever la tête. Khassian surgit, l'air de se foutre royalement de ce qui peut lui arriver, talonné par Liêm et Duke Tannen. Mon regard trouve sans le vouloir celui de Casablancas. Cherche à s'en détacher sans y parvenir. Piquée à vif par l'intensité agressive qui déborde de ses iris presque translucides, je suffoque. Sans un mot, le chef de l'équipe des gardiens les oblige à se ranger face à nous, puis se plante au milieu. Il s'éclaircit ensuite la gorge, prend son temps pour étirer son plaisir au maximum et maintenir le suspense, avant de finir par se racler la gorge.

– Nous avons quatre gagnants ce soir. Quatre, dont trois habitués. Zhelev, pour détention d'une arme prohibée, Viggo, pour un sachet de médocs qui ne lui ont pas été prescrits.

Oh, non, pas ça !

Un poing invisible se resserre autour de mes cervicales pour les broyer dès lors que je comprends combien l'humiliation va être totale. Que celle-ci va m'étouffer lorsqu'il aura exposé la raison de ma présence parmi eux.

– Une saloperie de briquet pour Casablancas, énonce Duke en dardant un regard incandescent sur Liêm, qui le soutient sans faillir. Un briquet dans la poche d'un pyromane, cherchez l'erreur…

Puis il pivote sur ses talons pour m'examiner de la tête aux pieds. Le rictus au coin de sa bouche s'élargit.

– Bien, bien, bien… Et voilà notre vainqueur. Notre *winneuse*. Messieurs, pour sa première participation, la petite nouvelle vous a tous coiffés au poteau. J'ai affaire à une cambrioleuse de haut vol, se moque-t-il en consultant le papier sur lequel est inscrit ce qui a été trouvé sous mon matelas. Une boucle d'oreille, un paquet de cigarettes, un stylo appartenant au doc et… le coupe-papier du directeur.

Ses yeux bruns brillent d'une excitation malsaine.

– Des objets qui ont mystérieusement disparu au cours de ces dernières semaines, continue-t-il sous l'attention des autres focalisée sur moi. T'as pas pu t'en empêcher, hein ? T'es là parce que tu t'es fait choper en train de voler, et pourtant, tu recommences aussitôt tes conneries. Clepto un jour, clepto toujours.

Dévoiler ainsi la raison de mon incarcération dans ce foyer est aussi déshumanisant que dégradant. Demain, tout le monde sera au courant. Sans compter que Duke vient de donner une énième arme chargée à Liêm. En plus de Marleigh, en plus de ma parasomnie, dont il a été le témoin.

C'est déjà compliqué de trouver sa place sur cette île qui regorge de secrets et de haine, mais là, Duke s'assure que je resterai seule. Personne ne se rangera jamais plus de mon côté en sachant que je risque de lui dérober quelque chose. Dans les endroits tels que Solanum ou l'orphelinat, on possède tellement peu que le vol est la limite à ne pas dépasser.

Et tout ça sous le regard de Liêm, qui pèse lourdement sur moi. Sa bouche se froisse d'un sourire, comme s'il captait mes pensées. Mes barrières effondrées, je baisse la tête pour fixer mes pieds nus. Une paire de baskets trouées atterrit soudain devant moi.

– Mets-les.

Sans comprendre où Duke souhaite en venir – à moins que j'aie peur de saisir, justement –, j'enfile les vieilles tennis avec dégoût. Pas de chaussettes, pas d'anorak, ni même de pull. Alors qu'il fait… Un frisson dévale ma colonne. Il ne peut quand même pas envisager de nous entraîner à l'extérieur… Ce serait un crime. Après tout, mourir de froid n'aurait rien d'impossible si Duke nous oblige à sortir. Et pourtant…

– Dehors, les rebelles.

Sidérée, je suis les autres sans qu'aucun d'eux ne se révolte. À peine ai-je franchi le seuil que je suis littéralement transpercée par une vague de froid. Ma respiration se coupe. Je chancelle et bute contre le torse de Liêm en reculant, avec l'impression de m'être cognée contre du granit. Sans démontrer une once de compassion, il me pousse en avant, avec un ricanement quand je manque de m'étaler en dérapant sur une plaque de givre. Les paumes plaquées sur mes avant-bras, je les frotte vigoureusement pour permettre à mon sang de circuler, puis fourre les mains sous mes aisselles.

Devant la maison, Tannen se retourne vers le groupe que nous formons.

– Vous ne m'en voudrez pas de vous séparer, en particulier Zhelev et Casablancas. Khassian et Viggo, ordonne-t-il, allez déblayer le ponton. Maxwell, tu les emmènes. Ces connards sont sous ta surveillance. Et vous deux…

Le sourire qui mord son visage est éclatant de vice.

– Avec moi.

Figée, je bloque sur les silhouettes en train de s'éloigner. Ma peau se filme d'une pellicule de givre, qui scintille doucement sous les étoiles. Ce serait presque… joli.

Joli et mortel.

– On y va !

Tannen m'attrape par la nuque. Ses doigts, emmitouflés dans d'épais gants de cuir fourrés, crochètent mes vertèbres, m'arrachant un cri, pour me propulser en avant.

– Peut-être devrais-tu avancer, Ochoa, marmonne Liêm en me dépassant. Sinon, il risque de te traîner par les cheveux. Et, tu peux me croire, je ne bougerai pas le petit doigt.

Le temps d'un battement de cils, je ne ressens plus la neige fondue qui tombe sur mes épaules. Parce que ses paroles acides me rongent de l'intérieur. Ses mots se débattent avec le froid pour savoir qui aura le dessus.

– Je ne voudrais même pas de ton petit doigt sur moi, Casablancas. Alors, tu sais où tu peux te le carrer.

La vue de ses bras nus me soutire une grimace. À croire qu'il se fout de crever congelé, ce con ! Sans plus se préoccuper de ma petite personne, Liêm progresse sur l'herbe glacée aussi tranquillement que s'il marchait en plein soleil. J'envie tellement sa décontraction… Autant que j'exècre sa présence pesante alors qu'il agit comme si j'existais à peine.

Lorsque nous atteignons l'arrière de la maison, Tannen s'immobilise devant l'abri de jardin en ferraille. Malgré moi, mon regard s'aimante à l'Octogone, dont la silhouette se découpe un peu plus loin grâce aux rayons de lune transperçant la cime des arbres. Je ne sais toujours pas à quoi sert cet endroit et ne tiens pas vraiment à le savoir. Une vague idée s'est dessinée au fil du temps dans mon esprit. Une idée qui me terrifie.

La voix du surveillant en chef me rappelle violemment à l'ordre. Du menton, il désigne un énorme tas de bûches, puis une espèce de cabane.

– Au boulot ! Nettoyez-moi ce bordel. Et n'essayez pas de vous défiler, je ne vous lâche pas des yeux… depuis la cuisine, ricane-t-il grassement. Bien au chaud.

Il s'apprête à retourner sur ses pas quand…

– Où sont les gants ?

Zippant la fermeture Éclair de son anorak jusqu'à son extrémité afin de camoufler le bas de son visage, Duke se met à rire plus fort. Liêm, lui, ne desserre pas les lèvres. Pas un spasme ne déride ses traits impassibles.

– Tu t'es crue au spa, princesse ? Et puis…

Ses yeux se promènent sur mon corps, insistant lourdement sur ma poitrine, aux pointes saisies par le froid. L'envie de plaquer mes paumes dessus me traverse. Pourtant, je m'oblige à ne pas lui offrir ce plaisir.

– T'es une Esquimaude, non ? Le froid, c'est votre came, à vous. Vos parents baisent en se roulant dans la neige. Vos mères, elles vous chient dans des igloos.

Là encore, je dois prendre sur moi pour ne pas réagir. Le provoquer ne ferait que l'exciter davantage. Seulement… parfois, ça ne fonctionne pas toujours.

– On dit « Inuk ».

Tannen se raidit. Sa bouche s'entrouvre pour expulser un peu de la haine qui nourrit ses artères. Néanmoins, il la referme sur un rictus immonde.

– Au boulot, répète-t-il d'une voix doucereuse. Rentrez ces stères de bois dans le cabanon. Je vous conseille de vous dépêcher… en tout cas, si vous ne voulez pas perdre un doigt ou un orteil. Au mieux.

Cette fois, je la boucle. Ce ne serait qu'une monstrueuse perte de temps et risquer de prendre plus cher encore, si tant est que ce soit possible. Résolue, en dépit de la morsure du froid, je fonce sur les bûches en essayant de ne pas glisser, empile deux tronçons et me dirige vers le cabanon. Sur le seuil, je me retourne vers Liêm, qui m'observe d'un œil nuageux. Duke s'est évaporé pour nous épier à l'aise, et surtout au chaud.

– Tu comptes me donner un coup de main ?

– Je suis assez tenté de te regarder t'échiner seule, la vipère. Ce serait… divertissant.

– Alors, ne bouge pas, grommelé-je, les lèvres déjà bleuies. Avec un peu de chance, ce ne sera pas un orteil ou l'un de tes doigts qui gèlera, mais ta putain de queue.

Pour la première fois depuis mon arrivée à Solanum, je l'entends rire. Vraiment. Un rire enroué qui se mêle au vent sifflant autour de nous. Un rire qui laisse place à un grondement sulfureux.

Il me rejoint, puis attrape à son tour des bûches pour aller les ranger.

– T'as raison, on devrait se magner.

Il s'arrête en passant près de moi et se penche à mon oreille afin de murmurer :

– Je pourrai toujours retrouver Circé dans votre chambre. Je suis sûr qu'elle ne rechignera pas à l'idée de réchauffer ma queue.

Le cœur perdu quelque part dans ma cage thoracique s'emballe vicieusement, mon esprit parasité par un flot d'images de l'autre nuit, au caveau.

– Mmmm. Je crois plutôt que ce sera ta main qui te réchauffera. À moins que tu veuilles que ton pote Khassian te démolisse, phalange après phalange.

Le coin de ses lèvres exsangues frémit. La rancœur perle de ses iris dilatés comme ceux d'un félin. Je devrais me taire. Au lieu de ça, j'enchaîne. De toute façon, la situation ne peut pas être pire.

– Tu l'as entendu ? Dépêche-toi, on n'a pas toute la nuit.

27

Yenna

Je suis si fatiguée… si fatiguée. La possibilité de me rouler en boule dans un coin me paraît de plus en plus envisageable à mesure que nous transportons les bûches. En pleine nuit. Alors que la température est négative.

Un bruit me tire de ma torpeur. Je sursaute et lâche, sans le vouloir, un morceau de bois, évitant de justesse qu'il ne me brise plusieurs orteils au passage. Orteils que je ne sens plus. Si ça se trouve, ils sont déjà réduits en bouillie de glaçons dans ces vieilles tennis détrempées.

– Putain ! siffle Liêm en revenant sur ses pas pour récupérer d'autres tronçons. Fais gaffe, Ochoa !

Inutile de gaspiller de l'énergie à l'envoyer promener, pas quand je suis à un rien de m'effondrer. Je me contente donc de lever mon majeur en essayant de plaquer un sourire sur mon visage. Même sa légendaire nonchalance de sale reptile en a pris un coup. Lui non plus n'en mène pas large. Les démons aussi ont leur seuil de tolérance, apparemment. Une seconde, je bloque sur les flocons accrochés dans ses cheveux noirs. Entre les cristaux, ses yeux cernés de disques sombres et sa bouche livide, il ressemble à un fantôme. Un spectre qui ne serait pas du genre Casper.

Stoppant net le fil de mes pensées, je ramasse le bois en coinçant les manches longues de mon tee-shirt autour de mes paumes pour éviter une énième écharde. Peine perdue. Un spasme torture le nerf de ma joue quand une nouvelle épine – après la centaine d'autres – se plante dans mon annulaire. Les lèvres scellées, j'enferme la plainte dans ma poitrine. Mords durement l'intérieur de ma joue pour dévier le mal. Quand je pense au connard, planqué dans la cuisine, qui nous espionne… Ce sadique doit se délecter de nous voir galérer. De nous voir souffrir. Ce type est un putain de pervers.

Je traîne les pieds jusqu'à l'abri. Heureusement pour nous, ce sont les derniers rondins. Focalisée sur le bout du tunnel, j'escalade le tas pour déposer mon chargement à son sommet, usant de mes dernières forces. Je jette les bûches si brutalement que mes membres semblent se détacher de mon corps disloqué par le froid et la fatigue. Un frisson éclot sur ma nuque tandis que la douleur terrasse mes articulations. Mes jambes me lâchent dans la foulée. Un cri coincé dans la gorge, je trébuche et me sens partir en arrière. Jusqu'à tomber sur le béton poussiéreux.

Un cri sourd pour moi et un ricanement sans joie pour Liêm, qui balance négligemment son chargement. Sur lui aussi se distinguent les stigmates de la nuit.

– Tu n'as même pas cherché à me retenir.

– Je t'avais dit de faire attention.

Suis-je bête… Ceci explique cela dans son esprit détraqué. Histoire d'entériner ce qu'il vient de dire, il croise les bras. Avec un regard qui pue combien il me trouve au mieux… insignifiante, entre deux crises de haine.

– Tu ne m'aideras pas, je suppose ?

– Tu supposes bien.

Son rictus habituel, celui du prédateur, qui retrousse trop haut ses lèvres, apparaît sur son visage cinglé par le froid.

– Plutôt crever.

Le début d'une méchante migraine frappe mes tempes.

– Ton vœu sera bientôt exaucé à ce rythme. Ça ne devrait plus tarder.

– Toujours des promesses… En attendant, tu respires encore. Allez, debout.

Je lève les yeux vers le plafond de tôle du cabanon, trop vannée pour le rembarrer.

– Debout, insiste Liêm d'un ton dur.

– Personne ne te retient, grogné-je avec un soupir exaspéré. On a terminé, non ?

– C'est vrai. Rien du tout. Sauf que je suis obligé d'attendre Duke pour rentrer, donc de me taper tes jérémiades. Tu me diras, on sait tous les deux combien tu es douée pour chouiner.

Cette fois, je déglutis de travers et m'étouffe à moitié. Avec la sensation que des centaines, des milliers d'aiguilles se fichent dans ma chair, je me remets debout tant bien que mal. Vacille. Puis raffermis assez mon équilibre pour saisir son biceps.

– Qu'est-ce que ça veut dire, encore, ce sous-entendu de merde ?

Un barrage rompt à même sa peau. Sur ses traits fatigués déferle une vague d'émotions absolument toutes nocives. C'est à son tour de réagir. Il m'attrape par l'encolure de mon tee-shirt, puis me fait reculer jusqu'à ce que mon dos heurte la pile de bois. La panique se mélange à un sursaut d'adrénaline dans mes veines, distillant un parfum étrange. Son visage à un souffle du mien, je me pétrifie quand lui sourit. Un sourire aussi cruel que malsain.

– Je sais beaucoup de choses à ton sujet.

Sans une trace de culpabilité, Liêm enroule son poing

dans le tissu, comprimant ma gorge. Il se penche, l'arête de son nez effleurant la mienne.

– Tellement de choses…

– Tu ne sais rien, craché-je en dépit de sa poigne qui m'étrangle. Rien du tout.

Ses doigts se crispent encore un peu plus dans le coton. En réaction, mes mains se plaquent sur ses abdominaux. Mes ongles le griffent férocement à travers son propre tee-shirt pour qu'il me libère.

– Tu en es bien sûre ?

Au moment où je m'apprête à balancer mon genou entre ses jambes, Liêm le sent venir. Il me lâche, épingle mes poignets contre les rondins, son immense corps pressé contre le mien.

– Tsss. Pas de coups en traître. Même si c'est ta spécialité.

Il décolle mes poignets du bois pour les rabattre de nouveau sèchement, m'extorquant une plainte. Son front chute contre le mien sans douceur.

– Je sais ce qui se cache là-dessous. Et c'est plutôt moche, hein, Yenna ?

Qu'il m'appelle par mon prénom me prend de court. Sauf que je n'ai pas le temps de réagir. Le son de la porte en métal du cabanon qui se referme, suivi de celui du verrou, nous ramène plutôt durement à la réalité.

D'une détente féline, Liêm bondit pour l'ouvrir. Hors de lui devant l'évidence, il expulse un hurlement de rage accompagné d'une rafale de coups de pied dans la porte. Sans résultat.

– Putain !

Il se retourne vivement et me vrille d'un regard assassin. Aussi, je me redresse, piquée, en massant mes poignets douloureux.

– Je rêve ou t'es en train de penser que c'est ma faute ?

Avant qu'il ne déverse son venin, un rire moqueur nous parvient de l'extérieur de l'abri.

– Tu ne vas pas nous laisser là, bordel ! rugit Liêm.

Épouvantée par la tournure que prend cette nuit surréaliste, je l'observe fracasser son poing sur la tôle, qui tremble sous les impacts.

– Te plains pas, Casablancas, ricane Duke depuis l'autre côté. J'aurais pu t'enchaîner dehors avec la petite chienne esquimaude. Tu connais l'adage ? « Qui aime bien châtie bien. »

Ce salaud s'éloigne. Son rire résonne, en déclinant, jusqu'à ce qu'il n'y ait plus que le silence et le vent. Sous le choc, je glisse sur le sol, incapable de tenir sur mes jambes flageolantes.

– Nous allons mourir, chuchoté-je, sous le choc, les yeux sur le toit délabré qui laisse entrapercevoir le ciel noir. C'est impossible de tenir encore longtemps là-dedans.

Liêm hausse les épaules, puis se laisse tomber à son tour.

– Ils ne peuvent pas, essayé-je de me persuader en claquant des dents. Ils ne peuvent pas nous abandonner à notre sort…

Les bras en appui sur ses genoux, Liêm souffle dans ses mains avant de me jeter un regard aigu qui anéantit le peu d'espoir qu'il me reste.

– Tout ce que désire ce porc, c'est nous briser. Plus c'est sale et plus il prend son pied. Tu peux me croire, il ne fait pas ça pour nous forcer à adopter un *meilleur* comportement, comme ce cul béni de Saint-John se l'imagine, mais juste pour nous casser.

– Ça ne se passe pas comme ça, chevroté-je. Ils ont des comptes à rendre…

Une expression condescendante se peint sur ses traits cristallisés par le froid.

– Tu vis à Solanum depuis des semaines. T'imagines vraiment que, sur cette île, quelqu'un en a quelque chose à cirer des règles ? se moque Casablancas en claquant des dents. Ils édictent les leurs. Le voilà, le credo de cette île : personne n'aide personne. Seul le contrôle importe. Détenir le pouvoir. Il n'y a pas de résilience, sur ce bout de terre, seulement la destruction, et pour finir, la ruine.

À mesure qu'il parle, une couche de glace se forme, et pire, se consolide autour du cœur qui bat trop lentement dans ma poitrine.

– Ochoa, tout le monde se fout de ce qui arrive aux jeunes délinquants dans notre genre. Toi, les autres, moi… Nous ne sommes que de la vermine, et la vermine, on s'en débarrasse. Les foyers du style de Solanum sont gérés par des sociétés privées avec qui le ministère passe un contrat. La justice, personne en a rien à foutre. Parce que, cette justice, elle se compte en dollars. Les flics, les procureurs, les juges… Beaucoup sont payés pour remplir des quotas. Sinon, une clepto comme toi ne se retrouverait pas coincée avec des toxicos, des mecs violents de la trempe de Khassian ou une nympho qui aurait plus sa place dans un hosto. C'est la loterie. Parfois, tu tombes bien, et parfois…

Liêm ne termine pas. À quoi bon ? J'ai parfaitement compris, merci. Le système est corrompu depuis longtemps, ce n'est pas vraiment un secret. Il me suffit de repenser à l'orphelinat et à ses méthodes douteuses pour en être persuadée.

Ses yeux se braquent sur moi. La lueur qui fusille ses iris

n'a rien d'apaisant ni de doux. Au contraire, elle est semblable à une tempête. À cent pour cent tumultueuse.

– Je suis sûre que tu me trouves à ma place ici.

Sa réponse fuse, franche et lapidaire.

– Sans aucune espèce de doute.

28

Yenna

Dix minutes. Vingt. Une demi-heure…

Et je finis par perdre la notion du temps.

Quelle importance ? Les gens se trompent. L'enfer n'a rien d'un feu infernal. Il est là, noyé dans ces limbes gelés, perdus au milieu des eaux. Sur cette île maudite. Ma poitrine se soulève de plus en plus difficilement.

J'essaie de remuer mes phalanges. Ces doigts que je ne sens plus… En réalité, je ne sens plus rien. Mes pensées elles-mêmes s'emberlificotent. Ramasser le bois nous a obligés à bouger, mais là… Dans ce cabanon minuscule, c'est impossible.

Alors, je sombre.

Sans pouvoir – ni juste vouloir – m'en empêcher, je glisse lentement sur le flanc. Une vraie poupée désarticulée. Mon épaule cogne le sol. Puis ma tête. Mes paupières me piquent, trop lourdes. Je ne claque plus des dents. Les frissons ont désormais cessé, tout comme la chair de poule. C'est étrange, ce besoin de somnoler… De juste fermer les yeux… C'est…

– Ochoa ?

Il ne peut pas me laisser tranquille ? Avec ses yeux bleus, qui fouillent toujours trop profondément pour essayer de gratter ce qu'il y a sous la surface.

– La… vipère…

Sa voix n'est pas comme d'habitude. Pas tout à fait. À la fois haletante, laborieuse… cabossée.

– Fait chier… Réponds, Yenna.

– Mmmm.

– Eh merde !

D'aussi loin que je flotte, je crois entendre du bruit. Des outils qui tombent, quelque chose en train de ramper. Le diable. Il arrive pour m'emporter. Mon heure est venue. À cause de tout ce que j'ai fait. À cause de… Il a raison, ma place est ici. Je l'ai méritée, nous le savons tous les deux.

Le bruit se rapproche. J'entrouvre les yeux. À peine, tant mes paupières sont lourdes. Si bien que, dans mon brouillard, je n'aperçois qu'une vague silhouette. Des cheveux noirs. Des iris de cristal… Lucifer a donc des cheveux trop longs et les yeux aussi durs que le diamant.

– Parle-moi.

J'en ai pas envie… Laisse-moi tranquille…

Voilà ce que je voudrais lui dire, mais rien ne sort d'entre mes lèvres, si ce n'est un affreux gargouillis.

Satan se penche, murmure :

– Parle-moi.

Ses mains se rétractent sur mes bras, qu'il vient d'empoigner.

– V… va… va te… faire foutre.

Un rire. Encore. Enfin… une espèce de croassement grinçant. Puis des doigts. Des phalanges qui s'infiltrent sous mon tee-shirt et palpent mes côtes. Qui remontent sur mes épaules pour les dégager du tissu en le coinçant sur ma nuque. Des doigts qui abaissent les bretelles de mon soutien-gorge. Passent les bonnets sous l'ovale de mes seins en évitant de les toucher au maximum. Avant de tirer mon legging sous mes genoux.

Liêm s'affaire ensuite à dénuder son propre corps.

– Tu… tu f…

Je me débats mollement, essaie de le repousser. Sans résultat.

– Je fais quoi ? me coupe Liêm, sa respiration hachée. Je sauve ton p'tit cul, voilà ce que je fais. Alors, arrête de bouger.

Et soudain… l'impact. Je crois que c'est ce qu'il a dû ressentir ce jour-là. Quand la foudre l'a frappé. Je le sais parce que… au moment où son corps se moule au mien, les deux à moitié nus, je le ressens, moi aussi. Ce courant électrique. Il est puissant. Il est violent. Naturel. Et possède le goût du tonnerre.

– Liêm…

Ses paumes sur mes omoplates, il me rabat d'un geste sec contre son torse. Mes seins s'écrasent sur son sternum, ses jambes capturent les miennes dans leur compas. Le nez contre la naissance de sa gorge, je respire le grain de sa peau. Polaire, avec un arôme de fumée et de bois, de sauge et de miel. Blottie contre lui, j'entends les battements sourds cogner si fort dans sa cage thoracique que chacun d'entre eux se répercute entre mes côtes.

L'impression que mon épiderme crame. Que mon cœur, mon cerveau, mes organes brûlent. D'être paralysée.

– C'est pas suffisant, gronde-t-il contre mon cuir chevelu. C'est pas suffisant, bordel…

Il s'enlace plus étroitement à mes courbes. Frotte mon dos, de mes épaules à mes reins.

– On peut faire mieux, décrète-t-il avec une note de réticence dans la voix. Il faut faire mieux, sinon ce sera la mort.

Sa respiration s'emballe. Contre le sommet de mon crâne, ses maxillaires se contractent.

– À quoi tu…

– La combustion, Yenna. La combustion spontanée.

D'une torsion de reins, il s'assied correctement, son dos contre la pile de bois. Autoritaire, Liêm me manipule afin de me caler à califourchon sur ses cuisses. Mon menton en appui sur sa clavicule, je soupire. J'ai toujours aussi froid, mais une veine de chaleur soudaine me submerge jusqu'à la racine des cheveux. Avoir les jambes ainsi écartées me donne l'impression d'être à découvert. Fragile. Vulnérable. Ce serait déjà le cas avec n'importe quel homme, mais avec lui… Avec Liêm, tout est décuplé. En pire.

– La combustion ? soufflé-je, nichée dans son cou.

– Tu sais ce qui réchauffe mieux que le peau à peau, la vipère ?

Au lieu d'achever sa pensée, Liêm… agit. Ses doigts gelés s'enfoncent brutalement dans mes hanches, les serrent pour me maintenir. Il glisse légèrement, replie ses jambes dans le but de surélever son bassin et d'imbriquer le creux de mes cuisses contre son entrejambe.

– L'orgasme.

Férocement arrimé à ma taille, il me bombarde d'un premier coup de reins, qui me fait littéralement sauter sur ses genoux. Un éclair me frappe. Une rafale de décharges me tétanise sans que je n'arrive à avoir la force de me détacher de la source. De Liêm.

– Qu'est-ce que…

– Tais-toi, gronde Liêm en enfouissant l'une de ses mains dans mes cheveux pour garder mon visage contre son buste, refusant de croiser mon regard. Ne dis rien. Pas un mot.

Son autre bras s'enroule autour de moi alors qu'il commence un va-et-vient atrocement lent, réveillant chaque particule qui me compose.

– Jouir, susurre-t-il à mon oreille, augmente la température du corps.

Un autre coup de boutoir plus appuyé. Avant qu'il n'alourdisse sa prise sur ma taille pour me cambrer et me faire coulisser le long de sa hampe. Encore cette sensation, celle de crépiter…

– N'y vois rien d'autre.

– Rien…

Usant de ses dernières forces, il me soulève avant de me plaquer contre sa queue dure et gonflée. Un gémissement s'évade d'entre mes lèvres engourdies.

– N'imagine pas que j'ai envie de toi, crache-t-il, noir colère.

– Moi non plus, qu'est-ce que tu crois…

Ses doigts se rétractent dans mes cheveux, tirent dessus afin de basculer ma nuque en arrière. Je me heurte alors de plein fouet à son visage pâle, dont les lignes abruptes sont tranchées par le froid et… *ça*.

– Pas envie de te baiser.

– Tu me fais horreur, Casablancas.

Plus il ondule, plus je deviens électrique. Ses gestes n'ont rien de doux. Il me plaque contre lui. Écrase nos sexes l'un sur l'autre. L'un contre l'autre.

– Je ne sais même plus si tu me rends dingue ou si tu m'excites, bordel…

Un feulement s'expulse de son torse lorsque ces mots tombent entre nous. Le contrôle lui échappe, et il déteste ça. À mesure que la rage déborde de ses yeux, c'est une autre facette de lui qui émerge. Un côté bien plus sombre, plus animal. Il plonge dans mon cou et…

Au moment où une vague me submerge, ses dents se plantent dans ma peau. Encore. Comme s'il ne pouvait pas résister à la tentation. Il cisaille ma chair, me noyant dans cette vague démente qui m'aspire par le fond. Haletante, je me débats pour récupérer le souffle qu'il vient de me voler pour réussir, lui, à respirer.

On dit que la foudre ne tombe pas deux fois au même endroit. C'est faux, un mensonge pour ne pas effrayer les enfants. À l'instant où je croise son regard veiné d'éclairs, je sais que la foudre est bel et bien là, entre nous.

Et qu'elle annonce un tonnerre sans pitié.

29

Yenna

– Regardez-moi ce beau petit couple ! Quand je pense que tu te plaignais, Casablancas… T'as apparemment trouvé de quoi t'occuper. Au lieu de vous bouffer le nez, t'as préféré lui bouffer le cul, à ce que je vois.

Expulsée de l'état comateux dans lequel je suis plongée, je papillonne des cils, surprise par l'éclat de jour que libère la porte du cabanon enfin ouverte.

Avant même que je ne réalise pleinement où je suis – à cheval sur les cuisses de Lucifer Casablancas –, ce qu'il a fait afin de maintenir notre température corporelle – nous faire jouir, pensé-je en rougissant –, Liêm me repousse sans douceur. J'atterris sur les fesses pour la seconde fois de cette horrible nuit tandis que lui se remet difficilement debout en réprimant un feulement de douleur.

– Avec elle ? grogne-t-il, une note de dégoût dans la voix. Certainement pas. Plutôt enfiler un vagin à dents.

– Je suis sûr que si, insiste Duke en souriant, rivé sur moi. Comme je suis certain qu'elle est bonne. Ces filles-là n'ont pas froid aux yeux… De vraies chattes sauvages.

Un frisson de colère éclate à la surface de ma peau livide. Il serpente sur mon épiderme, abandonnant une trace sulfureuse dans son sillage. Sur le seuil de l'abri, Duke nous scanne tour à tour, à la recherche du moindre indice qui contesterait les paroles de Liêm.

Ma bouche s'entrouvre pour nier. Néanmoins, je me tais. Je meurs d'envie de le contredire. Seulement, ce qu'il s'est passé entre nous m'en empêche. Sans parler du regard salace du gardien. Ou de celui, sur la défensive, du démon brun qui me scrute, les maxillaires serrés. Aussi, je me contente de soupirer en m'agrippant à la pile de bois pour m'aider à me relever.

Liêm m'a protégée. A réveillé ma peau malgré moi. A allumé des braises incandescentes pour que je ne sombre pas au plus profond de l'enfer. C'est la seule vérité qui justifie mon silence. Et puis… je refuse que Duke ait accès à mon intimité. Encore moins quand je ne sais pas moi-même quel sens y donner. Chancelante, j'inspire autant que me le permettent mes poumons glacés et appuie le mensonge de Liêm :

– Je préférerais encore me faire arracher les ongles un par un.

Du coin de l'œil, je distingue un début de sourire froisser ses lèvres. Avant qu'elles ne forment à nouveau un pli dur. Heureusement pour nous deux, Liêm a pris soin de nous rhabiller à peu près correctement.

J'avance vers la sortie sans jamais le regarder franchement, consciente de l'attention pesante de Tannen. Et puis je n'ai pas le courage de découvrir sur son visage ce que je devine y trouver à coup sûr. La répulsion. La rage. Et toutes ces ondes négatives dont il déborde en continu.

– Plutôt crever, articulé-je en dépassant Liêm d'un pas hésitant tant je suis brisée par les courbatures.

– Ou Casablancas t'a briefée. Il sait que le sexe est interdit sur Solanum. Comme il sait ce que vous risquez si l'on vous chope à coucher ensemble.

Je m'immobilise devant Tannen, le poignardant d'un regard que j'espère assassin.

– Je vais le répéter, que ce soit clair pour tout le monde : plutôt crever.

C'était mal jouer. Très mal. Duke est si près de moi que son haleine, mêlée de tabac froid et de café, m'agresse les narines.

– Si tu ne veux pas que je t'emmène par la peau du cul chez le doc pour t'attacher sur sa foutue table, écarter tes jambes et qu'il t'ausculte… en profondeur, comme il aime tant le faire, pour vérifier si tu t'es fait sauter ou non, je te conseille de m'écouter. Tu vas fermer ta grande gueule et faire ce que l'on te dit.

Un vertige se loge entre mes tempes. Si puissant que j'ai l'impression d'être sur le point de m'évanouir. Le visage de Liêm se verrouille sur une expression féroce, avant de se lisser pour chasser la moindre émotion. Comme si cela ne lui faisait ni chaud ni froid. Comme s'il ne s'était rien passé. Peut-être est-ce le cas, d'ailleurs, parce qu'à part cette séance de… à part *ça*, il ne m'a pas véritablement épargnée. Après tout, il ne m'a même pas aidée lorsque je suis tombée.

Contrairement à lui, qui semble quasi imperturbable, je suis à bout. Aussi, je hoche la tête, ensevelissant ma colère sous une tonne de déni, et me borne à reprendre le chemin de la maison. Sauf qu'au moment où je me mets en marche, Duke m'en empêche, ses doigts autour de mon poignet.

– Je n'ai rien entendu.

– Pardon ?

Son étau se resserre si fort qu'une plainte s'étouffe dans ma gorge.

– Je n'ai rien entendu.

Les larmes s'amoncellent à la lisière de mes cils. De frustration, de rage. De fatigue, également. Toutefois, je n'en verse pas une seule. Hors de question. C'est déjà suffisant que Liêm nous observe, l'air si indifférent que j'ai la sensation d'avoir avalé de la mort-aux-rats. Enfin… jusqu'à ce que mon regard tombe sur son poing. Ses doigts fuselés se déplient, claquent une mesure, puis se convulsent de nouveau pour cogner contre sa jambe. Son attitude, aussi étrange soit-elle, me donne l'impulsion qui me manque. Aussi, je me fends de ces mots qui me pulvérisent de l'intérieur :

– Oui, monsieur.

Me gifler à pleine volée ne serait pas plus douloureux. Mon sang, figé par le froid, dégèle. Mais Casablancas a raison. Il faut savoir choisir ses combats, et celui-là est perdu d'avance.

Avec un sourire puant, Duke tend le bras vers le manoir pour m'indiquer la direction. Derrière Liêm, je me concentre pour ne pas m'étaler face contre terre, les yeux obstinément fixés sur le sol. Enquiller les pas est un exercice de la mort. Chaque enjambée me coûte atrocement. À cause de mes muscles tétanisés, de ce corps qui me lâche, de la présence de Tannen.

De *lui*.

À l'intérieur, le surveillant marque l'arrêt avec un sifflement.

– Casablancas, dans le bureau de Saint-John. Tout de suite. Tu y es attendu.

La fatigue de cette nuit conjuguée à tout le reste explose sur les traits tirés de Liêm. Il n'en faudrait pas beaucoup plus pour qu'il dégoupille méchamment. Lui aussi est tendu à l'extrême, ses nerfs réclamant d'assouvir les vibrations négatives qui transpirent des pores de sa peau. Et pourtant, il est d'un calme sidérant. Flippant, même. Oui, c'est ça. Je crois qu'il me panique plus que

Tannen et sa façon de vouloir nous écraser.

– Il me veut quoi, l'archange exterminateur ?

– Si on te le demande, tu diras que t'en sais rien, p'tit con. À moins que t'aies envie d'aller…

– C'est bon, le coupe Liêm en passant la main dans la jungle emmêlée de ses cheveux sombres. C'est bon, t'excite pas, Tannen.

Une seconde, son regard dérive de mon côté. Ses prunelles luisent d'une nuance indéchiffrable. Une lueur défensive, mais pas que. Comme s'il essayait de me mettre en garde… ou de me dire d'aller me faire foutre. J'imagine qu'avec lui, la dernière hypothèse est bien plus plausible.

J'ignore s'il trouve ce qu'il cherchait, à me sonder ainsi. En tout cas, il finit par se détourner et s'enfoncer dans le couloir pour rejoindre l'antre du directeur.

– Et toi, reprend Duke en se tournant vers moi, dans ta chambre.

Sa langue pointe entre ses lèvres. Il en lèche l'ourlet inférieur, puis m'adresse un rictus en coin détestable.

– Passe devant, je te suis.

Et, effectivement, il me suit. Ses yeux brûlent mes omoplates, son aura crée un vent froid dans mon dos. Mordant. Et cette morsure-là n'a rien à voir avec celle de cette nuit. Repenser inopinément à cet instant, où les dents de Liêm m'ont marquée, fauche mes genoux, et je manque de tomber dans l'escalier.

– Ne va pas défoncer ta jolie gueule, ce serait dommage…

La poigne de Duke s'empare de mon coude, le broie en me conduisant jusqu'à ma chambre. Sans me relâcher, il ouvre la porte pour me projeter à l'intérieur. Je dérape sur le tapis, bats des bras avant de me rétablir de justesse. Encore. Derrière moi, Duke colle son épaule contre le chambranle. À l'affût de mes réactions. Sauf que je ne comprends pas pourquoi il attend de cette façon et… Soudain, je bloque devant mon lit. Devant la malle ouverte au pied du sommier.

– Qu'est-ce que…

Malgré la fatigue, je me rue sur le coffre. Fouille dedans… Seulement, c'est assez compliqué de fouiller quand il n'y a rien. Plus rien. Aucune de mes vestes traditionnelles. Plus de pantalons, de pulls. Ni mes bottes. Plus de sous-vêtements. Je me relève, me jette presque sur la table de chevet.

Rien.

Écœurée, je scanne la pièce et constate qu'il n'y a que mes affaires qui sont portées disparues. Une embardée bondit dans ma poitrine, me faisant presque mal. Un nœud se forme dans ma gorge lorsque mes yeux se posent sur les *chiffons* en boule sur le matelas. Presque avec prudence, je soulève les fringues du bout des doigts. Un vieux jean, un pantalon de sport trop grand, deux tee-shirts, un débardeur et un gilet. Sans compter des sous-vêtements de rechange, dont un seul soutien-gorge à première vue trop petit. Pétrifiée, je me fige sur Duke, qui se délecte de sa mise en scène.

– C'est quoi, ça ? Où sont mes affaires ?

– Elles sont là, *tes* affaires. Entre tes mains.

– Certainement pas.

– Dorénavant, ce sont les tiennes. Tu pourras toujours demander à tes copines de chambre de te prêter des trucs. Ah, mais non… ça m'étonnerait qu'elles aient envie de partager leurs affaires et leur espace avec une voleuse.

Il avance d'un pas, ferme la porte avec son talon, ses yeux enfoncés si loin dans les miens qu'il gratte mon âme à vif. À chaque foulée, il martèle ses mots, détache chaque syllabe en articulant pour les graver dans mon crâne.

– Dorénavant, tu as perdu tes privilèges.

Un ricanement m'échappe, presque malgré moi.

– Mes privilèges ? répété-je, un sourcil haussé par la raillerie. Quels privilèges ?

– Tu n'as plus rien. Tu n'es plus rien. Jusqu'à ce que j'en décide autrement.

Son index tapote mon sternum avec une douceur violente.

– J'édicte les règles auxquelles, toi, tu te soumets. Et si tu n'as pas encore compris, je me ferai un plaisir de te le rappeler. Jusqu'à ce que ça rentre dans ta tête de p'tite conne. Par n'importe quels moyens. Si tu voles encore, tu le regretteras, crois-moi.

Tout à coup, il me saisit par la nuque et serre mes cervicales. Me secoue sèchement avant de reprendre :

– C'en est terminé de s'adapter. Je te dis de bosser, tu bosses. Je te dis de parler, tu parles. Je te dis de pisser, tu pisses, grogne Duke sur un ton vibrant.

Je mords violemment le creux de ma joue, inondant mes papilles du goût métallique caractéristique du sang.

– Va te laver, t'es crasseuse.

Comme je reste immobile, il enfonce ses doigts dans mes vertèbres.

– À. La. Douche.

Il me libère aussitôt en me repoussant. Et moi, je courbe l'échine au lieu de me rebeller. Je ne peux juste pas. Ce serait dépenser une énergie que, là, tout de suite, je ne possède même pas.

Incapable de réfléchir, encore moins de lui tenir tête, je tourne les talons et pénètre dans la salle de bains en prenant soin de fermer la porte derrière moi. Je progresse jusque devant le miroir et agrippe la vasque blanche pour ne pas tomber, les jambes en coton. Le regard que me renvoie le reflet dans la glace m'extorque une grimace. Les traits émaciés, le teint grisâtre, je suis à peine plus vivante qu'un fantôme. Inspirant à m'en fendre les poumons, j'essaie de rattraper l'air qui me manque, cet air dont Duke m'a spoliée.

Rien n'y fait. Rien n'y fera jamais tant que je serai sur cette île. Tant que je serai entre ces murs. Entre les griffes de ce pervers.

Entre ses mains à lui. Ses mains que je sens encore empoigner mes hanches…

Machinalement, je commence à retirer mes fringues sales quand le son des gonds de la porte me tétanise, suspendant mon geste. En sous-vêtements, une jambe encore prise dans mon legging, je me retourne comme je le peux. Barricade un cri en apercevant Duke dans l'encadrement.

– Je vais le faire, soufflé-je, les battements de mon cœur cognant contre mes lèvres. J'allais…

Narquois, il croise les bras sans chercher à entrer dans la pièce.

– Et tu attends quoi ?

En guise de réponse, mon regard glisse vers la porte.

– Et tu attends quoi ? insiste Duke sur un ton mauvais. Que je te la donne moi-même, cette douche ?

Paralysée, cette fois, je suis persuadée que je vais réellement le vomir, ce cœur qui bat frénétiquement.

– Inutile de faire ta mijaurée. T'as encore les yeux qui puent la baise, petite salope.

– On n'a pas… Je n'ai pas couché avec Liêm, nié-je d'un ton farouche.

– J'espère bien que si, siffle Duke, ses lèvres retroussées. J'espère qu'il te saute, moi. Et qu'il saura ce qui est en train de se passer, là, tout de suite… Maintenant, à poil. Magne ton cul.

Personne ne viendra. Ni me sauver ni me protéger. Ni l'arrêter. Rien. Si Liêm m'a aidée cette nuit, c'est parce qu'il en avait besoin. Là, je suis juste… seule. Tout ce qu'il me reste, alors que Duke me dépouille de ma dignité, se résume à mon foutu caractère, voilà tout.

Les yeux fermement plantés dans ceux de l'homme qui m'épie, moqueur, je termine de me déshabiller. D'une main que j'essaie de rendre moins tremblante, je dégrafe ma dentelle, puis ôte mon tanga. Nue, la honte au creux du ventre, je me glisse ensuite dans la cabine et ouvre le robinet.

Chaque geste dure une vie. Une vie, l'éternité. Parce qu'à chaque regard, ce salaud m'arrache des morceaux de mon âme.

Il n'y a que nous. Que ce pervers et moi. Avec, entre nous deux, uniquement le silence. Un silence si pesant, si lourd qu'il écrase tout. J'ai envie de hurler, de hurler jusqu'à m'en saturer le crâne. Jusqu'à en déchirer mes cordes vocales. Hurler jusqu'à m'en briser. Et pourtant, je continue, le corps sur pilote automatique.

Je me frictionne.

Le hais.

Je me lave les cheveux.

Me promets de lui rendre au centuple chacune des secondes que dure ce moment.

Me rince.

Vends mon âme au diable. Pour la tenir, cette promesse. Qu'importe que je perde la mienne. Après tout, il l'a déjà bien amochée.

Dès que je sors du bac, Duke me rejoint, la serviette entre les doigts. Un affreux sourire accroché aux lèvres, il me la tend. Refuse de me la donner, puis la laisse tomber à mes pieds afin de me forcer à me baisser. Sans esquisser le moindre mouvement pour me toucher, histoire de me démontrer l'étendue de son pouvoir. À quel point il est puissant sans même avoir besoin de lever le petit doigt.

– Je te l'ai dit. C'est moi qui mène le jeu.

30

Yenna

Pour le deuxième soir consécutif depuis la punition dans l'abri, je me paralyse devant la porte de ma chambre. Pour le deuxième soir consécutif, entrer dans cette pièce équivaut à de la torture. J'ai échangé mes corvées sur le tableau afin de rentrer quand tout le monde serait déjà, je l'espère, endormi. Et par « tout le monde », je veux dire Circé et Lenor.

Depuis cette nuit d'horreur, je fais tout mon possible pour ne pas me retrouver face aux filles. Les confronter, c'est trop pour moi. Je n'en ai pas la force, pas maintenant qu'elles sont au courant pour ma fichue *manie*. Cette obsession qui m'a tant coûté. À cause de laquelle j'ai été *corrigée* plus d'une fois à l'orphelinat par les sœurs. Battue plus d'une fois par les autres gosses.

La raison qui fait que je me retrouve ici.

Voilà des années que voler est devenue une seconde nature. Une babiole, quelque chose de valeur… N'importe quoi fait l'affaire du moment qu'il me donne l'impression de m'être vengée. Chacun de mes larcins n'a que ce but inconscient, d'après les psys : réparer les torts que l'on m'inflige d'une manière aussi puérile que dangereuse.

Je n'ai jamais rien eu. Rien possédé. Même mes vêtements venaient des dons à l'orphelinat. Alors… j'imagine que c'était là un moyen de reprendre la main sur une vie qui ne m'appartenait pas, elle non plus. La première fois, j'avais 6 ans. Katrina Aippaq avait tiré mes tresses si fort que j'avais pleuré toutes les larmes de mon corps. En représailles, je lui avais chapardé son nœud préféré. Lorsque Enyeto m'a coincée dans les toilettes, j'ai fauché son couteau suisse. Et ainsi de suite… Un engrenage dont il est difficile de se délivrer. Jusqu'à ce qu'un vigile me prenne la main dans le sac. Une fois, deux fois…

Et puis Solanum. À peine arrivée, j'ai commencé à constituer mon trésor de guerre. C'est plus fort que moi. Beaucoup plus fort que moi.

Depuis deux jours, je me lève donc avant Circé et Lenor, me cache le reste de la journée. Rentre tard pour me faufiler jusqu'à mon lit. Je les évite de la même manière que j'esquive Liêm qui, de toute façon, ne supporte même plus ma vue. À croire qu'il va gerber dès que je me trouve dans son champ de vision. Et je ne mentionne pas Duke. Là, c'est moi qui suis prise de nausée. Si je sens encore les mains de Liêm sur mon corps, je sens également le regard dégueulasse du gardien.

Un bruit de pas retentit tout à coup dans l'escalier. Du coin de l'œil, j'entraperçois le faisceau d'une lampe torche. Merde !

Là, je n'hésite plus. Aussi silencieuse qu'il soit humainement possible de l'être, je m'engouffre dans la chambre plongée dans le noir. Le cœur pulsant à tout rompre, je me dirige à tâtons vers le lit, enlève le seul jean désormais en ma possession et mon vieux pull pour enfiler un long tee-shirt, avant de me glisser entre les draps gelés. À peine ma tête s'est-elle posée sur l'oreiller que la porte grince. Un rai de lumière balaie mon baldaquin, se déplace sur ceux des filles, puis finit par s'éteindre.

Je m'autorise à respirer quand la porte se referme enfin.

Pas longtemps, cela dit. Soudain, une voix résonne. Moqueuse, elle s'élève dans la pénombre.

– Mais qui voilà ! J'ai l'impression de la connaître, mais je n'en suis pas certaine.

Circé.

Une autre la rejoint, tout aussi railleuse, avec un léger accent du Sud.

– Mmmm. Je ne suis pas sûre, non.

Lenor.

– Elle ressemble à notre ancienne coloc.

– Celle qui avait de si beaux cheveux ? On ne l'a pas vue depuis si longtemps… Dommage, je l'aimais bien, moi.

Un sourire force la barrière tremblante de mes lèvres. Toujours muette, je m'assieds, les jambes repliées contre ma poitrine.

– Idem. Ça me plaisait, cette façon qu'elle avait de rendre fou furieux ce dingue de Casablancas. C'était limite de l'art.

– Faut dire que ce n'est vraiment pas donné à tout le monde. C'est même une grande première.

Leurs lampes de chevet s'allument quasi simultanément. Deux paires d'yeux accusateurs me fixent.

– Et toi ? me demande Circé avec un brin d'agressivité. T'aurais pas vu notre copine ? Après tout, t'es dans son pieu.

Mon menton en appui sur les genoux, je réponds sur un ton bas, presque imperceptible :

– Je crois qu'elle a honte. Qu'elle se planque en désespérant de se fondre dans la tapisserie. À cause de ce qu'elle a fait, à cause de qui elle est.

En tailleur, Lenor glousse en entortillant son doigt dans l'une de ses boucles rousses pour la laisser ensuite tire-bouchonner.

– C'est stupide, décrète-t-elle, toujours aussi douce.

– C'est complètement con, assène à son tour Circé avec son franc-parler coutumier. Tu crois quoi ? Qu'on allait te tourner le dos parce que… quoi ? Parce que t'as une légère tendance à voler ?

– D'ailleurs… moi, j'ai une question à ce sujet, intervient la rouquine. Elle était à qui, la boucle ? Et les clopes ?

– Ce sont celles de Liêm. Quand le maton a ouvert le paquet de clopes pour en taxer une, il y en avait une à l'envers, comme il le fait toujours. Mais ce n'est pas le sujet, tranche la Latine. Je suis énervée contre toi, Yenna.

Elle bondit hors de son lit et, les bras croisés, se poste au pied du mien. L'air supérieur, elle me dévisage d'un œil dédaigneux.

– Je suis énervée contre toi, reprend-elle. Comment tu as pu imaginer que nous… *nous*, une nympho et une accro à sa saloperie de gourou, nous allions te juger ? T'as la main baladeuse ? Et alors ? Si tu veux faucher, fauche. Moi, quand j'ai envie de baiser, je m'arrange pour baiser. Si Lenor veut prier son escroc de prophète, elle le fait.

– Circé ! proteste la rousse, offusquée. Le Saint Homme n'a rien d'un escroc ! Cela dit… elle a raison sur le fond.

Un rire étranglé m'échappe. Ma paume sur la bouche pour ne pas faire trop de bruit, je me laisse aller. Les soupapes lâchent, les vannes s'effondrent pour permettre au chaos, accumulé depuis des jours, des semaines, de se libérer. Circé s'affale sur mon matelas. Lenor émet une espèce de hululement avant de littéralement se jeter sur nous. Durant quelques minutes, nous ne sommes plus sur Solanum. Plus d'île, plus de foyer, plus rien. Juste trois filles qui ne seraient pas retenues prisonnières en enfer. Trois filles banales qui passent un moment d'une banalité magnifique.

Allongée entre Circé et moi, Len s'étale en se prélassant. Son visage en cœur se tourne vers moi. Ses doigts s'enroulent autour de ma cheville, qu'elle secoue doucement.

– C'est pour ça que tu es ici ? Parce que tu voles ? Tu t'es fait choper.

Il s'agit plus d'une affirmation que d'une question. Pourtant, je réponds. J'éprouve ce besoin vital, à cet instant, d'essayer de faire confiance. Même si celles qui me l'inspirent sont proches de celui en qui je ne l'ai absolument pas.

– J'en étais à la troisième fois, enfin... la troisième depuis mes 18 ans. C'était la fois de trop. La juge a voulu me donner une dernière chance en m'envoyant ici au lieu de la prison, ricané-je sans joie.

– Le foyer de la dernière chance... On connaît tous la chanson, ricane Lenor sans une once de joie. Sauf dans le cas de Circé.

Comme je la scrute avec des yeux interrogateurs, celle-ci se charge de m'éclairer. Même si, après réflexion, j'aurais préféré qu'elle s'abstienne.

– Mon oncle a fait jouer ses relations afin que sa tutelle soit prolongée. Il a eu ma garde à la mort de ma mère, vu que mon père a pris la tangente à ma naissance. Et...

Sa voix se brise. Littéralement. Elle explose en s'éparpillant aux quatre coins de la pièce.

– Je ne suis pas sortie de Solanum depuis pratiquement toujours. Il aime m'avoir sous la main.

Plus aucune de nous ne parle. Que dire après ça ? Après ce que ses paroles sous-entendent ? Rien. Parce que rien ne sera jamais assez fort. Et puis Circé est si fière qu'elle ne voudrait pas que l'on s'apitoie. Alors, je biaise.

– La boucle d'oreille était à Canel.

Comme la chape de plomb ne se dissout pas entièrement,

malgré leur sourire satisfait, j'enfonce le clou en prenant un angle différent.

– Et puis… il s'est passé un truc.

J'inspire en fermant les yeux une nanoseconde.

– Avec Liêm.

J'ai, de toute évidence, capté leur attention pleine et entière. Le regard de Circé se teinte de gratitude avant qu'elle ne rentre dans mon jeu.

– Tu déconnes ?

– Un truc… du genre sexuel ? s'exclame Lenor, abasourdie.

Les mots sortent tout seuls. En réalité, ils fusent. Pendant l'heure qui suit, je leur livre les détails de cette nuit, dans l'abri, maintenant que l'abcès est percé. Puis s'ensuit le débrief sur la manière dont toutes les deux décryptent l'attitude de Casablancas.

Un souffle de chaleur brasille faiblement entre mes côtes. Pendant ces quelques heures, Duke n'existe plus. Ni Solanum. Je ne suis même plus cette fille qui a été enfermée dans ce foyer pour cleptomanie. Pour la première fois depuis Sori, j'ai la sensation de ne plus être seule. Et tant pis si ce n'est qu'une illusion.

31

Liêm

– Alors ?

– Alors quoi ?

Un pic d'agacement vrille mes tempes. Encore à vif à la suite de l'entrevue d'il y a deux jours avec le directeur – qui m'a valu des heures agenouillé, à poil, sur des capsules de bière retournées –, je ne suis pas d'humeur. Même si j'en ai l'habitude. Après plusieurs séjours sur cette île de merde, j'ai acquis l'expérience des lieux, c'est certain. Il n'empêche. Je me désagrège lentement, entaillé de plus en plus profond dans ma chair. L'organe dans ma poitrine est cristallisé dans un écrin de haine et de rage brûlantes.

Sans compter le coup vicieux de Duke en m'imposant Ochoa l'autre nuit. Je n'ai pas encore clairement défini à quel jeu s'adonne ce pervers, mais il prend un pied d'enfer. Qu'importe. J'ai le mien également à jouer, et ce, même si la présence de cette fille floute la donne.

Vautré sur le divan du grenier, en appui sur un coude, je tire négligemment une latte. Derrière le rideau de mes cheveux, je scrute la nana en face de moi. Les poings sur les hanches, Circé m'enveloppe d'un regard à la fois dur et fragile. Brisé. Elle peut tromper les autres, mais pas nous. Pas moi. La flamme qui jaillit au creux de ses iris sombres prouve qu'elle commence à perdre le contrôle.

Seulement, nous ne sommes pas à la crypte. Si je ne veux pas que Khassian me tabasse, j'ai plutôt intérêt à tenir son string à distance. Aussi, je me concentre sur ce qui m'intéresse. Faussement décontracté, j'aspire une autre bouffée, la relâche en un nuage opaque.

– Elle t'a dit ce que je voulais savoir ?

C'est moche, je sais. Envoyer les filles jouer les agents doubles est plutôt sans scrupule, pour ne pas dire dégueulasse. Pourtant, je n'ai pas hésité. Le problème, c'est que je n'ai strictement aucune confiance en Yenna Ochoa. Le prix que je risque de devoir payer, je le connais, et il est bien trop élevé.

Je devrais étouffer ce *problème* dans l'œuf avant qu'il ne me pète à la gueule. Faire en sorte d'en finir avec cette saloperie de *problème*. Maintenant. Au lieu de ça, je rate l'opportunité de me débarrasser de cette garce. Et la désape. Et la fais jouir. Et me colle, au passage, un putain d'orgasme qui me ravage encore le bide. Qui me retourne au point de dérailler.

Ça… Ça, c'est inacceptable, bordel !

Au moment où Cir s'apprête à me balancer une bonne dose de fiel, la voix de Lenor s'élève. Allongée de tout son long sur le corps d'Ismaël, elle partage avec lui un joint tellement chargé que ses effluves envahissent mes narines et nappent mes sens d'un léger brouillard.

– Elle n'a rien dit à Duke ni à qui que ce soit. Pas un mot.

En réalité, je ne suis pas vraiment étonné. Ochoa est beaucoup de choses, mais elle n'est pas conne. Garder ses lèvres closes relève de la survie. La vérité est que je n'ai jamais eu de doutes à ce sujet. Sinon, je n'aurais pas exigé de Canel qu'elle l'amène au caveau. Envoyer les filles vers elle était un prétexte. Un prétexte non pas pour confirmer si elle avait bavé ou non à l'oreille de Duke, mais pour savoir ce qu'il s'était passé entre eux lorsqu'il l'avait ramenée dans sa chambre.

D'un revers, je chasse ces pensées merdiques et pivote afin de m'asseoir sur le divan. Les avant-bras sur les cuisses, je fixe les extrémités coquées de mes bottes. En observe les éraflures, le temps de réaligner mes réflexions. Le temps de calmer les pulsions ardentes qui m'animent sans jamais s'épuiser.

Inconsciente de l'anarchie qui cogne sous mon crâne, Lenor continue de bavasser. Seul Khassian, en train d'allonger les frappes sur son sac, sent que je menace de dégoupiller. Preuve en est le long sifflement qu'il laisse s'évader pour me rappeler à l'ordre.

Impatient, je coupe la rouquine, sans chercher à adoucir le tranchant de mon propre timbre, et creuse mon foutu prétexte.

– Comment ?

Devant ses grands yeux écarquillés, je passe la main dans mes cheveux afin de les repousser en arrière. Mon regard plonge alors dans le sien, puis dans celui de sa copine, désormais assise à califourchon sur un bras du sofa.

– Comment vous pouvez être sûres qu'elle n'a rien révélé à Duke ? Ne serait-ce que pour éviter un surplus d'emmerdes.

– Nous sommes là, non ? S'il savait quoi que ce soit, nous serions déjà tous…

Une traînée de chair de poule trace son chemin sur la gorge de Lenor.

– Là-bas, termine-t-elle en frissonnant.

– Ce serait bien le genre de ce connard d'attendre pour nous choper en pleine action, la contre Khass avec un air sombre. J'aurais dû l'étouffer avec ma queue, cette pétasse.

Un nœud tissé de nerfs se resserre entre mes côtes. Ça ne me plaît pas. Ça ne me plaît pas de l'entendre parler d'elle ainsi alors que j'ai encore la sensation de sa peau sur la mienne. Et ça me plaît encore moins de réagir ainsi. Putain… Rabattant l'envie de lui casser les dents, je contracte les maxillaires, fais claquer mon annulaire contre mon pouce et finis par revenir à ce qui m'intéresse.

– Non, s'obstine Circé. Pas avec ce qu'elle nous a raconté.

On y est. Un autre nœud s'emmêle. Jusqu'à se rompre quand ses prochains mots jaillissent et diluent son venin dans mes veines.

– Pas avec ce qu'a fait Duke, Liêm, insiste-t-elle avec un frisson.

Un grondement s'expulse de la poitrine de Khassian, enrayé quand il éventre le sac d'un coup de poing mortel. Silencieux, je mate les grains de sable s'écouler en filet sur le vieux plancher. Le Slave détourne ainsi l'attention, m'épargnant leurs regards trop affûtés. Visualiser ce porc posant ses mains sur elle me… Bordel, l'imaginer me fout en vrac ! Ça, aussi, c'est un putain de *problème*.

– Il l'a touchée ?

– Non, admet enfin Lenor, désormais assise en tailleur sur le sol. Pas vraiment, mais… Liêm, on sait tous ici que Duke a de l'imagination à revendre et qu'il n'a pas besoin de poser un doigt sur qui que ce soit pour prouver qui détient le pouvoir. Crois-nous quand on te dit qu'il a déployé toute l'étendue de son talent avec Yenna.

– Alors, non, enchaîne Circé, elle ne lui a rien dit. Et, oui, nous en sommes sûres.

Sa voix mute. Se module sur une vibration plus sournoise. Amusée, également.

– En revanche, Yenna avait beaucoup d'autres choses à raconter, figure-toi.

Lenor glousse, rampe pour aller s'enrouler autour des jambes de Khass, qui vient de s'asseoir en équilibre sur un tas de palettes.

– Beaucoup de choses… Liêm, tu es un saint, raille la Latina. Autant de dévouement pour quelqu'un que tu ne supportes pas, ça me fend le cœur.

L'attaque est claire, nette et sans bavure. Apparemment, Ochoa n'a pas pu se taire sur la globalité de cette nuit-là. Je me rencogne contre le dossier et m'oblige à bander les muscles pour ne pas surréagir.

Trouver Duke Tannen et lui démonter la gueule. Trouver cette vipère et assouvir ce qu'elle m'inspire… L'envie autant que la colère, déversées dans une baise débridée.

– Et vous, vous me cassez les couilles, décrété-je, glacial.

Tandis qu'elles ricanent, le poids d'un corps s'abattant sur ma droite accapare mon attention. L'épaule d'Ismaël choque la mienne pendant qu'il murmure de manière à n'être entendu que de moi seul, après avoir avalé une poignée de chips graisseuses :

– Elles n'ont pas tort. Tu n'as jamais eu l'âme d'un bon samaritain. Ta façon d'agir avec elle nous oblige à nous poser des questions. À te poser des questions. Tu veux la blesser, jouer ? Quoi donc ? T'as pas l'air sûr de toi, mec.

Au moment où j'ouvre la bouche pour l'envoyer chier, il me devance :

– Ne me parle pas de Marleigh. Toi et moi, nous savons que le problème ne se résume pas à ça. Pas complètement.

Encore ce putain de « problème ».

Ses yeux noirs se fendent pour inciser les miens.

– Décide-toi une bonne fois pour toutes, sinon cette merde aura servi à que dalle. Tu n'arrives pas à trancher le sort de Yenna Ochoa ? C'est facile. Pulvérise cette nana ou fais-moi plaisir et saute-la, conclut-il en versant le fond du paquet de chips dans sa bouche.

C'est une excellente idée. Reste juste à déterminer laquelle de ses foutues idées est excellente : la baiser ou la pulvériser. Voire les deux.

Et pas nécessairement dans cet ordre.

32

Yenna

Mal à l'aise, je dois me faire violence pour ne pas me tortiller sur la chaise pliante. Mes fringues sont encore humides. Les couches de tissu forment une seconde peau ventousée à la première affreusement désagréable. J'ai beau les avoir étendues toute la nuit sur le radiateur, après les avoir lessivées, je n'ai pas eu d'autre choix que de les renfiler encore mouillées, conséquence directe de la confiscation de mes affaires. Grelottante malgré le chauffage allumé dans la pièce où se déroule la thérapie de groupe, je resserre les pans de mon gilet en ignorant sciemment le regard goguenard de Khassian. Inutile d'éviter celui de Liêm, assis à côté de lui : je suis devenue invisible à ses yeux.

Comme c'est le cas trois fois par semaine depuis mon débarquement sur Solanum, me voilà coincée pour une heure. Soixante minutes à supporter l'inaltérable bienveillance de la Dre Hippie Boyd, alors que nous sommes tous conscients de pourrir en enfer. Il n'y a que cette femme pour ne pas l'avoir encore pigé. Pourtant, nous nous plions à ses exercices farfelus.

Si cette dernière ne valide pas le module, les conséquences… Un frisson s'éparpille à la surface de ma peau, une colonie de fourmis rouges grignotant mes organes. Je ne veux pas penser aux conséquences. Je ne peux pas y penser. Pas après les menaces de Duke. Finalement, la façon qu'a Casablancas d'agir, comme si je n'existais pas, n'est pas un problème mais, au contraire, une solution.

Alors, pourquoi le poids qui pèse sur ma poitrine s'alourdit ? Pourquoi j'ai envie de démolir le visage de Canel, occupée à lui chuchoter à l'oreille ?

Parce que, moi aussi, je suis tarée. Totalement cinglée, contaminée par les ondes qui transpirent de cette maison.

– Ça va ? Yenna ?

Chassant mes pensées, je réintègre le cercle formé par l'ensemble des chaises avant de me tourner vers le visage soucieux de Viggo. Depuis l'autre nuit, où lui aussi a fait les frais de l'inspection surprise, il nous arrive désormais de discuter au détour d'un couloir.

Ce type est plutôt sympa, en particulier pour cet endroit. OK, il a tendance à se shooter avec tout ce qui lui tombe sous la main, mais qui suis-je pour le juger ? Personne. Comme l'ont dit les filles, sur cette île, nous sommes tous coupables d'une manière ou d'une autre. L'innocence sur Solanum n'est qu'un lointain concept. Un concept étranger à notre écosystème foireux.

Souriante, je m'incline vers lui tandis que la doc débite son blabla habituel.

– Pas mal. Et toi ?

– Pas mal aussi. Autant dire que c'est carrément une bonne journée sur ce caillou, ricane-t-il doucement.

– On peut dire ça. Elle serait encore meilleure sans certains éléments parasites, grogné-je en jetant un coup d'œil rapide vers les deux autres psychos.

– Attends quand même de voir quel exercice elle nous a trouvé aujourd'hui. Tu pourrais vite changer d'avis.

– Merci de me le rappeler…

– Yenna ? Viggo ? Quelque chose à ajouter ?

J'adresse un sourire poli à la médecin en secouant la tête tandis qu'elle enchaîne d'une voix prudente dans l'espoir de ne pas nous braquer :

– Bien. Maintenant que j'ai votre attention à tous, nous pouvons commencer. Nous allons consacrer cette séance à la confiance. Avec un petit jeu.

– Bingo ! chuchote Viggo, m'arrachant un petit rire qui concentre l'attention de l'enfoiré décoloré sur nous.

Son pote, lui, continue de royalement m'ignorer. À croire que ce qu'il s'est passé dans le cabanon m'a propulsée dans une zone fantôme dont s'extraire est mission impossible. Pas que je le veuille, hein…

– Yenna Ochoa aurait-elle le feu au cul ? s'amuse le Slave en se curant l'ongle du pouce avec un cure-dents.

– Khassian !

– Khassian Zhelev serait-il un abruti ? roucoulé-je avec une petite moue angélique.

– Yenna ! Ça suffit, tous les deux ! tonne la Dre Boyd, exaspérée. Je vous laisse le choix : soit vous jouez le jeu, soit vous terminez l'heure dans le bureau du directeur Saint-John. À vous de voir.

La question se pose-t-elle réellement ? Pas vraiment, non. Si j'ai encore le moindre doute, je n'ai qu'à m'imaginer agenouillée sur ces saloperies de pois congelés pour en être certaine. Je me carre donc contre le dossier de ma chaise, offre un rictus crispé à Khassian qui, en échange, mime un *fuck* sans aucune discrétion. Puis je me focalise sur la psy. Cette dernière paraît se dégonfler tant elle est soulagée par ce pacte muet de non-agression. Après une minute à inspirer, elle se lance :

– L'exercice de cette séance s'appelle le gagnant/perdant

et se pratique à deux. Une fois votre tandem établi, vous vous positionnerez l'un en face de l'autre et révélerez à votre binôme une expérience de votre passé. Une vérité traumatique. Votre partenaire devra ensuite transformer votre version pour en retirer quelque chose de positif.

– C'est quoi, ces conneries, doc ? grogne Khassian, décidément actif pendant cette séance. Genre, je vous raconte comment j'étais en plein 69 avec un plan cul, une p'tite chaude d'Alabama avec les dents du bonheur, et qu'à un moment, mon frein s'est coincé entre ses incisives ? Ça pissait le sang, vous pouvez me croire sur parole. Résultat, pas de sexe pendant deux mois. Vous en retirez quoi de bon là-dedans ?

– Que t'as évité, pendant des semaines, à des nanas de se choper une panoplie de MST ? marmonné-je en levant les yeux au plafond.

– Yenna ! Dernier avertissement !

Tous les présents se mettent à rire, y compris Khassian. Tous, sauf Liêm. Pour la première fois depuis que nous sommes entrés dans cette salle, son regard tombe sur moi. Il chute littéralement au point que j'ai la sensation de trembler de l'intérieur. Ses lèvres ne frémissent même pas. Seuls ses yeux, mobiles et paradoxalement indifférents, m'étudient au point que ma peau crépite. Un vrai feu d'artifice. Heureusement pour moi, la psy continue de nous exposer ce qu'elle a en tête, une fois les autres calmés.

– C'est une chance d'apprendre à mieux vous connaître.

– Comme si je voulais connaître ces connards… grogne Khassian, à l'attention de Liêm, sans chuchoter.

– De comprendre que vous n'êtes pas seuls. D'apprendre à communiquer, également, d'une manière plus réelle. Plus authentique. Qu'un étranger vous expose un point de vue positif va vous permettre d'adopter une attitude différente devant vos problèmes afin d'y faire face. Et maintenant, deux par deux.

D'instinct, je me tourne vers Viggo avec un immense sourire, qu'il me renvoie, peut-être même encore plus éblouissant que le mien.

– Toi et moi ?

Sans attendre, je me lève, attrape mon siège et le traîne plus loin pendant que tous m'imitent pour isoler les confidences. Mon binôme déplie le sien à son tour quand une ombre s'interpose. J'ai à peine le temps de relever la tête que Viggo s'envole à un bon mètre. À sa place, Liêm retourne la chaise pour s'asseoir à califourchon, les bras croisés sur l'arête du dossier. Un soupir agacé s'évade d'entre mes lèvres tandis que les siennes s'incurvent.

– Salut, la vipère.

L'envie de l'envoyer se faire foutre me démange. Aussi, je fais claquer mes paumes sur mes cuisses afin de laisser filtrer un peu de la colère qui m'agite. Du coin de l'œil, j'aperçois Boyd, qui s'arrête de coacher Khassian et Billy pour nous fixer, les sourcils froncés. Je force alors mes traits à masquer mes sentiments et mon corps à se détendre pour duper la psy, et surtout pour ne pas donner à ce salaud ce qu'il attend : la moindre trace de faiblesse.

– Qu'est-ce que tu me veux encore ?

– Encore ?

Jugeant certainement que je suis hors de la portée de son venin, il avance jusqu'à ce que nos genoux se touchent. Ses iris clairs donnent l'impression de brûler. L'une de ses canines se plante dans le renflement de sa lèvre inférieure. Je sais ce que fait Liêm : il m'inspecte à la recherche d'une faille par laquelle s'engouffrer. Comme il se contente pour l'instant de me dévisager, la tête penchée, je finis par m'engouffrer, moi, dans l'une de ces foutues brèches :

– Je pensais avoir disparu de ta sphère.

Un coude en appui sur le dossier de la chaise, il cale négligemment son poing fermé contre sa pommette.

– Et pourtant, tu es là. Tout comme, moi, je suis là.

Je réfléchis une seconde avant de le corriger avec une bonne dose de condescendance et de moquerie.

– N'inverse pas les rôles. Tu es là. En réalité, ce n'est pas moi qui suis revenue dans ta sphère, c'est toi qui joues l'incruste dans la mienne.

Le coin de sa bouche se relève. Ses lèvres se retroussent sur la ligne de ses dents. Leur blancheur polarise mon attention, le souvenir de leur marque s'imprimant de nouveau dans ma chair.

– Je me répète donc, mais que cherches-tu, Casablancas ?

– Je fais l'exercice de Boyd.

Une étincelle d'excitation craque dans mon ventre. L'idée d'apprendre ne serait-ce qu'une minuscule info sur lui me rend fébrile. À moi, je peux bien l'avouer.

– Qu'est-ce qu'il peut ressortir de positif de sous ta peau ? murmuré-je, incapable de ne pas chercher à le piquer.

– Rien.

Sa réponse est aussi chirurgicale que désenchantée. Les doigts agrippés au dossier, Liêm s'incline. Sans élever la voix, sans me clouer du regard, il réussit à creuser un gouffre sans fond dans ma poitrine. Et moi, au lieu de colmater ce trou noir qui se forme à chacune de ses respirations, je m'y suspends.

– Tout comme sous la tienne, Yenna, ajoute-t-il, perfide.

– Tu ne me donneras jamais une seule vérité sur toi. Je ne vois donc pas l'intérêt de rester là, déclaré-je en tentant de reculer.

Sauf que… je ne peux pas. Parce qu'il me cueille au vol.

– J'ai été adopté.

Saisie, j'en oublie de me barrer.

– C'est ça, ton expérience négative ? Avoir trouvé des gens qui veuillent être tes parents ? ricané-je sans humour. Qui t'ont choisi, toi, au milieu d'une ribambelle d'enfants ? Pauvre Liêm… J'ai passé mon enfance dans un orphelinat, alors, crois-moi, ça, ça n'a rien d'une expérience négative.

– J'avais 8 ans, presque 9. Mei Casablancas avait envie d'un enfant, son mari Richard avait besoin d'un héritier. Comme il lui a refusé un môme avec les mêmes origines vietnamiennes qu'elle, ils se sont rabattus sur un orphelin polonais. Ma chère maman a décidé de *juste* changer mon prénom en « Liêm » pour rappeler ce pays qu'elle avait quitté gamine. Pendant quelques mois, elle a joué à la poupée, puis s'est lassée, ainsi qu'elle le fait toujours avec ses lubies, et elle est passée à autre chose.

Muette, j'observe ce gars qui ne s'appelle même pas réellement Liêm, ce gamin qu'on a dépossédé de son identité jusqu'à ce qu'il finisse par devenir un homme foncièrement mauvais. Comment peut-on obliger un enfant de 8 ans à changer de prénom ?

Les battements cognent incroyablement fort dans ma poitrine. Ils frappent ma cage thoracique, car ils comprennent l'instinct de l'enfant seul et abandonné qu'il a été un jour. De cet homme absolument détestable.

D'une impulsion, il rapproche mon siège du sien.

– Transforme ça. Rends-le positif. S'il te plaît, Ochoa.

Sa voix perlée de sarcasme, autant que ses mots polis, est presque agressive. Ce qu'il sous-entend également. Je ne suis pas stupide. Ce qu'il vient de me balancer avec tant de nonchalance ne le touche plus vraiment s'il n'en fait pas un secret.

– Je suis censée faire quoi ? Dire quoi ?

Mes paumes s'abattent sur ses mains, posées sur le dossier. J'enfonce mes ongles dans sa peau, mon regard harponnant le sien.

– Que je suis désolée ? Que je comprends mieux ton besoin pathologique de t'en prendre aux autres en général, et à moi en particulier ? Je ne ferai rien de tout ça. Je te l'ai dit, tu n'inspires rien de positif.

Comme si nos mains dansaient ensemble, cette fois ce sont les siennes qui m'agrippent.

– Et si l'on parlait de toi ? Qu'est-ce que les autres penseraient de toi s'ils connaissaient la garce qui se cache réellement sous cette jolie façade ?

Alors que ses doigts se resserrent sur les miens, son pouce effleure l'intérieur de mon poignet, créant un tourbillon affamé au creux de mon ventre.

– La noirceur qui se planque sous ta peau…

– Je n'ai rien de sombre, balbutié-je dans un chuchotement qu'il est le seul à entendre.

– Chaton… souffle-t-il en souriant, sinistre. Commence par arrêter de mentir. À toi. À Marleigh. Ou à moi. La preuve : les filles. Elles n'ont été là pour toi que parce que je leur ai demandé de l'être. Pas parce qu'elles souhaitaient te soutenir. En voilà une autre, de vérité.

Il cherche à me blesser. Uniquement à me blesser. Et… Un sourire infernal fleurit sur mes lèvres… venimeux. Plein de fiel. Il est tellement plus simple de gérer ses attaques que ses révélations bancales, qu'il m'offre dans le but de m'atteindre. Je me remets debout, toujours entravée par l'étau de ses mains, pour, à mon tour, me pencher sur lui. Que nos visages soient à la même hauteur.

– Je sais. Elles me l'ont dit. Qu'est-ce que, toi, tu crois ? Tu ne contrôles pas tout, Liêm.

D'une secousse, je me dégage de son emprise. Avant que je ne m'éloigne, il déclare avec une désinvolture qui me fout en l'air :

– Tu veux vraiment savoir ce que je cherche ?

Sans le regarder, je me statufie le temps que ses mots creusent un sillon que je suis censée haïr. Pas cet amas monstrueux de sensations dévorantes qui me maintiennent en vie.

– Les ennuis, Yen.

33

Liêm

Elle me saoule. Cette fille me rend dingue. Et pas dans le style elle me rend *dingue*, mais taré dans le genre taré. Durant la demi-heure qui suit, je la mate tandis qu'elle continue l'exercice de la psy avec ce connard de camé. Pendant ces trente minutes, je n'ai conscience que de deux choses. La première, c'est que Yenna Ochoa attise un instinct tout sauf rationnel chez moi. La seconde : elle a un cul d'enfer en dépit du jean dégueulasse que lui a laissé Duke. Finalement, il y en a une dernière qui se rajoute à la liste. La troisième est le poids du briquet qu'a volé Lenor à un surveillant pour moi. Il me bouffe l'esprit, au point que je ressente le grain de la roulette imaginaire frotter contre la pulpe de mon pouce.

Juste une impulsion. Une putain d'impulsion potentiellement mortelle.

– Arrête de la fixer, on dirait un psychopathe.

Ma semelle contre un pied de sa chaise, j'envoie valser Khassian, qui manque de se ramasser la gueule sur le parquet alors que la doc annonce la fin de la séance. Mon pote se redresse, lève les mains à la verticale pour montrer qu'il ne compte pas m'en coller une en retour, sous le regard anxieux de la médecin.

– On discute, doc. Rien de plus.

Un rictus railleur fend mon visage. Depuis quand le

barge aux pulsions ultra-violentes est le plus raisonnable de nous deux ? La présence de cette nana est toxique. Elle me fait vriller comme personne. Or, le moment ne pourrait pas être plus mal choisi pour dégoupiller.

– Bordel, Liêm, Isma a raison, marmonne Khassian en grinçant des dents. Décide-toi : baise-la ou détruis-la. Ce que tu veux, mais fais quelque chose.

Il se poste devant moi, passe une main nerveuse dans ses mèches pratiquement blanches, ses yeux dans les miens.

– Gère le problème.

Au lieu de répondre, je bondis sur mes pieds et le plante là, rivé sur Yenna, qui quitte précipitamment la pièce.

– C'est bien ce à quoi je compte m'employer. Et pas plus tard que maintenant, craché-je en le virant de mon chemin.

Cette fois, il capte parfaitement que me suivre n'a rien d'une bonne idée. Ni de se mettre en travers de mon chemin, d'ailleurs. Aussi, il effectue un pas de côté pour me laisser le champ libre. Les poings dans le fond des poches de mon jean, les épaules légèrement voûtées, je suis l'Inuite, qui ne va pas du tout là où elle le devrait. Après un regard furtif qui ne me remarque même pas, elle bifurque dans un autre couloir. Plutôt que de rejoindre le bureau des gardiens, où Jane a affiché les tâches pour la soirée, elle part à l'opposé. Là où elle n'a strictement rien à faire.

Silencieux, me fondant dans les ténèbres, je suis Ochoa. Ça, non plus, ça n'a rien d'une bonne idée. C'est même tout le contraire, mais il y a ce truc qui me ronge de l'intérieur. Ce truc aussi négatif qu'obsédant dès lors qu'il s'agit de cette fille. Qui me donne envie, qui crée ce besoin de la faire danser plutôt que de la blesser.

C'est primaire. Instinctif. Délirant. Une vibration qui court dans mes veines, qui bourdonne sous ma peau.

Lorsqu'elle se faufile dans le salon de musique, je lui octroie quelques secondes d'avance, une minute, peut-être, le temps de tempérer les putains d'ondes qui rouillent ce qui pulse dans ma poitrine. Ou le temps d'exciter mon sens de la chasse.

Puis j'entre à mon tour. Silencieux, histoire de la surprendre. De voir ce qu'elle trafique dans cette pièce, vu l'empressement qu'elle a mis à passer sous les radars. L'art de me glisser incognito, je le pratique depuis que je suis gosse. J'ai passé tant d'années à vivre dans l'ombre, une fois que ma mère en a eu marre de jouer à la maman. Tant d'instants à hanter ses pas pour quémander un peu d'attention. Tant de temps à me mettre en danger pour que Mei Casablancas me voie enfin. Comme ce jour où j'ai eu l'idée d'enfermer un éclair dans une bouteille. Résultat, c'est moi qui ai servi de bouteille à la foudre lorsqu'elle s'est abattue sur moi. J'avais 10 ans.

Au moment exact où l'orage m'a traversé, m'a brûlé, m'a marqué à vif… j'ai su. Que je n'étais rien, que je ne méritais rien, et que, finalement, embraser le monde serait toujours moins douloureux.

L'épaule contre l'encadrement de la porte, je contemple Yenna, inconsciente de ma présence. Face au piano désaccordé, elle promène ses doigts sur les touches sans oser appuyer dessus. Au pied de l'instrument gisent les baskets qu'elle s'est empressée de retirer. Je suppose que ces horreurs refilées par Duke ne sont pas au top niveau confort…

Un sourire mauvais éclaire mon visage avant qu'il ne disparaisse aussi vite qu'il est apparu. Concentrée, elle ne fait pas attention à moi. Au bout d'une énième trop longue minute, je pénètre totalement dans la pièce et ferme la porte en prenant soin de la faire claquer juste assez fort pour que Yenna sursaute. Prise en faute, elle rabat le couvercle si vite qu'elle manque d'écraser quelques-unes de ses phalanges au passage. Sa poitrine se soulève lourdement, en proie à un chaos dont je goûte la saveur sur mes lèvres.

La lueur de surprise dans son regard noisette disparaît, inondée par un feu bien plus dévastateur. La colère d'avoir été chopée la main dans le sac, et plus particulièrement par moi. Toutes ses émotions tourbillonnent au creux de ses iris. En débordent pour s'emparer de la totalité de son corps.

Pulvérise-la.

Baise-la.

Détruis cette fille.

Fais quelque chose, putain !

Gère le problème.

– Encore toi ! Jamais tu ne lâches ? Jamais tu n'abandonnes ? Putain, Liêm !

Aucun mot, aucun son ne s'évade de ma trachée. Rien. Le néant total. Seul le bruit de mes pas résonne entre nous. Un spasme picore ma joue, contracte mes maxillaires, soulignant le bordel sous mon crâne. Un bordel à vif. Et pourtant, ce silence… il hurle entre nous. Il s'élève, la tourmente… Un métronome calqué sur les braillements qu'elle essaie de canaliser pour ne pas attirer l'attention.

– Quoi que tu penses à propos de moi, quoi que tu croies savoir sur Marleigh…

Ses mots agissent tel un catalyseur, m'amènent à un niveau de rage qu'elle seule me force à atteindre. En deux enjambées, je suis sur elle. Surplombe son corps minuscule avec le mien, tranchant ses courbes douces de mes arêtes abruptes.

– Ne prononce même pas son nom, putain ! craché-je, emporté.

Ses prunelles ne luisent plus, elles flamboient. Au moment même où ses lèvres s'arrondissent, je sais déjà ce qui va en sortir. De la pure insolence.

– Marleigh…

À peine murmuré. À peine soufflé. Je ne suis même pas sûr qu'elle l'ait réellement articulé.

La violence explose par tous les pores de ma peau. Mais pas comme Ochoa, elle, l'imagine. Ni comme, moi, je l'aurais cru. C'est plus… vicieux. Sulfureux.

Je me penche sur elle quand Yenna se tient aussi droite que si une tige d'acier la maintenait debout. Cueille délicatement une mèche brune et la repousse derrière son oreille. Nos visages face à face, je ramène ma main sur sa mâchoire. Sans brutalité. Bien au contraire… Parce que, la sanction, il faut savoir la créer. L'adapter. Et c'est exactement ce que je fais avec elle.

Déstabilisée, Yenna fixe mes lèvres. Ma paume se déploie sur sa joue tandis que nos nez se frôlent. Sa respiration s'emballe. Son pouls tonne furieusement sous la pulpe de mes doigts sur son cou, en proie à cette putain de violence qui nous tient dans son poing. Mon index se plante ensuite sous son menton afin de le relever vers moi. Elle me défie, je la provoque, nos bouches à l'orée l'une de l'autre. Sans jamais se posséder. Sans jamais se toucher. Pas à un seul moment, elles ne s'effleurent.

Ses dents cisaillent sa lèvre, ma langue lèche lentement la mienne pour focaliser son attention dessus. Parce qu'elle est là, la punition. Rester sur ce faux baiser. Ne pas céder. Pour moi, me prouver que je suis capable de résister à ces putains de pulsions. Et, en ce qui concerne Yenna, montrer à quel point elle aussi est têtue.

Un gémissement lui échappe. S'écoule jusqu'à éclater sur mes papilles. Alors, seulement, je la repousse, mes doigts enroulés autour de sa gorge pour éteindre le brasier qui prend naissance au creux de mon abdomen. Et je serre. Je serre jusqu'à ce qu'elle prenne peur. Je serre jusqu'à ce qu'elle se désarticule presque pour m'échapper.

– Ne prononce plus jamais ce nom. Pas avant que tu en paies le prix, Ochoa.

Alors, seulement, je la libère. Sauf qu'au lieu de réagir ainsi que je m'y attends, elle prend un virage à 360 degrés. Le sourire qui écorne ses lèvres me troue la poitrine. Tout comme son regard perlé de malice.

– Prends garde à ce que le prix dont tu parles ne soit pas hors de ta portée, Casablancas.

34

Yenna

D'abord, une onde. Un filet glacé sur ma nuque, qui coule le long de ma colonne. Lentement, que je ne loupe pas une goutte de cette sensation immonde.

Yenna…

Puis mes jambes qui tremblent. Mes bras, aussi, sans que je ne possède plus le moindre contrôle dessus. Rien. Je suis une poupée désarticulée. Ébréchée. Comme celles en porcelaine qui nous narguaient dans le bureau de la mère supérieure, à l'orphelinat. Ces poupées aux boucles blondes à portée de main, mais que l'on ne devait toucher sous aucun prétexte, au risque d'en subir les conséquences. Juste assez proches pour tenter, trop loin pour satisfaire les désirs d'enfants qui ne possédaient rien. La démonstration d'une cruauté tout en finesse.

Yenna…

La douleur dans ma cage thoracique s'intensifie. Me compresse au point que je pourrais jurer sentir ma poitrine se déchirer. S'éventrer pour laisser palpiter mon cœur à découvert.

Yenna…

Je repousse la nausée en train de jouer au yo-yo dans ma gorge, ignore mon rythme cardiaque, qui grimpe en flèche. Essoufflée alors que mes pieds sont comme enlisés et que je n'ai pas bougé depuis près de cinq minutes, je lutte. Je me bats pour ne pas abandonner. Pour ne pas laisser ma peur déclencher une crise de panique. Me faire perdre un contrôle illusoire. Une fuite qui ressemble à une putain de mort imminente.

Ochoa !

Je réagis. Enfin. Au son de ce cri sourd qui articule mon nom, je reviens à la réalité. Plutôt violemment, d'ailleurs. Je percute pour la première fois depuis que j'ai été – encore – extirpée de mon lit, en pleine nuit, par des paires de bras anonymes. Après que l'on m'a – encore – collé une taie sur la tête en guise de bandeau. Après que l'on m'a – encore – intimé de me taire sous peine de sanction. Après… J'inspire à m'en exploser les poumons pour calmer mon pouls déchaîné.

Après que l'on m'a jetée dans les bois. Littéralement jetée au sol. Après m'être ensuite remise debout et débarrassée de cette espèce de cagoule pour me retrouver seule et, en même temps, encerclée.

Parce que, si personne n'est visible, je sais qu'ils ne sont pas loin. Et ils ont décidé de jouer. Peut-être même d'en finir avec ce jeu pervers que leur meneur a instauré afin de me punir.

Fébrile, je défroisse le papier que l'un de ces connards a fourré dans ma paume :

Fuis

Cette fois, j'obéis. Aussi chancelante qu'un faon, je me mets à courir. Ma respiration crée un souffle fantomatique à mesure que je slalome entre les arbres, trop hauts pour que les rayons de la lune m'aident à me repérer correctement. Le truc, c'est que ces salauds ne sont pas stupides. Liêm et sa bande de psychopathes savent que je suis obligée de me planquer là, entre les séquoias, en attendant l'ouverture qui me permettra de rejoindre la maison sans être vue des gardiens.

Le choix du mort : me précipiter dans la gueule du loup qu'est Duke ou les crochets venimeux de Liêm… Parfait.

Je dérape sur une motte de terre. Manque de m'étaler, la panique pulsant au creux de ma gorge, lorsqu'un rire grinçant coupe ma trajectoire.

– Pas par là.

Repars en trombe sur ma droite. Étouffe une plainte en entendant des pas cavaler dans mon dos.

– Ni là.

Cours.

– Cherche encore.

Impulse le peu de forces qu'il me reste pour fuir. L'instinct de survie, j'imagine. Celui qui pousse à se dépasser, à se surpasser.

Le danger est réel. J'en suis consciente. Mes terminaisons nerveuses aussi. Mon esprit en train de se fracturer l'est tout autant. On y est : à la fin. Et, d'ailleurs, ce mot d'à peine trois lettres, il résonne entre les parois de mon crâne tandis que j'essaie de leur échapper. De lui échapper. Ce tout petit mot, il se fracasse entre mes os.

– Odieuse…

Je me cogne contre une souche, reprends ma course alors qu'une nuée d'oiseaux prennent leur envol au-dessus de ma tête.

– Vicieuse…

M'adosse à un arbre. M'accroupis derrière un buisson lorsqu'une ombre se dessine sur la terre.

– Hypocrite…

Un cri perce la barrière scellée de mes lèvres quand

des doigts se referment sur ma cheville. Je rue, balance des coups de pied et détale.

– Cruelle…

Les voix viennent de partout et de nulle part à la fois. Pire, encore, leurs rires, qui se conjuguent, qui se mêlent au vent sifflant entre les branches, m'écorchent. Ils serpentent sur ma peau, l'égratignent de leur accent puant le soufre et l'envie de blesser. De me blesser. Ouais, ils m'éclaboussent tel de l'acide.

Mes pensées frôlant le cataclysme, je perds le fil. Et, en le perdant, je perds, moi. Tout simplement. La partie. *Game over.* Soudain, je suis happée par les épaules. Des mains qui m'agrippent. Me tirent en arrière. Me forcent à pivoter.

Pour me confronter à un regard presque… enjoué. Ce qui est largement plus terrifiant qu'un éclat de rage. Hypnotisée par le magnétisme que dégagent ses yeux, brillant dans la pénombre, je réprime à peine un gémissement quand ses doigts broient mes bras.

– Et menteuse.

35

Yenna

– T'es vraiment un grand malade !

En même temps que les mots s'éjectent avec violence de ma poitrine, mes deux paumes s'abattent sur ses pectoraux afin de le repousser. Le repousser et m'enfuir. Sans succès. Liêm ne prend même pas la peine de m'empêcher de le frapper, s'amusant de me voir m'épuiser. Un élan de fureur pure se propage entre mes tempes. Quand il s'agit de me pourrir la vie, ce mec déploie des trésors d'imagination.

Sans parler de sa saloperie de parfum, qui assaille mes sens, les drapant d'un voile lourd, mais surtout atrocement addictif.

Au lieu de se calmer, les battements dans ma cage thoracique s'envolent. Si durement que j'éprouve du mal à respirer. Le cœur au bord des lèvres, je retiens un gémissement. Penché au-dessus de moi, il se borne, dans un premier temps, à me fixer. Comme s'il voyait au-delà de ce que je me cantonne à montrer au monde. Comme s'il me traquait. Tout à coup, son regard quitte le mien, bloque sur mes lèvres tandis que les siennes s'étirent en un sourire. Une espèce de rictus bancal, presque rouillé, annonciateur d'orage.

Soudain, l'écho du tonnerre résonne au-dessus de nous. Un autre présage : ce salaud s'apprête à me dévorer…

Qu'il essaie ! Je me fais la promesse d'être particulièrement indigeste.

Il émet un sifflement court, suivi d'un second, plus long. Autour de nous, des bruits diffus de pas s'éloignent. Bien sûr. Maintenant qu'il me tient, il compte régler le problème que je représente en privé, ses deux potes priés de lui laisser ce plaisir.

Liêm se baisse encore un peu afin de m'intimider. Ses cheveux trop longs se confondent avec la nuit, rendant ainsi les contours de son visage encore plus anguleux, plus bruts.

– Salut, Ochoa.

Le cœur battant, je me concentre sur le cristal de ses iris, dont les pupilles semblent avoir envahi le bleu pour les noyer de pétrole.

– On y est ? chuchoté-je, si bas que la bise froide avale ma voix.

Un spasme fait tressaillir la jointure de ses maxillaires.

– Où ça ?

Son intonation trop douce agresse ma peau tel un jet d'acide. Comme à son habitude, il ne me balance pas un excès de violence dans les gencives. Ce n'est pas son genre. Pas complètement… Liêm Casablancas est plus raffiné que cela. Plus cruel.

– À la fin.

Malgré l'obscurité, je perçois le frisson qui ondoie sur le carré de peau que laisse entrevoir sa veste, ouverte à la naissance de sa gorge. Ses doigts relâchent enfin leur étau avant de dévaler la longueur de mes bras avec une certaine paresse, jusqu'à mes poignets, qu'ils encerclent.

Un éclat se loge alors profondément dans son regard. D'une impulsion, il m'entraîne à sa suite sans me demander mon avis. Forcée de soutenir son allure, je trottine derrière lui jusqu'au caveau, qu'il ouvre pour me propulser à l'intérieur. Une fois dans la crypte, Liêm referme la porte derrière nous. Comme s'il nous enterrait entre les épais murs de pierre. Il est clair que cette embuscade a bel et bien été préparée avec soin si j'en crois les mini-spots déjà allumés.

Au moment où ses yeux ricochent sur les miens, j'ai l'impression qu'une balle vient de me trouer le ventre. L'appréhension m'écorche l'âme. Et quand il commence à avancer dans ma direction, je recule aussitôt vers l'autre partie du mausolée pour m'y mettre à l'abri. Autant que je puisse l'être sur cette île…

Je fais un pas de côté. Il m'imite, ses gestes réglés en miroir sur les miens. Dommage pour moi, ce type n'a rien d'un idiot. Dès que je me jette contre la lourde porte, lui se jette sur moi. Dans une espèce de vrille, il m'envoie alors valser contre une chaise en bois. D'une pression, il m'oblige à m'asseoir, puis en tire une autre, qu'il place juste devant. L'avançant au plus près de la mienne, il s'installe de manière que ses longues jambes enserrent mes cuisses.

Encore ce foutu sourire. Celui d'un cobra qui vous hypnotise pour mieux vous inoculer son poison. Après cette démonstration agressive, il se coule à nouveau dans son attitude nonchalante. Et me fauche quand il s'incline pour saisir délicatement ma main entre ses paumes. Un instant, je scrute les siennes. Douces, osseuses, veinées… Son auriculaire droit est ceint d'une chevalière en or. Une minuscule cicatrice court le long de son médius.

Une kyrielle de sensations démentes s'écrase entre mes côtes. Je me liquéfie, désagrégée dans un bain de chaleur qui m'ankylose alors que sa peau s'imprime sur la mienne. N'y tenant plus, je craque la première.

– Qu'est-ce que tu veux, Liêm ? Qu'on en finisse enfin…

– Qu'on en finisse ? murmure-t-il, presque onctueusement.

Sa voix est plus douce qu'une pluie d'été. C'est ce qu'il y a de pire. Cette intuition faussée que je pourrais m'abandonner à lui. Un abandon qui signerait ma reddition. Une reddition inacceptable.

– J'en ai assez de ce jeu. De… ce chaos.

Mes sens bourdonnent. Ils grésillent, décimés par un brasier ardent, quand ses cuisses se contractent autour des miennes. L'instinct hurlant en silence, je tente de retirer ma main. Pas assez vite.

– Le chaos ne naît pas du néant, Ochoa.

Le son de ses doigts, claquant ce tempo qui obsède désormais mes nuits, me soutire une grimace. Ce compte à rebours n'a absolument rien de sécuritaire. Bien au contraire. Il diffuse dans mes veines un sentiment de panique veiné d'un désir qui me brise. Déroutée, je me focalise sur les marques rosées de son épiderme. Ces fleurs de foudre qui s'épanouissent, vénéneuses et magnétiques. Plutôt que de suivre le fil de ses paroles, je lâche soudainement :

– Qu'est-ce qui te rend heureux, Liêm ? Existe-t-il seulement une chose qui en soit capable ?

Sans paraître étonné, il répond du tac au tac :

– La haine. Elle me rappelle que je suis en vie.

Sous le choc, j'avale mon cœur, qui bat trop fort, menaçant de s'expulser d'entre mes lèvres.

– Et j'en suis le cœur ?

– Pas totalement, admet Liêm après avoir léché l'ourlet inférieur de sa bouche pincée. Seulement, elle me rappelle à quel point tu es un fléau.

– Va te faire foutre, craché-je, furieuse autant que blessée. Non, mieux, va au diable, Casablancas !

L'un de ses pouces trace des arabesques dans le creux de ma paume, si aériennes que je pourrais croire les imaginer.

– Ça ne saurait tarder. Mais toi d'abord.

Son autre main s'étale sur ma cuisse. S'y arrime, entraînant un soupçon de douleur. Pourtant, pas une once de contrition ne transpire de ses traits élégants. C'est même tout le contraire. Il se nourrit de ce mal que l'on se fait. Une fois de plus, Liêm fait dévier cette conversation surréaliste.

– Sais-tu ce qui arrive à certains pensionnaires de Solanum, Yenna ?

Comme je me tais, il enchaîne sans attendre.

– Ils disparaissent. Leurs affaires sont là, mais eux ne sont plus qu'un souvenir. Un souvenir dont on finit par douter qu'il ait existé. Au détour d'une nuit, ils ne sont simplement plus là. Pas assez forts pour supporter certains… traitements. Ils ne reviennent pas de *là-bas*, point barre. Pas d'explications, pas de vérité, même pas de mensonges. Juste le néant et l'oubli.

Mes sens se brouillent. À partir de ces quelques mots, je sais sur quelle pente escarpée il m'attire. J'essaie à nouveau de retirer ma main. Néanmoins, Liêm m'en empêche. Encore.

– Tais-toi, grondé-je, cramée par le tison fiché dans ma poitrine. Tais-toi !

Plutôt que de la fermer, il me plante de son maudit regard trop perçant. Sans aucune pitié pour la tempête qui éclate sous ma peau.

– La première fois que j'ai été envoyé dans cet enfer, je n'étais qu'un ado solitaire avec une propension à plonger dans les emmerdes. À l'époque, j'étais aussi jeune que très con. Je croyais tout savoir. Je pensais pouvoir faire la loi. Après tout, mon père était un putain de juge. Solanum et moi, c'est une vieille histoire.

– Un juge ? répété-je, abasourdie.

Un rictus amer tremble sur ses lèvres, creusant ses joues.

– C'est lui qui a manœuvré pour m'envoyer ici. Pour me *protéger* de ce que j'aurais pu subir dans un centre de redressement ordinaire, selon lui. Ironique, hein ? Richard Casablancas occupe un siège au conseil d'administration du Conglomérat Solanum, qui gère les foyers dont cette île fait partie, figure-toi.

À cran, je le regarde rire sans joie, un ricanement qui s'étend sur ma chair en la lardant au passage.

– Pour me protéger… Je suppose que c'est ce que l'on appelle l'ironie du sort.

– Qu'est-ce que j'ai à voir avec ça ? le coupé-je, à bout de souffle.

Encore cette légère caresse sur mon poignet, qui endort la peur croquant mes cellules.

– Pas encore… Ne t'inquiète pas, tu as ta place dans cette histoire. Une place de choix, mon cœur.

Lorsque Liêm prononce ces deux derniers mots, une dose de venin s'en échappe pour m'étouffer. Parce qu'ils ne sont pas composés de tendresse, ni juste d'un peu d'affection, mais bien de l'opposé.

– Ce que j'ai vécu, grince-t-il entre ses mâchoires contractées à l'extrême, je ne le souhaite à personne. Personne. J'ai été frappé par la foudre, alors je croyais savoir ce qu'était souffrir. Ce n'était pas le cas.

Sa tonalité dégringole, signant les horreurs que je perçois dans ses non-dits. Mes yeux s'embuent. Pourtant, je ne verse pas une seule larme. Il ne le tolérerait pas – moi non plus, d'ailleurs. Il y a trop longtemps que, tous les deux, nous avons appris ce qu'implique de survivre.

– Mes parents pensaient que j'en retirerais une leçon, mais c'était mal me connaître. Au lieu de ça, j'ai enchaîné les séjours. Je dois être maso.

– Tu refuses surtout qu'on ait le dessus sur toi, quitte à souffrir, le corrigé-je sans réfléchir.

Le coin de ses lèvres frémit.

– Peut-être bien, admet-il. Au fur et à mesure de mes venues ici, j'ai vu défiler un paquet de monde. J'ai rencontré Khassian, Isma, les filles, et bien d'autres encore. Et puis un jour débarque ce mec. Pas taillé pour combattre. Trop faible pour survivre. Incapable de résister aux *punitions*. Aux surveillants, qui se déchaînent sur ton corps.

– Liêm, tais-toi… le supplié-je, sachant pertinemment qu'il ne cédera pas.

Et, bien entendu, il n'en fait rien. Creuse toujours plus profondément la faille qui me déchire de part en part.

– Ceux qui te passent à tabac. Ceux qui en veulent à ton cul… et qui l'obtiennent.

La faille… Elle me fend en deux. Crée un gouffre qui jamais plus ne se comblera, j'en ai déjà conscience.

– Tu sais pourquoi les mecs de mon espèce, de celle de Khass ou une nana comme Lenor ne capitulent pas ? Ou même ton pote Viggo ?

D'un mouvement brusque, Liêm se penche sur moi, son front contre le mien, en crochetant ma nuque pour m'empêcher de bouger. Ce dont je suis physiquement incapable, tétanisée.

– Parce qu'on est tous coupables. Seulement, ce mec… Lui, c'était différent. Ce type était innocent des faits qu'on lui reprochait. Une nana l'avait piégé. Une ado en mal de sensations fortes, tu vois le genre ? Elle avait 16 ans, lui, 20. Ils ont flirté et ont fini par se faire choper en train de baiser dans sa voiture. Sentence sans appel : détournement de mineur avec circonstances aggravantes. Pourquoi ? Parce que cette garce a prétendu qu'il était au courant de son âge. Sauf que c'était faux, elle lui avait juré avoir 18 ans, et ce con ne s'était pas méfié. Alors ? Tu vois où je veux en venir ?

Un haut-le-cœur incendie mon palais.

– Qu'est-ce que tu en sais, toi, que ce n'était pas la vérité ? hoqueté-je dans un chuchotement.

– Ochoa, Ochoa, Ochoa… Ne joue pas à ça avec moi, dit Liêm en souriant froidement. Résultat de ce putain de mensonge, ce pauvre gars s'est retrouvé ici. Au milieu des charognards. On a eu beau tenter de le protéger, l'île l'a démoli jusqu'à l'os. Et puis, un jour, il a disparu.

Ses ongles griffent la chair tendre de ma nuque. J'ai même l'impression qu'il la gratte afin de permettre à l'électricité dont il est pétri d'aller bombarder mon cœur.

– Tu veux que je sois plus clair ? Il est mort, siffle-t-il. Mort et enterré. Ou mort et jeté à la mer, va savoir. L'avantage d'être sur cette île maudite… Et tout ça à cause de cette salope de menteuse.

Une lame de hargne m'emporte tout à coup. Elle me noie, et moi, je me débats pour affronter le tsunami qui me tire vers le fond. Sa bouche frôle mon oreille, me soutire un frémissement absolument interdit.

– Alors ? Es-tu cette salope, Yenna ?

Tandis qu'il parle, ses yeux virent à la couleur de la roche volcanique. Son regard est si intense, si incandescent que je suffoque. Refusant cette vérité qu'il m'impose. Fébrile, je me rebelle pour lui échapper. Crache également mon propre poison dans l'espoir, à mon tour, de l'atteindre.

– Et donc ? C'était ton mec ou quoi ? C'est pour ça, cette vendetta ?

Son regard se cheville au mien, son haleine s'écrase sur mon visage alors que sa voix prend une teinte opaque.

– Marleigh Monroe était mon oncle.

36

Liêm

Le lui révéler à voix haute me procure un sentiment de bien-être instantané. Carrément nocif, et pourtant si bon… Un shoot d'adrénaline direct dans le cœur. Une dose de came en intraveineuse dont l'effet est peut-être illusoire mais, paradoxalement, tout ce qu'il y a de plus réel.

Je marque un arrêt, histoire de savourer le poids de ce secret sur elle, si bien gardé entre les gars et moi.

D'ailleurs, ils avaient raison. Attendre plus longtemps avant de la bousiller ne servait à rien, sinon à nourrir le chaos. Monter ce plan valait le coup. La voir frissonner, admirer la peur sur sa peau… C'est à en bander. Et ce, même s'il a fallu graisser la patte d'un gardien trop cupide, le seul soir de la semaine où Duke n'est pas de service.

Silencieux pour qu'elle assimile chaque étincelle de haine distillée par mes mots, j'observe avec délice ses yeux s'écarquiller. Ses épaules se raidir. Sa poitrine se débattre. Ou bien encore sa bouche s'entrouvrir pour happer l'air qui déserte soudain ses poumons.

Avant qu'elle ne se reprenne. Parce que Yenna Ochoa a la survie gravée dans son ADN. Un éclair zèbre ses iris quand elle reprend pied dans la réalité de cette pièce où elle est enfermée avec moi sans moyens de s'esquiver.

De m'échapper.

– Ton… ton oncle ? Marleigh est plus jeune que toi, me contredit-elle avec une pointe de férocité dans la voix. Et je ne parle même pas de ses origines inuites.

Par automatisme, mes maxillaires se contractent, puis se détendent dans la foulée. Je m'attendais à ce qu'elle conteste. Aussi, un sourire condescendant incurve mes lèvres.

– Ça ne veut rien dire, Yenna. Je te rappelle que j'ai été adopté par une Vietnamienne. Pour info, Marleigh est le demi-frère de mon père, un enfant illégitime issu d'une liaison tardive de mon grand-père avec une femme de chambre du domaine familial. Une pauvre fille en cloque qu'il s'est empressé de cacher aux yeux du monde. Un métis, ce n'est pas très respectable dans leur milieu à la con. Surtout à l'âge du vieux.

Un ricanement remonte le long de ma trachée.

– Une histoire comme il en existe des milliers, terminé-je avec un vague haussement d'épaules. Une histoire à laquelle toi, Miss Personne, une putain d'orpheline, tu as mis fin en l'envoyant ici sur la base de fausses accusations.

Au lieu de lui donner la possibilité de se défendre, je lâche sa paume pour la saisir à la gorge. Mes doigts s'enfoncent dans sa peau. Juste assez pour que la panique se lise dans son regard. Juste assez pour qu'une traînée de poudre s'étale le long de ma colonne. Entre dégoût et désir.

– J'ai tendance à voir ta situation actuelle comme un juste retour de karma, susurré-je. Que tu sois balancée sur Solanum, là où tu l'as précipité, jusqu'à ce qu'il en crève. Et moi, je suis censé faire quoi ? Te laisser t'en tirer ?

– Alors, pourquoi m'avoir sauvée, cette nuit-là, dans l'abri ? articule Yenna avec difficulté. Pourquoi ?

– Un acte manqué, voilà tout.

Ses mains, jusqu'ici enroulées autour des accoudoirs de la chaise, se portent à mon poignet pour m'obliger à desserrer mon étau. Elle suffoque, également étranglée par sa propre culpabilité, j'imagine. Avant de se statufier, dopée par un sursaut de fierté. Ochoa se calme, régule sa respiration effilée, puis demande :

– Qu'est-ce que tu attends de moi, Liêm ?

Une flambée de colère calcine l'espace entre mes côtes, comme si cette façon qu'elle a de me provoquer l'aspergeait d'essence.

– J'attends que tu avoues. Es-tu cette salope ?

– Quoi que je dise, je ne réussirais pas à te convaincre, alors pourquoi me fatiguer à te détromper ? chuchote-t-elle, un nœud déformant sa voix.

– Essaie quand même.

– Je suis une menteuse, d'après toi. C'est moi, la salope dans l'histoire.

Les pieds dans cette foutue flaque d'essence, je prends la seule décision qui s'impose. Je craque l'allumette…

– Il y a toujours un moyen d'obtenir ce que l'on veut, Ochoa.

… et allume la mèche. Tant pis si nous cramons tous les deux. La vérité lui sera arrachée, qu'importe le prix. Marleigh mérite qu'elle la reconnaisse. Après tout, il l'a payé de sa vie.

D'une détente rapide, je chope de nouveau sa main. Abandonne sa gorge pour récupérer le briquet dans ma poche. Comme si elle lisait dans mes pensées, Yenna se débat. Parce qu'elle a compris. Elle sait que ce qui va suivre revient à… jouer avec le feu.

– Dis-le. Je veux t'entendre admettre à voix haute ce que tu as fait. Ce que tu lui as fait, cruelle et vicieuse petite menteuse.

– Tu ne veux pas la vérité, Liêm. Ou, plutôt, tu veux

la tienne. Celle à laquelle tu t'accroches, celle qui te fournit un bouc émissaire.

Mes doigts sur les siens sont délicats, presque doux. Avant la morsure. Nonchalant, je m'amuse avec le clapet de mon Zippo, le fais claquer en rythme. Une fois. Deux fois. Trois. Puis quatre.

Le regard bloqué sur nos phalanges entrelacées, je laisse s'écouler une minute de silence. Puis relève les yeux. Elle n'essaie même plus de lutter. Cette nuit, entre les murs épais de ce caveau, antichambre de l'enfer, sur cette île maudite, je suis juge, juré… bourreau.

– Tu vas me faire mal ? Me détruire ?

Un immense sourire ourle mes lèvres.

– Persuade-moi du contraire.

D'un geste sec, je frotte la roulette du briquet dressé entre nous. Une flamme jaillit, se reflète dans ses yeux bruns, qui crépitent de peur lorsque, lentement, je l'approche de sa paume. Pas assez près pour la blesser vraiment… même si je me délecte de ses traits paralysés par l'angoisse.

– Je t'écoute.

– Enfoiré…

– Je ne te contredirai pas, la raillé-je sur un ton trop doux, vu la situation dans laquelle nous sommes plongés jusqu'au cou, elle et moi.

– J'ai connu Marleigh à l'orphelinat, souffle-t-elle, son attention fixée sur la lueur jaune orangé bien trop proche de sa peau. Il participait au programme d'aide à la lecture que nous imposait le comité paroissial de l'établissement.

– Vous avez flirté avant de finir par coucher ensemble, la coupé-je, glacial. Ces détails-là, tu peux les garder, je les connais déjà. Ce que je veux, je te l'ai dit. Admets être responsable.

– Jamais, grince-t-elle entre ses dents serrées. Marleigh savait. Il a toujours su que je n'avais que 16 ans.

Mû par un réflexe sauvage, j'approche la flamme de ses doigts. Une exclamation plaintive retentit dans le mausolée.

– Menteuse, grondé-je, la rage au creux du ventre. Putain de menteuse !

– Non… gémit Yenna en tremblant sous le choc provoqué par la douleur. Fais-en ce que tu veux, mais c'est ça, la vérité…

Je réfute ses paroles, incapable de concevoir de m'être fait berner par mon propre oncle. Mon demi-oncle.

– Tu lui as fait croire que tu étais majeure, que tu bossais en tant que bénévole, toi aussi !

– Non, je peux te le jurer !

– Ta parole vaut que dalle ! Tu le voulais, tu l'as eu, asséné-je, lapidaire. Sans te soucier des conséquences. Et, quand vous avez été découverts, tu as sauvé ta peau en vendant la sienne.

Cette fois, ce ne sont pas ses doigts que caresse la flamme, mais la tranche de sa main. Un cri fend sa poitrine. Son regard s'ancre dans le mien, vibrant de peur, de colère également. Débordant d'une émotion toxique qui nous emprisonne tous les deux.

Au lieu qu'elle se mette à pleurer, un rire nerveux s'évade soudain d'entre ses lèvres.

– Tu n'as pas la moindre idée de ce qu'il s'est passé là-bas, halète Yenna, son teint, d'ordinaire hâlé, cireux.

La trace de moquerie dans sa voix allume un feu d'alarme sous mon crâne.

– Marleigh a été jugé. Il a été envoyé ici, feulé-je sur un ton étonnamment doux quand, sous ma peau, ce n'est plus qu'un champ de ruines. Il a été battu. Battu encore et encore.

– Liêm…

Ses doigts s'entremêlent d'eux-mêmes plus étroitement aux miens, me coupant dans ma lancée.

– Tu crois vraiment que j'aurais pu me faire passer pour une bénévole ? Au sein de l'orphelinat où j'ai été placée à l'âge de 2 ans ? Celui où les bonnes sœurs exerçaient une discipline de fer ? Où les enfants inuits sont surveillés comme le lait sur le feu, à peine mieux considérés que de la vermine ? Tu penses réellement qu'il ne pouvait pas être au courant de qui j'étais ?

Sa tête se renverse en arrière afin de délivrer le ricanement dégueulasse qui la secoue au point qu'elle chancelle. Quand il s'épuise enfin, elle se redresse dans le but d'ancrer son regard dans le mien. Un regard amer, déphasé, assassin. Un regard qui me troue le bide.

– Désolée de te décevoir. Désolée que tu aies misé là-dessus pour te construire un ennemi qui n'existe pas. Désolée que la chute soit brutale. Parce qu'elle est là, ta vérité, et tant pis pour toi si elle est dure à avaler. Marleigh n'avait rien du type innocent que tu décris. J'avais tout juste 16 ans. C'est lui qui m'a poussée à bout jusqu'à ce que je cède. Il était toujours là, quoi que je fasse. Où que j'aille, il m'attendait. M'épiait. Insistait. Encore et encore. Je n'en pouvais plus… Alors, non, Marleigh Monroe n'était pas une victime.

Ochoa inspire profondément avant de conclure.

– En tout cas, à ce moment précis.

Le choc est… puissant. La sensation que l'on vient de me décocher un uppercut en pleine gueule. La conviction qui suinte du timbre de sa voix… elle m'est insupportable.

Je cille. Avant de réagir. De surréagir. Je lâche sa main, lâche mon briquet, qui roule sur le sol dans un bruit mat.

Mes paumes se plaquent sur ses joues. Approchent sans douceur son visage à quelques centimètres du mien. À cran, je fouille ses yeux fatigués, ses traits creusés, à la recherche d'un indice qui me prouverait qu'elle se fout de moi.

– Tu mens.

– Si tu le dis.

Elle ne peut que mentir. Il n'aurait pas fait ça. Pas à moi.

– Tu mens, bordel !

Yenna ne tente même pas de m'échapper. Se contente de soupirer.

– Crois ce que tu veux.

La voix de Marleigh s'insinue entre mes tempes. Elle ricoche, rebondit, murmure. Hurle. Est-ce qu'il m'a réellement fait gober n'importe quoi ? Et dans quel but ? Pour que je le protège ? Je l'aurais fait, de toute façon. Et, en même temps, Ochoa n'a rien d'une actrice-née. Elle me donne simplement l'impression d'être… abîmée par ses propres paroles. Comme un aveu qui la brise en tessons si affûtés que je m'écorche dessus.

Je… Putain, je ne pige plus rien. Elle a l'air si… Je ne sais pas. Je ne sais plus, et ça me rend fou.

Les nerfs en lambeaux, je me rejette en arrière afin d'éviter tout contact. De la toucher et qu'elle me contamine avec ses craques. Je me remets debout si violemment que ma chaise tombe à la renverse. Recule vers la sortie en titubant, le besoin de me recentrer bouffant l'intégralité de mes neurones. Si cette vipère me ment, je jure qu'elle ne s'en remettra pas. C'est une putain de promesse que je me fais. Que je lui fais.

– N'imagine pas qu'on en a terminé, la taclé-je alors qu'elle se relève à son tour.

– Je n'en attends pas moins de toi.

Devant la porte de la crypte, je saisis la poignée afin de l'ouvrir. Tente d'ignorer les pulsations fiévreuses qui me ravagent, me coinçant quelque part entre la colère et l'incompréhension. Encore plus de colère, encore plus de rage, ainsi que… ainsi qu'une intuition étrange. Comme si j'avais enfin le droit de…

– Fait chier, putain!

D'un geste, je claque le battant et lui fais face. Sa respiration siffle tant elle paraît prête à me déchirer la gorge avec les dents.

– Eh merde!

Sans plus réfléchir, je me jette sur elle. Nos corps s'entrechoquent violemment, aimantés l'un par l'autre. Plus de faux-semblants. Plus de faux baiser.

Puis… l'impact.

Ma bouche se précipite sur ses lèvres. À moins que ce ne soit le contraire. Sans douceur, je m'empare de cette petite garce. Aussi brutalement que Yenna qui, elle, me fauche en plein vol. Mes mains sont partout, l'une sur ses reins, l'autre enchâssant sa nuque tandis que ses doigts s'emmêlent dans mes cheveux et les tirent sans douceur. Sa bouche sous la mienne, je vole son souffle pour enfin respirer. Sans plus aucun contrôle, je l'entraîne contre la stèle, la presse contre la pierre froide. Seulement, elle finit par me repousser, haletante. Paumée.

– Et maintenant? murmure-t-elle en tentant de dompter le chaos dans sa poitrine.

Le même, je le devine d'instinct, qui a envahi l'espace entre mes côtes.

– On joue avec le feu. Comme toujours, Ochoa. Voilà ce que l'on fait.

La nuque renversée pour me dévisager, elle me

contemple d'un œil orageux. Sans répondre. Avant d'enrouler ses poings dans mes fringues pour m'attirer de nouveau d'un geste sec.

– Et tant pis si on se brûle.

C'est torride. C'est indécent. Sombre et sauvage. C'est elle, c'est moi… Totalement illogique. Interdit. Viscéral.

Et fatal.

37

Yenna

Je hais les frissons qui s'emparent de chaque grain de ma peau.

Je hais le fait de me transformer en une boule de nerfs ardents.

Je hais ce manque obsédant dès que ses paumes quittent mes courbes.

Je hais la plaie béante que je deviens entre ses mains.

Et pourtant, malgré ce qu'il vient de se passer, j'en veux plus. Tellement plus que j'en ai mal. Si bien qu'à la seconde où nos corps entrent en collision, j'implose. Comme si je me fissurais de l'intérieur.

Parce que je mens. À moi-même. J'ai envie de Liêm Casablancas.

J'ai envie de ses doigts s'infiltrant dans mes cheveux.

J'ai envie qu'il me plaque contre la stèle.

J'ai envie qu'il serre ma gorge de cette façon.

J'ai envie que ma respiration s'étiole et que son souffle s'emballe, rattrapé par le désir qui guide ses gestes.

– Ça n'empêche pas que je te déteste, haleté-je au moment où sa bouche se détache de la mienne pour glisser dans mon cou. Si tu savais combien je peux te détester, espèce de taré…

Son poing ligoté par mes longues mèches noires, Liêm relève mon visage vers lui. Le scrute avec intensité. Et il a ce sourire. Toujours le même, celui qui s'attaque à sa bouche, l'ourlant de férocité sans que celle-ci ait besoin de formuler la moindre menace.

– Si je suis taré, qu'est-ce que ça nous révèle sur toi ?

Ses doigts quittent l'arrière de ma tête pour lisser le fil de ma mâchoire, puis ma lèvre inférieure, que son pouce étire sans délicatesse.

– Si je suis taré, qu'est-ce que tu es, toi ? insiste Liêm.

– Dingue. Totalement dingue… Sinon, je hurlerais.

– Sauf que tu en crèves d'envie. De jouer avec le feu.

Une force brute galope dans mes veines, sauvage et impérieuse. Celle du désir. Dictée par le besoin, presque primitif, qu'il possède mon corps après ce que nous venons de vivre. Qu'il me possède, moi. D'être corrompue par cette onde insolente qui vibre sous sa peau. De perdre le contrôle, d'être foudroyée.

Le brasier qui incendie ses yeux lui confère une aura machiavélique. Et soudain, ce n'est plus qu'un enchevêtrement de membres, de halètements, de soupirs, de grondements trop longtemps retenus au creux de nos ventres.

Liêm est partout à la fois. Ses mains me paraissent infinies. Elles me touchent, me caressent, m'affrontent. Empoignent mes fesses. M'effleurent ou me griffent. S'acharnent sur ma veste, puis mon gilet afin de m'en débarrasser tandis que je fais sauter les boutons de ses vêtements. Lorsque la pulpe de mes doigts frôle son épiderme glacé, j'ai la sensation d'avoir été électrocutée. C'est si… déroutant, si addictif que je tangue, la tête renversée en arrière pour essayer de happer un peu de l'air vicié de la crypte. Avant que le choc ne me fasse ployer vers lui.

Mon front cogne son sternum tandis que Liêm m'emprisonne entre lui et la dalle. Il n'est même plus question d'urgence. Cela va au-delà. C'en est presque animal. Nos mouvements sont désordonnés, brouillons… synonymes de tumulte. Des gerbes de feu enrobées par le froid qui nous éclabousse entre ces murs gelés.

L'une de ses paumes glisse sous ma cuisse de manière à coincer l'arrière de mon genou sur sa hanche. Aussitôt, il commence à onduler contre moi. De plus en plus fort, de plus en plus vite. Jusqu'à fracasser son sexe, aussi dur que de la pierre, contre mon intimité, m'extirpant une salve de plaintes silencieuses. Ma nuque entre ses doigts, il écrase sa bouche sur mes lèvres. Les aspire vicieusement, les agace. Les cisaille salement d'un coup de dents. Enfiévrée, je m'arrache à son baiser vorace, cherche son regard dilué par ses pupilles dilatées, ma peau colonisée par une nuée de fourmis rouges. Les papillons sont bien trop doux pour ce qui assiège mon épiderme.

Vengeresse, mes ongles enfoncés dans sa peau maintenant à nu, je mords sa clavicule. Ce coup-ci, c'est moi qui le marque. Sans hésitation, excitée par le râle obscène, modelé par le plaisir et la douleur, qu'il libère. Et celui que j'en retire est si dément que respirer devient laborieux.

– Yenna…

Au lieu de me repousser, il m'attire encore plus près avant de me retourner pour mouler mon dos à son torse. Cette fois, je ne sais plus du tout comment respirer quand il murmure à mon oreille, son érection poussant contre mes reins.

– Avoue-le, que tu meurs d'envie de me déchiqueter avec les dents…

Il empoigne mon sein, par-dessus la dentelle usée de mon soutien-gorge, dévoile sa pointe durcie pour la pincer tandis qu'il creuse la faille dans ma poitrine :

– Parce que tu n'as rien d'une gentille fille, grogne-t-il, plongé dans mon cou.

Le cœur entre les cuisses, je lèche ma lèvre, tremble au moment où sa langue court le long de ma gorge.

– Si, je le suis… Je le suis.

J'ai l'impression de tenter de me convaincre autant que lui, piquée par son sous-entendu. Enfin… par ce qu'il dit sans détour. Un cri m'échappe quand son haleine s'éparpille sur ma nuque et qu'ensuite, il aspire ma peau trop fine, jusqu'à la douleur.

– Non, tu ne l'es pas.

Sa voix opaque agit tel un déluge, stimulant l'onde lovée autour de ma colonne, pendant que sa main s'introduit dans mon legging. Mon ventre creusé pour lui faciliter l'accès, il se glisse dans mon sous-vêtement. Et moi, je laisse son index longer mes chairs humides, puis se retirer tout aussi vite. Un rire étrille sa gorge alors que je me cabre, révoltée par la frustration qu'il a créée.

– Tu n'as aucune patience, Ochoa…

Liêm Casablancas annihile mes limites. Il joue peut-être avec le feu, mais suivant son propre code. Un code fracturé par la vie. Un code bousillé par Solanum.

– Qu'est-ce que tu attends, alors ? rétorqué-je sur un ton haché.

Tout à coup, ses mains quittent mes courbes pour baisser mon pantalon en embarquant mon dessous avec. Sans le voir, je le devine faire de même avec son jean. Le son d'un sachet que l'on déchire, puis l'intuition qu'il gaine sa hampe d'un préservatif me tendent de la tête aux pieds. L'attente se transforme alors en une véritable torture.

– Une part de moi crève de te désirer à ce point, gronde Liêm derrière moi.

L'une de ses paumes entre mes omoplates pour me pencher sur la pierre froide, il agrippe ma taille de l'autre. C'est de la folie… On ne devrait pas… Si. Si, on devrait. On le doit si je ne veux pas terminer complètement cinglée. L'instinct aux commandes, je me tortille, me frotte lascivement contre lui pour apaiser la brûlure qui calcine mon abdomen. Son genou écarte d'autorité mes jambes alors qu'un grondement rauque fait vibrer son torse tendu.

– Une part de moi a besoin de se planter sous ta peau.

Son sexe raidi caresse mes chairs. Comme toujours avec lui, la douceur est synonyme de cruauté. Liêm la cultive tel un art. Voilà ce qu'est la violence, selon lui. Il s'enfonce si lentement que je le sens m'écarteler. Centimètre après centimètre, que je prenne l'entière mesure de ce que je le laisse me faire.

– Une part de moi te hait pour ça.

Il se retire légèrement afin de me pénétrer d'une unique poussée. Sous le choc, j'agrippe la sépulture contre laquelle je me tiens en équilibre. Arque le dos pour mieux le recevoir. Pour arriver à encaisser ses coups de boutoir de plus en plus forts. De plus en plus brutaux. Si bien que je finis par m'affaler, les seins écrasés contre la roche grise.

– Une part de moi craint ces putains de parts.

Comme possédé par l'excitation, qui tisse sa toile de givre autour de nous, Liêm s'immobilise soudain. Gifle ma fesse. Avant de m'empaler de nouveau. Ses paumes se cramponnent à mes reins, appuient dessus pour me cambrer au maximum et plonger profondément en moi.

– Bordel, tu n'as vraiment rien d'une gentille fille ! siffle-t-il, chacun de ses muscles bandés.

– Plus fort… haleté-je, ma joue bouillante pressée contre la pierre froide.

– Plus fort ? Je vais te faire mal, Yen…

– Et alors ?

L'une de ses mains fuse autour de ma gorge, me relève pour m'arc-bouter contre son buste. Je tiens à peine debout, les jambes flageolantes. Seul son bras barrant ma poitrine pour me manipuler telle une poupée de chair m'empêche de tomber alors qu'il me baise sans pitié.

Mon cœur accro à cet afflux d'adrénaline, j'atteins l'orgasme. Il me percute au moment où les dents de Liêm croquent la ligne de mon épaule. Ce n'est pas une vague qui me submerge, mais un éclair. Un éclair électrique incroyablement douloureux, disloqué dans mes veines en cendres. Inondée par la jouissance, je ne l'entends que de très loin chuchoter une promesse qui glace les étincelles crépitantes sur ma peau à vif.

– Et une part de toi haïra ça aussi, je peux te le jurer.

38

Liêm

Mon instinct, toujours sur le qui-vive, se réveille le premier. Un genre d'alarme, que vivre sur cette île impose, s'enclenche entre mes tempes. Elle se met à hurler quand la porte de la chambre s'entrouvre. D'office, je sais que ce n'est pas l'un des gars. Leurs respirations emmêlées percent le silence de la pièce. Je n'ai pas encore soulevé une paupière pour me confronter à la nuit noire que je faufile ma main sous l'oreiller pour choper le cran d'arrêt planqué dessous. Je l'ai déjà dit, la contrebande a de beaux jours devant elle.

Sur mes gardes, je guette les pas étouffés par les épais tapis. Surveille leur progression, mes doigts crispés autour du manche du couteau. Puis, de nouveau, le silence. Couché sur le flanc et les yeux grands ouverts, prêt à la détente, je me tends. Soudain, un poids s'impose au bord de mon pieu. Mon pouls s'accélère méchamment. Pourtant, je ne bouge toujours pas. Quelque chose ne va pas. S'il s'agissait d'un surveillant, il serait entré comme une brute en nous inondant de lumière. Là… mon intuition est comme tronquée par…

Putain !

Une ombre se dessine alors que, immobile, je l'observe. À genoux sur le lit, la silhouette rampe jusqu'à moi. Ses longs cheveux sombres sont détachés, leurs pointes frôlant le drap, ses courbes tout juste couvertes par un tee-shirt que je reconnais sans peine pour m'en être emparé il y a à peine vingt-quatre heures.

Vingt-quatre heures que j'ai pénétré son ventre. Vingt-quatre heures depuis que je l'ai plantée dans le mausolée pour me barrer, l'esprit en vrac, farci de ses vérités boxant mes certitudes. Vingt-quatre heures que l'on ne s'est pas adressé la parole, pour ne pas dire que l'on s'évite soigneusement, histoire que je fasse le tri à propos de sa confession sur Marleigh.

– Ochoa… Mais qu'est-ce que tu fous là, bordel ?

Mes sourcils se froncent devant l'absence de réponse. Je me hisse sur un coude.

– Tu cherches les ennuis ou tu espères m'en procurer, à moi aussi ?

Je m'assieds carrément devant son manque de réaction. À peu près habitué à la pénombre, je commence à assimiler quelques détails. Ses traits délicats, tirés par la fatigue, dégagent une tension quasi palpable. Ses yeux en amande sont voilés d'une douceur qu'elle ne s'autorise jamais à révéler. Quant à sa bouche, elle semble articuler une litanie absolument inaudible. Je ne devrais pas… Pourtant, je ne peux m'empêcher de la trouver… Putain, je la trouve belle. Et ça m'emmerde profondément.

– Yen ?

Tout à coup, elle réagit. Enfin, je crois… Parce que j'ai la nette impression qu'elle ne me capte pas réellement. Qu'elle ne capte rien, à vrai dire.

Yenna se redresse, écrase ses paumes sur mon torse dans le but de m'obliger à basculer. En une fraction de seconde, la voilà qui m'enjambe et se positionne à califourchon sur mon bassin. L'expression de son visage se mue alors en un mode plus lascif. Totalement indécent à l'instant où ses lèvres s'entrouvrent pour laisser filtrer un soupir, qui part se loger dans mon bide avant de migrer dans ma queue. Ce qui paraît la ravir, vu le balancement suggestif de ses hanches.

Une main plaquée sur mon sternum, elle pétrit son sein gauche, la tête renversée en arrière. Comme si elle se foutait d'être là, dans une chambre qui n'est pas la sienne et entourée d'autres types, elle gémit, accentue la pression sur ma hampe durcie. Dans un état second, le regard opaque, elle cherche à assouvir une pulsion qui la domine.

Eh merde !

Si je ne débande pas, j'ai tout de même la foutue impression d'avoir été aspergé par un jet d'eau glacée. Ce comportement, je le connais. Elle est en pleine crise. Et, ces crises, j'en ai plus d'une fois été témoin. Chez Circé. Sauf qu'il y a une nette différence entre elles. Yenna, elle, n'est pas vraiment consciente d'être là, sur moi. À l'instar de cette autre nuit où je suis tombé sur elle tandis qu'elle déambulait. La preuve que ce qu'elle a vécu ces derniers temps a foutu un sacré bordel sous son crâne et que, moi, je suis le putain de roi de son chaos. Mon premier réflexe est d'agripper sa taille pour stopper ses conneries.

Mais, au lieu de ça, je lance mes hanches contre les siennes, lui soutirant un râle à bout de souffle. Ses ongles éraflent mes abdominaux, s'accrochent à la couture de mon pantalon. À cran, je sature. D'une torsion de reins, je me rassieds, entoure sa taille pour la renverser sur le matelas. Sous mon corps, ses courbes trop douces s'enroulent autour de moi. Yenna se trémousse pour atteindre le point de plaisir auquel elle aspire, même ainsi, dans le coaltar. Ses jambes enserrent les miennes. Le delta de ses cuisses me chauffe de plus en plus et, sale con que je suis, je la laisse agir. Jusqu'à ce que ses yeux s'élargissent. L'écho de ses battements de cœur affolés se plante dans ma cage thoracique. Repue, Ochoa s'amollit, en proie au sommeil, comme si rien n'était arrivé et qu'elle se trouvait dans son propre lit.

Je fais comment, moi, maintenant ?

Un sourire bancal fend mon visage, en contradiction totale avec le pic de colère déployé dans ma cage thoracique. À cause de cette vérité en train d'éclore. De ce lien qui se tisse entre nous, que je le veuille ou non, telles des flammes aussi noires que la pourriture sous mon crâne.

La porte de la chambre s'ouvre. Avec le fracas d'un coup de tonnerre, cette fois. Le plafonnier dégueule sa lumière blafarde dans la pièce. Et il ne me faut qu'une poignée de secondes pour repérer Duke. L'air tellement fier de lui que ce salaud risque de s'étouffer. Dans leurs lits, Khass et Isma se réveillent en gueulant. Quant à Yenna, elle émerge en sursaut de son épisode somnambulique. J'écrase son cri sous ma paume, qui la bâillonne, en réprimant un grognement sourd quand elle me mord pour se libérer.

Cette fille a le don de me foutre dans des situations merdiques. Là, elle vient de nous plonger dans un bourbier qui s'annonce catastrophique. Le gardien esquisse un sourire empreint de sadisme. Pour ne pas le qualifier de diabolique.

– Et maintenant, on va s'amuser.

39

Yenna

Qu'est-ce que…

– Ochoa !

Je… je suis où, là ? Je palpe les draps, respire le parfum qui s'attarde, les sens langoureux, comme si ces derniers venaient d'être perfusés avec une dose de plaisir liquide. Je me raidis presque aussitôt face au constat qui s'impose : je ne suis pas dans mon lit.

Je. Ne. Suis. Pas. Dans. Ma. Chambre.

– Yenna !

Mes cils papillonnent à toute vitesse tandis que je prends conscience du lieu où je me trouve. Je connais cet endroit pour y être venue une fois en douce avec les filles. Cette chambre… Ce lit… Cette fragrance qui stagne dans l'air…

Non ! Non ! Non ! Pas encore. Pas maintenant. Pas ici. Pas avec lui. Ça en révèle tellement sur ce qui m'obsède… Je sens, presque malgré moi, mes poumons se remplir afin de relâcher le cri qui ligature ma trachée. Avant qu'une paume ne me bâillonne.

– Ochoa !

Pendant une seconde, je demeure dans cette espèce de stase. À mi-chemin entre la conscience et cet état d'entre-deux. Puis je suis violemment projetée dans la réalité lorsque mon regard se heurte à la silhouette de

Duke Tannen. Son sourire satisfait, la lueur dans ses yeux, ou bien encore sa façon de se tenir, conquérante, sont autant de signes que la chute à venir se résumera à un crash mortel.

Désorientée, je mords la main sur ma bouche. À mes côtés, Liêm jure. Il me balance le drap afin que je m'en recouvre, puis bondit avec la souplesse d'un félin sur le plancher. Les poings serrés, le buste légèrement incliné en avant dans une posture défensive. Ses cheveux trop longs ondulent autour de son visage anguleux, accentuant le bleu translucide de ses iris.

Tremblante, je cherche à m'enrouler dans le tissu.

– Te fais pas de film, grince Liêm avec une pointe de dégoût d'avoir à s'expliquer. Il n'y a strictement rien. Cette conne est somnambule, voilà tout.

– Voilà tout… répète Duke en savourant chaque syllabe, chaque lettre.

Voilà tout…

Je n'ai pas le temps d'esquisser un mouvement que Duke est au bord du lit sur lequel je suis encore assise. Alors que Khassian et Ismaël s'apprêtent à se lever à leur tour, bien réveillés, le gardien les stoppe en beuglant :

– Si l'un d'entre vous bouge, il va le sentir passer !

D'un regard, Liêm leur interdit de plonger avec nous dans la tombe que j'ai moi-même creusée, en m'introduisant ici, tandis que Duke attrape mon bras. Avec une torsion qui me broie l'épaule, il m'envoie valser contre le mur. Enfin, valser… Me fracasser, plutôt. Une plainte étouffée s'arrache d'entre mes lèvres.

Derrière moi, un grondement enfle pour se répercuter entre les murs. Sans le voir, je capte que le contrôle auquel s'astreint Liêm s'effiloche méchamment. Avant que la situation ne dérape, trois autres surveillants pénètrent dans la pièce.

– Somnambule, hein ? Moi, j'appelle ça une putain.

Duke se tourne vers l'un de ses collègues, un immense échalas dont les épaisses lunettes mangent la presque totalité du visage, et lui lance, amusé :

– Et toi, Maxwell ? T'appelles ça comment, une fille qui a tellement besoin d'un coup de queue qu'elle part s'aventurer dans les couloirs après le couvre-feu ?

Un rictus suffisant s'épanouit sur les traits grêlés du maton.

– Une pute, chef.

– Connard… siffle Liêm entre ses maxillaires serrés.

En réaction directe, il se plie en deux, l'estomac percuté par l'extrémité de la matraque du garde.

– Et toi, Brighton ?

Plus jeune, celui auquel s'adresse Duke se dandine d'un pied sur l'autre, mal à l'aise, en nous scrutant. Un idéaliste… Dommage qu'il n'ait pas assez de courage pour s'exprimer. Au lieu de ça, il se fend de deux mots quasi inaudibles :

– Une putain.

Duke se met à rire, un rire aussi gras que bourré de promesses.

– Je le savais. Je me suis toujours douté que j'arriverais à vous choper et que l'on finirait par passer aux choses…

Il lèche sa lèvre inférieure de manière équivoque. Ce serait drôle, tellement ce geste est cliché, si je ne crevais pas de trouille. Parce que la menace, elle, est on ne peut plus réelle. Réelle et sur le point de s'abattre sur nos têtes.

– … sérieuses.

Sans réfléchir, je jette un œil vers Liêm, qui, lui, s'applique à m'ignorer. Pourtant, je sens son attention. Elle ne me quitte pas un instant. Quelque part, cette sensation me permet de tenir debout. Sensation vite submergée par une vague de honte à l'idée que je suis la seule et unique fautive.

Duke mime un frisson exagéré en nous observant.

– Ce n'était qu'une question de temps. Je l'ai reniflé dès qu'elle a posé un orteil sur l'île. Dès que vous vous êtes croisés. Il y avait quelque chose de pas net en train de se tramer entre vous. Et bam ! On y est. Il suffisait de faire preuve d'un peu de patience.

Aucun de nous n'ouvre la bouche. À quoi bon ? De toute façon, je suis bien trop paniquée pour cela, et Liêm… est égal à Liêm. Quant à ce type, il n'en a rien à carrer de la vérité. Tout ce qui importe à ses yeux est de nous voir payer. De nous faire souffrir.

Duke porte la main à sa propre matraque, puis nous invite à ouvrir le chemin, histoire que l'un de nous ne soit pas tenté de le pousser dans l'escalier. Je me décide à emboîter le pas de Liêm après qu'il a fait un signe discret à ses amis pour leur intimer de ne pas bouger. Au moment où je m'engouffre à sa suite, une poigne de fer me tire rudement en arrière. Le gardien ne me touche pas vraiment, en dehors de sa main sur mon épaule. Et pourtant, son emprise est totale. Comme s'il me palpait centimètre après centimètre.

Je sens son excitation. Elle se nourrit à la pensée de l'enfer à venir.

– Je savais que ce jour viendrait, susurre-t-il à mon oreille. Toi et moi. Et lui. Je te jure que tu n'oublieras jamais cette nuit. Personne n'oublie jamais sa première fois…

D'une poussée, il me jette dans l'escalier. In extremis, je me rétablis en me cognant contre Liêm, qui d'instinct a effectué un pas sur sa gauche pour m'empêcher de rouler jusqu'en bas des marches.

– Fais attention, Ochoa ! T'en as assez fait, tu ne crois pas ?

Il m'aurait collé un uppercut que l'effet n'aurait pas été plus cuisant. Néanmoins, je ne peux pas vraiment le lui reprocher. Je l'ai mis dans ce bourbier que j'ai provoqué. Je suis la seule responsable.

Aussi, je me tais et le suis jusqu'au bureau de Saint-John, qui, par miracle, est toujours là en dépit de l'heure tardive. Mes sourcils se froncent. À croire qu'il savait ce qui allait arriver… Et vu la crispation de ses épaules, je parierais que Liêm se fait la même réflexion.

Duke frappe. Il n'attend pas que la voix du directeur résonne pour entrer dans la pièce tant redoutée. Enfin, en ce qui me concerne, parce que Liêm, lui, y pénètre comme s'il était chez lui. Est-ce que c'est ça, le secret avec Solanum ? Dominer sa peur pour qu'elle ne nous dévore pas vivant ?

Je me positionne face au bureau, à la droite de Liêm, qui me refuse toujours le moindre regard. Le surveillant, lui, se poste derrière Saint-John. Les mains croisées, il attend, l'écume aux lèvres.

Et nous aussi, nous attendons. Deux minutes. Cinq. Dix. Bientôt vingt. Puis une demi-heure pleine et entière passe. Sans qu'un mot ne soit prononcé. Sans que le patron de cet enfer ne relève la tête du dossier dans lequel il accumule les notes. Seul le tic-tac égrainé par la pendule se charge de me rappeler où je suis. Dans quelle merde, surtout.

Le temps s'étire. Une douleur sourde poinçonne mes reins, les enrubannant de barbelés. Mon esprit s'engourdit. Dans le brouillard, j'essaie de ne pas trop ployer quand, soudain, la voix nette de Saint-John tranche l'air trop lourd que distille le feu intense dans la cheminée.

– L'impudicité et la fornication sont proscrites sur Solanum. Entendons-nous bien. Il n'est pas plus question de vous priver de… *ça* que de vous protéger.

Il arrête d'écrire, pose son stylo plume, qui a dû coûter plus cher que toutes mes affaires réunies, et cale son menton sur ses mains jointes. Derrière la monture d'écaille de ses lunettes, il nous observe tour à tour afin d'être certain d'avoir capté notre attention. Comme si nous avions 12 ans, il se lance dans un discours-fleuve :

– Maladies sexuellement transmissibles, soucis de confiance entre vos genres, honte, culpabilité, grossesses non désirées, souillure de l'âme…

Si je n'avais pas si peur, je trouverais ses paroles ridiculement pathétiques, pour ne pas dire risibles. Seulement, il me suffit de voir Duke ou de sentir combien Liêm est tendu pour m'inquiéter.

– La fornication est un péché, décrète Saint-John, vibrant de conviction. L'œuvre de la chair est un péché. Nous devons honorer notre Seigneur et lui rendre gloire. Voilà pourquoi vous devez vous libérer des tentations.

Un lasso d'épines s'enroule autour de ma gorge à mesure qu'il parle. À chaque mot, à chaque lettre, le nœud se resserre. Doucement, pour que je ne manque rien de ces crocs de métal en train de s'enfoncer dans ma chair.

– Vous purifier, nous sermonne-t-il, les yeux brillants.

– C'est moi qui l'ai forcée à venir me rejoindre, intervient calmement Liêm sur un ton bas. Il ne s'agit que d'un bon vieux chantage.

Surprise, je relève vivement la tête sur lui alors qu'il ne m'accorde toujours pas l'aumône d'un regard. À croire que je n'existe pas à ses yeux. Mais alors, pourquoi tente-t-il de me dédouaner pour une faute dont la responsabilité m'incombe ? Ça n'a pas de sens. À moins… À moins que cette nuit, dans le caveau, ait modifié les lois de cette attraction terrifiante qui nous a enfermés dans son piège.

Les yeux du directeur se figent, polarisés sur Liêm. Ils essaient de s'incruster sous sa peau, de débusquer où commence le mensonge et où s'enterre la vérité. Avant de dévier dans ma direction. Son nez se plisse, en proie à la répulsion.

– Je ne crois pas qu'il y en ait un pour rattraper l'autre. La faute se partage. En particulier lorsqu'il est question de… Ces natures sauvages sont avides de chair. Elles sont corruptrices, qui plus est quand il s'agit d'esprits déjà dérangés, comme peut l'être le tien, Casablancas.

Un frisson dégueulasse rampe sur ma peau. Une sale impression de déjà-vu. Le peuple inuit – les femmes, plus encore – subit toujours les abus racistes, les violences et les préjugés. Je me rappelle encore cette fouille à laquelle nous avons dû nous soumettre, Sori et moi, lorsque nous avions 14 ans, à l'entrée d'une fête foraine. Une putain de fête foraine. Les mains en train de me tripoter, les yeux du vigile… C'était dégradant, totalement arbitraire. Humiliant.

– Conneries… siffle Liêm, le teint plus blême qu'à son habitude.

– Surveille ton langage, mon garçon, tranche Saint-John, imperturbable.

Il se désintéresse de nous, reprend son stylo et retourne aux dossiers qu'il compulsait à notre arrivée. Le nez sur son tas de feuilles, il marmonne vaguement, donnant l'impression qu'il nous chasse comme il le ferait avec des moucherons récalcitrants.

– C'est pour cette raison qu'un tour à l'Octogone s'avère indispensable, selon M. Tannen, et je suis amplement d'accord avec son jugement.

Le rictus de Duke se transforme alors en un sourire éclatant.

On y est.

Au cœur de sa toile.

40

Yenna

L'Octogone…

Ce mot suffit à faire dresser le fin duvet de cheveux sur ma nuque. Personne, ici, ne parle de cet endroit. Personne ne répond aux questions le concernant. Personne ne le souhaite, personne ne le veut. Mais tous ont cette lueur de peur panique au creux de leurs pupilles. Et je crois que c'est ce qui m'effraie le plus depuis mon arrivée sur Solanum. Cette flamme dans leurs yeux, elle est synonyme d'un tas de scénarios qui me sclérosent de l'intérieur.

Sans nous jeter un coup d'œil, Saint-John nous congédie d'un vague revers de la main. Duke dans notre dos, les deux autres surveillants ouvrant la voie, nous rejoignons l'entrée afin de décrocher nos anoraks des patères du vestibule. Tandis que nous les enfilons, et malgré l'interdiction tacite d'échanger un mot, je ne peux m'empêcher de me pencher vers Liêm. Sans le regarder, rivée à la fermeture que j'essaie de zipper en dépit de mes doigts tremblants, je murmure dans un filet de voix :

– Merci. Tu sais… d'avoir essayé de me protéger.

Ses iris, métalliques, m'effleurent avant qu'il ne se détourne tout aussi vite.

– Ne me remercie pas, gronde Liêm du bout des lèvres. T'es un fléau, Ochoa. Le mien, apparemment…

Frappée par la vibration de son timbre, je me fige. Cherche son attention, qu'il m'a déjà retirée. Un soupir s'évade de ma poitrine. Je ne relève pas. Après tout, il n'a pas franchement tort. Loin de là. Je suis un fléau. Ma propre naissance le prouve, sinon je n'aurais pas grandi au sein de cet orphelinat, où j'ai appris le vol, le mensonge… la survie.

– Magnez-vous ou je risque de ne plus me montrer aussi conciliant.

Encadrés par Duke et son bras droit, nous sortons du manoir, nos pas crissant sur la neige gelée qui recouvre la terre en une épaisse pellicule. Un frisson attaque ma colonne au moment où nous nous arrêtons devant la bâtisse blanche en forme d'octogone.

Le son de la clé dans la serrure amplifie mon sentiment de terreur. Je suis tellement à vif que j'ai l'impression d'être sur le point de… De quoi, d'ailleurs ? Le stress qui me consume me fait perdre mes moyens, si bien que les mots m'échappent.

La porte s'ouvre sans bruit sur un trou noir. Comme s'il avait l'habitude, Liêm entre d'un pas nonchalant, suivi de Duke. Pas moi. Moi, je suis tétanisée. L'instinct hurle sous ma peau. Il rue, il se cabre, refusant de pénétrer là-dedans. Pourtant, la paume de l'autre gardien dans mes reins ne me laisse pas vraiment le choix. D'une pression, il me force à les suivre. Sauf qu'au lieu d'aller sur la gauche, il m'entraîne à droite.

Ils nous séparent.

Ma pression artérielle s'envole. Chute. Puis se relance, les battements féroces de mon cœur défonçant ma cage thoracique.

Ils nous séparent…

Je vais me retrouver seule. Un voile se dépose devant mes yeux, troublant ma vue.

Séparent… Seule…

La boule d'angoisse dans mon ventre grossit à une telle vitesse qu'elle bloque ma gorge.

Séparent… Seule…

Sans quiconque pour faire rempart. Sans… lui. Sans Liêm.

Avec un ricanement, Maxwell me pousse, sans ménagement, dans un espace sombre, avant de verrouiller la porte sans y pénétrer. Privée de repères, je fais de mon mieux afin de ne pas tomber et me retrouver le cul par terre. Je titube, un bras tendu devant moi, l'autre sur le côté pour me diriger. Aux aguets, je sens mes veines se vider quand des voix me parviennent, étouffées, comme si elles venaient de loin.

– Liêm ? chuchoté-je avec, pour la première fois depuis que je le connais, une once d'espoir.

Au même moment, des spots, encastrés au plafond et dans les murs, inondent la pièce d'un blanc aveuglant.

– Bienvenue à l'Octogone, Miss Esquimaude.

J'ignore le bras droit de Duke, qui m'observe depuis la lucarne de la porte, et fouille la salle d'un regard frénétique. Cet endroit dépouillé ressemble à un labo. Une couche visqueuse se love sur ma nuque. Cette comparaison entraîne un tas de possibilités, de suppositions, toutes effrayantes. La gorge nouée, je note l'absence de décoration et de meubles. Rien, si ce n'est un coin où est bricolée une douche à l'italienne sans parois de séparation. Ça et…

Oh, putain !

Un anneau enchâssé dans le mur, auquel est fixée une chaîne métallique, dont l'extrémité, cadenassée, repose sur une paillasse.

Mon cœur est pulvérisé. Implose en un millier de minuscules débris. Et, au moment où la situation ne paraît pas pouvoir empirer, un bruit focalise mon attention vers l'immense paroi vitrée, qui semble couper la pièce en deux, l'autre côté plongé dans le noir.

Pas pour longtemps.

À son tour, il s'illumine. S'allume sur une salle, jumelle en tous points de celle où je me trouve. Avec une différence de taille, cependant. La chaîne enclavée dans la paroi, elle, est attachée à une cheville. Celle de Liêm, debout face à moi. Un relent de nausée attaque mon palais lorsque son regard s'enracine au mien. Le vide que je lis dans l'azur délavé de ses iris attise l'intuition battant au creux de mon ventre.

Adossé à la porte, Duke me reluque d'un œil libidineux. Brillant grâce au pied qu'il est en train de se taper. Les mains croisées sur ses reins, il ne parle pas. Dans un premier temps du moins, pour que chacun prenne conscience de la situation. Pour que, moi, je réalise, Liêm étant visiblement un habitué des lieux. Il a l'air si… détaché, absent, alors que je peine à tenir sur mes jambes. Néanmoins, je ne flanche pas. Pas devant lui. Pas devant *lui*.

S'il peut tenir, je peux encaisser. Il le faut. Et ce, même si je ne sais pas exactement dans quelle galère je me suis fourrée. Aussi, je déglutis, puis inspire en serrant les poings si fort que mes ongles s'enfoncent dans mes paumes.

Le tonnerre commence à résonner. Via un interphone, le surveillant entame la danse qu'il compte nous faire exécuter. Dans la rage, la haine et la honte entremêlées en un lacet trempé d'acide.

– Vous avez entendu Saint-John ? Vous devez vous débarrasser de vos péchés.

La tension monte d'un cran.

– Vous purifier.

Les lèvres exsangues de Liêm esquissent ce sourire horripilant, mais qui, à cette seconde, dénoue ma gorge. Comme si ce que racontait Duke se révélait être une bonne plaisanterie.

– À poil.

Contre la cuisse de Liêm, sa main se contracte. Ses doigts claquent cette mesure qui lui permet de rester froid face à… face à tout ça. Et moi… Moi, je ne respire déjà plus. Les yeux arrondis, je recule d'un pas.

– Non !

Face à ma rébellion, Duke se borne à quitter son appui pour se camper dans le dos de Liêm. Un cri m'échappe quand il abat la semelle de sa botte dans le creux de son genou. Casablancas perd l'équilibre, tombe sur les rotules, puis se remet debout tandis que l'autre sadique me scrute d'un œil torve en s'approchant de la vitre.

– À. Poil. Et viens plus près.

Il lèche l'ourlet de sa lèvre inférieure, comme si celle-ci était enduite de miel.

– Ou je demande à Maxwell qu'il s'en charge.

Écœurée, avec le sentiment d'être avilie, je comble cette foutue distance en me postant de manière à me polariser uniquement sur Liêm. Puis je retire mon anorak. Essaie d'ignorer le regard chauffé à blanc de Duke pendant que j'ôte un à un mes vêtements, qui s'échouent sur le sol. Je ferme les yeux, plisse si fort les paupières que j'en ai mal, mes mains cherchant d'instinct à recouvrir les parties sensibles de mon corps nu.

– Regarde-le. Et toi, mate-la. Fais pas comme si t'en mourais pas d'envie, espèce de crevard !

Le son étouffé de coups me force à lui obéir. Horrifiée, je le vois balancer sa matraque dans les reins de Liêm, qui se plie en deux.

– Gentille fille… susurre Duke en haletant. Y a pas à dire, les nanas dans ton *genre*, vous puez le cul libéré !

Un frisson de répulsion joue aux osselets avec mes vertèbres. Si Saint-John se résume à un radical allumé, Duke est un sadique aux accents psychopathes, avec un besoin maladif d'imposer son pouvoir.

Son coude se plante dans les côtes de Liêm, qui laisse filtrer un grognement.

– Elle est bonne, alors ?

– Pas meilleure que ta mère, connard… siffle Liêm sans se soucier des conséquences, se redressant de toute sa hauteur.

Le rictus carnassier et empreint de sarcasme qui explose sur son visage crée un tourbillon étrange au creux de mon abdomen. Y plante cette certitude que, quoi qu'il puisse se passer, je me relèverai. Lui l'a fait, et à plus d'une reprise, j'en suis sûre. Aussi, je me concentre sur le claquement de ses doigts, ce claquement qui enterre ses pulsions violentes et lui permet de rester plus froid qu'un bloc de pierre. Sur son sourire, pour ne pas baisser les yeux sur sa peau dénudée.

Les traits de Duke se congestionnent en un masque contrarié. Il perd du terrain et déteste ça. Le clin d'œil qu'il m'adresse alors griffe le cœur qui palpite beaucoup trop fort dans ma poitrine. Le surveillant pivote sur ses talons et retourne vers la porte pour actionner l'interphone. Son pouce pressant l'interrupteur, il interpelle l'autre taré.

– Max ! Viens donc nous rejoindre !

41

Yenna

Le battant derrière moi ne met pas longtemps à se déverrouiller. Les joues cramées par la honte que j'éprouve à être nue, je m'astreins à demeurer immobile, un bras barrant mes seins, une main déployée en étoile devant mon intimité. Obnubilée par son regard. Par les ombres qui le traversent. Par les éclairs qui le foudroient. Par ces veines de lave ambrées qui fendillent leur cristal.

Encore une fois, je ne peux m'empêcher de fermer les yeux pour m'imaginer ailleurs. Dommage pour moi, la réalité ne compte pas se diluer, mais plutôt me recracher sur le carreau.

– On devrait leur rafraîchir les idées, à ces deux-là. Qu'ils pigent qui mène le tempo. Et puis il faut les purifier, selon le souhait de notre cher directeur…

Je n'ai pas le temps de saisir le sens de ses paroles que ma tête part violemment en arrière. Le cuir chevelu à vif, sous l'effet de ses doigts crochus dans mes cheveux, je n'ai pas d'autre choix que de suivre Maxwell, qui m'entraîne sous le pommeau de douche fixé au mur. Un cri s'arrache de ma trachée quand l'eau glaciale coule en trombe sur moi, coupant net ma respiration.

Ceinturée par le gardien, son autre main toujours emmêlée dans mes mèches, je subis ce déluge comme autant de stalactites en train de transpercer mes courbes.

Contre mes reins, l'érection gonflée du surveillant me répugne tant que je dois mordre l'intérieur de ma joue jusqu'au sang pour ne pas pleurer. Dans les micros, j'entends la lourde chaîne cliqueter, le ciel de pluie d'une douche se déverser, les insultes de Liêm qui fusent, ou bien encore Duke s'esclaffer.

Brutal, Maxwell me soulève pour me ramener, dégoulinante, à mon point de départ. Là, il me jette contre la vitre, sur laquelle je m'écrase sous leurs rires. Les paumes contre le verre, je tente de récupérer mon souffle. Relève la tête sur…

Putain !

Impossible de l'éviter plus longtemps. Pour la première fois, je le vois réellement. Le corps de Liêm. Les fleurs de foudre écarlates qui s'éparpillent en le tatouant jusqu'à son bassin. Le délié souple de ses épaules nerveuses. Le jeu de ses muscles secs. Ses hanches étroites. Et toutes ces autres marques qui sillonnent sa peau pâle. D'anciennes cicatrices, surtout des brûlures. Des rondes, des petites, une beaucoup plus large, étalée sur son flanc. Une autre qui suit la pliure de son aisselle jusqu'à ses pectoraux.

Il est juste… sulfureux.

Avant que mes yeux ne glissent, malgré moi, plus bas, ses doigts se posent à leur tour sur la vitre, pile où se trouvent les miens. Me rappelant où nous sommes et, pire, avec qui. M'insufflant un regain d'énergie pour contrer ce qui cherche à nous massacrer. Son regard, implacable, descend sur nos mains presque enlacées, puis remonte pour s'ancrer dans le mien. Aussi, je recule sans plus me dissimuler, concentrée uniquement sur lui.

Aussitôt, la poigne de mon tortionnaire me rattrape. Collé dans mon dos, Maxwell emprisonne mon menton, ses phalanges rétractées sur mes mâchoires pour m'obliger à ne jamais perdre Liêm de vue.

– Si tu fermes les yeux une seule fois, tu le paieras cher, petite pute, gronde Duke, survolté.

Trempée, je grelotte. Un chapelet de frissons qui trouvent leur source dans le froid autant que dans la colère. Le désespoir. L'abattement. Et pourtant… pourtant, aussi étrange que cela puisse paraître, jamais dans la faiblesse. Comme si ma nudité, la fragilité de mon corps façonnait une espèce d'armure invisible.

J'en ai connu, des épreuves. Et je les ai surmontées. Tout comme Liêm. Nous avons été forgés dans la fusion d'un métal incassable. Susceptible d'être fendu, mais jamais brisé.

Sa cheville toujours cadenassée, empêchant ainsi toute tentative de fuite, il ne leur accorde pas l'aumône de son regard. Ses cheveux trop longs pendent autour de son visage si blême que les fleurs de foudre ont la couleur mortelle du sang.

Et le jeu reprend. Encore plus malsain, encore plus dur, plus traumatisant. Plus jouissif, en ce qui les concerne.

Sur un signe de son chef, Maxwell capture de nouveau l'une de mes hanches. Accentuant, en même temps, sa prise sur mon visage, il m'oblige à me cambrer contre lui.

– Dis-nous, gronde Duke à l'oreille de Liêm. Ce que tu lui as fait. Ne sois pas avare de détails, surtout. Max en est friand.

Comme il se tait, Tannen hoche la tête. Dans la foulée, une main de Maxwell s'empare de mon sein et le pétrit méchamment.

– Tu as mordu ses tétons ? Tu ne trouves pas que l'on dirait deux morceaux de sucre brun qui n'attendent que d'être sucés ?

Pas de réponse. Pas de mots ni de réaction physique de la part de Liêm. Pour eux deux, en tout cas. Parce que, moi, je la devine, sa réaction. Elle brûle dans le creux de ses pupilles, qui ne sont plus noires, mais veinées de flammes incandescentes. Face à son silence buté et à cette attitude trop fière à son goût, Duke va ouvrir une armoire scellée au mur. L'effroi se grave sur ma peau. La rage, la peur, aussi, menacent de me submerger dès qu'il revient vers Liêm, un fouet court à la main.

– Tu es sûr de toi?

Il attend une minute avant de lâcher sur un ton doucereux:

– Très bien. Tu connais la *procédure*.

Sans me quitter des yeux, enregistrant chaque geste de l'autre pervers derrière moi, Liêm s'agenouille presque… tranquillement. Croise les mains à l'arrière de sa tête. Une nouvelle fois, je mords ma joue pour ne pas hurler tant il est évident que cette posture, il la connaît. Le goût du sang drape mes papilles au moment où les lanières fendent l'air pour s'abattre sur ses épaules. Le cri qui s'expulse de mes poumons s'épuise de lui-même quand, d'un mouvement de menton quasi imperceptible, Liêm m'interdit de me révolter. Les coins de sa bouche tremblent, mais il ne cille pas. Se risque même à sourire.

Espèce de dingue!

Maxwell tord la pointe de mon sein, puis descend sa paume sur ma taille, qu'il pince durement. La douleur me vrille les tempes.

– Comment tu l'as sautée? questionne Duke. En missionnaire? Non. Pas pour des animaux, ça… Tu l'as prise par-derrière, hein? En la tenant bien fermement par les hanches.

Silence insolent de Liêm. Deuxième rafale de coups

sur son dos, encore plus agressive. Si bien que, cette fois-ci, il ploie. Son front cogne le carrelage. Avant qu'il ne se redresse et rejette la tête en arrière pour virer ses cheveux perlés d'eau.

Le lieutenant de Duke griffe mon ventre, abandonnant, sur son passage, la trace de ses ongles, puis s'empare du delta de mes cuisses. J'ai beau me débattre, rien n'y fait. Au contraire. Plus je m'agite, plus je les amuse tant la situation les excite.

– Avoue, putain. Avoue ! s'époumone Duke, perdant patience.

Le fouet pleut sur Liêm. Un des liens de cuir atteint sa joue, un autre s'enroule autour de son cou. Sans parler de celui qui cisaille sa clavicule. J'ai l'impression de sombrer, de sentir sur ma langue la saveur de son sang. Il ne dira rien. Ne descellera jamais les lèvres. La raison importe peu, même si elle tisse une toile d'interrogations. Toutefois, ce n'est pas le moment. Je dois faire quelque chose, et tant pis si Liêm me le fait payer plus tard. Je ne peux pas être responsable de *ça*. Non, je ne peux pas.

Chaque coup de fouet entaille ma propre peau. L'écorche. L'arrache. Écorne mon âme. Brûle mes lèvres. Parce que chaque coup soulève une vague. Donne naissance à une étincelle au creux de mon ventre. Une étincelle peut-être toxique, mais qui n'aspire qu'à enlacer l'allumette au creux de son abdomen à lui.

C'est fou. C'est absurde. C'est puissant. Un besoin dangereux, dont chaque pas m'entraîne vers lui.

– On a couché ensemble ! hurlé-je en me démenant entre les bras de Maxwell.

– Ochoa… feule Liêm pour me stopper.

Il est trop tard. Beaucoup trop tard. Avide, Duke me fait signe d'en dire plus, son arme suspendue en l'air.

– C'est moi qui suis allée dans sa chambre, biaisé-je en faisant attention de ne pas donner d'infos sur le caveau et ce qui s'y déroule. Moi, et uniquement moi. Je le voulais. Je… je voulais qu'il… me baise.

– Des saloperies d'animaux, répète Duke sur un ton extatique. Cela dit, je te comprends, Casablancas. Elle a un cul d'enfer. Sans parler de cette putain de crinière qu'on a envie d'enrouler autour de son poing pendant qu'on la besognerait. T'es pas d'accord ?

Pour la première fois, Liêm perd son sang-froid. Puisant dans un excès d'adrénaline, il se redresse comme si un tisonnier brûlant avait supplanté sa colonne. Ses prunelles dans les miennes suintant le reproche, il crache, sa bouche ensanglantée, sur un ton presque prophétique :

– Je vais te cramer, Tannen. Jusqu'à ce qu'il ne reste de toi que des cendres.

– C'est une menace ? Ou une promesse, Casablancas ?

– Ton avenir.

Duke recule d'un pas et conclut en matraquant ses reins d'un coup de pied :

– Dans ce cas, heureusement que nous sommes aujourd'hui. Vous aussi, vous avez de la chance. On ne va pas trop tirer sur la corde cette nuit. Gardons-en pour plus tard. Cela dit, je vais prendre un petit souvenir, histoire de plaire à M. le directeur. Que chacun y trouve son petit plaisir. Max, vas-y.

L'autre me libère enfin. Pas pour longtemps… Maxwell s'est à peine éloigné qu'il est de retour sur moi. Un charognard sur sa proie. D'un mouvement rapide, il saisit mes cheveux pour faire basculer ma tête en arrière et dévoiler ma gorge palpitante. Avant que je ne réalise, le claquement métallique d'une paire de ciseaux retentit. Stupéfaite, je vois de longues mèches noires tourbillonner à mes pieds.

Duke se penche au-dessus du corps arqué de Liêm et murmure, assez fort pour que je puisse l'entendre :

– Je ne vais pas casser ton jouet, te bile pas. Pas tout de suite, en tout cas. Je compte bien m'en resservir avant, et là… je la briserai, et toi, tu finiras en morceaux.

42

Yenna

Allongée sur la paillasse jetée à même le sol, j'observe d'un œil morne le tas que forment mes cheveux par terre, leur couleur tranchant avec le carrelage blanc. Je me fiche d'être nue, sans même une couverture. L'impression d'avoir été aspirée par un énorme trou noir baigne mes pensées. Je serais même incapable de dire depuis combien de temps Maxwell m'a balancée là avant de quitter la pièce.

Tout ce que je me rappelle, tout ce que je sens se résume aux mains, aux griffes de ce type, partout sur mon corps. Et si j'ai le malheur de les oublier durant un battement de cils, le sifflement des lanières du fouet claquant sur la peau de Liêm prend le relais.

Je ne suis pas brisée. Je suis éteinte.

Des situations graves, des moments durs, des choses dégueulasses, j'en ai vécu. Pour plusieurs vies, d'ailleurs. Mais rien n'égale ce qui s'est passé entre ces murs aseptisés. Rien.

Et, pour la première fois de ma vie, je ne suis pas sûre d'avoir envie de me relever. Pire, encore, pour la première fois, je crois bien regretter de ne pas être brisée. Tout serait tellement plus simple.

– Ce ne sont que des cheveux.

Une ébauche de sourire tremble sur mes lèvres avant de s'évanouir tout aussi rapidement.

– Je me fous de mes cheveux.

D'un geste machinal, je porte la main au sommet de ma tête pour évaluer l'ampleur des dégâts. Avant de la faire retomber mollement. Qu'importe… La chaîne cadenassée autour de ma cheville tinte, sinistre. L'énorme verrou, bouclé par Maxwell avant qu'il ne s'éclipse, meurtrit mon articulation ankylosée. Je roule sur le flanc, recroquevillée en position fœtale.

– Tu as mal ?

Aussitôt posée, j'ai envie de ravaler ma question. Plus stupide, je ne crois pas pouvoir faire. Il a été fouetté, et moi, je lui demande s'il souffre.

Bien joué, Yenna.

– Oublie ça, marmonné-je, plus pour moi-même que pour Liêm, toujours de l'autre côté de la vitre.

Il y a beau avoir cette paroi transparente entre nous, je prends en plein cœur l'agressivité, la violence froide dont il déborde. Son silence parle beaucoup plus, beaucoup mieux que s'il bavardait à tort et à travers. Portée par ce truc qui exige de s'évader de ma poitrine, de fuir de cette faille entre mes côtes, je bascule sur le ventre. Puis rampe de façon à me rapprocher, jusqu'à ce que la laisse finisse par m'en empêcher.

La vision de ses épaules martyrisées suspend mon pouls. Mes poumons en phase critique, je reste hypnotisée. Les boursouflures sont larges, ou bien étroites, gonflées, anarchiques. Elles sillonnent sa peau blanche, formant un canevas gribouillé à la va-vite. La bouche entrouverte, j'essaie d'inspirer cet air qui me manque afin d'arriver à articuler les mots qui me dévorent l'estomac, quand Liêm me devance.

– Si tu veux me demander pardon ou je ne sais quelle connerie du même style parce que tu es la fautive, abstiens-toi.

Je souffle dans mes paumes pour me réchauffer. Me donner un peu de réconfort. Je n'ai pas vraiment froid. En réalité, je suis au-delà de ces notions basiques face au combat que livrent mes cellules traumatisées. Le frémissement qui s'est emparé du moindre centimètre de ma peau n'a rien à voir avec la température, mais tout avec le vertige logé entre mes tempes.

Sa voix m'arrache de la torpeur dans laquelle je surnage.

– Ne te méprends pas. Tu es fautive, reprend Liêm, toujours immobile. Seulement, tu n'es pas la seule sur ce coup. Je ne vaux pas mieux. Quant à eux…

Il relève enfin la tête, dont je n'apercevais jusque-là que le sommet. Son visage paraît mangé par les cernes et l'ecchymose du dernier coup que lui a porté Duke en partant. Sa lèvre fendue me soutire une grimace en même temps qu'une envie étrange. Celle de lécher sa plaie pour l'aider à guérir. Finalement, nous sommes peut-être bien des animaux. En tout cas, en ce qui concerne cette attraction fatale qui nous tire l'un vers l'autre.

L'éclat sauvage dans ses iris fait écho au brasier dans mes veines.

– Ils ne l'emporteront pas en Enfer, déclare-t-il d'une voix si caverneuse qu'un frisson de peur mêlée d'excitation se propage sur mon corps. Crois-moi. Et je les y enverrai moi-même. Dans la douleur.

Mue par un instinct quasi primaire, je pose ma paume sur la vitre, à l'emplacement exact de son front, qui vient de s'y cogner.

– Je hais ce monde, gronde-t-il. Je voudrais qu'il crame comme, moi, je brûle de l'intérieur…

Je crois bien que c'est la toute première fois qu'il s'abandonne suffisamment pour me révéler une part de lui-même, de ce qui le maintient debout. De ce qu'il cache si soigneusement.

– Je leur rendrai chaque coup.

L'impression que la vitre entre nous se lézarde de partout. Que des centaines de fissures courent sur la surface transparente.

– Chaque main qu'il a posée sur toi, je la lui ferai regretter.

Ses mots m'explosent au visage. Je comprends soudain qu'il ne parle plus de Duke, mais de Maxwell. De ces fois où ce salaud m'a touchée. Son regard se déporte un instant vers mes seins, écrasés sur le carrelage. Vers mon ventre griffé, qu'il devine sans le voir réellement. Au creux de ses yeux se disloque la haine liquide qui pompe le cœur noir battant dans sa poitrine. Elle engendre la foudre, celle qui nous électrocutera tous.

Quant à mon cœur, il se rouille. À cause des larmes que j'ai envie de verser et qui n'arrivent pas à couler. À cause de cette vibration, presque plus douloureuse encore, qui m'asphyxie à mesure que je le regarde. Qui me démolit pour s'emparer de ce que je refuse de lui céder.

– Jure-le, exigé-je soudain sur un ton tranchant.

Pas de mots. Juste sa paume contre la mienne, chacune d'un côté de cette maudite vitre. Sa paume ensanglantée. Amputée par les émotions puissantes qui me secouent, je mords ma propre main jusqu'à ce que, moi aussi, je saigne. Alors, seulement, je l'applique à nouveau sur la paroi, avec la sensation que nos peaux se fondent l'une dans l'autre.

La voilà, notre promesse. Un pacte de sang.

43

Liêm

Distrait par le spectacle qu'offrent Khassian et Ismaël, en train de se chercher des noises pour amuser les filles au lieu de bosser dans les serres, je cale une cigarette au coin de ma bouche, puis me tourne vers la gardienne afin qu'elle l'enflamme.

– Allez, Jane… marmonné-je. Tu sais que je n'ai rien pour le faire moi-même.

Son air dubitatif m'extorque un ricanement. Pas folle, elle sait pertinemment ce qu'il en est. L'habitude…

– Permets-moi d'en douter, me reproche-t-elle avec un soupçon de condescendance. Tu es pire qu'un contrebandier, mais soit. J'imagine que tu as eu assez d'ennuis pour en rajouter une couche.

– On peut dire ça, ouais…

Elle pioche un briquet dans sa poche et allume ma clope, sur laquelle je tire aussitôt une bouffée si intense qu'elle doit me bousiller un poumon à elle toute seule. Un pic fulgurant de douleur me traverse au moment où j'effleure ma lèvre de la pointe de la langue.

Ce n'est pas un secret : je ne suis pas fan des surveillants qui peuplent Solanum. En fait, je rêve de tous les entasser dans l'Octogone pour les contempler en train de flamber, cette nana mise à part. Jane est réglo. Dure, autoritaire, mais sans aucune tendance à la psychopathie. Ce qui la sort nettement du lot. La preuve, au lieu de me briser les burnes, à me voir assis plutôt que de travailler, elle me permet de respirer.

Il y a à peine quarante-huit heures que je me suis pris une branlée. J'ai beau être devenu résistant, il me faut un peu de temps pour récupérer. Ce n'est pas la première fois. Ce ne sera pas la dernière. Duke Tannen s'est donné pour mission de m'anéantir. Depuis mon premier séjour, il semble se l'être juré. Peut-être à cause de ce que je suis à ses yeux : de la mauvaise graine. Peut-être parce que, d'après lui, j'ai vécu avec une cuillère en argent dans la bouche, en dépit de mon adoption dans un orphelinat miteux de Pologne. Peut-être, tout simplement, parce que c'est le roi absolu des connards et qu'il a une addiction prononcée pour le sadisme.

Dommage pour lui, je ne me brise pas, et ce constat le rend dingue. Dommage pour moi, l'arrivée de Yenna a modifié la donne en lui filant une main en or, dont il a, de toute évidence, pleinement conscience. Enfin… du moins en est-il persuadé.

L'œil sur les gars, je fume, recrachant la fumée en un nuage gris annonciateur d'orage.

– Tu as merdé, reprend Jane après avoir houspillé le groupe des filles, posté un peu plus loin.

Son regard suit les gestes de Yenna, qui s'applique à m'ignorer. Ses cheveux coupés en un carré déstructuré, carrément sexy grâce au talent de Lenor, exacerbent la rage froide battant dans mes veines depuis ces deux derniers jours. Nous n'avons pas eu l'occasion de nous retrouver seuls depuis notre extraction de l'Octogone. C'est peut-être mieux ainsi. Elle en a bien assez vu. Sans parler du fait que, lors de cette putain de nuit, un lien s'est tissé entre nous, qu'on le veuille ou non. Un lien qui existait déjà, envenimé par ce que je pensais savoir sur elle et Marleigh. Sauf que, là-bas, ce fil s'est imbibé de sang.

– Je te connais depuis des années. Tu as toujours été une tête brûlée, mais certainement pas un idiot. Ce que tu as fait avec elle l'était. Stupide. Tu réalises que c'est un aimant à problèmes ? Avec toi, qui n'es qu'un détonateur ambulant, le mélange est corrosif.

J'entrave les pulsions qui m'empoisonnent et, le plus décontracté possible, je pivote vers elle. J'aspire une dernière latte avant d'enfouir le mégot dans le pot d'une plante médicinale à la con afin de l'éteindre.

– Casablancas…

– Jane, l'imité-je avec un léger sourire railleur. T'en fais pas pour moi.

– Je ne m'en fais pas, réplique-t-elle avec un zeste d'acidité. Pas pour toi. J'essaie juste de maintenir un semblant de droiture dans cet endroit, et ce qu'il y a entre toi et cette fille ne m'aide pas, voilà tout.

– Voilà tout, répété-je en me levant lorsque j'aperçois Billy cavaler vers nous. Tu peux être rassurée, il n'y a rien entre elle et moi. À part un coup d'un soir qui a clairement mal tourné.

– C'est le moins que l'on puisse dire.

– Et, Jane, arrête de t'acharner avec cette île. Ce qu'il faudrait, c'est la raser de la carte, pas tenter de la faire tenir debout.

On stoppe net cette discussion, qui ne trouvera pas de fin en soi. Le plus jeune des pensionnaires de Solanum arrive enfin à notre niveau. Plié en deux, les mains sur les cuisses, il récupère son souffle, avant de se déplier et de m'avertir, la voix encore hachée :

– Tu… tu dois aller dans le petit salon. Tout de suite.

Sentant le poids du regard réprobateur de Jane, je hausse les épaules.

– Me fixe pas ainsi, je n'y suis pour rien.

– Tu y es toujours pour quelque chose, Casablancas.

Il ne me faut ensuite qu'une dizaine de minutes pour rallier la pièce en question. Au moment où je pousse la porte et fais un pas à l'intérieur, je sais. Ce n'est définitivement pas mon jour. Ma semaine. Mon mois.

Ma vie.

Face à la porte-fenêtre, elle m'apparaît tout d'abord de profil. Aristocratiques et empreints d'exotisme, ses traits se découpent dans la lumière grise de ce jour pluvieux. Ses cheveux longs, retenus en une queue-de-cheval basse, le crâne ceint d'un élégant bandeau Hermès, elle est, comme toujours, absolument resplendissante.

Et absolument creuse.

– Tiens donc, regardez qui a quitté sa tour d'ivoire… La situation doit être grave si tu te déplaces en personne jusqu'ici.

La flambée de colère habituelle me cueille le bide face à son air lassé. Cette femme est usée de simplement respirer.

– Déjà du sarcasme ? Tu ne perds pas de temps, Liêm.

Comme à chaque fois que je me retrouve en sa présence, mon arrogance naturelle revient au galop – même si je dois admettre que celle-ci n'est jamais très loin. Seulement, elle a tendance à l'attiser. Ça, et bien des aspects de ma personnalité qui n'ont rien de très reluisant. D'un pas encore raide à cause des lacérations dans mon dos et sur mes épaules, je la rejoins, l'embrasse sur la joue sans toucher sa peau, puis vais m'asseoir sur l'un des sofas.

Un bras étiré sur le dossier, occultant sciemment la douleur, je la scrute avec une indifférence et un ennui calculés.

– Je m'en voudrais que tu perdes le tien, mère. Pas plus que tu ne le perds déjà en daignant venir sur Solanum.

L'éclair d'agacement qui traverse ses prunelles noires est un véritable baume. Il compense un peu les ondes négatives qui se plantent, telles des flèches de feu, dans ma poitrine. Je devrais pourtant avoir l'habitude – et, quelque part, j'imagine que c'est le cas –, mais qu'elle ne me pose aucune question me fout la rage. Pas une seule seconde, je le sais d'office, elle ne m'interrogera sur l'origine de ma lèvre qui ressemble à s'y méprendre à un steak sanguinolent.

Qu'attendre d'autre d'une femme qui m'a adopté par caprice, exigeant de changer mon prénom à mes 8 ans pour créer un lien avec ses propres origines, avant de se désintéresser purement et simplement de moi ? D'une femme qui a laissé le soin aux infirmières de me veiller alors que j'étais dans le coma après que la foudre m'eut frappé ? Qui a permis à son mari de troquer la prison contre Solanum pour préserver sa réputation, et non me protéger, ainsi qu'il osait le prétendre ? D'une femme qui n'a rien trouvé à redire lorsqu'il m'a réexpédié sur cette île, sachant pertinemment ce que j'y avais subi la première fois ? Rien. Et encore moins que rien.

– Je ne suis pas venue pour écouter tes idioties.

– C'est pourtant un moindre mal. Pourquoi, alors ? Nous savons, tous les deux, que ce n'est pas pour t'assurer de ma bonne santé.

Je l'observe en mordillant le gras de mon pouce, puis enchaîne :

– Et si tu allais droit au but ?

– Liêm ! s'offusque ma chère et douce maman.

Elle s'assied sur le bord d'une méridienne, le dos droit, son sac à ses pieds, et se lance enfin. Tant mieux, j'ai failli attendre.

– Es-tu prêt ?

Sachant pertinemment ce qu'elle sous-entend par là, je m'amuse à ses dépens. Chacun son tour, après tout.

– Prêt pour quoi ?

Sa bouche se tord, se transforme en un pli mince cousu de l'amertume d'être si mal tombée en me choisissant dans cet orphelinat.

– Ton père veut savoir si tu es prêt à quitter cet endroit.

– Et il n'a pas pu venir lui-même pour s'en assurer parce que… ?

– Ton père est un homme occupé, Liêm.

Du tac au tac, je lui renvoie la balle, sachant combien je fais caracoler sa tension :

– Moi aussi.

Les lèvres pincées, elle fait mine de m'ignorer et continue :

– Tu connais le contrat. Si, enfin, tu cesses de te faire remarquer, il signera ta sortie. Richard aimerait t'avoir à ses côtés mais, très franchement, tu ne l'aides pas en agissant ainsi. Tu ne t'aides pas toi-même, d'ailleurs.

Son regard scanne la pièce avec une dose de mépris manifeste.

– Tu l'as obligé, avec ton comportement, à te ramener ici.

– Me ramener ici ? ricané-je dans un grincement. M'interner, tu veux dire.

D'une main surchargée de bagues clinquantes, elle balaie l'espace entre nous.

– Ne sois pas si vulgaire, tranche-t-elle. Tu l'y as forcé. Te faire arrêter – encore –, alors que ton père s'apprête à être nommé à la Cour suprême, ne lui a pas laissé d'autre choix. La Commission épluche la vie des juges sélectionnés ainsi que celle de leurs proches pour éviter de probables scandales.

– Il n'y a qu'un palier entre franchise, indifférence et cruauté. Et tu les as tous franchis allègrement, Mei. Alors, non, je ne suis pas prêt, ironisé-je avec ce sourire froid qu'elle déteste tant. Je ne suis pas prêt à jouer au fils loyal et reconnaissant. Ni à me laisser dicter ma conduite, encore moins à être manipulé comme un pantin. Tu occupes déjà le rôle à la perfection.

– Nous t'avons recueilli. Nous t'avons nourri, vêtu…

– *Aimé*. Tu oublies *aimé* dans ton récapitulatif, *Mẹ*[1], soupiré-je sans une once de remords ni de compassion.

Elle saisit son sac, puis se lève vivement, me dévisageant de haut en bas. Dommage que son attitude ne m'atteigne plus vraiment depuis mon coma.

– Tu es un fils si… si ingrat !

– Et toi, une mère épouvantable.

– Tu es insupportable ! s'exclame-t-elle en rejoignant la porte pour s'empresser de mettre le plus de distance possible entre nous deux.

– J'ai été à bonne école.

Avant de quitter définitivement la pièce, elle m'affronte une dernière fois, la main sur la poignée.

– Préviens-nous si tu reviens à la raison. Sinon, les prochains mois risquent de te sembler très longs, Liêm.

---

1. « Maman » en vietnamien.

44

Liêm

Sur les nerfs, je me glisse hors de la bibliothèque en faisant le nécessaire pour passer inaperçu. Je ne veux pas attirer l'attention, histoire d'avoir le temps de me recentrer. À peu près.

À chacune des visites de ma mère – son mari se jugeant trop important pour se déplacer en personne –, une violente envie de libérer Solanum par le feu me saisit. Au point que je doive faire preuve d'un putain de self-control pour ne pas gratter une allumette. C'est tellement tentant. Un si petit geste pour de si grosses conséquences. Moi, aussi, j'aspire à la purifier, cette île maudite…

À bout, j'ouvre la première porte pour me planquer quand j'entends du bruit dans le couloir. Le salon de musique… Parfait. Cette salle a toujours eu le don de me calmer. Ses immenses verrières à l'ancienne, les plantes qui serpentent sur les murs, son piano désuet… Pile ce dont j'ai besoin.

Bordel !

Il fallait qu'il y ait déjà quelqu'un. Pire, il fallait que ce soit elle. Elle. Maintenant. Comme si elle avait été attirée ici, à cet instant particulier, pour me retourner le crâne.

Comme d'habitude, ses vieilles baskets traînent près de la porte-fenêtre. Sur la pointe de ses pieds nus, elle débarrasse le mur recouvert de lierre de ses branches mortes. De profil, je ne saisis pas grand-chose de Yenna, sinon une joue empourprée ainsi que son petit nez retroussé. Une flambée de colère lèche ma colonne pour crépiter ensuite dans mes reins. Je n'aime pas que son attention soit focalisée… ailleurs. Et en être conscient, justement, a tendance à tordre le peu de bon sens dont je suis capable.

– Je vais finir par croire que ce connard de karma ne m'a décidément pas à la bonne.

Surprise, Ochoa sursaute. Les pommettes rosies, elle me regarde en grimaçant, mécontente, elle aussi, de me trouver là.

– Certainement parce que tu es trop sournois pour ton propre salut.

– Sournois ? répété-je, railleur. On me taxe de bien de défauts, mais sournois, c'est une grande première.

Nonchalant, alors qu'entre mes cellules, le chaos carillonne, j'avance dans sa direction. Contre ma cuisse, mes doigts claquent malgré eux.

– Ta maman ne t'a jamais appris que l'on n'arrive pas dans le dos des femmes ?

Mauvaise pioche. Pile ce qu'il ne fallait pas dire. Comme trop souvent à mon goût, cette fille tape dans le mille. N'importe qui d'autre aurait mentionné Mei Casablancas, je lui aurais déjà collé la tête en travers de la verrière. Et, même là, je dois bâillonner mon envie de la blesser. Qu'elle aussi crève de mal.

Comme si elle lisait dans mes pensées, Yenna effectue un pas en arrière. L'instinct de conservation, j'imagine.

– Ce qu'il s'est passé entre nous ne te donne aucun privilège sur moi, Ochoa.

Son petit menton légèrement pointu se relève, marquant l'arrogance qui transpire de ses courbes.

– Qui te dit que j'en veux, de ces privilèges ?

– Sois plus convaincante, chaton.

Ses yeux noirs lancent des éclairs qui se plantent directement dans mon bas-ventre.

– Contente-toi de tenir ta promesse.

J'ai envie de la baiser. Je devrais la baiser. Sa bouche occupée, peut-être qu'elle réfléchirait avant de parler. Quoique… Ochoa serait capable de me mordre la queue. Au souvenir de mon sexe étranglé par ses chairs, je me bouffe la lèvre pour réprimer le début d'érection qui se tend sous mon jean. Aussitôt, la douleur fuse, ma blessure étant à vif. Toutefois, je l'oublie tout aussi vite lorsque j'avise le frémissement sur sa peau, me donnant ainsi à penser que Yenna a parfaitement saisi le sujet de mes réflexions.

– Si tu te sens obligée de la remettre sur le tapis, c'est bien la preuve que tu ne me connais pas. Pas du tout.

Sa réponse me fauche pour me crasher sur le carreau.

– Alors, apprends-moi.

Ses mots la surprennent visiblement tout autant que moi. Je l'observe. Gravement. Elle ne pige pas. Ochoa ne comprend pas que, la sécheresse émotionnelle qui a assoiffé mes veines, je la cultive depuis que je suis gosse. Depuis que mes parents m'ont appris combien je n'étais rien. Même si je le souhaitais, je n'y renoncerais pas. Ni pour elle ni pour personne. Pas maintenant. Trop de promesses à tenir. Trop de braises à libérer sur le monde. Sur mon monde.

Aussi, je laisse s'épanouir sur mes lèvres ce sourire accidenté qui la révulse autant qu'il l'attire. Mes yeux se baissent sur ses orteils, remontent sur sa bouche, puis s'enracinent dans les siens, si froids que j'ai la sensation de la poignarder.

– Ne mélange pas tout, vipère.

En deux enjambées, je suis sur elle. L'accule contre le piano, dont l'angle mord ses reins. Une main sur la naissance de sa poitrine afin de capturer les battements de son cœur dans le creux de ma paume, je la dévisage longtemps sans émettre un mot. Son parfum de fleurs sauvages enlacé à mes sens.

Focus, Liêm!

– Rappelle-toi ce qu'il s'est passé avant que l'on ne couche ensemble dans le caveau, murmuré-je, le coin de ma bouche à l'orée de la sienne.

Sans la lâcher des yeux, j'attrape ses doigts et les broie jusqu'à ce qu'une plainte lui déchire la gorge.

– Comment je t'ai fait mal.

Puis je les porte à la blessure dans mon cou, celle provoquée par la lanière du fouet.

– Comment, toi, tu m'as fait mal.

Ses yeux bruns s'écarquillent. S'ourlent de tempête en s'assombrissant.

– Tu es toxique. Tu l'as été pour Marleigh, et il en est mort. Tu le seras pour moi. Et… je le suis tout autant. Baise Viggo, lui conseillé-je avec un immense sourire carnassier. Baise tous les autres pensionnaires.

Sans plus rien ajouter, je pars à reculons vers la porte. Et le coup de grâce.

– Baise Duke.

Là, j'ai clairement touché le fond. Je le sais, elle aussi. Je n'y crois pas, elle non plus. Néanmoins, la colère est l'unique mode de communication que nous pratiquons, le seul que nous connaissons. Révoltée, Yenna attrape un énorme vase rempli de fleurs fanées, qu'elle envoie s'écraser à mes pieds.

– T'es vraiment un grand malade! Un malade doublé d'un lâche!

– Je t'avais prévenue…
– Que t'étais un connard ?
– Entre autres, oui. Tu vois, il n'y a rien à *apprendre*.
– Va te faire soigner, putain !

Ce coup-ci, je me retourne pour quitter le salon de musique, l'envie de m'arracher la peau vissée au bide. J'ai déjà passé le seuil et pris la tangente, pressé de m'éloigner, quand, soudain, un cri aigu me fige. Mû par l'instinct, je fais volte-face et reviens sur mes pas. Toute à la fureur dont son cœur s'abreuve, Yenna m'a suivie. Au milieu des débris de verre. Et pieds nus, bien évidemment. L'envie de la pourrir me démange. Cependant, elle est vite ligotée par la vue de la flaque sur le parquet. L'eau des fleurs rougie par son sang.

Sans réfléchir, je fonce sur elle. Yenna se démène lorsque je m'abats sur elle. Tente de m'échapper, mais rien à foutre.

– Arrête de bouger, bordel !
– Lâche-moi !

Plus fort qu'elle, je la maîtrise facilement en dépit de ses vociférations. Je la ceinture, ses seins écrasés contre mon torse. Ses poings cognent mes épaules. Elle essaie de me mordre, folle de colère, mais, je l'ai dit : rien à foutre. Profitant du fait qu'elle s'épuise, je la soulève sans difficulté et l'entraîne vers le piano, sur lequel je l'assieds brutalement. Avant d'essayer de capturer ses pieds blessés pour les ausculter.

– Bordel, tu vas me laisser faire ?

Tout à coup, Yenna me fauche. Encore. Comme elle seule semble en avoir le pouvoir. Elle s'immobilise, une vraie statue. Son index suit le fil de mon menton pour glisser dessous et m'obliger à relever la tête vers elle. Encore ce foutu regard. Celui qui me sonde beaucoup trop profondément. Celui qui fait trembler mes fondations. Lorsqu'elle est sûre d'avoir mon entière attention, elle soupire. Sa main passe lentement dans mes cheveux, créant un entrelacs électrique sur et sous ma peau, les repousse derrière mon oreille, sa colère muée en quelque chose de bien plus dangereux pour nous deux.

– Tu prétends que nous sommes toxiques l'un pour l'autre. Qu'il n'y a rien de bon pour nous deux. Et pourtant, tu es là. Alors… qui de nous deux ment ?

45

Yenna

Ce serait tellement plus simple…

Assise sur un banc situé au bord de l'île, je profite d'un temps libre pour contempler la ligne d'horizon se réfléchir sur l'eau. Et tandis que j'admire la surface onduler, en écoutant, d'une oreille distraite, Viggo me raconter comment il a extorqué un rendez-vous à une Française aux cheveux arc-en-ciel, durant le carnaval de La Nouvelle-Orléans, j'essaie de me convaincre. Ce serait tellement plus simple si ce mec-là me faisait vibrer. Et pas *lui*. Bien plus simple.

Dommage pour moi, Viggo ne déclenche rien d'autre qu'une affection purement platonique. Pas comme avec *lui*.

D'un geste machinal, je presse la partie de ma main qu'il a soumise à la flamme de son briquet. Il y a des semaines que les choses entre Liêm et moi ont dérapé. Sauf que l'on parle de Liêm Casablancas, ce qui résume la situation a un énorme problème. Parce qu'il n'en veut pas. Parce que je ne le souhaite pas. Parce que nous le désirons. À nous consumer.

Je me sens tellement démunie ! Cette connexion entre nous s'est créée dans une atmosphère qui n'a rien de sain, certes, mais elle est bel et bien là. Plantée sous notre peau. Incroyablement puissante. Et je ne sais pas comment y faire face.

J'ai toujours cru que le coup de foudre vous tombait dessus pour vous foutre à terre dans la foulée. C'est faux. Dans mon cas, il m'a transpercée, a pris tout son temps pour s'insinuer dans mes veines et me parasiter. Les corrompre et me marquer au fer rouge. Il est radical.

Sans concessions.

Avant même que je le réalise, Liêm était là, absolument partout. Et, le plus dur, le plus douloureux, c'est de l'accepter. Or, son attitude ne m'aide pas. La scène dans le jardin d'hiver revient me hanter avec la délicatesse d'un boomerang.

Un soupir s'arrache de ma poitrine. Non, il ne m'aide vraiment pas.

– Tu ne m'écoutes pas.

Je me raccroche au présent, ce moment où, pour une fois, règne une tranquillité dont je ne profite même pas. À cause de lui. Aussi, je le chasse de mes pensées, cadenasse tout ce qui est Liêm Casablancas, derrière la plus lourde des portes blindées, pour me concentrer sur le garçon à mes côtés. Un sourire d'excuse fleurit sur mes lèvres.

– Désolée. Continue.

– Tu ne voudrais pas plutôt rejoindre Circé et Lenor ?

Je secoue la tête. Le programme des filles, à savoir zoner avec les autres, n'a rien pour me plaire. Au contraire.

– Je suis là où j'ai envie d'être et avec qui je le désire.

Ses yeux marron pétillent de plaisir. J'ai beau savoir que ce mec est un toxico prêt à beaucoup de choses peu ragoûtantes pour récupérer sa dose, j'aime sa compagnie. Elle est sans faux-semblants. Viggo est… comment dire ? Reposant.

– Parfait ! s'exclame-t-il sur un ton joyeux. Donc, je te disais que… Quoique non.

Il se rencogne contre le dossier du banc et croise les bras en levant son visage vers le soleil, qui, en dépit du froid, picore délicieusement la peau.

– J'en ai marre que l'on ne s'intéresse qu'à moi.

Avant que je n'ouvre la bouche, il renchérit :

– Je sais que tu ne voudras pas vraiment parler de toi. Aussi, je te propose un entre-deux. Je n'insiste pas, mais donne-moi un os à ronger. Un petit truc à me mettre sous la dent. Instruis l'inculte que je suis.

Surprise, j'hésite avant d'accepter ou non son deal et réfléchis ensuite à ce que je pourrais raconter. À mon tour, je ferme les yeux et m'offre aux rayons du soleil. Au bout d'une ou deux minutes, un sourire chaleureux réchauffe mes lèvres. Une flambée de bien-être lorsque toutes ces choses que j'aime, et auxquelles je refuse de penser depuis mon arrivée sur l'île, se fraient un chemin jusqu'à mon cœur.

– Tu connais le chant inuit ?

– Pas du tout, admet Viggo, le nez toujours en l'air.

– Rien d'étonnant. Il a très longtemps été interdit, identifié par les esprits étriqués comme un péché. Mais il est comme son peuple.

Mes paupières se relèvent pour que je me confronte au ciel. Je cligne à toute vitesse des yeux, mais ne me détourne pas, m'aveuglant quelques secondes.

– Indomptable. Si bien qu'il a perduré au-delà des années et du racisme. En réalité, ce n'est pas véritablement du chant. Enfin… pas comme l'entend le monde occidental. Il n'y a pas de paroles, tout vient de la gorge, lui expliqué-je en palpant mon cou. Des sons représentant la nature ou bien les animaux. C'est un jeu vocal entre deux femmes qui se répondent, jusqu'à ce que l'une d'elles n'arrive plus à suivre.

– Tu me fais une démo ?

Je me redresse, le dos droit, et regarde la mer. Mon premier réflexe est ensuite de me tourner vers lui et de froncer le nez. Puis d'effectuer plusieurs sourires très rapides. Face à mes mimiques, il explose de rire. Un rire sincère, sans traces de préjugés.

– Figure-toi, cher inculte, que c'est ainsi que l'on dit non chez les Inuits.

– J'aime beaucoup, c'est très imagé. Très parlant. Mais je tiens à ma démo !

Il lui faut encore insister plusieurs minutes pour que je cède enfin.

– Ça va être rapide, voire très rapide, OK ?

Viggo sourit si largement que je ne loupe aucune de ses molaires. Toutefois, il n'a pas le temps de prononcer le début d'une syllabe qu'une chape orageuse s'abat sur nous. Liêm… Qui d'autre ?

– Dégage.

Un mot. Même pas prononcé avec force. À peine soufflé. Et pourtant, Viggo a déjà sauté sur ses pieds, nerveux. J'attrape son poignet pour l'empêcher de me fausser compagnie si vite que la marque de son cul est encore imprimée sur le bois.

– T'es sérieux ?

– On se voit plus tard, d'acc ? grimace-t-il en se libérant avec une mimique tordue d'excuse.

Il se carapate entre les arbres et disparaît. Liêm contourne le banc, alors que je me concentre pour ne pas lui accorder un seul regard – enfin, j'essaie –, et se laisse tomber à côté de moi. En silence. Ses bras s'étendent sur le dossier, un spasme de douleur contractant ses maxillaires.

Durant une dizaine de minutes, aucun de nous ne desserre les mâchoires, tous les deux butés. Le souvenir de son comportement d'il y a à peine quelques heures, dans le salon de musique, flotte entre nous. Une espèce de barrière invisible. Parce que nous sommes deux amputés qui se sont construits sur du vide. Au mieux, au bord d'un abîme où la tendresse n'a jamais eu sa place. Au pire, celle-ci devenue un sentiment si traumatisant que nous l'avons nous-mêmes banni de nos vies. Les gosses dans notre genre ne connaissent qu'un silence assourdissant peuplé de cris. Ça n'a rien de vraiment grave, rien d'insurmontable. C'est juste… ainsi.

Tout à coup, sa voix basse, si douce et trompeuse, se mêle à la mélodie des vagues pour venir chahuter ma poitrine.

– Chante.

Ma réponse fuse, lui extorquant un visage encore plus lisse. Plus exaspérant, également.

– Non.

Immobile, il ne montre rien, se contentant d'envahir mon espace. Pourtant, je sens la contrariété s'évader de sa peau pour s'implanter sous la mienne. Cette façon qu'a chaque émotion, négative ou non, de se répercuter chez l'autre possède un je-ne-sais-quoi d'effrayant. Seulement, cette fois, j'en ai assez. Au lieu de me rebeller, je l'accueille à bras ouverts. Comme je le lui ai avoué ce matin, je veux apprendre.

Avant que Liêm ne projette un tas d'ondes épineuses, je me lance à découvert.

– Viggo… ça ne voudrait rien dire. Alors que… je chanterais pour toi.

Inutile d'entrer dans les détails, il a parfaitement compris le sous-entendu. Polarisé sur la mer trop calme, il ne m'offre que son profil à étudier. Un profil de statue. Aucun sentiment ne s'y reflète. Seul le néant semble présent. Si ce n'est… Si ce n'est ce très léger frémissement qui, chez Liêm, est plus parlant qu'un flot de paroles. Aussitôt, une coulée de plomb en fusion s'empare de mon ventre affamé.

Tout à coup, je remarque la boule de tissu froissée entre ses doigts. Une boule qu'il jette sur mes genoux avec indifférence. Un geste qui veut pourtant absolument tout dire pour moi. Parce que la polaire blanche qu'il vient de me rendre est l'une de mes vestes traditionnelles confisquées par Duke.

– Tu peux la mettre. Aucunes représailles à l'horizon.

Même de biais, je vois un sourire oblique incurver sa bouche.

– Pas plus que d'habitude, en tout cas.

– Merci, bégayé-je en enfilant ma parka avec un plaisir non dissimulé.

Je me fous de ce qu'il a pu faire pour la récupérer. Il l'a fait. Pour moi. Uniquement pour moi. Puis il est venu jusqu'ici me trouver. Comme il est revenu sur ses pas ce matin.

Le baiser qui brûle mes lèvres est enivrant tant il me fait mal. L'envie me lacère les côtes. Parce que je réalise pleinement la situation dans laquelle je me trouve. Ce lien qui fout mon cœur en vrac, je doute que Liêm sache en prendre soin, qu'il puisse juste essayer, d'ailleurs, trop habitué à déchiqueter la vie avec les dents.

Finalement, ça n'a pas d'importance. Impulsive, je me penche vers lui. Et l'embrasse. À la manière inuite. Ce n'est pas un baiser passionnel comme on a pu en échanger. Celui-là, il a tout à voir avec ce que Liêm m'inspire. Tremblante, j'attrape son menton pour le serrer entre mes doigts en espérant qu'il ne me repousse pas. Hissée contre lui, je frotte le bout de mon nez dans le creux de sa joue. Je l'écrase contre sa peau, que je respire à m'en faire imploser les poumons.

– *Kunik*[1], murmuré-je, les lèvres contre sa mâchoire inférieure.

Sans le relâcher, je chuchote dans ma langue maternelle tandis qu'il reste là, les muscles tendus. Le bas de son visage toujours pris en étau entre mes phalanges. Le roulis de ses maxillaires tressautant durement à chaque respiration, Liêm m'écoute attentivement.

– Plus l'émotion est intense envers la personne à qui l'on s'offre, plus on la tient avec force, soufflé-je, rassurée, en un sens, qu'il ne me comprenne pas. Or, il n'y a rien de plus intense que ce que tu m'obliges à ressentir. Les racines sont calcinées, mais je peux te jurer une chose. Si elles sont tout sauf saines, elles sont aussi incroyablement pures.

Soudain, il fait pivoter sa tête vers moi. Sa joue dans ma paume sans qu'il ne tente de s'en débarrasser, Liêm me regarde. À son tour, il se met à parler. L'impression d'être face à un charmeur de cobra me cloue le ventre. Son timbre, à peine audible, me bouscule d'une façon aussi atroce que fiévreuse. Moi non plus, je ne capte pas ce qu'il s'autorise à murmurer dans l'écho des vagues qui meurent à nos pieds. Je… je crois qu'il s'agit de vietnamien, la langue de sa mère adoptive. Pour la première fois, il me parle réellement, je le sens.

Tout est tellement plus facile quand on est la seule personne à comprendre…

Chacune de ses intonations, chacune des inflexions de sa voix me vise en plein cœur. Elles sont autant de ces fameux coups de foudre qui font battre mon pouls avec fureur.

1. Kunik : baiser inuit.

Puis Liêm s'arrête brusquement quand du bruit nous indique que du monde arrive. Sa main crochète ma nuque sans m'attirer vers lui. Sans bouger. Il me tient, voilà tout. Avant de se détourner. Et de se lever pour rejoindre Khassian et Ismaël, qui surgissent d'entre les arbres.

Sans un geste, sans un dernier regard. Rien, si ce n'est cette sensation qui me domine. Celle d'avoir capturé la foudre. Reste à savoir si je ne risque pas de finir en cendres.

46

Yenna

Cette fois, j'entends la porte de ma chambre s'ouvrir. Pleinement réveillée, les couvertures remontées jusqu'au menton, je me planque. Les yeux grands ouverts, j'écoute. Le battant qui se referme en un clic à peine audible. Les pas qui s'enfoncent dans les tapis.

Un instant, je pense aux monstres des légendes de mon enfance. Je n'y ai jamais réellement cru, y compris lorsque j'étais gamine. Jusqu'à ce que je débarque sur Solanum. Depuis, j'y crois profondément. Il faudrait être dingue pour s'obstiner à imaginer qu'ici, nous ne sommes pas hantés.

Cependant, la peur qui me scie le ventre est vite chassée par un autre sentiment. La stupéfaction pure et simple.

Avant que je ne me redresse complètement, l'ombre qui surplombe mon lit m'enjambe. Un poids s'abat alors sur mes hanches, me clouant à mon matelas.

– Non, mais t'es taré ? sifflé-je en veillant à ce que les filles, endormies, ne m'entendent pas. Ça ne t'a pas suffi l'autre nuit ou quoi ? Tu es aussi maso que sadique, en fait !

Un léger rire me répond. Bas et étrillé par une once de raillerie.

– Ochoa… Quand tu brises les règles, il faut le faire avec art. Payer des matons, avoir des guetteurs, choisir la bonne nuit… Comme je le disais, tout un art.

Ses paumes se plaquent sur mes épaules. Son bassin pèse lourdement sur le mien afin de calmer les ruades avec lesquelles j'essaie de le déloger. Liêm s'incline sur moi, quasiment à l'angle droit. Son visage m'apparaît, à peine, ses traits dilués dans l'obscurité de la pièce.

– Et ne pas les briser reviendrait à mourir entre ces murs. À leur permettre de t'avaler.

Il se penche encore plus. Sa bouche se dessine dans la pénombre, laissant deviner le contour de ses lèvres à la ligne trop dure.

– T'avaler toute crue. Sauf que c'est moi qui ai faim. Une faim de loup, la vipère. Et puis je te devais la visite retour…

– Tu es fou, insisté-je dans un filet de voix.

– Tu l'as déjà dit.

– Nous ne sommes pas seuls.

– On ne l'est jamais ici. Et puis… l'interdit t'excite.

Un frisson déferle sur mes courbes, chacun de mes membres plus lourd qu'une enclume. Les points de contact entre nos deux corps se transforment en impacts de foudre.

– Tu ne me connais pas. Pas vraiment, chuchoté-je.

Mes arguments sont totalement foireux, dictés par l'angoisse et un désir affolant. Affolé, également. J'arrête tout à coup de résister. Mes poignets épinglés de chaque côté de ma tête, je me contente de fixer l'éclat des deux silex bleutés braqués sur moi.

– Peut-être que tu n'es pas celle que je croyais. Que tu es différente.

– Différente ?

Au lieu de répondre, Liêm est… Liêm. Casablancas jusqu'au bout des ongles. Vénéneux et tentateur. Trop franc.

– Tu crois que ça me plaît ? gronde-t-il à mon oreille avant de se redresser pour plonger son regard dans le mien. Que tu sois là, plantée en moi ? Tu ne la sens donc pas ?

Déroutée, je scrute ses traits, à la recherche de ce qu'il essaie de me faire comprendre.

– Quoi ?

Ses doigts attrapent les miens, les glissent sous le coton de son tee-shirt. Nos phalanges entremêlées, il les presse férocement contre son plexus.

– Ma peau cramer.

Ma main emprisonnée dans son poing trouve ensuite sa place sur sa poitrine, là où se cache son cœur, et appuie dessus.

– Tu ne la vois pas ?

– Liêm…

– Mon âme brûler.

Son aveu écorche la mienne, d'âme. Ses mots sont simples. Sans fioritures. Le reflet de ce qu'il ressent. Ni plus ni moins. Ni vraiment beaux ni affreusement laids. Ils ne le transforment pas en prince charmant, pas plus qu'en démon. Liêm est juste… lui, porté par mes révélations lorsque nous étions enfermés dans le caveau.

Incapable de parler, d'exprimer ce qui bout dans mes artères, je tends la main. Effleure chaque fleur de foudre qui éclabousse sa chair. À défaut de le lui avouer, je veux, j'ai besoin de lui faire passer ces émotions dingues qui menacent de m'asphyxier.

Muette, je le regarde s'étirer afin de dénouer les cordons des voiles en tulle noir du baldaquin pour nous isoler. S'arquer en arrière pour m'inciter à écarter les jambes. Souple, Liêm se faufile ensuite dans leur compas. Sans dévier son attention, il me débarrasse très lentement de mes fringues. Une fois que je suis nue, les yeux arrondis par la peur que les filles se réveillent ou que l'on nous découvre, il s'allonge sur moi sans se déshabiller.

Une paume en appui sur mon oreiller, Liêm me scrute si intensément qu'une traînée de feu embrase mon épiderme. Le sourire accidenté qui se fracasse sur ses traits aiguise mon envie de lui au point que mon ventre se creuse, ma respiration de plus en plus laborieuse.

– Toi aussi, tu vas brûler, Yenn.

Son rictus carnassier écorne mon cœur abîmé. Pendant qu'il redescend le long de mes courbes pour s'installer entre mes cuisses, je murmure, les doigts perdus dans la masse de ses cheveux.

– Je brûle déjà.

Impérieux, Liêm cale mon genou sur son épaule, ma cheville encerclée par ses longs doigts.

– Bien.

– Bien ? soufflé-je, ardente. Prouve-le.

Ses lèvres frôlent mon articulation. Ses ongles tracent des arabesques imaginaires sur ma peau. Parce que c'est Liêm. Exciter la frustration, l'amener au seuil de la fracture est un jeu dans lequel il excelle. Il n'attaque pas directement mon intimité, non. Il la traque. Prend son temps pour créer un suspense intenable. Pour m'échauffer jusqu'à ce que je ne sois plus qu'une flaque de lave. C'est presque cruel. Et totalement à son image. Ses mains frôlent mes seins, agacent leurs pointes érigées et durcies. Il embrasse mes cuisses, suit du bout de la langue le fil de mon aine.

Le désir est si puissant… C'en est intolérable.

Tout à coup, il se stoppe, m'arrachant un cri silencieux, puis empoigne durement mes fesses et m'oblige, d'une torsion, à inverser nos positions. Son bras autour de ma taille, son autre main agrippée à la tête de lit, il nous tire jusqu'en haut du matelas. Une fois là où il le voulait, Liêm me claque le cul.

– Chevauche-moi.

Le parfum du désir me fait tourner la tête. Tout autant que son ordre. Me foutant d'être vue par l'une des filles, je m'exécute. Les joues rougies, je m'assieds littéralement sur son visage, les mains enroulées autour du cadre en bois pour ne pas m'effondrer. Ses doigts enfoncés dans mes hanches, il me vole un premier gémissement lorsque son souffle s'écrase sur mon sexe. La nuque renversée, j'abandonne l'idée même d'essayer de me retenir. Sa langue va et vient, lisse mes chairs pendant que son index me pénètre, me poussant dans mes retranchements, qui cèdent un à un.

– Plus vite… Liêm…

Un autre râle m'échappe quand il décélère pour ensuite augmenter la cadence, encore plus intense. Excitée à m'en ravager les terminaisons nerveuses, je porte la main à ma bouche afin de me bâillonner. Sauf que… Sauf que Liêm. D'un revers, il chasse ma paume pour la remplacer par la sienne, la pressant contre mes lèvres. Se retire juste assez pour murmurer sur un ton rauque et incroyablement lascif :

– Mords.

Une bouffée de chaleur me transit, décuplée à l'infini. Parce que son envie, si étrange, si sauvage, s'enlace à celle qui m'empêche de respirer.

Sans réfléchir, au moment où il mordille mon clitoris gonflé, je plante mes dents dans la tranche de sa main. Et la plainte indécente qui franchit la barrière de ses lèvres, en train de sucer mon sexe, attise le feu qui crépite entre nous. Quand mon regard se heurte au sien, l'étau de mes mâchoires se resserre, tout comme celui de mes cuisses autour de son crâne.

Soudain, Liêm me soulève par la taille, suffisamment pour mordre l'intérieur de ma cuisse.

– Brûle avec moi.

Avant de s'enfouir de nouveau entre mes chairs. Il me lèche, glisse son majeur au creux de mon ventre, qui se contracte en une étincelle dévastatrice.

La pulsion limite obscène de le dévorer me ravage tant elle est charnelle. Le besoin qu'il se fonde sous ma peau. Qu'il se noie dans mes veines. Nos âmes en cendres fusionnent, nos corps se confondent dans l'orgasme qui me terrasse. Dans cette jouissance en équilibre entre plaisir et douleur.

Consumés.

47

Liêm

– Vous êtes au courant ? C'est pas complètement dingue ?

– Non, quoi ?

– Bah, vas-y, crache-la, ta pilule.

– T'as encore écouté aux portes, Miss Potins ?

Installé à la longue table rectangulaire du réfectoire, face à Khassian et Ismaël, je me force à continuer de jouer avec ma fourchette. Le visage dénué de toute expression, je relève la tête sur Canel, qui vient de débouler. Surexcitée, elle se laisse tomber sur une chaise, attend quelques secondes, pour être sûre d'avoir capté l'attention de son auditoire, et s'apprête à reprendre la parole quand elle est stoppée dans son élan.

– Canel ! la réprimande Jane depuis son poste de surveillance. Arrête de cancaner !

Cette dernière balaie les remontrances d'un geste vague avant d'enchaîner :

– Je l'ai entendu en passant devant leur bureau, annonce-t-elle en désignant la table des matons avec son pouce. Maxwell a eu un accident ! Ils l'ont retrouvé, au petit matin, lors d'une ronde…

Tous s'engouffrent dans la brèche, l'abreuvent de questions pour assécher leur besoin de détails scabreux. Qu'un surveillant aussi tordu que ce connard ait pu souffrir est carrément jouissif. Chacun, ici, a de quoi miser dans la balance pour justifier le plaisir qu'il retire d'une telle info. Il n'y en a qu'une qui ne semble pas intéressée, se contentant de broyer son couteau entre ses doigts. Elle, et les deux mecs que je considère comme des frères.

– C'est pas vrai !

– Quoi, comme accident ?

– Raconte, te fais pas prier, putain !

Avec un sourire de drama queen satisfaite, Canel papillonne des cils, consciente d'être le point de mire. Et tandis qu'elle se lance dans son exposé, mon regard trouve celui de Khassian. Puis celui d'Isma. Neutres, imperméables, pour ne permettre à personne d'entrevoir la tempête de ces dernières heures.

– Il a été retrouvé dans les serres. Il y aurait eu un problème avec l'une des machines… le broyeur. Il paraît que ses mains ne seraient plus que de la bouillie, conclut-elle avec une moue dégoûtée.

– Il a eu ce qu'il méritait, ce pourri…

– Le karma, mon pote. Il ne pardonne pas quand il finit par te rattraper !

Amen !

– Ça suffit ! On se passera de vos remarques ! s'emporte Jane, cassante.

Un problème avec le broyeur… C'est une façon de présenter les choses. Un étau invisible serre ma nuque. Aussitôt, je planque mon bras droit sous la table. La paume calée sur ma cuisse, je claque des doigts afin de me recentrer.

Une fois. Deux fois. Trois…

L'autre manière de le présenter est l'image qui se superpose aux conneries que débite Canel. Celle de la vérité. Nous trois qui choppons Maxwell. Ismaël en train de maintenir ce salaud. Khassian qui abat l'attendrisseur à bidoche sur ses doigts. Sur chaque putain de phalange qui a osé se poser sur Yenn. Et moi qui mate. J'ai encore, tatouée sur mes terminaisons nerveuses, la sensation délicieuse qui m'a parcouru tel un courant électrique.

Je lui avais juré, à elle, qu'il paierait au centuple. Je lui avais promis, à lui, qu'il le regretterait au point de vouloir crever.

Est-ce que j'ai franchi la ligne ? C'est plutôt clair. Ai-je définitivement basculé ? Pas encore assez, selon moi.

D'instinct, je cherche Ochoa du regard. Et trouve le sien. Avant qu'elle ne se détourne pour ne pas éveiller les soupçons. Un lasso de feu me fouette les flancs, mais celui-là, j'en réclame plus. Même s'il est putain douloureux, peut-être encore plus que celui infligé par Tannen à l'Octogone.

Assise plus loin, de l'autre côté de la table, elle n'essaie pas de communiquer. Que dalle. Seulement… le coin de sa bouche, qui s'incurve en un mince sourire, alors qu'elle baisse les yeux sur son assiette, m'électrise. Il me démolit tant il est purement indécent. Presque sordide. Réveillant le goût de sa peau sur ma langue.

J'adore ça.

Après tout, ce connard avait été prévenu. Il l'a cherché. C'est ce que l'on appelle le revers de la médaille, le retour de karma ou je ne sais quelle autre expression à la con. À être traités comme des animaux, on finit par le devenir. Ainsi que le diraient Saint-John et ses Écritures, qu'il déforme pour coller à son esprit tordu : œil pour œil, quitte à devenir aveugle.

Ou main pour main, en l'occurrence.

Je me raccroche à la conversation lorsqu'une question surplombe la discussion.

– On sait comment ça s'est passé ? Il a donné des détails ?

– Rien du tout, tonne tout à coup la voix de Duke, suspendant celles des autres dans la foulée. Il n'a absolument rien dit de plus.

Aussitôt, les traits d'Ochoa se vident, comme si ses émotions coulaient dessus. Envahissant la pièce, le gardien pivote sur ses talons à mesure qu'il nous passe au crible, à la recherche d'un indice que personne n'est en mesure de lui fournir. Les trois seuls mecs au courant ne descelleront jamais les dents. Quant à Yenna, j'ai pris soin d'attendre que la dernière ronde nocturne puisse attester qu'elle et les filles étaient dans leur chambre pour agir.

Dès l'instant où son regard s'arrête sur moi, je sais. Qu'il sait. Tout comme je n'ai aucun doute sur le fait que son bras droit ne mouftera jamais pour nous incriminer. J'imagine que le menacer de déterrer ses sales petits secrets a joué en notre faveur. Faut dire que son dossier d'université est plutôt moche, plombé par une série de plaintes pour comportement déplacé. Et c'est compter sans le fait qu'avoir dissimulé un passif d'agresseur sexuel, lors de son embauche sur Solanum, risque de lui attirer un sacré paquet d'emmerdes.

Sa façon de se délecter avec Yenna, à l'Octogone, m'a montré la voie. Un type dans son genre a toujours des antécédents. Et un mec dans le mien sait se démerder pour tirer certaines ficelles. Lui rappeler ensuite son passé de prédateur, alors que Isma le bâillonnait pour étouffer ses hurlements, lui a démontré qu'il s'en était pris au mauvais gars et que les répercussions pouvaient se révéler… foudroyantes. Surtout que Maxwell est plutôt bien placé pour savoir qu'une vie se détruit avec une facilité déconcertante. Donc, ouais, il la fermera.

Aussi, je soutiens le regard de Duke avec une décontraction qui le met hors de lui. Il bouillonne. Littéralement. Je pourrais presque voir son sang cloquer dans ses veines. Pourtant, il se force à demeurer stoïque. Ses lèvres se rétractent en un rictus dégueulasse avant qu'il ne recule d'un pas.

– Que cela vous serve d'exemple, finit-il par dire sur un ton doucereux.

Ses yeux dérivent sur Yenna, dont il ne voit que le dos et la nuque, dégagée grâce à ses cheveux raccourcis.

– Un accident est vite arrivé.

***

– Tiens.

Sans un mot de plus, je rends son portable à Brighton. Le surveillant jette un coup d'œil alentour, afin de s'assurer que nous sommes bien seuls, et récupère d'une main tremblante son téléphone. Avoir été présent cette nuit-là, même s'il n'est pas entré dans l'Octogone, a créé chez la nouvelle recrue du foyer un sentiment de culpabilité mêlée de peur à l'idée de devenir la cible d'un autre *accident*.

Un sourire de loup incurve ma bouche. La vapeur se renverse. Des remous fracturent la surface des pouvoirs sur Solanum. Or, il suffit d'un rien, d'une minuscule lézarde pour que les fondations soient fragilisées totalement.

Soudain, un oubli surgit entre les parois de mon crâne.

– Rends-le-moi, exigé-je à voix basse sans cesser de le ferrer du regard.

Il hésite, commence à s'agiter, inquiet de rester en ma compagnie plus longtemps. Plus il s'attarde, plus il y a des risques qu'il se fasse choper. Et nous avons tous deux conscience des possibles répercussions, pour lui comme pour moi, si Duke ou l'un de ses gars nous surprenaient.

– Magne-toi.

Avec réticence, il s'exécute. Rapide, je déverrouille l'écran, puis effectue une ou deux manipulations pour effacer le dernier numéro composé, histoire que personne ne puisse remonter jusqu'à l'identité de mon correspondant. Si Solanum m'a appris quelque chose, c'est aussi celle-là, en plus de la haine : le goût du secret.

– Gentil garçon, ironisé-je en lui tendant l'appareil.

– On ne peut pas dire que j'ai le choix, grommelle-t-il tandis qu'il reboutonne sa chemise – déjà boutonnée – pour se donner une contenance.

Je ne le contredis pas, bien au contraire, creusant mon rictus, qui en dit long. Silencieux, je l'observe pendant qu'il décampe en vitesse. À croire que je suis le diable…

Dans mon dos surgit une ombre. Sans me retourner, j'allume une cigarette grâce au briquet que vient de me fournir Brighton. Deux, trois lattes s'effilent dans l'air avant que je ne demande :

– C'est bon ?

Un unique tchip offensé me répond. Bien sûr que Khassian et lui ont effectué leur part du boulot.

– Et toi ? grogne Ismaël en s'avançant jusqu'à se poster à ma droite. T'as réussi à le contacter ?

– À ton avis ?

– Et alors ?

Un sourire, affamé cette fois, bousille mes lèvres.

– Disons… qu'il est plutôt… impatient de pouvoir nous rejoindre.

48

Yenna

Mon âme brûle. Depuis mon arrivée sur cette île, elle se consume. À petit feu. J'ai l'impression qu'elle se fendille pour laisser apparaître les flammes qui la dévorent. Un pied enlisé dans les ombres glaciales de Solanum, un pied dans le brasier créé par Liêm. Sans jamais atteindre le fond de ces abysses. Malgré les coups, les humiliations, les secrets. Quand je crois effleurer le néant du doigt, il y a toujours ce pire qui s'annonce plus profond. Comme son revers, cet espoir forgé dans le sordide et que seul Casablancas sait faire émerger dans ma poitrine.

Puis il y a cette nuit. Encore des heures qui s'écoulent dans la pénombre. Parce que, c'est bien connu, les monstres ne prennent vie que dans l'obscurité. Et je crois bien être partie pour le toucher, ce fond.

J'en ai conscience. Depuis que nous sommes remontées à l'étage, avec les filles, à l'heure du couvre-feu, je le sens. Depuis que nous avons ouvert la porte de notre chambre. Que nous avons découvert, sur nos lits, ces vêtements qui n'ont rien à faire dans un foyer, des fringues me rappelant cette autre nuit, où j'avais surpris le groupe de pensionnaires quitter l'île en catimini. Depuis que Duke s'est coulé dans mon dos pour me susurrer que j'avais gagné mon laissez-passer pour une *petite sortie*.

« Habille-toi. En vitesse. On ne voudrait pas être en retard… »

Sa voix, modelée par le plaisir, s'est alors greffée à mes cellules, les drapant d'une couche dégueulasse d'appréhension. Et même s'il a quitté la pièce, même si ses paroles n'avaient rien de menaçant en soi, il y a ce quelque chose qui stagne dans l'atmosphère… Le vice.

Le mal.

L'un de ses hommes posté devant la porte, le temps que nous nous changions, je n'ai pas eu l'occasion d'échanger un mot avec les filles, qui, elles, paraissent parfaitement rodées. Leurs mines de déterrées parlent mieux que ne le feraient leurs bouches. Ce salaud sait ce qu'il fait en me laissant délibérément dans le flou. Un flou qui me torture tandis que j'enfile la robe déposée à mon attention sur le matelas. Un bout de tissu rouge dont le décolleté, plongeant jusqu'au nombril, et le dos nu ne laissent que très peu de place à l'imagination.

L'ignorance me tue pendant que Lenor coiffe mes cheveux courts et que Circé maquille mon visage, une moue désolée sur ses traits latins. Penchée au-dessus de moi, les dents serrées, elle se contente de prendre ma joue dans sa paume en un geste qui se veut apaisant, mais qui ne l'est absolument pas. Les émotions qui l'assaillent se reflètent dans la tempête de ses yeux bruns, me propulsant, moi, dans un orage dément.

– On y va.

Le surveillant nous ordonne ensuite d'enfiler nos anoraks, puis de le suivre. En silence. Sans jamais nous autoriser à émettre une seule syllabe. Peu habituée aux talons, je marche en trébuchant jusqu'à dehors. Je me souviens de m'être demandé ce que pouvaient fabriquer Canel et les autres lorsque je les ai surpris il y a des semaines… Le moins que l'on puisse dire, c'est que je le regrette amèrement.

À mesure que nous progressons vers le bateau amarré, le froid s'enlace à mon épiderme. Au-dessus de nos têtes, une envolée de corbeaux crève le ciel nocturne, leurs battements d'ailes froissant mon pouls en une espèce d'écho étrange.

– Monte.

Obligée de saisir la main du gardien, je réprime un frisson de dégoût le temps de me hisser sur la vedette. C'est là, pile à cet instant, que je me fracture. Au moment où je le vois, lui. Flanqué de Khassian et d'Ismaël. Ils sont tous les trois habillés avec une élégance inappropriée. Liêm transpire un torrent d'ondes plus violentes que réellement négatives. Ses cheveux noirs encadrent son visage, creusant ses traits, les fleurs de foudre encore plus marquées sur sa peau blême. Son regard s'assombrit dès qu'il me découvre. Les eaux claires de ses yeux se durcissent jusqu'à devenir deux silex de cristal veinés de zones sombres.

Quant à Duke, il transpire la satisfaction. Avec une légèreté presque macabre, il se laisse tomber sur la banquette, à côté de Liêm, une main enroulée autour de sa matraque, son autre bras étendu sur le dossier. Au moment où Liêm se tourne vers lui, il se lèche les incisives, puis le devance.

– Choisis tes mots avec soin, articule-t-il avec un rictus salace. Tu tiens toi-même la lame sur sa jolie gorge. *Un accident est vite arrivé…* en particulier à Solanum. Certains se blessent, d'autres…

Il se penche vers Liêm. Son front touche pratiquement le sien lorsqu'il conclut :

– D'autres disparaissent comme par magie.

Les silex de Liêm deviennent de la roche en fusion. Inutile d'être devin pour comprendre que Duke parle de Marleigh. Qu'il soit certainement mort à la suite des traitements infligés par ce pervers hante mon esprit.

Duke saute sur ses pieds et m'attrape par le poignet. Il le tire sèchement pour me ramener contre lui, de manière que nos visages soient proches. Bien trop près, si j'en crois son haleine, qui égratigne ma peau. Baladeur, son regard passe au crible mes courbes, comme si un laser lui permettait de voir à travers mon blouson. Son autre main tendue vers Liêm pour le maintenir à distance, il ricane de nous voir nous débattre sans véritablement pouvoir faire quoi que ce soit.

– Assieds-toi, l'Esquimaude.

Alors, seulement, il me repousse. Déséquilibrée, je m'affale sur la banquette tandis que le bateau enclenche les gaz.

– Les prochaines heures risquent d'être… intéressantes. Tu ne trouves pas, Casablancas ?

49

Yenna

Lorsque le bateau atteint le ponton et stoppe son moteur, ma pression artérielle s'emballe. Elle galope, incapable de s'enrayer. En même temps que le souffle, retenu prisonnier jusque-là dans mes poumons, se libère enfin. Pourtant, je ne me voile pas la face. La situation est sur le point d'empirer. Si jamais j'en doute, je n'ai qu'à penser aux visages sombres de ceux qui m'entourent. Néanmoins, le poids sur ma poitrine, lui, s'allège un peu. Avant d'être de nouveau lesté lorsque la main de Lenor saisit la mienne pour la serrer brièvement sans que cette dernière ne m'accorde un regard, accaparée par la maison devant nous. Son geste rassurant ne me rassure pas du tout. Au lieu de m'insuffler du courage, il creuse une tranchée de frayeur entre mes côtes.

À mon tour, je me focalise sur l'endroit où nous avons atterri. La maison… Le terme est plutôt mal choisi. Il s'agit plus d'une villa avec de telles proportions. Je profite du temps nécessaire pour que tout le monde débarque et étudie l'immense bâtisse devant moi. Résolument moderne, avec des baies vitrées opacifiées pour préserver l'intimité, elle ressemble à un entrepôt qui aurait été aménagé. Nichée au cœur d'un jardin sans âme, elle donne l'impression d'avoir été conçue pour échapper aux regards indiscrets, enclavée dans un écrin d'acier et de végétation.

Un panneau attire mon attention. Planté à l'entrée de l'appontement, il indique que nous sommes en réalité dans un club privé de luxe. Je devrais ressentir du soulagement. C'est très loin d'être le cas. Encore moins quand Duke et ses hommes, qui nous servent d'escorte, sont rejoints par d'autres types pas nets. Un seul but à leur présence : maîtriser toute tentative de rébellion.

D'un mouvement sec, Duke nous fait signe de suivre l'un de ces molosses. En file indienne, nous contournons en silence l'établissement principal afin de gagner un petit escalier menant aux caves. Dès que j'en franchis le seuil, mon cœur dérape méchamment. La tonne de scénarios que j'envisage accentue mon pic de stress, au point que j'ai la sensation de ne plus savoir comment mettre un pas devant l'autre. Perdue dans mes peurs, je bute sur une marche et manque d'aller embrasser le sol. Avant que je ne m'étale, une main rétablit mon équilibre, broyant ma hanche dans son étau. Pas besoin de me retourner pour savoir à qui appartient cette paume. La brûlure qu'elle m'inflige, cette façon de me préserver sans douceur, n'appartient qu'à une seule personne.

Un arc de foudre se déploie au creux de mon ventre, endort la panique qui scie mes jambes à mesure que nous nous enfonçons dans les celliers. Les notes d'une musique étouffée percent les murs de pierres humides. Au bout d'une enfilade de pièces, nous finissons par arriver dans une salle meublée de bancs et de casiers. Duke ferme la porte, puis nous indique de former un cercle, au centre duquel il se campe. Sur le qui-vive, ses hommes se postent, quant à eux, dans notre dos, au cas où l'un de nous se montrerait récalcitrant, je suppose.

Un regard rapide vers les autres m'indique que je suis la seule à ne pas savoir à quoi m'attendre. Et que, peu importe ce dont il s'agit, faire face sera une épreuve.

– Ne me décevez pas, nous prévient Duke sur un ton qui n'annonce rien de bon. Inutile de préciser que vous n'aimeriez pas le résultat dans le cas contraire, je ne vous apprends rien. Montrez-vous sous votre meilleur jour.

Il nous dévisage tour à tour, s'arrête une microseconde de plus sur Liêm, puis sur moi. Un immense sourire se peint sur ses traits, soulignant ainsi combien il est ravi de nous voir aussi impuissants.

– Vous avez été loués pour la soirée qui se déroule là-haut. Entre gens de la haute société. Entre gens aux goûts… particuliers, déclare-t-il avec un rictus affreusement tordu.

Vous avez été loués…

Ses mots ricochent dans mon esprit. C'est donc ça. Ces salauds se font de l'argent sale sur le dos des pensionnaires que la justice leur confie. En plus des abus, encore des abus. Seulement, je n'ai pas le temps de m'étendre dessus que Duke reprend, en me fixant directement, cette fois :

– Vous savez ce que ça sous-entend. Vous connaissez tous la chanson… Enfin, pratiquement tous.

La pique m'est adressée à cent pour cent. Parce que ça lui plaît de me torturer, moi, mais aussi de remuer le couteau déjà planté dans la chair de Liêm. Il se tourne d'ailleurs vers lui et ses deux potes, ainsi que Trent, un autre pensionnaire de Solanum, et lâche d'un timbre cinglant :

– Rejoignez le premier étage. Flattez ces vieilles peaux. Soyez leurs jouets. Vous connaissez la règle : satisfaire leurs caprices et les faire grimper aux rideaux.

Il se tourne ensuite vers Circé et Lenor. Les traits de son visage se fondent en une moue obscène.

– Ce n'est pas la première fois que je vous choisis. Vous êtes rodées.

Ses yeux de porc soulignent leurs courbes, à peine couvertes par la robe qu'il les a forcées à enfiler. Des robes outrepassant la définition même de l'indécence.

– Quant à toi…

Duke lèche l'ourlet de sa lèvre inférieure avant de me parler, sa voix quasi sirupeuse :

– Tu serviras le repas.

Mes sourcils se froncent, marquant mon incompréhension. Son ordre ne cadre pas du tout avec la tonalité de son timbre. Ni avec son regard. Ou encore son esprit aussi retors que pervers. Et, de toute évidence, vu l'expression furieuse de Liêm, je ne suis pas la seule à le penser. Quelque chose ne va pas. L'onde électrique qui me traverse bousille ma colonne. Tout comme la boule métallique alourdissant mon bas-ventre. Toutes les deux m'entravent. M'empêchent de respirer. Elles nourrissent l'intuition qui m'oppresse. Cette intuition qui me hurle que les prochaines heures vont être atroces.

***

– Je… je ne comprends pas, balbutié-je, les yeux rivés sur la table rectangulaire de la salle à manger vide où j'ai été conduite.

– Quoi donc ? susurre Duke dans mon dos.

« Collé à mon dos » serait plus juste. La distance entre nous est si mince que je sens presque les battements de son cœur heurter mes omoplates. Il se délecte de la situation, c'est évident. Sa respiration égratigne ma nuque. À croire que son plaisir décuple. Comme s'il prenait un pied tout particulier à s'appesantir sur moi. En réalité, je soupçonne que c'est le cas. Pas parce qu'il est question de moi, Yenna Ochoa, mais de Liêm. Lui retourner le crâne pour l'empoisonner, voilà ce qui le fait bander.

À ses yeux, je représente une sorte de levier. Ses mains épinglent mes bras. Il les serre fort, puis empoigne mes cervicales, sa bouche contre mon oreille. Une nappe de dégoût voile mon palais, accentue la houle dans mon estomac. Lorsque son index bute sur chacune des vertèbres de ma colonne, cette fois je manque de vomir sur le parquet ciré.

– Je te l'ai dit : tu vas servir le repas.

J'imagine que c'est ça, ce que l'on appelle jouer sur les mots. Un vertige violente mes tempes. Un coup d'œil vers les deux femmes qui patientent, vêtues d'un kimono de geisha, me fait tressaillir. La poigne de Duke vient s'arrimer à mes cheveux, qu'il tire sans ménagement.

– Et maintenant… enlève-moi ça ou je m'en occupe moi-même.

Il me libère et recule pour s'asseoir sur une chaise, devant la table, déjà dressée pour le dîner. Croise les jambes et attend. Son visage se mue en une mine plus sombre. Celle d'un salaud face à sa perversité.

– Dépêche-toi. Ils vont bientôt arriver et tout doit être mis en place. Et par tout, tu sais de quoi je parle…

Je déglutis si difficilement que je me mets à tousser, les larmes s'accrochant à mes cils. Avec un sursaut de fierté battant mes veines, je retire ma robe et mes sous-vêtements. Aussitôt, les deux filles présentes se précipitent sur moi. L'une m'asperge d'eau froide grâce à une bassine déposée à mes pieds. La seconde me sèche, puis m'inspecte afin d'être sûre que je suis parfaitement épilée. La honte d'être ainsi reluquée, que ce soit par elles deux ou par Duke, me torture.

– En place.

Comme je ne bouge pas, Duke sourit.

– À moins que tu aies tant aimé l'Octogone que tu veuilles y retourner. Ou Liêm. Ou Circé. Ou cette petite poupée fragile de Lenor.

Que l'une de mes seules amies se retrouve là-bas m'est intolérable. Une vague de haine m'inonde, au point que respirer devient une mission difficile. Je me mords la lèvre pour m'empêcher de crier. La rage au ventre, j'inspire, puis m'installe.

Je m'installe…

Les membres plombés, je monte sur la table.

Je m'installe…

M'assieds sur le plateau en bois précieux.

Je m'installe…

Et m'allonge sur le dos. J'ai l'impression de me dissocier. Que mon esprit se claquemure pour ne pas subir ce qui est pourtant en train d'arriver. Aussi raide qu'un corps sans vie, je reste immobile, les bras le long de mes cuisses, tandis que les geishas me préparent. Des feuilles de bananier sont disposées sur ma peau, des fleurs sur mes mamelons pour les dissimuler, puis elles terminent en dispatchant les aliments de ce foutu repas.

Malgré mes yeux fermés, je sens une ombre planer au-dessus de moi. Les paupières plissées, je refuse de les ouvrir. Je refuse de voir celui qui m'observe. Sa voix suffit à créer le monstre de mes cauchemars.

– Tu vas faire en sorte de te montrer disciplinée, quoi qu'il se passe. D'obéir aux coutumes que ces types rêvent d'expérimenter sur un corps comme le tien. Que le show commence !

50

Yenna

Dès lors que les portes s'ouvrent, je suis certaine de me disloquer. De quitter définitivement mon corps. Mon esprit se désagrège, fêlant mon âme avec tant de brutalité qu'un goût de cendres tapisse mes papilles.

Les yeux rivés au plafond, je refuse de regarder ces hommes d'affaires qui entrent dans la pièce et se dispersent autour de la table en s'extasiant…

Sur l'expérience follement érotique qu'ils sont sur le point de vivre, selon l'un d'eux.

Sur ma paire de hanches, qu'un type a envie d'empoigner pour me la mettre profond parce qu'à quatre pattes, je dois être incroyablement bandante.

Sur mes seins, qu'un autre a envie de croquer, en particulier les cerises de mes mamelons, que cachent les énormes fleurs.

Je ne suis pas en faute, j'en ai conscience. Après tout, je n'ai pas choisi d'être là, allongée comme un morceau de viande sur un étal. Alors, pourquoi est-ce que j'éprouve une telle honte ? Tandis qu'ils tirent leur chaise et s'installent, cette honte enfle sous mes côtes. Elle me fouette les flancs quand c'est eux qui devraient l'éprouver. Je me sens… dépouillée. Humiliée et choquée d'être reléguée à un objet sexualisé pour leur unique plaisir.

Aucun ne me touche encore. Tous laissent l'excitation monter jusqu'à crever le plafond. Et pourtant… je peux la sentir ramper sur ma peau violée. Me salir.

Dissociée de cette scène surréaliste, je me ferme au monde qui m'entoure.

C'est ainsi que les heures défilent. À moins que ce ne soient que des minutes. Mais, dans le monde qui est le mien, le temps est tronqué, tordu pour permettre au vice et à la perversité dont est pétri Solanum de nous atteindre. Cette nuit est comme en suspension. À partir de l'instant où un gong retentit. Où ils commencent à se servir à même mes courbes.

Jusqu'à ce que Duke nous plonge toujours plus loin dans l'abîme. Et ce saut dans le vide a lieu quand il ouvre la double porte, qui vomit une silhouette. Je risque alors un regard vers l'ombre statufiée. Liêm ne bouge pas, pas un muscle, pendant que Duke murmure à son oreille. Des menaces en pagaille, des représailles à la hauteur de l'enjeu… Je le devine à cette aura malsaine dont il irradie. Celle de ceux qui détiennent le pouvoir et en jouissent.

Tout, ici, est une question de pouvoir. Celui qu'il a sur moi. Celui qu'il possède sur Liêm. Je ne sais pas pourquoi il lui en veut à ce point. Tout ce que je capte, c'est que je représente un dommage collatéral bienvenu. Il aime me faire souffrir. Rectification : me voir souffrir. Néanmoins, il adore encore plus torturer Liêm, jouer avec ses nerfs en soulignant son impuissance. Parce que réagir est exclu. Alors, oui, Duke jubile, se nourrissant de la souffrance qu'il crée et provoque.

Les doigts fuselés de Liêm se convulsent le long de ses cuisses, hésitent entre claquer ou se resserrer en poing rageur. Toutefois, je m'arrache aux lignes tranchantes de son visage, puis me force à bloquer de nouveau mon attention sur le plafond et ses moulures, que je recommence à compter. Nue et silencieuse, je me concentre pour demeurer aussi inanimée que possible. Tentant d'occulter le frôlement des doigts sur mon corps ou bien encore les commentaires salaces qui fusent. Priant pour que ces hommes m'oublient. J'essaie de ne pas respirer trop fort de manière que ma poitrine ne se gonfle pas et ne déloge pas les fleurs. De ne pas frissonner ni d'attirer leurs regards.

– Putain ! Jamais plus je ne veux bouffer autrement !

– Je dévorerais bien sa petite chatte, à cette garce…

Leurs mots m'atteignent à peine. Je n'en suis plus vraiment là. Ils ne surpassent pas les ondes qui s'échappent de Liêm pour venir s'enlacer à mes courbes. Celles-là sont bien plus terrifiantes tellement elles baignent dans la noirceur, l'acide et le tumulte.

– Et moi, j'ai soif !

Tout à coup, je suis littéralement aspergée. Un liquide froid et pétillant coule à flots sur mes seins, faisant glisser le germini blanc sur mon globe droit. Les muscles transis à force de rester immobile, je ne peux contenir un mouvement quand un poinçon aigu me transperce. Une plainte sourde réussit malgré moi à franchir la barrière de mes lèvres, jusque-là scellées.

L'un de ces pervers s'est relevé pour me mordre. Il m'a mordue. En riant. Il a planté ses dents dans mon sein pour laper ensuite le champagne déversé dessus. La brûlure me vrille la tête. Une douleur fulgurante bourdonne sous ma peau.

Et puis, soudain… le chaos.

51

Liêm

Au moment où l'un des hommes de Duke est venu me chercher, à l'étage, j'ai su que l'enfer s'apprêtait à nous bouffer. Non. En réalité, je l'ai su bien avant. Lorsque Duke nous a annoncé que cette nuit serait l'une de *ces* nuits. L'une de celles où il nous *loue*, comme il le dit si bien, contre un bon paquet d'oseille.

Dans le dos de Saint-John, qui est incapable d'ouvrir les yeux sur ce qu'il se passe au sein du foyer, j'ai toujours connu les pratiques de Duke Tannen. J'avais 15 ans quand j'ai participé à ma première de ces foutues orgies. J'ai carrément baisé pour la première fois lors de cette soirée où le mot « débauche » a pris tout son sens. Puis se sont enchaînées les autres… tant et tant que j'en ai perdu le compte. Faut dire que j'ai toujours eu du succès – la faute à ces putains de fleurs de foudre. C'est… exotique, à ce qu'il paraît. Voilà de quelle manière j'ai façonné ma sexualité. Dans un contexte si agressif qu'elle ne peut qu'être tordue, obscène et borderline.

On y passe tous. Absolument tous. Certains le gèrent assez bien pour survivre. D'autres non. J'en ai connu qui ont tenté de se foutre en l'air. Ou bien qui avaient la résilience d'incrustée dans leur ADN et arrivaient à surpasser leurs traumatismes. Il y a ceux et celles, tels que Circé, qui transforment cette merde en pathologie sérieuse. Il y a aussi les mecs qui suivent mon exemple et sont portés par la haine et la rage abreuvant leurs veines.

Ouais, on y passe tous un jour ou l'autre. Parce que ce connard de Duke a le pouvoir. C'est lui, le boss de Solanum, pas le directeur. Lui qui a fait de l'Octogone l'antichambre de la mort. Lui qui a emmené Marleigh, ce dernier soir.

Et, comme on y passe tous, Yenna ne pouvait pas y couper.

Au fil de mes séjours sur cette île de malheur, j'ai vu Khassian, Isma et, pire encore pour nous, les filles se plier aux désirs des clients du club. Ces pervers dopés par l'excitation. Parce qu'ils savent que nous ne sommes pas des escorts lambda. Abuser ainsi de leur pouvoir les transcende jusqu'à leur filer l'orgasme de leur vie. Hommes comme femmes, d'ailleurs. La noirceur de l'être humain n'a pas de sexe.

J'ai appris à rester de glace face à ce spectacle. C'est le b.a.-ba de la survie. Sauf que… sauf qu'il s'agit d'Ochoa. De ma vipère. De Yenn, putain !

– Regarde-la… Elle est douée, l'Esquimaude ! Elle va monter en grade, et rapidement, tu peux me faire confiance. Elle aura bientôt du kilométrage au compteur. Une vraie pute de luxe.

Mes poings se convulsent méchamment à mesure que Duke bave ses horreurs.

– Et tu sais le meilleur ? chuchote-t-il à mon oreille. Tu ne peux strictement rien faire. Sinon, ils devront tous en subir les conséquences. Chacun d'entre eux, elle y comprise.

À la seconde où ce type aux tempes poivre et sel et en costard de luxe se met à rire, puis se lève pour se pencher sur elle et la mordre, je vrille. L'espace entre mes tempes se sature d'un besoin presque primaire de lui arracher la gorge. Personne ne la touche. Personne ne laisse sa… marque. Il n'y a que la mienne qui a le droit de s'épanouir sur sa peau. De l'abîmer.

Qu'importent les menaces de Duke. Il est trop tard.

À l'instant où un cri lui échappe, moi, c'est ma raison qui fuit. Elle brûle, foudroyée. D'une balayette, j'envoie Duke au sol et me projette sur le groupe amassé autour d'elle. Le mec en ligne de mire, je saute sur la table, écrase Yenna au passage, qui se met à hurler, libérant ses poumons de la panique agglutinée depuis des heures.

Tous crient. La bouffe vole tandis que je chope ce connard par le cou. Nous basculons par terre, roulons sur le parquet… La course se termine, moi à cheval sur lui. Mes doigts rétractés sur sa gorge au point qu'il tousse. Il finit même par s'étouffer. Mon autre poing s'écrase sur sa gueule. Encore et encore. Des bras essaient de me ceinturer, de me tirer en arrière, mais je tiens bon. Et le boxe jusqu'à sentir les os de son visage craquer.

L'instinct qui me crame les tripes est brutal. Féroce. Animal. Dicté par des pulsions incontrôlables. Incontrôlées aussi.

Galvanisé par le regard d'Ochoa, par le sourire sauvage qui s'empare de ses lèvres alors qu'elle me voit dérouiller le type qui a osé maltraiter sa peau, je cogne. Mes jointures deviennent douloureuses. Les coups pleuvent sur moi, mais je m'en tape.

Jusqu'à ce qu'une semelle cueille salement ma tempe. Là… Là, je tombe dans un putain de trou noir. Avec un seul regret. Celui de ne pas avoir tué ce mec.

52

Liêm

Quand j'émerge, la tête dans un étau, je suis affalé sur le sol. Le sol qui bouge. J'essaie de me remettre debout, mais une vive douleur au niveau des côtes m'en empêche. Mon visage se tord en un spasme dégueulasse. Pas de doute, cette bande de connards m'a copieusement tabassé. Encore le sol qui bouge. Je cligne plusieurs fois des yeux pour tenter de chasser le voile qui trouble ma vue.

Bordel… On est de retour sur le bateau. Le premier instinct qui mobilise mes pensées est de la chercher. Où est Ochoa ? Mes paumes tâtonnent par terre, puis s'y ancrent pour m'aider à me relever.

Dommage pour moi, Duke en a décidé autrement, penché au-dessus de moi. J'entrevois sa silhouette, qui se découpe sur l'espèce de lino plastifié. Sa voix plane tel un mauvais, un très mauvais présage :

– Pas tout de suite.

Pas le temps de prononcer un mot. De nouveau, je sombre après qu'un coup violent s'est abattu à l'arrière de mon crâne.

***

– Debout, la Belle au bois dormant. Il est l'heure.

L'impression d'étouffer me serre la gorge quand une

avalanche d'eau glacée se déverse sur mon visage. Le liquide entre dans mes narines, ma bouche, me fait suffoquer. Mon dos s'arque afin que je puisse échapper au déluge. Mes talons dérapent sur le carrelage trempé. D'instinct, je devine où je me trouve. Pas besoin d'ouvrir les yeux pour ça. D'un mouvement brusque, je rejette la tête en arrière, passe la main dans mes cheveux, puis me force à soulever les paupières et à ne plus repousser l'échéance.

Il ne m'a pas loupé, ce connard, pour que je reste ainsi dans les vapes… Je n'ai même pas réalisé avoir été transporté jusqu'ici.

L'Octogone…

Évidemment que je suis là. Il ne pouvait en être autrement. C'est tout ce que souhaitait Duke en me faisant amener dans la salle à manger du club. Encore une fois, il ne s'agit que de pouvoir. Et, cette fois, j'ai agi au-delà de ses espérances. Duke va devoir me remettre sévèrement à ma place pour faire un exemple s'il ne veut pas qu'un autre le provoque à son tour.

Putain… Je suis sûr qu'il en bande déjà.

Toussant à m'en gripper les cordes vocales, je réussis enfin à me foutre à genoux. Crache un filet de sang. Et me redresse pour trouver Yenna de l'autre côté de cette putain de vitre.

Sauf qu'elle n'y est pas.

– C'est quoi, ces conneries ? Où est-elle ?

Je ne parle pas, je grince. Littéralement. Le son qui s'évade d'entre mes lèvres ressemble à peine à un timbre humain. De l'autre côté, il n'y a que le noir complet – histoire de maintenir le suspense. Ma mâchoire me file la sensation d'avoir été démantibulée tellement elle me fait souffrir. La douleur afflue d'ailleurs dans chacun de mes muscles où elle irradie.

– Bonne question… Où est-elle ? Peut-être que je l'ai laissée au club en guise de dédommagement. Elle doit être dans un de ces états ! Il y avait quoi ? Une dizaine de types ravis de passer leur frustration sur ton Esquimaude.

Ce coup-ci, c'est un feulement qui jaillit de mon torse. Il expulse la rage qui m'électrocute de l'intérieur et, putain, je sais exactement de quoi je parle en disant ça. Malgré le lourd bracelet qui encercle ma cheville, je me remets debout, chancelant, et me propulse sur Duke. Je suis vite entravé par la chaîne, qui m'empêche de me saisir de ce salaud. Malin, Duke a parfaitement calculé la distance nécessaire pour se retrouver à l'extrémité de ma foutue laisse. Suffisamment loin pour ne pas être à ma portée. Suffisamment proche pour attiser la haine qui me dévore.

– Je déconne ! s'esclaffe-t-il en se tapant sur les cuisses. Je ne vais pas abîmer la marchandise aussi vite ! Pas quand celle-ci représente un tel levier sur l'impassible Liêm Casablancas.

Il se rapproche d'un pas, cassant l'espace de sécurité entre nous dans l'unique but de me montrer qu'il ne me craint pas. Que c'est à moi d'avoir peur.

– T'inquiète pas, Casablancas. Elle est bien au chaud.

Duke me contourne, puis, dans mon dos, se penche pour murmurer :

– Faudrait pas qu'elle aussi s'envole. Comme si elle n'avait jamais existé… Je suis certain que tu vois ce que je veux dire. Tu nais poussière, tu redeviendras poussière.

Le sang de mes lèvres blessées pille ma langue. Colle à mon palais en y abandonnant une sensation pire que la douleur. Celle du mal à l'état pur. L'allusion est si directe qu'elle parasite la part rationnelle de mon esprit. La transforme en un amas sanguinolent de nerfs à vif.

Duke n'a jamais admis quoi que ce soit, pas le moindre indice sur ce qu'il s'était passé cette nuit-là, avec Marleigh. Tout ce que nous avons pu nous foutre sous la dent a été l'état de ses mains éclatées, le lendemain, donnant à penser qu'il l'avait cogné jusqu'à ce que mort s'ensuive.

– Si tu la touches, je te tue.

La semelle de sa botte frappe le creux de mon genou, m'obligeant à ployer sous le coup. Toujours dans mon dos, il chope mon menton pour maintenir ma tête et me forcer à mater droit devant. Direct sur l'autre côté de la vitre, toujours plongé dans le noir.

– Je ne la toucherai pas, susurre-t-il d'une voix lascive. Ce serait trop facile…

Il presse l'arrière de mon crâne contre son sternum. Renforce l'étau de ses doigts sur l'os de ma mâchoire.

– Avant de t'arracher le cœur, Liêm, je vais commencer par l'un de tes poumons.

Sur ces mots, la lumière illumine soudain la seconde salle, révélant…

Ouais, il a visé juste. Mes deux poumons. Ou mes deux jambes. Ceux qui m'ont permis de tenir toutes ces années. Au fil de mes séjours. Avec qui j'ai…

– Putain… soufflé-je, fou de rage. Mais qu'est-ce que tu fous ?

Je me débats. Essaie de le déséquilibrer. La colère et la peur battent violemment à mes tempes. Je n'arrive même plus à respirer. À rester cohérent. On y est. Au point de rupture. Le bras de Duke m'emprisonne dans une clé imparable.

De l'autre côté de la vitre, Khassian et Ismaël me dévisagent, l'air grave. Eux aussi en sont conscients. On est l'une de ces nuits. Ces nuits qui engendrent des disparus. C'est le prix à payer pour Yenna. Et, bordel, elle me coûte un morceau de mon âme.

– Je voulais que tu choisisses… murmure Duke à mon oreille, ses lèvres sur ma peau me révulsant. L'un ou l'autre. Qui allait survivre. Qui allait crever ici et maintenant. Mais, finalement, on va leur laisser le choix, à eux. Quant à toi… tu seras impuissant. Incapable de leur venir en aide pendant qu'ils s'entretuent.

Duke hausse la voix de manière que chacun d'entre nous prenne la pleine mesure de ses paroles.

– Pendant qu'ils se battent à mort. Parce que, s'ils refusent, j'enverrai chercher Lenor et Circé.

D'où je me tiens, je les vois se raidir. Encore et toujours ce pouvoir à la con. Il l'a, et nous le savons tous les trois. Comme Duke a conscience que jamais ils ne mettront en danger les filles. Pas plus qu'elles ne le sont déjà.

– Tu te crois fort ? Que tout glisse sur toi ? marmonne le gardien en m'étranglant. Je vais te démontrer point par point combien tu as tort. En t'enlevant l'un de tes piliers. Puis je m'attaquerai à ce cœur qui palpite beaucoup trop fort. Tu n'es rien, Casablancas. Juste l'exemple à ne pas suivre. Et tous assisteront à ta chute. Même ceux à qui tu penses pouvoir faire confiance quand tu ne le devrais pas.

Les mains enroulées autour de son avant-bras pour desserrer sa prise, j'essaie de respirer, asphyxié. Mon regard ne les quitte pas, eux. Impossible d'aligner deux mots, deux pensées. Tout ce qui existe n'a même rien à voir avec le psychopathe avide de pouvoir dans mon dos. Tout ce qui existe se résume au lien entre nous trois. Tout ce que l'on est, tout ce que l'on représente. Ce qu'on a tenté de faire. À la rage. La rage de vivre. La rage de vaincre. Cette écume qui envenime nos artères.

Au moment où mes yeux accrochent ceux d'Ismaël…

– Non, soufflé-je en cessant de me débattre.

Avant de ruer aussitôt pour me libérer.

– Tu ne bouges pas ! tonne Duke en resserrant son étau. Tu vas regarder et ne pas en perdre une seule putain de miette !

Mon ami. Le tout premier gars sur qui j'ai pu m'appuyer, quand on avait 15 ans, en dépit de la masse de ses addictions. Mon frère. Ce mec qui m'a secouru ce jour-là, qui m'a dissuadé de me foutre en l'air.

Il se détourne de moi, après ce putain de regard duquel a transpiré tout ce qu'il n'a pas besoin d'articuler à voix haute pour que je pige. Il se reporte sur Khassian avec un sourire bouffé par l'arrogance et la raillerie.

– On ne va pas jouer à ça, hein ?

Khass tique, son corps irrigué par une haine liquide. Sans répondre, il hoche la tête. Quant à moi… J'ai l'impression de cramer de l'intérieur. À la différence de Duke, qui jubile en pensant qu'il a le dessus sur nous, sur eux, j'ai parfaitement compris.

– Fais ça vite, mon frère.

Et tout s'enchaîne, dégoupillant un chaos innommable.

En une fraction de seconde, Ismaël se retourne, dos au Slave.

Encore une autre seconde, et Khassian se coule derrière lui.

Puis, à peine une dernière, qui lui est nécessaire pour l'attraper. Et lui briser la nuque.

Pas de sang. Pas de douleur. Juste le bruit de ses cervicales qui se rompent.

Avant le silence.

53

Yenna

J'essuie mon nez pour la millième fois. À moins que ce ne soit la dix millième… Mes yeux, eux, demeurent secs quand, pourtant, je voudrais, de toutes mes forces, verser ces larmes qui m'oppressent. Ces larmes dont l'acide me pourrit de l'intérieur. Je voudrais pleurer sur mon sort. Sur le sort des filles, qui, pendant que j'étais sur cette table, ont subi bien pire encore. Sur Khassian et la part d'ombre que son âme endure. Sur Liêm parce que… Eh bien, parce que Liêm.

Surtout, je voudrais pleurer pour Ismaël. En son honneur. Pour la mémoire de celui qui, à son tour, a *disparu* de Solanum. Pour celui qui a été oublié du système dès qu'il a posé le pied sur cette île.

Comment ? Comment ces gens, censés nous avoir placés là pour notre bien, en vue de notre réinsertion, peuvent nous oublier au point que personne ne s'inquiète de toutes ces disparitions ? Comme si Solanum nous… effaçait. Purement et simplement.

Je voudrais pleurer pour lui. Seulement, je n'y parviens pas. Les sanglots restent bloqués dans un coin obscur de ma cage thoracique, incapables de s'extraire tant ils sont englués dans une couche visqueuse de colère et de peine.

Lorsque Saint-John nous a réunis, ce matin, dans la salle commune, afin d'annoncer aux pensionnaires l'évasion d'Ismaël, j'ai dû me retenir pour ne pas exploser. Est-il réellement à ce point à côté de la plaque pour croire aveuglément tout ce que lui raconte Duke ou se voile-t-il la face ? C'est si confortable pour lui de se cloîtrer derrière les murs de son bureau. À l'abri dans sa forteresse bâtie sur les mensonges et la violence.

Et maintenant que nous voilà dispensés des corvées journalières, en attendant la séance avec la psy, je reste là, les yeux braqués sur le plafond. Avec Lenor et Circé, elles aussi sur leur lit, nous nous contentons de nous taire en nous esquivant soigneusement du regard. Faire l'effort de parler est trop dur. Beaucoup trop. Et puis quel intérêt ? Qu'y a-t-il à dire ? Rien.

Nous savons l'essentiel grâce aux explications succinctes de Khassian, présent lors du discours du directeur. Son absence – ajoutée à la soi-disant évasion d'un de ses meilleurs amis et à la mise en isolement temporaire de l'autre – aurait fait jaser, j'imagine. Et ce, même si, en réalité, tous les pensionnaires savent ce que supposent ces fameuses *disparitions*. Tenu du mieux possible à l'écart, il a réussi à profiter de la confusion ambiante pour mettre Circé au courant. En à peine quelques mots, qui se sont plantés sous notre peau. En plein cœur.

– J'en peux plus, déclare Circé en se levant d'un bond. Je vais finir par exploser.

Sans nous accorder un mot de plus, elle enfile ses baskets et attrape une veste abandonnée sur le dos de sa chaise de bureau.

– Cir…

Elle nous adresse un vague signe de la main afin de nous intimer le silence, puis rejoint la porte.

– J'ai besoin d'être seule un moment.

Le bruit du battant qui claque me tire une grimace.

– Je la trouve bizarre…

– Il y a de quoi, répliqué-je un peu trop sèchement.

– Elle a besoin d'être seule, répète Lenor en s'allongeant sur le flanc pour me fixer. Je préférerais que l'on soit seules, mais ensemble. C'est dangereux, de rester de son côté sur Solanum.

Elle soupire si fort que j'ai la douloureuse impression que sa tristesse se dilue dans la mienne. Je m'installe en tailleur sur mon matelas, noue mon regard au sien, qui semble trouble tant il est noyé par les larmes. La réalité me rattrape. J'ai occulté, tout à mon propre chagrin, que Lenor avait un gros faible pour Ismaël.

– Je n'arrive pas à y croire. J'ai beau essayer, je n'y arrive pas, chuchote-t-elle. Isma nous a toujours protégées. On finit tous par tomber, ici, mais jamais je n'aurais pensé qu'il puisse être le premier de notre groupe à…

Sa voix se brise, si bien que sa phrase demeure en suspens. Je ne me lève pas pour la réconforter. Elle ne le souhaite pas non plus. Ce n'est pas que je ne ressens pas d'empathie, bien au contraire. La culpabilité me serre la poitrine, me fouette le sang jusqu'à ce que la nausée me reprenne, plus virulente encore. Si je n'avais pas intégré Solanum, il serait peut-être encore en vie. Si Liêm a réagi ainsi, mettant le feu aux poudres que Duke a lui-même pris soin de verser, c'est à cause de moi. Je suis un poison. Quand je pense à la veine de plaisir qui a permis à mon cœur de pomper plus intensément lorsqu'il a massacré cet homme, au club, je…

Mon regard fuit d'instinct vers la porte. Vers lui, où qu'il puisse se trouver.

– Il doit être au grenier. Jane a mis fin à son isolement quand Duke a fini son service.

Surprise, je me tourne de nouveau vers Lenor, dont le sourire sans joie ombre les traits fins.

– Il ne voudra pas de moi.

– Il ne voudra de personne, mais tu sais quoi ? Peu importe. Ne lui laisse pas le choix. On est déjà moins un, tranche-t-elle sur un ton ferme. Je te l'ai dit : être seuls, mais ensemble. Toujours ensemble.

54

Yenna

Seuls, mais ensemble…

Facile à dire. Encore faudrait-il le trouver…

D'un coup d'œil rapide, j'inspecte les combles. Personne. Je m'apprête à rebrousser chemin quand je remarque la lucarne menant au toit, ouverte, et le fauteuil tiré en dessous pour y accéder. Sans réfléchir, j'escalade le vieux Chesterfield en cuir et me hisse au-dehors. La vague de froid qui me saisit contracte d'instinct mes mâchoires. Néanmoins, l'idée de faire demi-tour ne m'effleure pas. Attentive à ne pas renverser ce que j'ai dans les mains et que je suis allée chercher avant de venir, j'enjambe un petit parapet en fer forgé pour le découvrir debout, au bord de la toiture.

Face au vide, une main dans la poche de son jean, l'autre occupée à frotter la molette d'un briquet argenté, il ne me remarque pas, perdu dans la contemplation de la minuscule île.

– Tu ne devrais pas être là.

Ah, bah si, il m'a vue. Pourquoi je ne suis pas surprise ? Bien sûr qu'il m'a vue. Au moment où j'ai posé un orteil sur le toit, où ma respiration s'est enfin relâchée, Liêm a su que j'étais là.

– Va-t'en, Yenna.

Pas Ochoa. Pas la vipère. Ni même Yenn. Juste un banal

« Yenna » prononcé d'une façon si neutre que j'ai envie de hurler. S'il y a bien une chose certaine entre nous, c'est celle-là : rien n'est fade. Entre Liêm et moi, ce sont des étincelles qui menacent de prendre feu à tout instant. Correction : qui ont pris feu. Voilà pourquoi nous en sommes tous là.

Un frisson éclate à la surface de ma peau tandis que j'avance d'un pas décidé, à défaut d'être complètement assuré. Je n'ai jamais suivi les injonctions, d'où qu'elles viennent, et ce n'est pas maintenant que la situation déraille que je vais commencer.

– Je ne suis pas là pour toi, biaisé-je en me glissant à sa gauche. Pas tout à fait.

– Je ne suis pas sûr qu'Isma…

– Chut, le coupé-je avec douceur. Prononcer le prénom de celui parti trop tôt à voix haute retire son pouvoir à son âme. Et, si, je suis là pour lui. Pour vous.

Sa tête opère un léger mouvement afin d'arrimer ses yeux aux miens, leur cristal aussi tranchant que du diamant. Tout comme l'est la ligne dure de ses lèvres. J'ai la sensation d'avoir rétropédalé de plusieurs semaines, pour ne pas dire d'être revenue des mois en arrière. Si je ne lis pas la haine au creux de ses iris, je n'y décèle pas non plus une once de chaleur. Au contraire, une couche de glace s'y est cristallisée pour me bombarder d'une espèce de menace sous-entendue.

– Yenna, je n'ai aucun début de patience ce soir. Ne m'oblige pas à me répéter.

L'ignorant totalement, je reporte mon attention sur le bol entre mes mains et plonge mon pouce dedans. Je commence à chantonner, émets, en un rythme harmonieux, ces sons de la nature qui nous entoure. Ils se dissolvent dans la nuit. Leur douceur se mêle aux émotions violentes qui nous étouffent, tous les deux. Liêm se crispe. Pourtant, il ne bouge pas un muscle, sur le qui-vive. Prêt à riposter.

Je retire mon doigt du liquide pour l'appliquer entre ses sourcils sans qu'il n'esquisse un geste de recul. Je passe lentement le pouce sur la ligne de son nez, puis sur sa bouche, que je lisse délicatement.

– De l'eau de mer, murmuré-je, fiévreuse malgré la température hivernale. Pour se purifier.

La contre-attaque ne se fait pas attendre. Tout à coup, Liêm épingle durement mon poignet pour l'éloigner de son visage. Ses traits sont taillés dans du granit. Ma main tenue en étau entre nous, il articule d'une voix aussi cinglante que la bise :

– Me purifier ? Purifier de quoi ? Tu n'as visiblement rien compris ! Je ne veux pas que tu essaies d'adoucir quoi que ce soit. Je ne veux pas que tu sois là pour moi, Yenna.

Sa poigne se resserre, me soutirant une moue douloureuse.

– Tu vois ce toit ? Ismaël m'a empêché d'en sauter, il y a des années. Je venais de revenir de ma première petite *soirée privée*, ironise-t-il, et je voulais juste… oublier ce qu'il venait de se passer. Me laver de toute cette crasse en abandonnant. Et lui, il m'a sauvé cette nuit-là. Il l'a encore fait hier soir. Il nous a préservés en se sacrifiant. Sans une seule hésitation.

Il déglutit avant de reprendre, sa voix rayée par les émotions noires qu'il dégage en masse :

– Isma a toujours été convaincu qu'il n'y avait rien à sauver chez lui. Selon lui, il n'était qu'un putain d'addict à l'addiction avec un grand A. Ça ne pouvait que mal finir pour lui. Il était persuadé qu'il imploserait un jour ou l'autre en plein vol. Il n'empêche… c'est ma faute. Je suis responsable.

Un éclair de foudre s'enfonce dans ma poitrine, et le trou qu'il provoque brûle mes tripes. Les arrose d'électricité quand je décrypte ce qu'il tait. Mon poing, toujours emprisonné entre ses doigts, se convulse.

– Pourquoi tu ne le dis pas ? sifflé-je, en colère. Tu devrais, ça te crame la langue. Non ? Je vais le faire pour toi. C'est peut-être ta faute. Tu portes ce poids sur tes épaules, mais pas seulement. C'est aussi la mienne.

Son autre main s'abat sur ma nuque pour me rapprocher de lui alors qu'il cherche à me repousser en même temps. Comme si c'était simplement plus fort que lui. Que nous.

– On est toxiques, Yenna, martèle Liêm, ses maxillaires verrouillés. Ensemble ou séparément, on est nocifs.

– Vraiment ? riposté-je, brutale. Et toi, tu t'en rends compte ?

– De quoi donc ?

– Que Duke a réussi à s'immiscer entre nous sans poser le petit doigt sur moi.

Ses doigts sont si serrés qu'ils resteront imprimés durant des jours sur mon poignet. Tant mieux. Je respire mieux quand je sens sa marque sur ma peau. Elle, elle me purifie, moi. Effaçant la souillure de ce type au club.

– Et alors ? me contre-t-il avec un haussement d'épaules faussement décontracté. Il est très fort, il l'a toujours été. Sur ce coup, il remporte la mise.

– Conneries, sifflé-je, hors de moi. Il la gagne si tu le laisses gagner, toi. Si tu réduis le geste de ton ami à néant.

Sur l'arête du toit, le vent s'enroulant autour de nos corps transis par le froid et la rage, nous sommes réellement sur le fil du rasoir. À un souffle de basculer, d'une manière ou bien d'une autre.

– Tu as le droit d'éprouver de la haine, Liêm. Tu en as tous les droits.

Il me relâche comme si je l'avais frappé. Me toise, les yeux emplis de colère. Son regard assassin troue mon ventre, arrache ma peau tellement cette dernière appelle la sienne. Je me fous de l'aura sombre qu'il dégage. Je me fous de son torse, qui se débat violemment pour renfermer ce qui le ronge.

– Les émotions, les sentiments, crache Liêm avec dédain, sont bannis sur Solanum. Arrête de te démolir en t'entêtant à en créer.

– Tu te trompes, affirmé-je avec autant de conviction que de désespoir.

– Yenna, je te l'ai dit et redit, bordel ! Ce cœur que tu t'acharnes à vouloir ranimer est une terre brûlée. Il n'y a plus rien. Il n'y a jamais rien eu.

Je pars à reculons, sans jamais faire dévier mes yeux des siens.

– Tu te trompes, répété-je sur un ton vibrant. Ces sentiments, ils sont encore plus présents sur ce foutu caillou. Plus violents. Fulgurants. Tellement intenses que c'en est douloureux.

Liêm se fige. Avant de fondre sur moi. Mon dos entre en collision avec le pignon de la maison. L'eau de mer m'éclabousse lorsque le bol éclate sur le sol en tombant. Ses phalanges enroulées autour de ma gorge sans la comprimer, Liêm me dévisage intensément. Me défie d'oser continuer. Voilà ce qu'il fait. Et moi… Moi, je m'élance. Dans le vide.

– Ce n'est jamais assez. Alors, on franchit les limites, haleté-je sans chercher à me libérer. On s'enfonce dans la folie. On cache nos faiblesses. C'est pour ça qu'Isma nous a sauvés. Pour ça que tu as bousillé ce type au club.

Que je perds la tête dès qu'il s'agit de toi. Ou encore que Khassian a agi ainsi qu'il l'a jugé nécessaire.

De l'index, je dégage une mèche de son front, mon pouls battant furieusement contre sa paume.

– Pour ça que je n'arrive pas à m'arracher à ton ombre. Ni toi à la mienne. Je le sais. Mieux…

Je saisis sa main, la fais glisser sur ma poitrine, là où se cache ce cœur qui bat beaucoup trop fort.

– Je le sens.

Liêm ne réfute pas, ne confirme pas non plus. Seul un rictus insolent frôle ses lèvres. Un sourire indécent. Si naturel qu'il fusionne avec chaque cellule qui me compose. Parce qu'il est cent pour cent à notre image. Libérateur, accidenté. Qui heurte et blesse. Des mots violents, un silence féroce. Souvent mauvais. Mais réel… sauvage et charnel.

Un râle caverneux ripe dans sa trachée. Ricoche sur ma bouche au moment où son front cogne le mien. Une flamme lèche ma colonne pour venir incendier le delta de mes cuisses quand, malgré le froid, il dézippe mon anorak et retrousse mon tee-shirt jusqu'à ma taille pour s'affairer à me débarrasser ensuite de mon legging.

– Je suis un mec bien. Tu as raison sur toute la putain de ligne, Ochoa, gronde-t-il, moqueur.

Lorsqu'il baisse son jean sous son cul, je me mords la lèvre pour retenir un gémissement excité. Triste. À fleur de nos peaux.

– Casablancas… Tu es tout sauf un mec bien.

– Comme, toi, tu es tout sauf une gentille fille, hein ?

Sa main glisse alors derrière mon genou pour le caler sur sa hanche. Et c'est là. Une onde de choc me coupe la respiration. Pile à l'instant où il me cloue au mur en me pénétrant. En s'enfonçant au creux de mon ventre. À sa place. Mes doigts agrippent ses cheveux, les tirent brutalement, lui extorquant un grondement rauque.

– Montre-moi à quel point tu ne ressens rien…

Encore un coup de reins dévastateur. Suivi d'un autre, langoureux. Puis un autre, farouche. Presque cruel… Avant qu'il ne s'arrête. Et… mon cœur dégringole. Se morcelle en un millier d'éclairs de foudre quand Liêm s'immobilise. Les paupières closes, il relève le menton et… me sent. À pleins poumons, il me respire. Ses narines frémissent. Comme s'il était plongé dans une bulle et assouvissait un besoin vital. Au bout de quelques secondes, qui me semblent une éternité, ses poussées reprennent, plus passionnées, plus lascives. Plus… lui.

– Je ne ressens rien. Tellement rien que je t'ai sacrifié mon monde cette nuit, au club, avoue-t-il dans un murmure, ses lèvres froides contre les miennes. Pour toi. Tu sais ce qui est le pire dans tout ça, Yenn ?

Il rouvre les yeux pour s'ancrer dans ce qu'il devine dans les miens.

– Je brûlerais le monde si tu étais menacée. Encore et encore. Je le foutrais à sang. À feu.

Cette fois, elles jaillissent. Dans le silence de l'orgasme qui me submerge, les larmes coulent enfin. Et je pleure. Parce que je sais que c'est exactement ainsi que tout cela se terminera.

Dans les flammes.

55

Liêm

Silencieux, j'observe Khassian exécuter à lui seul les tâches qui nous ont été assignées à tous les deux. En simple tee-shirt, alors que la température frise le négatif, il effectue les allers-retours entre le tas de sacs d'engrais et le transpalette avec une nervosité qui fait exploser le baromètre.

Assis en équilibre sur une barrière, je tire latte sur latte jusqu'à carotter la cigarette entre mes lèvres. Le mégot finit par me brûler les doigts. Aussi, je l'écrase avec un soupir et l'envoie d'une pichenette dans le pot d'une mandragore. J'ai l'impression de marcher à côté de mes pompes. D'être déphasé, déconnecté, tellement je suis… ailleurs. Je marche, je parle, je respire, mais je suis aussi resté dans l'Octogone. Et, quand je ne m'y trouve pas, me voilà de retour sur le toit, où Yenna s'est donné pour mission de… De quoi, d'ailleurs ? Me prouver que ce n'est pas de l'acide qui coule dans mes veines, mais elle ?

Je balaie d'un revers mental le flot de pensées qui fout le bordel dans mon crâne et saute sur mes jambes. Ce qui doit m'importer est là, juste devant moi, en train de s'épuiser pour ne pas devenir définitivement taré. De se bousiller le dos afin d'enrayer ce qui le tue. Dommage que ça ne puisse fonctionner. Pas avec lui.

Je connais Khassian depuis longtemps. Ce gars est une bombe à retardement. Il est impulsif, agressif. La rage est cousue à sa peau. S'il n'a pas terminé sa trajectoire de violence au fin fond d'une prison, c'est uniquement grâce à sa mère. Natalia Zhelev a su tirer les ficelles nécessaires pour assurer la sécurité de son fils, du moins le croyait-elle sincèrement. Malheureusement pour elle – pour lui, surtout –, elle n'a fait que jeter un loup dans la gueule d'un autre mâle alpha. Un monstre qui a essayé de le broyer. L'homme qu'a façonné Solanum est à notre image : encore plus dur, si fracturé que l'on se demande comment il peut tenir sur ses jambes. Un dingue dans un écrin de folie furieuse.

Je n'ai jamais su s'il avait déjà tué quelqu'un avant Ismaël. Toujours soupçonné, oui, mais sans confirmation claire et nette. Je ne le lui ai pas demandé non plus. Quelle importance ? Sauf que, là, il est question de notre frère. Tué par lui. Tué pour moi.

En sueur, il saisit un sac, qu'il renverse sur son épaule, sans un regard dans ma direction.

– T'approche pas.

J'avance, me contrefoutant de sa mise en garde.

– Arrête de me surveiller, grogne Khassian après avoir balancé son chargement. Je ne vais pas me foutre en l'air parce que j'ai…

Sans le voir de face, je devine sa pomme d'Adam chahuter sa gorge. Les doigts de ma main droite claquent frénétiquement tandis que Khassian se redresse, ses muscles dorsaux contractés.

– Parce que j'ai brisé la nuque d'un mec.

– Ton ami.

– On savait que ça risquait de se terminer de cette manière, rétorque Khass, toujours de dos. On l'avait envisagé…

– Ton ami, répété-je sans l'ombre d'une émotion dans le timbre de ma voix.

– Des années qu'on a réussi à éviter ce moment. Il a juste fini par arriver…

– Ton ami.

Je continue de marteler ces deux mots. Inlassablement. Sans y insuffler autre chose que cette vérité.

– J'aurais fini par avoir le dessus sur lui si on s'était battus. On le savait tous les trois. Au moins, il n'a pas souffert.

– Ton ami.

– On s'est toujours dit qu'on n'entrerait pas dans le jeu de ce pervers.

– Ton ami.

La fois de trop. Et c'est l'explosion. Un feulement s'expulse de son torse. Il jette ce qu'il tient, s'arque, puis se plie en deux, scié par la rage. Ses paumes s'abattent sur son crâne en rafales. Il se frappe le visage, se cingle les joues, son cri devenu muet. Boosté par l'adrénaline, je me rue sur lui. Le recouvre, mes bras le ceinturant avant qu'il n'aille trop loin. J'ai mal pour lui, pour nous. Ochoa a raison. Cette saloperie d'île décuple nos émotions. Ressentir sur Solanum, c'est comme respirer. Inévitable.

– Mon frère, putain ! Mon frangin !

– Il ne l'emportera pas dans la tombe, soufflé-je, juste assez fort pour qu'il m'entende. Ou plutôt, si. On fera en sorte qu'Ismaël l'emporte en enfer.

Usé, les nerfs en vrac, Khassian s'immobilise.

– Dis-moi ce que je veux entendre, gronde-t-il, les maxillaires bloqués.

Aussitôt, je le relâche et attends qu'il se retourne pour me faire face. Ses yeux accrochent les miens, dilatés par la fureur et la peine. Je coince une nouvelle clope à la commissure de mes lèvres, puis l'allume. Tire une bouffée, expire si lentement que le ruban de fumée dessine un genre de serpent en train de se lover sur lui-même.

Un sourire écorne ma bouche.

– Je te le dis, éludé-je avec une pointe de sarcasme légèrement macabre.

– Bien. Parce que je n'en peux plus d'attendre.

Mon visage s'ourle d'ombres que je sens ramper à même ma peau.

– Mais, avant, je dois régler quelque chose.

56

Yenna

Cette fois, le poids sur ma bouche ne m'effraie pas. Je crois même qu'il me réconforte. Avant même que je n'émerge du demi-sommeil dans lequel je suis plongée, je sais à qui appartient la paume froide couchée sur mes lèvres. Légère, elle n'a rien d'agressif, juste d'un peu autoritaire. D'instinct, j'entrouvre la bouche et le mords. Sans une once de délicatesse. Sans un début de remords, non plus. Il retire ses doigts avec un sifflement avant qu'enfin quelqu'un actionne l'interrupteur.

Aussitôt que mes yeux se posent sur Liêm, une nuée ardente s'éparpille à la surface de mon dos. Ce moment que nous avons vécu sur le toit s'impose, balayant tout le reste. En réalité, ce frisson ne s'éparpille pas vraiment, il me torpille. Me donnant l'impression dingue d'être une cible vivante et que chaque couteau qu'il lance m'atteint en plein cœur. Il n'a même pas besoin de me toucher. Juste de me regarder. Parce que Liêm Casablancas me brûle de l'intérieur. Qu'elle soit belle ou non, cet homme attire à lui toute la lumière.

C'est puissant, exigeant. Féroce.

– Il faut vraiment que tu perdes cette habitude, grommelé-je en m'asseyant tandis que les filles se réveillent à leur tour.

Le sourire qui éclaire le visage de Liêm, dérangeant, torture mes terminaisons nerveuses.

– Pourquoi donc ? murmure-t-il d'une voix beaucoup trop douce. Tu aimes trop ressentir cette peur-là.

Sans réfléchir, j'humecte ma lèvre inférieure, la lèche avant de la cisailler avec mes incisives. Il a raison, nous en sommes tous les deux conscients. Conscients d'être aussi foutus et cinglés l'un que l'autre.

Toutefois, je ne m'attarde pas plus longtemps. Peut-être à cause de ses traits aiguisés. Tirés par la nervosité et… une volonté implacable. Et, quoi qu'il se passe, Khassian est visiblement au courant. Je n'ai qu'à l'observer pour le comprendre. Adossé à la porte pour empêcher toute intrusion, il croise les bras, sa jambe repliée de manière que la semelle de sa botte appuie sur le battant.

Tous deux vêtus de noir, les cheveux de Liêm coulant autour de son visage tel un rideau sombre, quand ceux de Khass sont cachés sous un bonnet, ils paraissent… prêts. Mais à quoi ?

– Qu'est-ce que vous faites ici ? Ce serait bien d'éviter ce genre de petite visite nocturne en ce moment… maugrée Circé, déjà debout.

– Elle n'a pas tort, renchérit Lenor en tirant la couette sur elle.

Liêm me balance alors une boule de tissus. Des fringues.

– Habillez-vous.

– Quoi ? Mais…

– Magne-toi, Cir. Et ferme-la.

Je ne pose pas de questions. L'instant ne s'y prête clairement pas. L'urgence se tisse dans la pièce, crée des entrelacs nerveux, invisibles, peut-être, mais qui se déploient dans l'atmosphère. Aussi, je me lève et retire mon vieux tee-shirt pour enfiler ces vêtements qui ne m'appartiennent pas – un sweat qui porte son parfum ainsi qu'un jean – et l'une de mes paires de bottes, récupérée je ne sais comment. Tout ça sans qu'il ne dévie son regard de chacun de mes gestes.

Quand, enfin, je m'apprête à ouvrir la bouche, une hallucination m'en empêche. Une hallucination collective si j'en crois les yeux exorbités des filles. Liêm vient d'extirper un portable de sa poche. Alors que ce dernier vibre, il répond sans se détourner. Khass, lui, ne semble pas surpris le moins du monde. Évidemment. Concis, Liêm marmonne quelques mots qui ne parlent qu'à lui et à son interlocuteur mystère.

– Bien.

Un silence.

– Au large.

Un autre silence.

– Je dois d'abord régler une ou deux choses. Merci, c'est prévu, ironise-t-il sur un ton si bas que je dois tendre l'oreille. Je suis le premier à savoir que les conséquences peuvent vite s'envenimer, figure-toi. Je les ai vécues. On reste focus sur le plan.

Et il raccroche, capturant mon regard au passage. Le sien s'ourle de ténèbres, sa couleur bleue virant au flamboyant. J'ai la sensation d'être face à deux pierres de lave. Si dures qu'elles ne peuvent que blesser.

– Qu'est-ce qui est prévu, au juste ? demandé-je, un pressentiment vissé au creux du ventre.

– La déchéance, répond Khassian sans bouger de sa place.

Les lignes de son visage sont semblables à celles d'un bloc de pierre. Lisses dans leur manque d'émotions si ce n'est une. L'excitation. Celle-ci, elle dégouline de son corps tout entier.

– Le chaos, renchérit Liêm. Ce pour quoi nous sommes là, avec Khass. Ce pour quoi nous avons rejoint Ismaël.

Le prénom qu'il vient de prononcer jette une ombre au-dessus de nos têtes.

– Et tu comptes nous expliquer ce que tu entends par là au lieu d'être incroyablement nébuleux ? s'exclame Circé.

Liêm jette un œil vers le blond décoloré. Aussi furtif que ce soit, je vois le pincement rapide de ses lèvres. Comme s'il regrettait d'avance ce qui allait suivre.

– C'est bien ce que je compte faire. Mais, avant, on doit mettre cartes sur table. Tous les six… cinq. On n'a pas franchement le temps, alors je vais aller droit au but.

Il se campe au milieu de la chambre, jette un regard vers la fenêtre, consulte rapidement sa montre, puis se décide.

– Depuis cette nuit-là, juste avant qu'Isma… avant, esquive-t-il, ses doigts en train de claquer trahissant ses nerfs à vif, Duke a dit quelque chose. Une phrase que je n'arrête pas de ressasser. Une perdue au milieu d'autres. Comme quoi tout le monde verrait ma chute. Y compris ceux à qui je fais confiance quand je ne le devrais pas…

Le claquement s'accentue. Il signe une mélodie presque lugubre. Le tic-tac d'un compte à rebours.

– Le truc, c'est que je ne fais pas confiance. Enfin, à très peu de monde, rectifie Liêm d'une voix douce qui parasite mes pensées. Khass et Isma mis à part. Alors, de qui parlait ce connard ?

– Il prêchait le faux, intervient Lenor, agacée. Ce n'est pas la première fois. Diviser pour régner. Ça n'a rien de bien nouveau, comme tactique.

Dans ma poitrine règne un foutoir sans nom. Je sens que ce qui va suivre ne va pas me plaire. Que cela va creuser un peu plus profond le trou noir sous ma peau. Et ce n'est pas l'attitude de Khassian, plus raide qu'une tige de fer, qui risque de me calmer.

– C'est ce que je me suis dit. Ce dont j'ai voulu me persuader. Le problème, c'est que, ces derniers temps… il y a eu des signes. Comme la fois où Duke est arrivé pendant que Yenna faisait l'une de ses crises. Pile au bon moment.

– Tais-toi, lance Lenor, pâle comme un linge. Ferme-la, Liêm. C'est passé. Ne remue pas la boue.

– L'alerte… Elle n'a pu être donnée que par l'une de vous deux. Vous étiez dans sa chambre. Vous l'avez vue la quitter.

– N'importe qui d'autre, dans les couloirs, aurait pu. Canel déteste Yenna.

Il secoue la tête, sinistre.

– Personne n'aurait pris le risque de nous vendre, l'un des gars ou moi. Il faut être un peu dingue et ne pas avoir peur de nous ni des répercussions.

Mon attention centrée sur Lenor, un doute serpente dans mon esprit. Un doute auquel je refuse de donner de l'importance.

– Non… soufflé-je, choquée. Non…

Le regard qu'elle pose sur moi m'arrache un hoquet qui révèle le trop lourd sanglot ligoté dans ma poitrine. Une plainte désolée… teintée de tendresse.

– Il ne fallait pas avoir peur de nous, répète froidement Liêm, pour craindre quelque chose de plus terrifiant. Ou quelqu'un, en l'occurrence. Quelqu'un à qui l'on veut échapper. À qui l'on a besoin d'échapper.

C'est là. Que le trou noir s'éventre. Parce qu'avant

même que les mots ne soient dits, je les connais. Comme tous ceux présents entre ces murs.

– Duke a promis de m'éloigner de Solanum. De me faire transférer loin de ce salaud…

Cette fois, je n'ai d'yeux que pour Circé. Le choc est si violent qu'il me fait vaciller. Son regard nous fuit, avant de se planter résolument dans le nôtre à tour de rôle. Ses poings serrés sur ses hanches en guise de défi, elle se redresse afin d'affronter la tempête.

– Me sortir des griffes de mon oncle… Même pour aller dans un autre centre, je ne pouvais pas refuser. Je vous aime. Je vous aime tous. Mais je meurs. Je meurs tous les jours. Demande à Yenna ce que cela fait de passer entre ses mains.

Liêm ne se retourne pas vers moi. Les rubans de rage qui s'expulsent de chaque pore de sa peau, à la mention du Dr Sterling, suffisent. Tout comme ses muscles irradiés de haine.

– Ce n'était que de petites infos. Je ne pensais pas que les choses iraient si loin, pour Yenna et toi, ce soir-là.

Un élan de peur me pousse à passer devant lui pour me placer devant Circé, en parfaite synchro avec Lenor.

– On fait tous des choses vraiment moches. On le sait tous dans cette pièce, attaqué-je aussitôt. C'est l'unique moyen de survivre.

– Vous devrez passer sur nos corps pour l'atteindre, renchérit la rouquine sans hésiter.

Au moment où la main de la Latine cherche à enlacer la mienne, je la retire vivement. Si je peux comprendre, mieux que personne, jusqu'où l'on est capable d'aller – de descendre, même – pour se protéger, je ne peux pas non plus oublier aussi vite. Oublier les conséquences qui nous ont éclaboussés. Je sens encore l'eau froide, les mains de Maxwell sur mon corps nu. J'entends surtout, toutes les nuits, le son du fouet martyrisant la peau de Liêm. Non, ça, je ne peux pas l'oublier. Ni le pardonner. En tout cas, pour l'instant.

Étrangement, Khassian ne réagit pas alors qu'il est question de Circé. À croire qu'il détient une donnée que nous ne possédons pas. Un sourire ronge les lèvres de Liêm, lumineux dans les ténèbres qu'il déverse tout autour de nous.

– J'adorerais te passer sur le corps, Ochoa. Et compte sur moi pour le faire… mais pas maintenant.

Je réalise soudain que jamais il n'a été question pour eux de se venger de Cir, mais d'étaler les bris de chaque mensonge qui nous empoisonne. Si seulement… Il existe des vérités qui sont tout sauf bonnes à révéler. Des mensonges dont les racines sont trop profondément enfouies, au creux de votre âme, pour être tranchées net.

– Cette nuit, nous coupons la tête du serpent, annonce Liêm presque nonchalamment.

Il progresse jusqu'à se poster devant moi. Caresse, du revers de l'index, ma mâchoire inférieure. Sans dévier ses yeux brumeux des miens, il avance ses pions, qu'il nous cache depuis bien longtemps.

– Si Khass et moi avons réintégré Solanum pour rejoindre Isma, ce n'est pas pour rien. On a fait en sorte d'être renvoyés ici.

– Faut être complètement dingues, grommelle Lenor en serrant ma main.

Puis elle lâche dans un petit rire :

– Ah oui… évidemment.

Choquée, j'ouvre la bouche sans qu'un seul son n'en sorte. Ils avaient planifié leur venue ici, les tortures et tout le reste afin de se venger ? Je… je ne suis pas sûre de savoir quoi en penser, sinon que je suis avide d'en entendre plus.

– Pour couper la tête du serpent ? questionné-je, abasourdie. C'est ça ?

La vibration qui transpire de Liêm pour s'enrouler autour de moi, je ne l'imagine pas. Je la ressens. La visualise. Elle débusque cette part de moi qui est la plus sombre. La plus vorace, aussi. Et que Liêm aiguise à son paroxysme depuis que mes yeux se sont posés sur lui, que ce soit en bien comme en mal. Parce que, ces notions, Solanum les embrouille jusqu'à ce qu'elles ne forment plus qu'un magma informe.

– Des semaines, des mois, même, que nous réunissons les infos nécessaires. Que l'on soudoie certains gardiens pour avoir accès au bureau de Saint-John et à ses dossiers. Tout est sur cette clé USB, désormais. Grâce à Ismaël, expose Liêm en extirpant une clé informatique cachée dans le double fond du talon de sa Doc.

– Putain…

– Tu aurais pu trouver tout cela sans revenir, objecte Circé, les sourcils froncés. Dans les papiers de ton père, par exemple.

– Il n'y a que d'ici que l'on peut faire éclater la vérité sur l'Octogone. Sur les *punitions*, les *disparitions*. Croyez-moi, ces connards du conseil d'administration – mon père y compris – ne savent pas la moitié de ce qui se trame ici. Ils ne veulent pas savoir. Or, personne n'y croirait sans preuves directes. Trop de gens haut placés sont directement impliqués. Pots-de-vin, conflits d'intérêts… La liste est longue, ajoute-t-il sur un ton désabusé.

– Et vous avez pris cette décision seuls, tous les trois ?

– Tous les quatre, corrige Khassian, les lèvres

retroussées comme s'il racontait une bonne blague. Nous trois et une connaissance de Liêm. Un putain de journaliste, un clébard qui ne lâche pas son os quand il s'agit de dénoncer des scandales susceptibles d'ébranler le panier de crabes. Liêm l'a contacté après avoir lu un de ses papiers, l'article qui a fait tomber le gouverneur du Texas, celui un peu trop porté sur les préados. Un cador, ce mec.

Je suis soufflée par ce que je vois enfin se profiler sous nos yeux. Leur véritable but, ce qu'ils ont osé pour y parvenir… Les dommages collatéraux. J'ai la sensation d'avoir été frappée par la foudre.

– Vous êtes tarés.

Les mots de Circé sont clairs et nets. Résumant parfaitement la situation.

– Je ne sais pas si je dois être époustouflée ou atterrée.

Là, je ne peux m'empêcher de rire nerveusement. Lenor a tout dit, elle aussi.

– Ce que vous avez risqué… Ce que vous avez perdu…

Liêm me fixe, un éclat sauvage logé dans ses pupilles.

– Ce que l'on a gagné.

– On était réalistes. On savait, tous les trois, ce qui pouvait nous arriver, déclare Khassian, les lèvres pincées. Nous avions… tout envisagé.

– Et maintenant ?

Liêm avance encore d'un pas, plaque son torse contre mon buste. D'un geste presque doux, il s'incline. Attrape la capuche du sweat qu'il m'a donné et la rabat sur ma tête.

– Et maintenant, on se tire. Tous les cinq. Mais avant… on fout le feu.

– Tu veux vraiment détruire Solanum ? Avec les gardiens ? On sera tous dans l'Octogone avant que ça ne se produise, prédit Circé avec un mouvement de recul.

– Je ne suis pas con. Ce que je veux, c'est que Solanum bouffe son bol de merde au grand jour. Que tout soit révélé à la lumière. Qu'ils souffrent tous dans ce qu'ils ont de plus cher : le putain de tiroir-caisse qui leur sert de cœur.

Ma main cadenassée dans la sienne, il consulte sa montre.

– Notre gars, en plus d'être un lanceur d'alerte hors pair, est bourré de fric. Ce qui lui a permis de graisser la patte d'un ou deux gardiens pas très regardants. Un ou deux gardiens qui sont, très bizarrement, de service à l'embarcadère ce soir. Son bateau mouille au large pour l'instant. Il accostera très précisément dans une heure.

– Dans une heure ?

– Il nous reste une ou deux choses à faire avant de quitter cet enfer.

– Le temps que j'aille rendre visite à ce bon docteur. Et que je lui présente mes respects. À la bulgare. Il va comprendre ce que ça fait d'avoir sa propre queue de fourrée dans la gorge.

La voix de Khassian me soutire un frisson. Elle est si… neutre qu'elle en devient inquiétante. Sans ajouter un seul mot, il se retourne vers la porte, prêt à l'ouvrir.

– Attention à l'heure, le recadre Liêm, impératif. Pas une minute de retard.

– Tu me connais, je ne fais jamais dans la bavure.

Aussitôt dit, il disparaît dans le couloir. Liêm s'adresse ensuite aux filles.

– Vous deux, dans le grenier. Enfermez-vous. Il passera vous chercher… après.

– Et Yenna ?

L'excitation remonte le long de mes vertèbres quand il me jauge des pieds à la tête. Toujours cette impression d'être sa cible vivante. Et cet arc électrique qui se tend sur ma peau… Comme cette fois-là, dans le réfectoire, lorsque j'ai compris qu'il était responsable, pour Maxwell. Ou au club, quand il s'est jeté sur ce type.

– Nous aussi, nous avons une petite visite à rendre.

57

Yenna

Je pourrais jurer vivre les minutes qui suivent de loin. Comme si j'étais dématérialisée. Flottant quelque part au-dessus de mon corps. Je suis là sans vraiment y être. Depuis que les gars ont fait irruption dans notre chambre, j'ai la sensation d'être ballottée par les flots d'un océan démonté. Comprendre ce qu'ils ont fait, jusqu'où ils ont été prêts à aller pour abattre le monstre tentaculaire qu'est Solanum ainsi que les horreurs que cette île maudite a engendrées me coupe le souffle. Comme de me dire que, dans maintenant moins d'une heure, je serai partie.

Alors, oui, je suis Liêm. Sans aucune réticence. Parce que j'ai foi en lui. C'est bien plus fort qu'une attraction. Bien plus puissant qu'un besoin. Ce qui me lie à lui est aussi pur que féroce.

Brutal, dangereux… Instinctif.

Je le suis. Me contente de le regarder manipuler l'un des surveillants, Brighton. Lui donner des ordres à voix basse, son aura avalant celle du garde pour la modeler selon ses désirs.

Je le suis jusqu'à l'Octogone. Me cache dans le recoin qu'il m'indique durant quelques minutes.

J'attends, transie, que la silhouette de Duke apparaisse aux côtés de Brighton et s'avance dans notre direction sans savoir ce qui l'attend.

Et je regarde Liêm. Le bouffe des yeux lorsqu'il tombe sur le gardien dès que celui-ci est à notre portée, Brighton déjà loin.

Duke sait se défendre. Les coups fusent de toutes parts. Néanmoins, sans personne en soutien, la situation s'avère plus… compliquée pour lui. Et dérape méchamment. Leur corps-à-corps a quelque chose d'étrange. Je sens bien l'esprit de vengeance, certes, mais également comme une impression d'intimité conçue dans la haine et la saleté.

Trop fier, Duke n'appelle pas à l'aide, persuadé de toujours détenir le pouvoir. Ou n'en a pas le temps tant Liêm semble partout à la fois.

Duke tente de le coincer à l'aide d'une clé de bras, mais, plus souple, Liêm l'esquive et le cueille d'une vilaine droite au menton. Talonnée par une deuxième, encore plus puissante, dans l'estomac. Avec la grâce d'un grand fauve, Liêm le projette au sol, puis cale sa botte sur sa trachée. Sans l'écraser.

Pour l'instant.

Les yeux de Duke s'écarquillent, si bien qu'on les dirait prêts à jaillir de leurs orbites, avant de se veiner d'une lueur perverse quand il me découvre. Un éclat malsain que Liêm capte aussitôt.

– Tiens donc… Regardez qui se cache là…

– N'imagine même pas pouvoir me manipuler à travers elle, murmure Liêm.

– Abandonne, articule difficilement le surveillant. Tout de suite, et j'en tiendrai compte en ce qui la concerne. Son sort dépend entièrement de toi, Casablancas.

Pour la première fois depuis mon arrivée sur Solanum, je tique en remarquant la façon dont il prononce ce nom. D'une voix lente. En appuyant sur chaque lettre.

Il se met à tousser lorsque la *boot* presse plus fort sa gorge, mais tient bon et postillonne en essayant de beugler :

– Sinon, je te jure qu'à la fin, ton Esquimaude, elle ne ressemblera plus à rien quand j'en aurai terminé avec elle. Et tu assisteras à chaque seconde de son calvaire.

Royal, Liêm se penche au-dessus de lui en appuyant un peu plus sur sa gorge. Ses traits s'illuminent, se parent d'un voile trouble.

– Encore faut-il que tu sois toujours en vie.

Sans lui laisser le temps de répliquer, il prend de l'élan et le terrasse, sa semelle en pleine face.

***

Moins de dix minutes plus tard, nous sommes à l'intérieur de l'Octogone. La poitrine comprimée, je me concentre pour récupérer ma respiration, recroquevillée quelque part dans ma cage thoracique. Les souvenirs de mon dernier passage ici, vivaces, rampent sur moi afin d'atteindre mon cœur, qui bat bien trop lourdement.

Liêm et moi n'avons pas échangé un mot. Pas même une syllabe. Ni un regard. Ce qui nous relie est autrement plus dévastateur. Né dans la douleur, notre lien rayonne si intensément que n'importe qui se rapprochant trop près finirait en cendres.

Apparemment, c'est exactement le sort qui attend Duke. Ficelé sur une chaise, il est évanoui, son visage sacrément amoché. Sa bouche n'est plus qu'une plaie sanguinolente. Un sourire évanescent flotte une seconde sur mes lèvres. Parfait. Et, d'ailleurs, il est drôlement moins impressionnant maintenant qu'il est nu. Avant de le ranimer, le temps nous manquant, Liêm relève la tête.

Et me l'accorde enfin, son regard.

Je serais bien incapable de définir l'étincelle qui éclot dans ses iris. Ce que je ne souhaite pas. Je préfère largement sentir ses émotions m'envahir. Me les approprier. Comme s'il lisait dans mes pensées, Liêm s'immobilise. Et je le vois. Ce truc qui craque à la surface de son épiderme. Illico, il fonce sur moi, avec tant de force qu'il me percute. Ses mains s'emparent durement de mes hanches, me plaquent contre son torse.

Alors qu'un de ses bras s'enroule autour de ma taille et que sa paume empoigne ma nuque, sa bouche fond sur la mienne. Pas une minute, il n'exprime un quelconque désir de me protéger. Pas une fois, il ne lui vient à l'esprit que ma place n'est pas là, à ses côtés. Qu'il devrait m'épargner. Alors, oui, Liêm m'embrasse comme s'il cherchait non pas à me communiquer sa force, mais à me voler mon souffle. Il me baise presque la bouche. Un baiser fébrile, obscène, dopé par l'adrénaline et la fièvre. Un baiser qui me brûle les lèvres. Un gémissement m'échappe quand sa langue me trouve, un râle excité qu'il boit en me mordant.

Tout à coup, Duke commence à s'agiter, signe qu'il refait surface. Quasi immédiatement, je recule, non sans avoir soigneusement éraflé les fleurs de foudre sur le cou de Liêm. Pour qu'il me sente. Il ferme les yeux une minute, savoure l'éclair de plaisir qui le traverse, avant de se raidir lorsque la voix de notre tortionnaire résonne.

– Tu vas me le payer…

Liêm carre les épaules. Il pivote ensuite sur ses talons pour le confronter. Là, encore, j'ai cette sensation qui me taraude. Cette intuition que quelque chose m'échappe et qui s'accentue alors que je vois Duke s'acharner à m'ignorer. Comme si, au mieux, je ne servais qu'à atteindre celui qui l'obsède tant.

Tranquillement, Liêm s'approche de lui. Le recouvre en s'inclinant de manière à attraper le dossier de la chaise. Leurs visages beaucoup trop proches, il sourit – un rictus dévorant.

– Salut, Duke.

– Je vais te détruire.

– Toujours des promesses…

Sans répondre, il se redresse dans la foulée et part chercher un siège, qu'il traîne jusque devant Duke. Puis il s'installe. Entre mes tempes résonne un compte à rebours affreusement stressant. Si doux, si calme qu'il me rend folle.

– Ça devait finir comme ça.

– À la différence que j'imaginais nos positions inversées, à vrai dire, ricane Duke en forçant sur ses liens pour attirer l'attention de Liêm dessus.

– Tu m'as appris au moins une leçon. Le chaos ne surgit pas de nulle part. Il a fatalement un point de départ. Pour couper la tête de Solanum, ce n'est pas celle de Saint-John qu'il faut trancher. Le serpent, ça a toujours été toi. Du moins, l'ordure principale. Tu t'es créé un royaume au service de ton vice.

Moqueur malgré la situation qui pue le soufre, Duke crache un caillot sanguinolent sur le carrelage avant de défier Liêm.

– Tu me flattes, Casablancas.

– Je crois que tu ne comprends pas, énonce Liêm avec un rictus en coin. C'est fini. Solanum va tomber.

Il croise les jambes, une paume négligemment posée sur son genou.

Mes sourcils se froncent. C'est tellement étrange… Leurs positions respectives, si proches, les enferment dans une bulle qui ronge ma peau. Qui attise la boule acide plombant mon bas-ventre.

– Mais tu ne seras pas là pour y assister, ajoute Liêm de sa voix douce.

Le retour du cobra. Un cobra qui se déroule hors du panier de son charmeur pour mieux planter ses crochets dans sa victime et l'empoisonner. C'est alors qu'il sort un tire-bouchon particulièrement affûté de sa poche. Son sourire s'élargit, dévoilant ses dents en une ligne carnassière.

– Tu m'excuseras, je me suis arrangé avec les moyens du bord. J'imagine que s'en servir n'a rien de très... propre. Les chairs doivent se déchirer avec ce genre de *lame*...

Avec la détente agile d'un reptile, il plante adroitement son arme de fortune dans le flanc de Duke, puis la retire aussi sec. Une ribambelle de gouttes vermeilles éclaboussent le sol immaculé alors que, du bout de l'index, Liêm tapote un rythme inaudible sur la pointe acérée. Comme si de rien n'était. Comme s'il ne venait pas de perforer un corps humain. Et le pire dans tout ça ? Que cela ne me fasse ni chaud ni froid, je suppose.

Le cri sourd qui s'évade des poumons du surveillant ricoche sur les murs.

– Qu'est-ce que tu vois ? demande Liêm sans un seul tressaillement.

Flegmatique quand l'atmosphère est à deux doigts de s'embraser, il se penche légèrement en avant.

– Ne me dis pas que tu ne te rappelles pas... Que tu ne te rappelles pas tes propres mots.

En dépit de la souffrance, Duke s'oblige à s'approcher au plus près de lui.

– Je me souviens de tout. De chaque seconde.

La main de Liêm se convulse autour de la poignée du tire-bouchon.

– Alors ? Quand tu me regardes, que vois-tu ?

Désarçonnée, je les contemple sans comprendre. Ou alors, c'est tout l'opposé. J'ai peur de trop bien comprendre.

Au lieu de répondre avec franchise, Duke biaise. Il tourne la tête pour me fixer. La nausée qui tapisse mon palais menace de me faire vomir. Quant à Liêm, les fleurs de foudre écarlates sur sa peau me donnent l'impression de ruisseler de sang. Elles pleurent, tout comme moi.

Soudain, un nouveau coup. La pointe s'enfonce au-dessus de la clavicule droite de Duke, histoire de récupérer son attention. Le surveillant braille, se débat lorsque Liêm plonge ensuite l'instrument dans le haut de sa cuisse.

– Estime-toi heureux. Si Khassian était à ma place, ce n'est pas là qu'il te collerait ce putain de tire-bouchon… Alors, réponds, exige Liêm sans hausser le ton.

Sa décontraction est pire que tout. Pire que s'il hurlait à pleins poumons. Puis je réalise que, si, il hurle. En silence. Certainement depuis des années. Les larmes coulent sur mes joues sans que je cherche à les essuyer. Sans émettre un son. Ce n'est pas mon rôle ici. Je ne suis présente que pour cette vérité qu'il veut que j'entende.

– Je vais te dire ce que tu y vois, moi. Tu vois le mal, chuchote Liêm. L'enfer. Celui que tu as implanté, cette première nuit, au club. J'avais 15 ans, putain, 15 ans quand tu t'es chargé, toi-même, de… Comment tu as appelé ça ? Ah oui ! Quand tu t'es chargé de m'initier, tout ça parce que je venais d'un milieu privilégié.

– Tu étais un gamin si arrogant, si sûr de lui… Je t'ai mis au pas. Et jusqu'au bout, tu m'auras dans la peau, grogne Duke avec difficulté. Même si je crève, je serai là. Hantant chacun de tes pas, Casablancas. Et maintenant qu'elle le sait, je serai aussi entre vous deux. Alors ? Qui détient le pouvoir ? Le gardien qui vient des quartiers pauvres ou l'enfoiré qui a grandi avec les poches pleines ? Qui encaisse la mise ?

L'horreur de ce qu'il a fait subir à Liêm fraie son chemin en moi. Tel un éclair de foudre qui calcine tout sur son passage. Dans son esprit tordu, il n'est question que d'avoir le dessus. Que de ce foutu pouvoir sur lequel il fantasme.

– Tu n'es plus rien, Duke Tannen. À peine une ombre. Et tu ne me l'arracheras pas. Pas comme Marleigh.

Sa confiance provoque un élan sauvage sous ma peau. Celui de vouloir le protéger à tout prix pour combler ce vide qui le menace. Duke ricane, puis gémit de douleur quand Liêm le frappe, son arme lacérant sa joue droite.

– Cette petite salope de Marleigh… Tu n'as décidément rien pigé.

Liêm ne peut s'empêcher de me jeter un coup d'œil obscurci par une tonne de nuages noirs. Ses mâchoires se durcissent, le muscle de ses maxillaires tressaute.

– J'en sais bien assez.

– Tu crois ça ? toussote Duke en haletant sous le choc de la douleur.

– Il a *disparu*. On sait ce que ça veut dire avec toi, connard de psychopathe.

– Vraiment ?

Stop, stop, stop ! J'ai ma dose. Rien ni personne ne se dressera plus entre Liêm et moi. Et sûrement pas cette ordure immonde. La panique tempête entre les parois de mon crâne. Aussi cinglée que Casablancas, je décide de la suite en un quart de seconde. Je ramasse quelques chiffons qui traînent, en plus de la paillasse, ouvre la pharmacie murale pour en retirer une bouteille d'alcool à 70 degrés et me précipite sur eux.

– Ça suffit ! L'heure. On doit y aller. Le bateau, Liêm. Le bateau ! Ne loupe pas tout pour ce salaud.

Il semble enfin revenir à lui lorsque je le pousse sans ménagement. Sans me soucier de l'éclat rageur logé au creux de ses iris, j'enlève mon sweat, noue les chevilles de Duke avec les manches, puis forme une ligne avec les tissus jusqu'à la porte. Avant de les arroser copieusement. Mon regard n'a qu'à l'effleurer pour que Liêm saisisse aussitôt où je souhaite en venir.

– On doit vraiment y aller.

Furieux de voir l'attention de Liêm lui échapper définitivement, Duke s'égosille :

– Casablancas ! Regarde-moi ! Casablancas !

Une dernière cruauté pour bannir à jamais, entre ces murs, les tortures que lui a infligées Duke. D'une poussée, Liêm plante le tire-bouchon dans son bas-ventre et l'y abandonne. Sans plus un regard, il me rejoint et chope ma main pour me presser contre son flanc. Alors, seulement, il pioche le paquet d'allumettes perdu au fond de sa poche.

– Pour Ismaël. Marleigh. Pour eux tous.

Mes doigts entre les siens, il craque plusieurs bâtonnets et les balance afin d'allumer la mèche que je viens de confectionner.

Silencieux, nous regardons le feu naître.

Se propager lentement vers Duke, qui hurle à s'en déchirer les poumons en essayant de faire bouger la chaise pour se soustraire à son jugement. Sans succès.

Fascinée, je resserre les doigts autour de ceux de Liêm tandis qu'il m'entraîne vers la sortie. Je devrais être dégoûtée par nos actes. Peut-être que je le serai demain. Sans doute. Mais, pour le moment, je n'en saisis que la portée. La pureté.

La pureté de la vengeance.
De l'amour.
Du châtiment.
Et nous deux, unis dans les flammes.

58

Liêm

Je devrais me sentir mal. Culpabiliser. Et, quelque part, c'est bien le cas. Je culpabilise de ne pas avoir cramé plus tôt cet endroit. C'était impossible, nous devions d'abord prendre nos marques avec les surveillants pour découvrir lesquels étaient les plus malléables. Récupérer les infos dans le bureau de Saint-John ou celui de Duke, dans lequel ce sadique gardait certains… trophées.

Tout de même… Avoir attendu autant de temps, quand on réalise les pertes et les répercussions que l'on a subies, demeurera toujours en travers de ma gorge. Ça hantera toujours mes pas. Nous connaissions cette possibilité, nous l'avions envisagée. Toutefois, le goût de la vengeance a beau être amer, il n'en demeure pas moins addictif. Tous les trois, avec Khassian et Ismaël, nous avions ce besoin en commun. Après tout, nous sommes des tox. À la violence. Aux drogues. Aux flammes.

D'ailleurs…

Les cris se sont tus. Si quelqu'un les a entendus, personne n'est pourtant sorti de la maison. Un sourire bercé d'ironie s'épanouit sur mes lèvres. Rien d'étonnant. À force de traumatismes, les pensionnaires, tout comme les surveillants, ne réagissent plus. Les hurlements sont le langage de cette île infernale. Alors, non, pas une âme ne s'est inquiétée. Seule Jane aurait accouru, mais, bien évidemment, nous avons pris soin d'attendre son jour de congé.

Planté devant la maison, à attendre que les autres nous rejoignent, je sens enfin un peu de cette noirceur avec laquelle je vis depuis des années abandonner mes veines. Elle se déverse hors de moi pour flétrir la terre de Solanum.

Yenna n'a pas décroché un mot depuis que nous avons quitté l'Octogone. Un sentiment puissant naît soudain dans ma poitrine. L'accomplissement. Ce sentiment, je me le prends de plein fouet. Sans parler de ce besoin de le vivre seul, mais avec elle. Et ça, Yenna l'a capté. Voilà pourquoi nous nous taisons, pourquoi nous ne nous touchons pas. Nos doigts s'effleurent à peine. Pourtant, elle est partout, supplantant l'horreur créée par Solanum.

– J'aime l'odeur du sadique grillé la nuit…

Accompagné des filles, Khassian descend les marches du perron. Le Slave capture le mégot entre ses lèvres, attirant mon attention sur les jointures éclatées de ses mains, et le jette négligemment.

– Il est temps de décoller. J'ai enfermé le reste des gardiens présents, explique-t-il, une lueur sauvage dans le regard. Un dans la cuisine, deux dans le cellier plus trois autres dans leur bureau.

Ce mec est un couteau suisse du crime. Aussi efficace que létal.

– Et il a tenu sa promesse, ajoute Circé, les joues rougies par la fièvre. Il a terrassé mon monstre.

Son regard devient presque rêveur.

– C'était magnifique…

Khass la couve d'une attention presque animale, puis revient s'ancrer à moi.

– Il suffit qu'un seul se libère pour tout foutre en l'air et nous empêcher de nous tirer.

D'un geste rapide, j'enroule mon bras autour de la taille de Yenna afin de la plaquer contre moi.

– Il est l'heure, tranché-je en consultant ma montre pour donner le signe du départ. Il doit tout juste accoster.

Le passé est rasé, le présent, encore incertain. Quant à l'avenir, il n'existe pas encore.

Il nous faut quelques minutes pour rallier le ponton, au bout duquel est effectivement amarré un bateau inconnu. Dans le poste de surveillance, pas de garde. Payé grassement par les soins de notre ami fantôme, il a mis les voiles. Debout à l'extrémité de l'embarcadère, le journaliste nous regarde arriver jusqu'à lui, l'œil flegmatique alors que l'odeur de l'incendie flotte dans l'air.

– Je l'imaginais différemment, dit Yenna, songeuse, ses doigts fermement emmêlés aux miens. Je pensais que les lanceurs d'alerte avaient une dégaine particulière. Genre geek de 40 ans, toujours puceau, mais arrogant et sûr de lui, tu vois ?

Cette fille est cinglée. Sinon, elle ne serait pas là, à étayer une thèse à la con sur le style que doit avoir un journaleux alors que nous prenons la fuite.

– Théorie intéressante, lance le journaliste venu nous tirer des griffes de cette île monstrueuse. Toutefois, si cela peut te rassurer…

Jusque-là les chevilles croisées, il daigne bouger lorsque nous arrivons à sa hauteur. Ses yeux, de la couleur d'un vieux whisky, se parent de veines enflammées, fébriles en raison de la bombe qui s'apprête à exploser. Puis ils se teintent d'une lueur joueuse lorsqu'il serre les doigts d'Ochoa.

– Je ne suis peut-être pas puceau, assure-t-il, une

expression de décadence pure voilant son visage. En revanche, j'ai de l'arrogance à revendre, selon ma femme. Fennell O'Brien[1], journaliste free-lance, lanceur d'alerte bien trop séduisant pour être apparemment pris au sérieux. Enchanté.

Un léger sourire éclaire le visage de ma vipère.

– Yenna Ochoa, prisonnière, cleptomane et parasomniaque. Sexsomniaque à ses heures perdues. Charmée.

Il lâche sa paume devant mon visage fermé, pour ne pas dire hostile. Il passe la sienne dans la masse de ses cheveux bouclés, dévoilant le tatouage de serpents grimpant le long de son bras, puis me la tend, un air soudain sérieux figeant ses traits.

– Je suppose que je ne dois rien demander à propos de…

Du menton, il désigne l'arrière de la maison. L'Octogone n'est pas visible d'ici, mais la fumée, elle, si. Je capture sa main, scellant ainsi une nouvelle fois notre pacte.

– Tu supposes bien, dis-je sur un ton posé qui lui soutire une légère crispation des lèvres. Moins tu en sauras, moins tu seras impliqué dans certains… détails. Au cas où les choses ne tourneraient pas comme nous l'espérons.

Il acquiesce. Néanmoins, je devine, à l'éclair traversant ses yeux, que le moindre détail ne lui ferait pas peur. Pas après tout ce que j'ai pu lui raconter. Chaque étape, chaque palier creuse immanquablement une faille sous notre peau, la sienne y comprise. Une part de l'ombre a jailli sur Fennell et l'a marqué de manière irrémédiable. Tatoué par l'ombre de Solanum.

– Je propose que l'on décampe, intervient soudain Lenor, sa voix fluette devenue directive. Hors de question de se louper.

---

1. Personnage principal de *Dirty Like Us* de Isla A. Rowley (éditions Addictives).

Sans attendre, elle s'élance sur le pont du bateau avec Circé, dont elle tient fermement la main, bientôt suivie par Khass et Fennell. Nous montons à notre tour, sans nous engouffrer dans la cabine. Au contraire. Il faudrait m'arracher les ongles, puis les burnes pour m'empêcher d'admirer la vision de l'île en train de disparaître de nos existences.

– C'est quoi, la suite du plan ?

Mon regard coule sur Yenna, s'y raccroche. D'une torsion, je replie son bras dans son dos et la love contre moi, sa bouche sur la mienne. Sa langue a un goût d'interdit. Aussi tendre que du beurre, aussi tranchante qu'une lame affûtée.

– La suite du plan…

Un sourire tordu retrousse mes lèvres.

– C'est de terminer le boulot.

Ses grands yeux s'arrondissent de surprise. Pourtant, elle ne pose aucune question. Elle se contente d'attiser le feu dans mes veines en m'embrassant tandis que l'île se volatilise.

Avant que l'enfer ne l'engloutisse une bonne fois pour toutes.

59

Yenna

– Désolée pour l'humidité. La maison appartient à la famille de ma femme, Lucy. C'est un repaire de chasse, alors ils ne viennent que très peu. Surtout hors saison.

Je passe devant Fennell, écoutant d'une oreille distraite ses explications, dont je me fiche royalement. La nuit a été longue et, après les révélations dans l'Octogone et le sort réservé à l'autre sadique, rien ne m'atteint réellement. Comment donner de l'importance à quoi que ce soit ? Tout ce qui tourne en boucle, dans mon esprit, se résume à ce qu'a vécu Liêm aux mains de Duke. Je comprends beaucoup mieux l'acharnement de cette saloperie de surveillant à son égard.

Après trois heures à manœuvrer afin de remonter le bras de mer, Fennell a fini par accoster à l'abri des regards, avant de nous conduire jusqu'à cette propriété privée. La première image à laquelle je m'attends, lorsque l'on parle d'une cabane de chasse, est une vieille bicoque en rondins. Apparemment, nous n'en avons pas la même définition… La bicoque en question, sur pilotis, respire le luxe avec ses baies vitrées et le bain à remous installé sous la véranda. Quant à l'intérieur, il n'a rien à envier, en dépit du relent d'humidité qui assiège effectivement mes narines.

Pendant que les filles ouvrent afin d'aérer, je me laisse tomber sur l'un des énormes sofas moelleux recouverts d'un drap, mes nerfs à deux doigts de lâcher la rampe. Dire que je suis exténuée est en dessous de la vérité. Pourtant, mon énergie reflue lorsque les trois hommes se dirigent vers le bar en bois sombre. Liêm et Khassian tirent deux tabourets hauts tandis que, de l'autre côté du comptoir, le journaliste chope six verres, qu'il aligne sur le zinc. Il saisit ensuite une bouteille de bourbon sur l'une des étagères et verse une rasade à chacun avant d'entamer les hostilités. Ce pour quoi nous sommes réunis ici.

Avec un soupir, je me remets debout et les rejoins en traînant les pieds, Circé et Lenor sur les talons. Au lieu de m'installer à côté de Liêm, je me poste près de Fennell, en face de lui. Ses sourcils se froncent imperceptiblement. Sa bouche se froisse avant que ses traits ne se lissent de nouveau. Personne ne le remarque en dehors de moi. Sous le feu de son attention acérée, je m'enquille le shot, grimaçant en sentant l'alcool dévaler ma gorge avec délice.

– Et maintenant ? craque Lenor, impatiente. Qu'est-ce qu'on fait ? Dites-moi que le plan consiste en une plage de sable fin et des cocktails. Loin, très loin d'ici.

– Maintenant, on fait confiance, annonce Liêm sans toucher à son verre. Voilà ce que l'on fait. Même si ça n'a rien d'inné pour nous.

– J'ai peur de ne pas comprendre. En réalité, j'espère ne pas comprendre. Et j'insiste : plage et cocktails.

Le regard de Liêm s'égare sur Fennell. Pas un tic nerveux ne dérange son visage quand il fait apparaître la clé USB pour la glisser devant le journaliste. Le silence est pesant, solennel, même. Sur ce minuscule bout de plastique, il y a nos vies et ce qu'elles valent aux yeux du monde qui nous a envoyés dans cet enfer. Je n'ai pas subi les atrocités de Solanum durant autant de temps qu'eux. J'ai sûrement évité beaucoup des horreurs qui leur ont été infligées. Il n'empêche. Nous sommes tous les cinq liés de manière indéfectible. Sans parler du fait que ces informations ont coûté une vie. Le prix du sang a été versé. Durant une longue minute, nous nous taisons. Personne ne prononce son prénom, mais il est bien là, avec nous. Ismaël.

Alors, oui, cette minuscule chose représente notre dernière chance. La haine, la rage, la rancœur, nous les avons tous enracinées dans le cœur. Et tous, nous devons les expulser si nous souhaitons essayer d'avancer. Où que nos pas puissent nous emporter.

– C'est à toi de jouer. On a fait notre part du deal.

Les iris ambrés du journaliste étincellent. Ce mec a son job dans la peau, qu'importe le danger. Qu'importent les risques encourus. Il a peut-être grandi dans la soie, dans un monde privilégié, mais il a la rage dans le sang. Comme tous ceux qui sont présents dans cette pièce.

– Je vous promets une réaction en chaîne explosive, assure Fennell avec une joie sombre. Ils vont tomber, du directeur aux membres du conseil d'administration. Avec ce qu'il y a là-dessus, si une enquête sénatoriale n'est pas ordonnée, je ne baise plus pour le reste de l'année. Un vrai moine. Et vous pouvez demander à ma femme : jamais je ne miserais une seule nuit avec elle.

Un pâle sourire fend mes lèvres devant la ferveur qui embrase sa voix. Vite évaporé lorsque Circé intervient :

– Donc, on attend ici que la vérité explose ? Et si ce n'est, finalement, qu'un pétard mouillé ? Qui ça va intéresser, les mauvais traitements infligés à ce que tout le monde considère comme de la racaille ?

– On les forcera s'il le faut. Et je sais exactement comment procéder.

Captivée, je contemple l'index de Liêm, qui trace de paresseuses arabesques sur le comptoir. Khassian, lui, ne desserre pas les lèvres. Pourtant, je suis absolument convaincue qu'il est au courant de ce qui va suivre.

– Pourquoi j'ai l'impression que tu ne nous dis pas tout ? continue Circé, de plus en plus nerveuse.

– Parce que c'est le cas, confirme Liêm sur un ton tellement neutre qu'il m'égratigne la peau.

Un genre de remous fait tout à coup grimper la tension du groupe.

– Ah non ! Je te vois venir, là ! On ne se sépare pas ! s'exclame Lenor, outrée. C'est non, je refuse !

– Idem ! s'indigne la Latine. On reste ensemble, quoi qu'il advienne ! Tu ne peux pas te barrer avec Khassian et nous laisser, toutes les trois, avec ce type…

Elle se tourne vers Fennell, balayant l'atmosphère d'un geste vague.

– Le prends pas pour toi. Je suis sûre que t'es un mec super, hein.

– Je ne le prends pas pour moi, se marre le journaliste avant d'avaler une rasade, une fois la clé rangée dans sa poche.

– Tu n'as pas vraiment ton avis à donner, la contre Liêm sans hausser la voix. Et, oui, *tu* vas être *transportée* ailleurs. Dans un endroit sûr. Qui ne sera pas le même que celui où se trouvera Lenor. Ni Khass, d'ailleurs. Fennell a déjà fait le nécessaire, tout est réglé. Quant à moi, j'ai un dernier acte à jouer.

– Je sais que j'ai merdé avec Duke, proteste-t-elle dans un sanglot. Je le sais bien, et j'espère que vous saurez me pardonner un jour, mais ne me punis pas en m'éloignant !

Son regard vers Khassian me retourne le ventre. Il pue le désespoir.

– Cir… Tout le monde, ici, comprend pourquoi tu as fait ce que tu… avais à faire, rétorque Liêm. Personne mieux que nous peut le piger. Ça n'a rien d'une punition. Cette séparation est destinée à assurer la sécurité de tous. Il est plus facile de faire disparaître une personne à la fois que trois, quatre ou cinq d'un coup.

– Ah oui ? Et Yenna ?

Les bras croisés, j'arque un sourcil légèrement moqueur. Une façon assez puérile de donner le change, car je me sens surtout fragilisée après les derniers événements. En réalité, je suis en apnée. S'il ose me planter, même sous le prétexte de ma sécurité, je lui crève les yeux.

Liêm me frôle du regard, puis répond d'une manière si naturelle qu'elle me fout en vrac :

– Elle sera sous protection, mais ici. Si tout roule, je la rejoindrai. Sinon… C'est elle qui vous trouvera via Fennell.

J'ai envie de hurler. Et sur lui, de préférence, pour avoir osé balancer son baratin avec tant de calme. Un peu plus, et je pourrais croire que Liêm discute météo, alors qu'il évoque la possibilité que l'on soit séparés. Pourtant, je continue de me taire malgré le vent de révolte entre mes côtes. Me rebeller aussi frontalement ne servirait qu'à le braquer. Alors, oui, je garde le silence. Pour le moment.

– De faux papiers ont été préparés pour chacun d'entre vous, intervient le journaliste, professionnel. Vous avez de la chance, je connais un hacker, le meilleur faussaire qui existe sur cette terre. On vous les remettra au moment du départ. Vous ne connaîtrez pas le lieu de votre future planque avant d'y arriver. C'est plus sûr.

– Et comment saura-t-on où sont les autres ?

– Vous ne le saurez pas. Pas tout de suite, en tout cas.

Les filles laissent éclater leur colère, absolument furieuses.

– Liêm !

– Tu ne peux pas faire ça !

– Fin de la discussion.

Il n'élève pas la voix. Ne rugit pas ou je ne sais quoi d'autre. Il se contente d'agir ainsi qu'il l'a toujours fait. À la Liêm Casablancas. Bien plus terrifiant avec ce ton empreint de douceur qu'en vociférant. Et, effectivement, avec quatre petits mots, il met fin à la discussion.

D'une traite, il siffle son verre et le fait claquer sur le comptoir. Il relève la tête, ses cheveux tombant devant ses yeux en un rideau obscur. D'un geste, il les repousse, puis se met debout. Sans que personne ne s'interpose, Liêm prend la direction de l'escalier, comme s'il était chez lui, et monte à l'étage. Nul ne songe à l'arrêter. Nous sommes toutes conscientes que ce n'est pas le moment de nous rebeller. Après tout, il vient d'exposer un plan qu'ils ont élaboré depuis bien longtemps à quatre, avec Khassian, Isma et Fennell.

Durant un quart d'heure, j'essaie de suivre la discussion qui s'enflamme dès que Liêm a le dos tourné. J'essaie vraiment. Dommage pour moi, j'échoue lamentablement. Me concentrer est devenu impossible. Aussi, je finis par rendre les armes. L'instinct à vif après ces dernières heures intenses, je les abandonne à mon tour. Le cœur boursouflé par toutes ces émotions, je me laisse guider dans le couloir de l'étage. Pilotée par le bruit diffus d'une douche, je marche prudemment. À petits pas. Comme si je ne savais plus mettre un pied devant l'autre sans être surveillée. Sans que l'on me dise où aller, quoi faire, comment respirer…

Une fois devant la bonne porte, j'inspire, la main sur

la poignée. L'électricité grésille dans mes veines, cherche n'importe quelle issue pour déborder. Le temps d'une seconde, je savoure le bourdonnement d'excitation entre mes tempes. Il se déploie pour essayer de le rejoindre, lui. Une sensation de faim se greffe à ma peau. Et j'entre.

J'entre retrouver la source de mon chaos.

60

Yenna

Depuis le seuil, je fouille l'intérieur de la pièce, à la recherche d'un indice qui me prouverait sa présence. Les murs lambrissés, la baignoire à pattes de lion sur un genre d'estrade, le lit gigantesque qui me fait un énorme clin d'œil, les meubles luxueux… Tout y passe. Soudain, je me fige lorsque le bruit d'un ciel de pluie en train de couler attire mon attention.

J'avise alors une porte de communication entrouverte. Je referme le battant dans mon dos et me dirige vers le rai de lumière qui se découpe sur le parquet de la chambre, le cœur presque rompu à force de déraper.

Bingo !

Cette fois, ce dernier chute lamentablement. Ou plutôt, il se fracture, une partie s'accrochant tant bien que mal dans ma cage thoracique, l'autre dégringolant entre mes cuisses. Celle-là pulse si fort que j'ai la sensation de perdre l'équilibre. Parce que Liêm est là, juste devant moi.

Face au miroir, le torse nu et la taille ceinturée par une serviette dont le bord caresse ses chevilles, il scanne son reflet. Ma bouche s'assèche. Ma gorge se contracte douloureusement lorsque je remarque son dos. L'état de son dos, pour être précise. Les traces du fouet sont encore visibles. Larges, épaisses, elles dessinent, sur sa peau déjà couturée, un réseau de cicatrices rosées aussi repoussantes qu'étrangement fascinantes. Atrocement sublimes. Pour ce qu'elles représentent, c'est-à-dire nous deux. Elles devraient me donner envie de vomir… Est-ce que j'ai la nausée ? Pas du tout. Au contraire, j'ai juste envie de les lécher, de parcourir leurs lignes du plat de la langue pour les recouvrir de mon ADN et les apaiser. Sans se retourner, Liêm se raidit, conscient de ma présence.

Un éclair de colère, à la pensée qu'il m'abandonne ici, se mélange à ce désir incessant qu'il m'inspire.

– Je ne suis pas sûre de savoir quoi penser.

Le tissu blanc enroulé autour de ses hanches se tend sur ses reins, révélant les fossettes qui les creusent.

– Ça tombe bien. Personne ne te le demande, et surtout pas moi, lâche-t-il sur un ton si bas que je dois tendre l'oreille pour l'entendre. Je l'ai dit : la discussion est close.

On pourrait croire qu'après ce que nous venons de vivre, il chercherait à me tranquilliser ou à montrer, tout au moins, un semblant de délicatesse. Ce serait très mal connaître Liêm Casablancas. Pour la première fois depuis les événements de cette nuit, un sourire sincère s'épanouit sur mes lèvres. Je trouve ça assez rassurant, même si je ressens toujours cette pointe acide rouiller ma poitrine.

– La discussion est close, répété-je sur un ton songeur.

Le désir d'approfondir le massacre me titille vicieusement. Qu'il comprenne, lui aussi, ma position.

– Et si, moi, je ne veux pas attendre ? Si je ne veux pas t'attendre ?

Ses iris bleus s'électrisent d'une lueur mauvaise. Jalouse et possessive. Au moment où sa bouche s'entrouvre, je lui cueille la priorité :

– La discussion est loin d'être close en ce qui me concerne. C'est vraiment ce que tu veux de moi ? Que je me mette sur pause quand tu le demandes ? Que je respire quand tu l'autorises ?

– Je ne cherche qu'à te protéger. Tu ne peux pas m'accompagner… *là-bas*.

– Et où est ce *là-bas* ?

Il inspire, calme sa respiration chaotique, avant de consentir à me répondre :

– Dans un autre cercle de l'enfer. Le dernier. Ou le tout premier. J'imagine que cela dépend du point de vue. Voilà pourquoi je ne veux pas que tu m'accompagnes, Yenn.

Tout à coup, Liêm détourne le regard. Juste assez pour délaisser son image et accrocher mes yeux. Machinalement, j'attrape le cadre en bois de la porte tant l'intensité dont il me bombarde vibre sur ma peau. Une véritable ogive nucléaire.

Je n'ai qu'à l'observer pour accepter enfin pleinement ce que je sais depuis un moment déjà. Le savoir est une chose, se l'avouer, une autre que mon cœur n'assimilait pas tout à fait. Sauf que, dans cette salle de bains embuée, je ne peux plus me voiler la face.

Il y a eu ma vie d'avant.

Puis Solanum.

Et lui.

À travers le miroir, il ne relâche pas son étreinte. Liêm ne s'en rend pas compte, mais il aspire la totalité de l'air pour se l'approprier. Et moi avec. Un lasso électrique s'enroule autour de mes courbes quand, sans ajouter un mot, il saisit le rasoir sur la vasque noire, prêt à s'en servir. Comme si je n'étais pas là.

Et lui…

Soudain, j'ai la sensation de me fêler en tant de morceaux inégaux qu'ils ne pourront jamais être réassemblés. Durant une minuscule seconde, je m'imagine sans lui. La peur contamine chaque grain de ma chair. La panique…

J'ai besoin… Je dois…

L'instinct aux commandes, je commence à enlever mes fringues. Les yeux suspendus aux siens via la surface dépolie de la glace, je me débarrasse de toutes ces couches de tissu trop lourdes pour me retrouver nue face à lui. Dépouillée de tout artifice.

– Qu'est-ce que tu fous, Ochoa ?

– J'abandonne Solanum. Je ne veux plus jamais toucher ce qui a été en contact avec cette saleté d'île.

Son sourire accidenté. Le voilà de retour, arquant ses lèvres. Figé quelque part entre l'insolence et l'indécence.

– Et j'en fais partie ?

Au lieu de le contredire, j'avale la distance qui nous sépare et me glisse souplement sous son bras pour me placer entre lui et le lavabo. Alors qu'il me scrute, avec tant de profondeur que je sens une énième faille crevasser mon âme, je cède à une autre impulsion et me hisse sur le rebord du meuble. Le parfum de sa peau chatouille mes narines, ses notes se propageant sur mon épiderme en un violent frisson.

– Laisse-moi faire…

Sans dévier de son visage anguleux, je lui vole le rasoir, un coupe-chou à la lame férocement aiguisée. La tête penchée, il me scrute, les traits dénués de toute émotion. Pourtant, je les devine affluer à la surface, ne demandant qu'à exploser.

– Est-ce que tu as confiance en nous ? Rectification : est-ce que tu as confiance en moi ?

Là encore, Liêm demeure silencieux, se bornant à me fixer. Tout à coup, une vague brûlante me submerge. Sa paume caresse ma hanche, puis la serre avec douceur en même temps que sa tête se renverse légèrement en arrière pour m'offrir sa gorge.

– Tu as déjà aimé quelqu'un si fort que tu en oublies même de respirer ? murmuré-je en effleurant le fil de sa mâchoire inférieure. Parce qu'avec toi, j'ai cette impression qui ne me quitte jamais, celle que je suffoque. Et tu veux m'empêcher de respirer en me gardant loin de toi ?

Son torse s'incline pour me recouvrir. Ses mains agrippent le rebord de la vasque, m'emprisonnant totalement. Toujours sans prononcer une seule syllabe. Il me défie. Me donne confiance en moi. Me donne sa confiance. La faille dans ma poitrine s'éventre, écorne mon cœur, qui bat si fort que je le sens pulser contre mes lèvres.

La gorge nouée, je me détourne pour attraper la crème de rasage et, les doigts une fois enduits, l'étale sur ses joues. Puis j'entreprends de le raser. Je passe la lame le long de sa gorge. Sens sa pomme d'Adam riper contre l'acier.

– Là où il y a des flammes, quelqu'un sera brûlé, c'est inévitable, soufflé-je sans réfléchir, concentrée sur ma tâche.

Un faux mouvement, un minuscule geste de travers, et je le perds.

Je le perds.

– Brûler ne m'a jamais fait peur, Yenn. J'ai déjà été foudroyé.

Mes yeux dérapent sur les fleurs de foudre. De ses côtes jusqu'à sa tempe, elles forment la branche d'un arbre de vie. Si magnétiques que je pourrais leur vendre mon âme. Si ce n'est pas déjà le cas.

Mon bras se suspend. Je manque d'air. J'ai besoin de respirer. De délivrer mes poumons. De désintoxiquer mon ventre. De…

– Il faut que l'on parle.

– Ce n'est pas déjà ce que l'on est en train de faire ? Parler.

– Liêm, insisté-je, entêtée. Il faut vraiment que je te dise quelque chose et…

Sa main capture mon poignet pour le plaquer brutalement contre ses pectoraux. Si fort que le rasoir entre mes doigts touche sa peau, dessinant une fine estafilade. L'entaille, pile au niveau de son cœur, provoque une onde de désir que les religieuses de l'orphelinat auraient sûrement qualifié de diabolique.

– Ne dis rien. Tout ce que je sais, tout ce que je veux savoir maintenant, c'est que…

Il frôle l'ovale de mon sein nu, puis le comprime avant d'en griffer le mamelon, me soutirant un soupir de plaisir.

– C'est à moi.

Remonte jusqu'à ma bouche, que son pouce lisse trop fort.

– C'est à moi.

Son corps envahit plus étroitement le delta de mes cuisses. Il presse son sexe, durci sous la serviette, contre mon intimité humide d'excitation. Ses iris pétillent d'étincelles indécentes.

– Ça aussi, c'est à moi.

Impossible de respirer. Je ne peux pas… Je ne peux plus… Je… Il recueille le sang sur sa poitrine, puis applique sa paume sur la naissance de la mienne. Là où se trouve mon cœur.

– Et lui, il m'appartient.

Enfin, il m'embrasse, ses lèvres dures contre les miennes. Contre, car elles s'affrontent. Se trouvent. Se baisent… S'aiment.

– Le reste, j'en ai rien à foutre.

Autoritaire, il maintient mes cuisses écartées, ses doigts dans leur chair tendre. Persuadée qu'il va m'envahir avec force, je me cambre, me préparant à le recevoir. Sauf que non. Liêm est bien plus retors. Et même si l'envie, le besoin, même, est violent, il agit à la Casablancas. En me cueillant par surprise.

La serviette tombée à ses pieds, il positionne son sexe à l'orée du mien après avoir déniché un préservatif dans un tiroir du meuble sur lequel je suis assise. Plutôt que de s'enfoncer d'un trait, il me pénètre avec lenteur. M'écartèle centimètre après centimètre. C'est incroyablement intrusif, dérangeant, son regard ancré dans le mien pour ne rien manquer des émotions qui m'assaillent.

Ses mains agrippent mes hanches afin qu'il puisse se projeter au plus profond de mon ventre. Arrimée à ses épaules, mes ongles labourant sa peau pâle, j'accueille ses va-et-vient, la gorge enrouée par les gémissements qu'il m'arrache. Chaque coup de reins est plus dur que le précédent. Plus fort, plus farouche. Pour ne pas dire vorace. Comme s'il cherchait à nous fondre l'un dans l'autre.

Et moi, face à lui, je refuse de faiblir. Lui rends coup pour coup. Projette mon bassin contre ses hanches. Tire ses cheveux lorsque son front cogne le mien. Mords sa clavicule quand ses dents cisaillent mon cou à l'instant où ma tête bascule en arrière. La douleur se mêle au plaisir, l'enlace en une étreinte sauvage.

Les râles se transforment en cris sourds dans lesquels le plaisir résonne. Un bras enroulé autour de ma taille, son autre paume sur mon sein, qu'il capture avec douceur, Liêm me redresse contre son torse alors que je suis toujours empalée sur son membre.

C'est désordonné, chaotique. La preuve parfaite que nous ne formons qu'un. Les deux facettes d'une âme. Une âme si ardente qu'elle pourrait se déliter en braises incandescentes.

– C’est toi, mon cercle, haleté-je contre lui, à deux doigts de me briser dans l’orgasme. Tu ressembles à l’enfer, Liêm.

– Parce que j’en reviens, Ochoa.

Mon corps se tend, mon bas-ventre contracté dès qu’il prononce mon nom, chaque lettre roulant avec délice sur sa langue. Mes pensées se brouillent, puis éclatent à la seconde où sa voix fend mon monde pour le tatouer définitivement :

– Tu veux savoir si je respire ? Je suis en apnée, Yenna.

61

Liêm

Les yeux grands ouverts, j'écoute la respiration de Yenna. Depuis deux heures quarante, pour être exact. Alors que je pourrais dormir, pour la première fois depuis des mois, à poings fermés, me voilà allongé comme un con sur le lit. Un bras replié sous la nuque, l'autre main à plat sur mon abdomen, je fixe le plafond. Impossible de relâcher la pression qui a envahi mes muscles. Toujours sur le qui-vive. Est-ce que cela changera un jour ? Franchement, j'en doute. Vivre sur Solanum creuse des failles plus profondes que celle de San Andreas. Alors, ouais, en attendant, je veille sur son sommeil. Compte le rythme de ses inspirations. Désamorce un début de crise de somnambulisme, durant laquelle elle veut à tout prix échapper à ce salopard de Duke.

J'attends encore une dizaine de minutes, puis décide qu'il est temps. Mais, avant, je ne résiste pas à l'envie qui me bouffe le ventre. Avec précaution, histoire de ne pas la réveiller et qu'elle ne m'abreuve pas de questions autant que d'exigences, je dégage son épaule du drap qui recouvre son corps nu. Hypnotisé, je croque ma lèvre plutôt que de la mordre, elle, me contentant d'observer le grain de sa peau. Sa couleur cuivrée, sa texture satinée, qui agit sur moi comme un aimant surpuissant. L'index recourbé, je dégage une mèche rebelle de son front. Et souris comme un con lorsqu'un soupir de contentement franchit ses lèvres entrouvertes.

Avec souplesse, je balance mes jambes hors du lit et me lève en vue de me préparer pour la dernière étape de mon plan. Celle-là, je pourrais carrément l'éviter. Fennell a toutes les cartes en main pour s'occuper seul de la suite. Il a raison, les remous seront spectaculaires. Le truc, c'est que j'ai besoin d'intervenir, d'être présent quand la chute finale sonnera son apothéose.

Debout, je m'étire afin de délasser mes muscles hyper tendus. Mes vertèbres craquent dans une espèce de pressentiment sinistre. En silence, je reprends une douche, puis inspecte le dressing avant de m'habiller. Comme si j'enfilais le costume d'un condamné. Le pantalon à pinces noir. La chemise noire. La cravate noire. Aussi classe que parfait pour un croque-mort. Ce que je suis, quelque part. Parce que je m'apprête à mettre fin au monde qui m'a pratiquement battu à mort.

À mon tour.

Instinctivement, je fais claquer mes doigts contre ma cuisse. Une. Deux. Trois fois. Puis je passe au clapet de mon Zippo. Trois fois, là aussi.

– On dirait la Mort.

Le sourire qui ourle ma bouche s'agrandit, caressé par le timbre endormi d'Ochoa.

– C'est l'effet souhaité.

– Dis-moi où tu vas, insiste Yenna, à présent réveillée.

– Je te dirai tout ce que tu souhaites. À mon retour.

– Liêm…

Au-dehors, un boucan d'enfer fait trembler les murs de la maison. Pile à l'heure.

Assise au milieu du lit, ses cheveux courts ébouriffés, Yenna sursaute et resserre le drap sur sa poitrine dans un excès de pudeur, engendrant un élan de désir qui me broie dans son poing. Le désir de me couler entre ses cuisses et de prendre… juste un instant. Pourtant, je ne bouge pas, focalisé sur ce qui m'attend ces prochaines heures.

– C'est l'heure.

Son regard, blessé par cette volonté de fer qui m'anime, me transperce en pleine poitrine. Érodant ces défenses que j'essaie de conserver, le temps que tout soit enfin terminé. Les muscles fondus dans le plomb, je m'oblige à pivoter et à avancer vers la porte.

Juste un instant.

Quand ma main touche la poignée, je me raidis. Pourtant, elle n'a pas prononcé un seul mot. Pas un reproche, rien. Ce qui se révolte se trouve entre mes côtes.

Juste un instant.

J'ouvre la porte. Avant de la refermer aussi sec. De faire volte-face pour fondre sur Ochoa.

Et de le lui donner, ce foutu instant.

62

Yenna

Un frisson s'éparpille sur la surface de ma peau quand Liêm fait demi-tour et revient vers moi. Qu'il n'ait pas quitté cette chambre sans un regard me terrasse plus que ne le ferait un long discours. Parce que son geste me prouve, à lui seul, tout ce que j'ai besoin de savoir. Tétanisée dans ce lit beaucoup trop grand, je le regarde, un profond soupir enfermé dans ma poitrine, quand il cède en posant un genou sur le matelas. Puis le deuxième. Une fraction de seconde plus tard, Liêm est sur moi. D'instinct, je bascule sur le dos, mes jambes entrouvertes afin de lui rendre sa place. Sur moi. Contre moi. Des éclats de voix inconnues et de moteurs qui s'emballent remontent jusqu'à nous. Comme un rappel de la situation dans laquelle nous sommes plongés jusqu'au cou. À un rien de nous noyer.

– Je ne suis pas sûre de vouloir savoir ce qui se trame en bas.

La bouche chaude de Liêm s'imprime sur la rondeur de mon épaule.

– La solution de repli, expose-t-il contre ma clavicule. L'escorte payée par Fennell pour vous garder en sécurité.

La frustration grignote mes nerfs.

– Ça ne sert à rien de revenir sur le sujet ?

Plutôt que de me répondre franchement, il laisse ses dents érafler vicieusement ma peau, me soutirant un gémissement étranglé. Mes doigts s'enfouissent dans ses cheveux et les tirent de manière à ne perdre aucune des expressions de son visage. Ses iris étincellent. Craquent une allumette invisible pour mettre le feu à la flaque d'essence au creux de mon ventre.

– Je pourrais t'aider.

– Tu pourrais être prise dans un tir croisé, réplique-t-il d'une voix douce et tranchante à la fois.

– Ce ne serait pas la première fois.

Eh merde ! À la façon qu'a Liêm de se raidir, je sais que j'ai mal joué mon coup.

– Justement.

Son pouce lisse le fil de ma mâchoire, le souligne tandis qu'un sourire en coin tremble sur ses lèvres.

– Tu as bien trop de pouvoir sur moi, Ochoa.

– Ce n'est qu'un juste retour des choses, Casablancas, répliqué-je du tac au tac en caressant sa joue.

– Encore cette nuit. Et ce sera fini.

Mue par une impulsion, j'inverse nos positions et grimpe à califourchon sur son bassin. Ignorant le bordel sous nos pieds, je le contemple d'un œil nuageux, puis m'incline pour faucher ses lèvres.

– Tu as tort, Liêm. Ça ne sera jamais fini. Jamais. Qu'importe que, nous deux, ça dure une minute, une heure, une semaine, une décennie ou bien une vie. Et tu sais pourquoi ?

Si l'on m'avait prédit, un jour, que nous en serions là, je ne l'aurais jamais cru. Et pourtant… je suis bel et bien là. Amoureuse de ce mec désaxé depuis si longtemps qu'il existe peu de chances qu'il arrive un jour à tourner vraiment rond. Ce que, je crois, je ne veux même pas. C'est ainsi qu'il me plaît. Qu'il fait vibrer chaque parcelle de mon être. Insolent. Vengeur.

Incandescent.

– Je t'aime, murmuré-je contre ses lèvres, bouleversée. Je t'aime à chaque instant. Je t'aime à en crever. Je t'aime quand tu es au creux de moi. Je t'aime quand tu es mauvais. Je t'aime quand tu essaies d'être doux. Je t'aime quand tu me fais du mal. Je t'aime quand tu me sauves. Je t'aime quand tu…

Soudain, je suis de nouveau sur le dos, clouée au matelas par le poids de son corps. Ses yeux bleus braqués sur moi sont deux puits sans fond. Pourtant, je n'y décèle pas autant d'obscurité que d'ordinaire. Au contraire. La foudre les habite. Je sens les éclairs ramper sur ma peau, s'y ancrer afin de devenir les battements de ce cœur qui lui appartient autant que le sien est à moi.

Liêm me scrute comme s'il notait chaque détail pour ne pas en oublier un seul. Avant de me recouvrir. De m'avaler. D'arracher ma peau tant son contact me bouleverse. De piller ma bouche lorsque la sienne s'abat sur elle. La pression de ses lèvres, celle de sa langue, de ses dents… Chaque point d'impact crée l'amour. Celui qui brûle et fait mal. Celui qui apaise et serre le cœur au point que respirer ne tient qu'à un fil. Qu'à cette bouche.

Son front contre le mien, il souffle :

– On devrait y aller. C'est l'heure.

Encore ces quatre mots. Ces quelques lettres qui écornent mon monde, même si je ne sais pas réellement ce qu'elles impliquent.

J'abandonne l'idée de le persuader de m'emmener. Quoi que je dise, rien ne saura le convaincre. Aussi, je dessine les fleurs de foudre sur sa tempe, suis le chemin tracé sur sa peau.

– Reviens-moi. Ou rien ni personne ne m'empêchera d'y entrer, dans ton cercle infernal.

***

Un quart d'heure plus tard, nous sommes fin prêts et descendons rejoindre les autres et… *les autres.*

– Qu'est-ce que…

Je ne termine pas ma phrase, coupée par le spectacle devant moi. Surréaliste… Oui, c'est exactement le terme qui convient. Dans l'immense salle de séjour se trouvent les filles, Khassian et Fennell, mais pas que.

– La fameuse escorte… murmuré-je, hypnotisée.

La poigne de Liêm se rétracte sur mes doigts alors que j'avance à leur rencontre. Une bande de types s'est déployée dans la pièce pour en prendre possession. Des mecs qui, vêtus de blousons de cuir au dos desquels l'effigie d'un squelette en train de fumer le cigare me nargue, ont littéralement envahi l'espace. Certains sont affalés sur les canapés. L'un s'amuse avec son cran d'arrêt. Un autre roule un énorme joint. Les deux derniers, plus jeunes, discutent dans un coin en fumant clope sur clope.

Ça, je ne l'ai vraiment pas vu venir…

– C'est quoi, cette tenue ? s'exclame Lenor en inspectant Liêm. Tu ne comptes toujours pas nous mettre au parfum ? Ce mec m'énerve, c'est officiel.

– Très classe, approuve Circé avec un hochement de tête. Très élégant. Mais je rejoins Lenor sur ce coup.

Un coup d'œil rapide vers l'une des baies vitrées me permet d'apercevoir une rangée de motos alignées devant la maison. Khassian se retourne alors vers nous, hilare.

– Ton journaliste a le sens de l'humour ! Un gang de bikers hors-la-loi pour protéger une bande de délinquants hors-la-loi, susurre-t-il en désignant les motards. On dirait le début d'une bonne blague de comptoir. Et on a chacun le nôtre.

– En réalité, les nanas en ont deux chacune, intervient l'un des gars avec un sourire ravageur tant il sent le soufre. Madsen. Mad pour les intimes.

– Salut, Mad, intervient Circé en minaudant.

Ses cils papillonnent à toute vitesse. Ses iris prennent une teinte de velours, celle qui annonce une envie *pressante* chez elle. Et je ne parle pas des toilettes, mais bel et bien de sexe. Le biker secoue la tête avec un ricanement moqueur pendant qu'un autre, qui gratte un banjo, assis sur un tabouret, se marre ouvertement.

– P'tite meuf, on n'est pas intimes, toi et moi. Ma régulière me couperait les couilles si seulement ça arrivait. CQFT.

Sa copie conforme, quoique plus jeune, se campe à côté de lui. Son fils ou son frère, peut-être… En tout cas, il prend rapidement les choses en main pour ne pas perdre de temps.

– CQFD, Mad. Faut te le répéter combien de fois ? Vous bilez pas, on a l'habitude des *runs*. Une putain de partie de plaisir, les évadés. Moi, c'est Jaé. Alors, voilà le topo : tout a été réglé avec notre Boss. Vos nouveaux papiers vous seront remis à destination. À partir de là, on restera avec vous encore une douzaine d'heures, le temps que Fennell confirme que c'en est terminé de votre merdier. Mon vieux accompagne le décoloré. À deux, ils se suffisent à eux-mêmes. Le dingue au banjo…

Le type en question pince une corde de son instrument pour souligner qu'il suit la conversation.

– … sera, comme toujours, en binôme avec le Pope.

– Amen, le coupe le barbu occupé à tirer sur son stick.

– Ils se chargent de la chaude du cul, reprend Jaé. Quant à Easton et moi, on s'occupe de la rouquine.

Tant de finesse, de délicatesse, ça m'émeut.

– Fennell a pris la dernière option avec la miss inuite. On peut tout de même la gérer, au besoin.

Un sourire ironique se forme sur mes lèvres. Ironique et satisfait quand Liêm m'écrase presque en me plaquant contre son flanc. C'est primaire, mais je dois bien admettre que j'aime cet élan de possessivité, à la hauteur de celle qui pétrit les sentiments qu'il m'inspire.

Le dénommé Jaé arrime son regard à celui de Liêm. Tous les deux d'un bleu si clair qu'il en devient malaisant. Cependant, les yeux de l'homme qui me presse contre lui possèdent quelque chose d'un peu différent. Une touche de folie encore plus prononcée. Si la violence s'y reflète, celui de Jaé ne respire pas la souffrance.

– Je m'en charge.

– C'est ce que j'ai cru piger, ouais.

Le biker carre les épaules avec une bonne dose de rien à foutre, puis lance d'un ton directif :

– On décolle.

Sans attendre, lui et ses potes désertent la maison, se propulsant aussitôt vers leurs bécanes. Une fois seuls, Fennell légèrement en retrait, nous nous rapprochons instinctivement les uns des autres jusqu'à former un cercle.

– Je continue de trouver que c'est une mauvaise idée de se quitter maintenant, chuchote Lenor avec une moue.

– Ce que veut dire Lenor, c'est que, franchement, nous retrouver seules, c'est carrément flippant, renchérit Circé. Je ne suis même pas sûre de savoir comment vivre sans vous.

Son regard fuit vers Khassian avant de partir en sens inverse.

– Je n'arrive pas à l'imaginer.

– Je te retrouverai si vite que tu n'auras même pas remarqué que je ne hante plus tes pas, réplique le décoloré avec assurance.

– On n'aura pas le temps de vous manquer, assure Liêm sans chercher à paraître convaincant.

Durant les deux, trois minutes qui suivent, nous nous taisons. Tous conscients de ce lien qui nous a unis dans l'horreur. Tous conscients que nous nous séparons sans vraiment être certains que nous serons vite de nouveau ensemble. En dehors de Solanum, nos existences sont si dissemblables… Toujours en silence, presque cérémonieusement, nous nous prenons dans les bras. Enfin… nous, les filles. Parce que Liêm et Khassian ne font que nous observer. Au moment où je me retourne vers le Slave, il m'adresse l'un de ses fameux sourires carnassiers.

– Tu ne me l'auras jamais faite, cette gorge profonde, finalement…

Un grondement sourd vibre sous le torse de Liêm sans qu'il ne descelle les lèvres.

– Je t'aurais castré avec les dents, le contré-je avec un soupçon de sourire dans la voix.

Sans ajouter un mot, ils se détournent un à un et rejoignent l'extérieur, où les bikers font rugir fiévreusement leurs moteurs pour annoncer le départ. Khass se retourne une dernière fois pour mater son ami.

– Fais gaffe à toi.

– Évidemment.

– Évidemment, répète Khassian avec un ricanement mauvais.

Un air indéchiffrable masquant ses pensées, Liêm n'hésite pas au moment de me quitter. Comme s'il allait se lancer dans des adieux larmoyants. L'instinct hurlant, je ne peux m'empêcher de couper sa trajectoire, même si je sais pertinemment que c'est en vain.

– Et n'oublie pas : reviens-moi.

La main sur la tranche de la porte d'entrée, Liêm se

fige sur le seuil. Sans se retourner. Se bornant à marquer un temps d'arrêt. Avant de disparaître.

Attentive, je patiente. J'attends que les motos partent, puis encore quelques minutes, quand c'est au tour de la voiture empruntée par Liêm, dans le garage, de s'éloigner. Rompant le silence qui règne dans la maison, je me tourne vers Fennell, impérieuse.

– Et maintenant, le journaliste, dis-moi où il est parti. Tout de suite.

63

Liêm

Rien n'a changé. Tout paraît figé. Un putain de marbre immuable. Un sentiment visqueux rampe sur ma peau dès que j'éteins le moteur et m'extirpe de la caisse de luxe pour en filer les clés à un voiturier.

– Je ne resterai pas longtemps.

Face aux marches de l'énorme demeure, je me recompose une façade de circonstance malgré les fissures qui se creusent sous mon costume de chair. L'air sûr de moi, jusqu'à déborder d'arrogance, je reboutonne ma veste. Lisse d'une main assurée mes cheveux trop longs en arrière.

Je hais ce domaine. Je hais son parc anglais policé quand, en réalité, il n'abrite que des fauves sans cœur. Je hais cette imitation de maison coloniale typique du Sud, avec ses colonnades, alors que, bordel, nous vivons en Alaska, dans un hiver quasi permanent. J'ai envie de gerber…

La liberté a un goût étrange. Il y a plusieurs heures, maintenant, que nous nous sommes enfuis de Solanum. Pourtant, j'ai encore la sensation de ne pas être à ma place. D'avoir besoin de me réadapter au monde. Sauf que je n'en ai pas le temps. Agir vite est la clé.

Les épreuves rendent plus fort ? Mon cul, ouais ! Elles rendent plus sombre, plus malsain, plus cassé. Voilà tout. Et là, elles me reviennent dans la gueule. Méchamment.

Isolant les pensées qui me ramènent d'instinct vers Yenna, je cloisonne tout ce qui lui appartient pour me concentrer sur la dernière ligne droite du plan que j'ai mis des mois à mettre en œuvre. Suivre ma ligne, aller au bout. Tout élément extérieur est à bannir, et ce, même si l'élément en question possède les courbes d'Ochoa.

Galvanisé par la certitude quasi chirurgicale d'agir pour le mieux, ainsi que nous l'avons décidé, avec les gars et Fennell, je monte le perron d'un pas décidé. Modelé par la condescendance naturelle que vivre avec le juge Casablancas et sa femme m'a enseignée.

La foule, à l'intérieur de la salle de réception, est compacte. Parfaite pour passer inaperçu. Je saisis à la volée une coupe de champagne sur le plateau d'un des serveurs embauchés pour l'occasion, et en siffle une gorgée.

Planqué dans un angle mort, je note les détails en essayant d'ignorer mes veines en train de bouillir. Comme si mon sang rejetait cet endroit. Malgré moi, mon regard s'échappe vers l'imposant escalier menant aux étages. Il y a maintenant des années que les gars de Solanum ont investi ma chambre en pleine nuit pour m'emmener de force. Les cris résonnent encore sous la tempête de mon crâne. Je sens encore les mains fantômes me ceinturer. Me soulever et m'emporter…

Le monde qui évolue autour de moi est dense. Pourtant, je jurerais être totalement seul. Je l'ai voulu, cela dit. Mes doigts se rétractent autour du cristal. Si fort que le pied de ma coupe se brise. Avec un mouvement brusque, la douleur fusant dans ma paume, je jette les morceaux dans le bac d'une plante verte.

– Putain… sifflé-je entre mes mâchoires contractées.

Tout à coup, une main fraîche se glisse dans la mienne, se foutant de la coupure qui suinte. Brûlé, je me retourne pour me confronter au regard velours de Yenn. Moulée dans une robe de cocktail bleue, elle est renversante.

– C'est à la femme de Fennell.

Elle se tortille avec une moue qui me colle une érection carrément malvenue. Je me fous de cette robe. Ce qui me tue, c'est plutôt ce qu'il y a en dessous. Ça, et la façon dont elle m'a entubé jusqu'à l'os.

– Ochoa… Mais qu'est-ce que tu fous là ?

Elle se love contre mon torse, son visage levé vers le mien.

– Tu as oublié quelque chose, Casablancas.

– Quoi ?

– Moi.

Yenna se hisse sur la pointe des pieds pour murmurer à mon oreille :

– Seuls, mais ensemble.

64

Yenna

– Tu ne lâches jamais rien, toi.

Ses traits s'ourlent de noirceur. Aiguisent ainsi le sentiment qui violente ma poitrine.

– Non, soufflé-je avec un sourire que j'espère ravageur.

Je ne lui redis pas que je l'aime. Le temps est venu de le lui démontrer. Voilà pourquoi je suis là.

Avec lui.

– Comment tu as convaincu Fennell ?

– J'ai menacé de le tabasser.

Hors de question de lui avouer que j'ai surtout fait appel à ce que j'ai décelé chez lui dès qu'il mentionnait sa femme. Aux sentiments.

Sa main épingle mes doigts si fort que je souris en serrant les mâchoires sans émettre le léger gémissement qui cherche à transpercer mes lèvres. Son bras replie le mien sur mes reins en une clé à la fois délicate et douloureuse.

– Ton vœu a été exaucé. Bienvenue chez moi.

Ses paroles me happent le cœur tant le sarcasme en dégouline. Le sarcasme et, sous cette couche épaisse, des émotions plus radicales. D'un geste sec et puissant, Liêm m'entraîne au milieu de la foule. Mon regard se perd sur les énormes lustres, dont les éléments en cristal m'éblouissent. Puis sur les moulures du plafond et les colonnes. Ou bien encore sur les tableaux accrochés aux murs. Cette maison pue le luxe. L'indifférence, également. Le chagrin.

La colère. La rancune. L'amertume. Celles de l'homme qui me mène à cet instant précis. Elles se répercutent contre les corps. Cherchent un chemin, un moyen d'éclater et d'asperger ce monde qui l'a au mieux oublié, au pire traumatisé.

– Cet endroit, lâché-je, dédaigneuse, ce n'est pas chez toi. C'est un piège, pas un foyer.

Je jette un coup d'œil autour de nous alors que lui fouille la réception, à la recherche de quelque chose ou de quelqu'un.

– Un piège plutôt chic, OK, mais…

Tout à coup, les mots s'épuisent sur ma langue, ma gorge serrée, comme étranglée par un garrot.

– Ochoa ?

Une sensation d'impuissance éventre mon abdomen. De peur pure. Parce que je me revois déjà là-bas. De retour sur Solanum. Les gens autour de nous deviennent des ombres, les conversations, un brouhaha inaudible. Même sa voix perd en intensité…

– Yenn.

Liêm ne crie pas. Ne hausse pas le ton. Pourtant, il me ramène sans difficulté à lui. Il est le cobra et le charmeur de serpents à la fois. Ses yeux percent mon âme pour y diffuser cette émotion qui bourdonne inlassablement entre nous. Un éclair qui a déployé sur mon âme la cicatrice d'une fleur de foudre. Un amour né dans le chaos. Grâce au chaos.

– Je… Tu… Tu l'as vu ? Dis-moi que je ne suis pas la seule, qu'il ne va pas hanter mes cauchemars, celui-là, aussi…

– Tu n'hallucines pas. Saint-John est là. Pour fêter la nomination de mon père à la Cour suprême.

Je me force à sortir du bain de torpeur dans lequel la vision du directeur de notre enfer m'a plongée, pour me focaliser sur Liêm.

– Il n'est pas encore au courant pour…

Ma voix s'éteint, incapable d'exprimer ce que l'on a vécu la nuit dernière. Nuit qui me semble à des années-lumière.

– Khass a forcé Brighton à couper les moyens de communication de Solanum. Donc, non, il ne sait pas, vu qu'il était déjà parti pour le continent. L'île est quasi isolée pour le moment, la relève ne s'effectuant que dans…

Il consulte sa montre et conclut :

– Dix heures.

Je sais pour quelle raison il a tenu à venir ici. Fennell n'a pas rechigné, lui, à me dévoiler la dernière étape du plan. Liêm espère pourrir l'annonce de la nomination de son père lors de la réception de ce soir. Qu'il plonge à son tour dans l'enfer qu'il a contribué à créer pour gagner toujours plus d'argent et de pouvoir. Si le journaliste a craché le morceau, je suis persuadée qu'il l'a fait pour le bien de Liêm. Pour lui éviter d'être seul dans cette épreuve, lui étant occupé à poster en ligne son article, après y avoir ajouté les preuves compilées sur la clé USB.

– La bombe que tu t'apprêtes à lâcher va pulvériser ce monde, chuchoté-je alors que personne ne fait, pour le moment, attention à nous.

– J'espère bien. J'espère que son souffle rasera tout pour ne laisser que des ruines. Un putain de tas de cendres.

Avec élégance, il me conduit facilement dans la foule des danseurs.

– Je veux tenir le briquet qui va tout cramer. Avoir les pieds dans l'essence.

Liêm me fait tourner, me renverse en arrière, puis me redresse d'un mouvement gracieux.

– Pas moi, protesté-je d'un ton sec. Je ne veux pas être un dommage collatéral.

– Voilà pourquoi je ne voulais pas de toi ici, gronde Liêm en esquissant une série de pas compliqués.

– Et je ne veux pas que, toi, tu en deviennes un. Fais en sorte qu'ils paient tous un max, que les intérêts soient démentiels, mais ne sois pas un martyr.

– C'est la mission. La raison de tout ce bordel qu'on a entrepris, tous les trois. Ismaël est mort pour elle.

– Justement. Il détesterait que tu le suives dans la tombe ou, pire, que tu sois renvoyé là-bas.

Soudain, je me rends compte que son manège n'a servi qu'à nous emmener devant l'estrade principale. Son bras s'enroule autour de ma taille avant que, d'un dernier pas, il m'écrase contre lui. Ses lèvres s'incurvent en un sourire absolument détestable, qui déclenche un brasier dans mon bas-ventre.

La musique s'éteint pratiquement au même moment pour permettre à la salle d'entamer un tonnerre d'applaudissements lorsque l'hôte de la soirée monte sur la scène, main dans la main avec celle que j'imagine être son épouse.

Une onde de choc frappe ma poitrine. Alors, ce sont eux… Les parents de Liêm. Le juge Richard Casablancas et sa femme. L'onde se mue en une sensation plus… sale. J'ai mal. Mal de les voir agir comme si de rien n'était, en sachant que leur fils unique est toujours sur cette île maudite. Mal de contempler leurs visages radieux. Mal d'assister à leur succès au détriment de sa vie, à lui.

La haine est liquide dans mes veines. Parce qu'en réalité, c'est lui qui a raison quand il parle d'essence. Je suis cette nappe d'essence et il est le briquet.

Voilà la raison pour laquelle je lui donne ma bénédiction en lâchant ses doigts à la seconde où son père, un homme aux tempes grisonnantes et à la carrure impressionnante, prend la parole. Son discours, je l'entends à peine. Tout ce que je perçois, ce sont quelques bribes hypocrites qui font tressaillir Liêm lorsqu'il parle de la famille et de combien celle-ci est primordiale dans la vie de chaque Américain, de chaque homme qui se respecte.

– N'aie pas de pitié.

65

Yenna

La pitié est un concept que Solanum a arraché de nos âmes. À coups de punitions. De blâmes. De sévices. De fouet. Et de perversité. À chacun d'eux, un morceau de cette âme, de mon esprit s'est décroché. Désagrégé en cendres. Ou, plutôt, s'est transformé en boue. Une boue si sale et pourrie que rien ne pourra jamais réellement m'en délivrer.

Je ne veux pas voir couler le sang. Ça n'a rien à voir. Quelque part, j'imagine que ce qui pulse dans ma poitrine est pire. Parce que… ce que je souhaite… Ce que je désire au plus profond de mon être, c'est que ce couple perde tout. Que ce qu'ils ont construit sur les braises de l'existence de Liêm soit détruit de fond en comble.

Alors, non. Pas de pitié.

D'ailleurs, je sais d'instinct que Liêm n'en montrera pas une once. Son bras barre ma poitrine afin de me pousser en arrière alors qu'il avance pour se démarquer des invités venus fêter le sacre du juge promu à la Cour suprême. Dommage pour eux, nous sommes des révolutionnaires. Les sacres, on n'y croit pas. Nous, nous sommes du genre coupeurs de têtes.

Décidé, Liêm progresse vers la scène, se propulsant ainsi en pleine lumière tandis que son père déclame son allocution avec tant de conviction que c'en est à vomir.

– La famille est le moteur de notre pays. Mieux, encore, elle est le socle de nos valeurs. Nous permettant d'évoluer, de nous épanouir à titre individuel autant que collectif. Elle est et sera toujours notre principal refuge face à l'adversité…

Au moment où sa mère l'aperçoit et pâlit, Liêm se lance. Sa voix ressemble à un tesson de verre qui n'a qu'un seul et unique but : taillader le monde.

– Et que fais-tu de la culpabilité ? De la honte ?

Le juge Casablancas s'interrompt, à la recherche de celui qui ose lui arracher l'attention de son auditoire. Quand il découvre l'identité du perturbateur, il blêmit à son tour. Parce qu'il sait ce qui se dissimule derrière les traits de son fils adoptif.

Son Jugement dernier.

– Ismaël Harkness, 24 ans, énonce ensuite Liêm d'une voix claire. Lancelot Ivory, 19 ans. Valentine Hershell, 17 ans. Eggsy Taron, 22 ans. Aubrey Drazic, 20 ans. Djin Darin, 23 ans. Marleigh Monroe, 20 ans. Horacio Heard, 18 ans. Amber Salieri, 21 ans. Johnny Fearcross, 16 ans. Que fais-tu d'eux ? Est-ce que la culpabilité t'étouffe ? As-tu du mal à trouver le sommeil ? Bien sûr que non. Tout simplement parce que tu ne vois absolument pas de qui je parle… Tu devrais, pourtant. Ton élection a été financée grâce à eux. Sur leurs tombes.

Les remous qui secouent aussitôt la salle engendrent un véritable tsunami. Quant à son père, en proie à la colère de voir ce gamin, qu'il estime sûrement avoir sauvé en l'adoptant, se rebeller contre lui, son visage se fissure. Cependant, en bon politicien, il réagit tout aussi vite pour se recomposer une expression à la fois surprise et condescendante. Comme s'il assistait à une bonne blague.

La paume de Liêm surgit, à la verticale, pour arrêter

les deux gorilles de la sécurité qui se précipitent sur lui afin de l'évacuer séance tenante. Sa bouche tordue trahissant la fureur froide qui cogne sous sa peau, il les stoppe avec une ironie mordante.

– Je sais bien qu'il n'y a pas de photos affichées partout pour exprimer la fierté et l'amour de mes parents à mon égard, mais je suis le fils Casablancas. Alors, au panier, les molosses.

Raide comme la justice qu'il a bafouée, le juge acquiesce afin de désamorcer la situation. Une situation qui, en réalité, ne peut que se terminer dans les flammes pour sa carrière ainsi que son ego. Il est sur le point de tout perdre, et le sait. Les invités, le gotha de l'État ou bien encore ses collègues, tous se taisent, attentifs.

– Mon fils ! s'exclame le quinquagénaire en saluant Liêm avec un large sourire factice. Un acteur né, adepte des plaisanteries. Toutefois, les meilleures sont les plus courtes, c'est bien connu. N'est-ce pas, mon garçon ?

Liêm ne saisit pas la perche que lui tend désespérément son père. Au contraire. Son regard parcourt l'assemblée pendant qu'il pivote sur ses talons, puis revient traquer celui de ses parents, et plus particulièrement celui du juge. Quant à sa mère, il paraît déjà évident qu'il n'éprouve plus que de l'indifférence envers elle. Celle-là même que cette femme lui a témoignée, une fois son caprice d'enfant comblé et essoufflé lorsqu'il était encore un gamin.

– Vraiment ? ricane Liêm sans une once d'hilarité. Qu'est-ce qui est le plus drôle, selon toi ?

Une vague démente se soulève au creux de mon ventre quand il gravit tranquillement la première des deux marches de l'estrade. Il est si… royal. Un coup de foudre monstrueusement électrisant.

– Je vais te dire ce que, moi, je trouve drôle. Ce que

je trouve drôle, c'est que tu deviennes l'un des garants suprêmes de la justice de ce pays alors que tu as financé ta carrière grâce à ton siège au conseil d'administration des Instituts Solanum. Les Instituts Solanum…

Il marque une courte pause, pour que tous assimilent ses révélations, puis lâche la deuxième salve :

– Instituts… Jolie formulation aseptisée pour ce que sont réellement ces endroits. Des centres de redressement, des foyers fermés où sont envoyés de jeunes adultes qui se sont perdus en chemin.

– On leur évite la prison. Cela s'appelle de l'altruisme, Liêm, proteste le juge en serrant de manière convulsive le micro entre ses doigts.

– Toucher d'énormes commissions à l'admission de chaque nouveau pensionnaire, je n'appelle pas ça de l'altruisme. C'en est même très loin.

Liêm a vu juste en se rendant ici, ce soir. Un tel public ne pourra jamais être muselé. C'est tout bonnement impossible. Il coupe ainsi la tête non pas du serpent, mais carrément de l'Hydre. En désintégrant son père, il anéantit le système entier, car les autres membres du conseil seront inévitablement éclaboussés par le scandale.

– Grâce à ces placements, grâce à nous, insiste son père, sa femme statufiée près de lui, ces gamins ne subissent pas l'enfer carcéral.

Soudain, la mère de Liêm s'anime.

– Pourquoi quelqu'un te croirait ? Comment croire un garçon dont le parcours a été aussi chaotique que le tien ?

– Pas un garçon. Ton fils, Mei, raille Liêm, ses yeux assombris par la colère et la rancune. Pourquoi tu croirais ton fils ?

– Un fils qui nous doit tout, l'agresse-t-elle, les nerfs à leur paroxysme. Sans nous, tu serais dans la rue. Un mort de faim dans les rues de Pologne ! Tu n'es qu'un menteur !

– Un menteur… répète Liêm, pensif.

Il grimpe la dernière marche, ce qui le place à la hauteur de ses parents, même si quelques mètres les séparent encore. Hypnotisée, comme tous ceux autour de moi, qui chuchotent, je suis incapable de détourner les yeux de lui. Les murmures s'intensifient quand il se tourne, dos à la foule, en commençant à détacher sa veste, qui tombe sur le sol en même temps que ses mots claquent dans l'air.

– Allumettes embrasées sur la peau. Aiguilles enfoncées sous les ongles, récite-t-il, glaçant. Être jetés dans les escaliers. Enfermés des heures durant dans des placards exigus. Se retrouver à genoux sur des capsules de bière ou des petits pois surgelés aussi durs que des cailloux. Devoir s'allonger sous un lit et être oublié. Rester à demi nu dans un cabanon en plein hiver.

Ses doigts s'activent sur ses boutons tandis qu'il se retourne.

– L'emploi de la force. Tabassage en règle. Être enchaînés comme des animaux.

Cette fois, c'est au tour de sa chemise de glisser sur l'estrade, révélant son torse, marqué par les fleurs de foudre et les traces des sévices endurés pendant des années. La clameur générale qui se forme dans la foulée tourbillonne aux quatre coins de la pièce, entre horreur et pitié. Un coup d'œil sur la droite me permet de constater qu'un cercle vide s'est creusé autour de Saint-John, livide. À croire qu'il a soudain la peste et que personne ne veut plus risquer de l'approcher. Figé, il se borne à fixer Liêm comme si Satan venait de surgir des entrailles de la Terre.

– Être brûlés. Fouettés.

Un sanglot s'échappe d'entre mes lèvres. Entre mes tempes se rejoue chaque scène, chaque moment de chaos vécu à Solanum.

– Loués pour satisfaire des plaisirs pervers. Être… violés.

Fier malgré ce que dévoilent ses paroles, Liêm bombe le torse, promène son regard sur les invités sans les voir réellement. Jusqu'à ce qu'il trouve le mien et s'y arrime résolument, trouvant l'ancre dont il a besoin.

– Est-ce que ce n'est pas plutôt cela, l'enfer ?

Je le croyais. Maintenant, face à lui, je réalise que l'enfer se trouve là où Liêm n'est pas pour me permettre de respirer. Qu'importe comment a débuté cette attraction, née dans l'ombre de la haine, de la colère et des mensonges.

Soudain, un léger mouvement à l'arrière de la scène, vers l'immense escalier, attire mon attention. Fugace au point que je pense l'avoir rêvé. Mon corps se raidit, si bien que j'ai l'impression de me transformer en statue de pierre. Sans plus écouter les tentatives pitoyables du juge pour se dédouaner, je recule pour me fondre dans la masse des invités. Contourne la scène et grimpe les marches. Le cœur au bord des lèvres, je jurerais que chaque pas me plonge plus profondément dans une cuve d'acide.

Je longe le couloir du premier étage, visualise à peine les portes closes sans croiser une seule âme. Tous sont trop occupés à se vautrer dans le purin des révélations de Liêm sur le distingué juge Casablancas.

Jusqu'à l'unique pièce qui n'est pas verrouillée. Dès que je pose un pied à l'intérieur, je sais.

Que le monde que je croyais encore possible pour Liêm et moi vient de voler en éclats.

66

Yenna

– Salut, Yenni chérie.

Yenni…

Une sensation désagréable se love sur ma peau moite malgré la soie de la robe empruntée dans le dressing de la femme de Fennell. L'instinct me dicte de tourner les talons. Pourtant, je demeure immobile.

Il est l'heure. L'heure d'affronter les démons de mon passé. Si Liêm peut combattre les siens, je dois pouvoir y arriver. Et ce, même s'ils portent ce visage. Ce visage que je n'ai pas vu depuis des années et que je pensais ne jamais recroiser.

Yenni…

Il n'y avait que lui pour m'appeler ainsi. Le souvenir de ses murmures haletants à mon oreille est tellement vivace… Tout comme la peur et la honte.

La culpabilité, aussi.

Yenni…

Stop ! Focus, Yenna.

J'entre d'un pas décidé, puis repousse la porte dans mon dos sans la verrouiller.

– C'est Yenna. Yen-na, articulé-je d'une voix sans timbre.

Le choc est si intense que je ne réalise pas pleinement. Il s'est passé tellement de choses, ces dernières heures, que je croirais presque être ivre. Oui, la voilà, l'explication : je suis saoule. Sinon, comment serait-ce possible ? L'avoir aperçu, telle une ombre, l'avoir suivi jusqu'ici… Tout cela n'est que le résultat d'une monstrueuse biture.

Puis l'onde finit par se disperser. Et le moins que l'on puisse dire, c'est que la chute est brutale.

– Comment… Qu'est-ce…

Je ne termine pas mes phrases, incapable d'aligner deux mots à peu près cohérents.

Marleigh se cale contre l'énorme bureau en bois noir dans son dos. Les mains cramponnées à la tranche du meuble, il me sonde d'un œil opaque destiné à dissimuler ses pensées. Au bout de quelques secondes de silence, il prend pitié.

Enfin… façon de parler.

Avec ses cheveux bruns désormais courts et ses joues rondes couvertes par une légère barbe, il ressemble énormément à son demi-frère, le père adoptif de Liêm. Ses traits inuits, hérités de sa mère, sont cependant plus accusés que la dernière fois que nous nous sommes croisés, lors de la confrontation au tribunal. Juste après son arrestation.

Son visage se tord en une grimace atroce, comme s'il avait abandonné l'idée de donner le change.

– Tu n'as pas l'air ravie de me voir…

Le son de sa voix me fait l'effet d'un seau d'eau glacée. Son timbre rauque éloigne son soi-disant fantôme pour imposer l'homme devant moi. Une traînée de colère trace son chemin dans mes veines, les calcinant au passage. Au lieu d'exploser, je me glace. L'exemple de Liêm, j'imagine… Penser à lui réanime la veine de panique qui plombe mes jambes.

– Ravie… répété-je machinalement d'une voix blanche. Tu étais mort.

– Pas tant que ça, apparemment, s'amuse-t-il sans cesser de me ferrer du regard.

Il se décolle du bureau, puis avance dans ma direction avec un sourire vorace.

– Touche-moi, me propose-t-il, son ton aussi doux que du velours.

J'ai la douloureuse sensation d'être prise dans les faisceaux des phares d'un énorme poids lourd lancé à pleine vitesse. Les poings convulsés le long de mes cuisses, le corps aussi tendu que la corde d'un arc prête à rompre, je serre les dents pour incurver mes lèvres en un sourire, et finalement obtenir un rictus pitoyable.

– Tu avais disparu.

– Là encore…

Marleigh se poste si près que son parfum coûteux envahit mes narines.

– Pas tant que ça, murmure-t-il contre mon oreille.

Un frisson galope de ma nuque jusque dans mes reins. Tissé de surprise et de poison, il me ronge les entrailles. Sa présence est synonyme de quelque chose dont l'ampleur peut tourner au désastre. Il me faut toute ma volonté pour ne pas reculer, pour l'affronter, les yeux dans les yeux. Ses prunelles se lézardent afin de permettre à un sentiment bien plus noir d'en déborder.

– Tu étais à Solanum, l'accusé-je, chancelante. Et l'on sait, tous les deux, ce que cela sous-entend de *disparaître* de là-bas. Disparaître, c'est mourir.

Son index recourbé caresse ma tempe.

– Pas toujours. Parfois, disparaître se résume à… disparaître, murmure Marleigh. Tu es allée sur cette île, tu sais que l'argent motive autant que la cruauté. Et que le pouvoir écrase absolument tout.

D'un revers de main brusque, je chasse son doigt.

– Le pouvoir ? Quel pouvoir ? Tu n'en as aucun. Le passé est là pour le prouver, craché-je avec une pointe de perfidie.

À cet instant, je ne suis plus la Yenna que Liêm a appris à connaître. Je suis de nouveau cette ado de 16 ans dont le pire de ses mauvais choix se dresse devant elle.

– Que fais-tu du pouvoir de mon père sur mon très cher demi-frère, dont nous fêtons la victoire ce soir ? Ou bien encore de celui de mon demi-frère le juge sur la justice de ce pays ?

Son rictus grime maintenant la totalité de ses traits en un masque hideux. Mes lèvres se pincent en un pli dur. Mes paupières se plissent tandis que mon abdomen s'enlise dans une flaque de boue infâme.

– Et, pour boucler la boucle, le pouvoir que je détiens sur mon père, déclare tranquillement Marleigh en tournant autour de moi tel un fauve en train d'évaluer sa proie avant de la déchiqueter. La culpabilité est un puissant moteur, Yenni…

Soudain, il se colle à mon dos, son bassin épousant mes reins. D'un geste affreusement doux, il dégage mes cheveux pour souffler :

– Sans la culpabilité qui étranglait mon père d'avoir engrossé ma bonniche de mère, il n'aurait jamais cédé lorsqu'elle l'a imploré de me sauver de la prison après… tu sais quoi.

Une vilaine chair de poule s'incruste sur mon épiderme. Parce que, la suite, je la devine, et elle va révolutionner mon monde pour le transformer en brasier.

– Sans la culpabilité, mon vieux n'aurait pas demandé à son autre fils, l'officiel, précise Marleigh avec dédain, de m'épargner en m'envoyant dans l'un de ces centres fermés dont il était actionnaire. Sans la culpabilité, il ne m'aurait pas rendu visite à Solanum, et je ne l'aurais pas supplié de m'en arracher. Par tous les moyens. Ce qu'il a fait en soudoyant cette enflure sadique de Duke.

Je vais vomir. Me rendre compte que Duke savait me révulse. Tout ce temps, il détenait l'info la plus capitale qui soit pour Liêm. Tout ce temps, il a creusé son pouvoir sur lui.

Encore et toujours ce foutu pouvoir.

Sa paume coule sur mon ventre pour me plaquer contre lui pendant que son autre main caresse mon épaule. Sauf que je ne suis pas impressionnée. Son geste aurait plutôt l'effet inverse. Un regain de rébellion électrise l'espace entre mes tempes.

– Tu avais Liêm, l'attaqué-je, révoltée. Il t'a protégé, et toi, en guise de remerciements, tu l'as simplement abandonné là-bas ! Jamais tu n'as tenté de le contacter. Jamais tu n'as pensé demander à ton propre père de sauver son petit-fils…

– Les liens du sang, Yenni. En tant qu'orpheline, tu ne peux pas comprendre. Ils sont indissolubles. Tout le monde s'en tape, d'un gamin trouvé dans un obscur orphelinat de Pologne pour satisfaire le caprice éphémère de Mei Casablancas.

Un nœud se forme dans ma gorge. Parce qu'il n'a malheureusement pas tort. En tous les cas, en ce qui concerne cette famille atroce.

– On a beau ne pas être proches, avec mon demi-frère, il a choisi cette saloperie d'île parce que son fils adoptif s'y trouvait déjà et que j'avais besoin de quelqu'un pour veiller sur moi.

– Comment tu as pu lui faire ça ? Le laisser derrière toi sans une once de remords, sans même juste lui dire que tu étais vivant, soufflé-je, dégoûtée par son attitude. Avec le poids de ta prétendue mort sur l'âme.

Marleigh ne me répond pas. Pas vraiment.

– Les autres sont des obstacles. Dès qu'ils ne sont plus

utiles, ils deviennent des poids morts dont il faut se débarrasser. Marche ou crève, Yenni. La voilà, ma devise. Écrase-les quand ils t'empêchent d'avancer. Et toi, tu es la mieux placée pour savoir exactement de quoi je parle. Tu fais partie de ceux qui se sont chargés de me l'enseigner.

Ses doigts s'enfoncent dans la chair tendre de mes bras. Sans douceur ni compassion.

– Est-ce que tu y penses parfois ? Est-ce que tu penses à nous ?

D'une pression, il m'oblige à pivoter pour approcher nos visages l'un de l'autre.

– As-tu des regrets, ma belle Inuite ? susurre-t-il d'un ton troublé par le plaisir qu'il prend. Parce que, moi, je ne regrette pas. Je ne regrette pas d'avoir forcé la main de mon cher frère afin qu'il demande à la juge qui gérait ton dossier de t'envoyer à Solanum.

Ce n'est plus une onde de choc qui me traverse, mais un séisme si violent que mes jambes menacent de me lâcher. Marleigh m'attrape plus étroitement pour me maintenir debout et savourer l'horreur peinte sur mes traits. L'expression qu'il lit doit lui plaire, car il lèche sa lèvre inférieure, comme à chaque fois qu'il est excité. Son front cogne contre le mien. Son haleine se perd sur ma bouche, intensifiant le dégoût qu'il provoque sur et sous ma peau.

– J'avais seulement oublié que la survie est tatouée dans ton sang. Et tu as su trouver de quelle manière te mettre à l'abri. Quelle queue chevaucher pour en tirer profit. Dire que tu as opté pour Liêm… Ça doit être ça, ce qu'on appelle le karma. Petite salope, va.

Et, tout à coup, le voilà. Le chaos.

– Il se passe quoi, ici ?

67

Yenna

– Je dérange ?

Mon sang se fige. Ou, plutôt, il quitte mon corps pour enliser mes pieds, m'empêchant de bouger. La voix de Liêm dévale mes courbes pour les draper de gel. De vent, aussi. Un courant d'air si froid que j'ai la sensation qu'un millier d'aiguilles me perforent.

Parce que je sais. Au plus profond de mon être, je sais être sur le point de détruire ce lien tissé de feu qui m'unit à Liêm. Après l'avoir craint, après l'avoir haï, après l'avoir désiré… Après l'avoir aimé, je vais tout simplement le perdre.

Marleigh fait volte-face pour affronter son neveu. Sans me relâcher. Après tout, pourquoi faire semblant ? Il est, de toute façon, grillé. Rien que sa présence entre ces murs annule n'importe quel prétexte qu'il pourrait trouver. Avant que je ne puisse m'éloigner, son bras s'enroule autour de mon cou pour me coincer contre lui. Sa bouche claque un baiser sonore sur ma tempe.

Face à nous, Liêm passe de l'un à l'autre. Il ne parle pas, ne s'enflamme pas. Seule preuve que l'anarchie se conjugue à la haine derrière son allure trop neutre : l'éclat meurtrier qui pollue ses yeux bleus. Ou ses fleurs de foudre, si rouges sur sa peau blême qu'elles paraissent le dévorer.

Il n'a même pas l'air surpris. Malgré tout, je le sens

impacté par la présence de Marleigh. Celle-ci ne peut être synonyme que de trahison. Reste pour lui à déterminer quel rôle je tiens là-dedans. Dans l'encadrement de la porte, il occupe absolument tout l'espace. Les mains dans les poches de son pantalon noir, la chemise froissée et à moitié boutonnée, Liêm impose une aura animale, alors qu'il demeure immobile.

– Ton père ne t'a pas fait jeter dehors ? Il se ramollit, constate Marleigh sans tenter d'esquiver la confrontation.

Les lèvres de Liêm se retroussent. Quand je disais « aura animale »... C'est un prédateur qui se tient devant moi. Faussement indolent, il appuie son épaule contre le chambranle et croise les chevilles en continuant de nous observer. L'une de ses paumes s'extirpe de son carcan de tissu pour permettre à ses doigts de claquer la mesure contre sa cuisse.

– Il est, comme qui dirait... pris, ricane-t-il. Entre mon intervention et les articles qui inondent Internet avec la puissance d'une bombe H, les journalistes présents à sa petite sauterie se sont jetés sur lui et sa femme comme des vautours. Ils ne sont pas près de se sortir des griffes de cette bande de charognards.

Son regard me balaie comme s'il ne me voyait pas, puis se reporte sur son oncle. À croire qu'il m'a déjà rayée de sa vie.

– Je suis déçu... J'étais persuadé d'être le clou du spectacle, mais mon show n'arrive pas à la cheville d'une résurrection. Là, j'avoue que tu as placé la barre sacrément haut. Mon plan à la con fait pâle figure à côté.

Liêm ironise mais, en réalité, chaque pore de son épiderme expulse une dose corrosive de soufre.

– Tu crois savoir, mais tu ne sais rien, rétorque Marleigh en resserrant sa prise sur mon cou.

– Lâche-moi, sifflé-je en ruant contre ses côtes.

– J'en sais bien assez. Je sais que tu m'as utilisé comme un pion pour sauver ta peau sur Solanum. Je sais que t'as pas eu un regard en arrière en te barrant de là-bas. En nous laissant patauger dans la merde.

– Et elle, elle t'a pigeonné. Sur toute la longueur.

À ces mots, Marleigh me libère enfin. Après que j'ai consciencieusement enfoncé le talon aiguille de mon escarpin dans le cuir de sa godasse. L'écœurement se devine dans le reflet de ses yeux bruns. La victoire, aussi. Parce qu'il se doute que, si Liêm le hait désormais, je serai bientôt dans la même barque que lui. Sauf que je compte bien ramer à mort pour le rejoindre.

Un éclat de colère pure irradie des iris enténébrés de Liêm. Avant que leur feu ne reflue, étouffé par une vague de chaleur inconnue. Moins invasive. Plus dangereuse. Étrange.

– Je sais.

Ces quelques lettres fusillent l'organe dans ma poitrine. Il bat à peine, s'éteint pour s'immoler. Puis se remet à pomper. Furieusement. Passionnément. Parce que, non, je refuse. Je refuse d'abandonner la partie si facilement. C'est l'occasion de raser ce qui menaçait de briser notre lien, ce que j'ai essayé de cacher. Cette culpabilité qui rouille mon cœur autant que mon âme.

– Liêm, je…

Ce dernier m'ignore. Comme si je ne représentais rien. Créant un mal si intense au creux de mon ventre que j'ai la sensation folle que l'on vient de m'arracher les organes à mains nues. Ses mains à lui.

– Il y a déjà un petit moment que je suis là, à vous écouter.

– Alors, tu as pu réaliser que cette nana n'est qu'une

roulure. Un piège à pauvres cons, assène Marleigh. Une putain doublée d'une langue de serpent. Aussi menteuse que bandante.

– Liêm… Écoute-moi, le supplié-je en avançant d'un pas. Écoute-moi ! Je ne voulais pas… Je devais me protéger… à tout prix.

Ma voix se tarit. Tout simplement parce que je n'ai aucune idée de comment avouer ce qui me pèse depuis des semaines. Comment lui expliquer que je n'ai pas eu d'autre choix que de lui mentir, face à son comportement, quand il a appris qui j'étais ?

Comment ?

– Elle t'a fait son numéro, hein ? se marre son oncle. Ses immenses yeux de poupée ont papillonné pour te faire avaler ses bobards, je me trompe ? Elle t'a raconté que je l'ai poussée à bout, que je l'ai poursuivie jusqu'à arriver à mes fins, alors que je savais qu'elle avait 16 ans…

– De poupée ? raille Liêm avec un coup d'œil crépitant d'étincelles dans ma direction. C'est du venin qu'offre cette vipère, pas de mignons battements d'ailes.

Une boule enflammée calcine chacune de mes cellules à la mention de ce surnom. Parce qu'il engendre l'espoir.

– C'est une putain de menteuse ! hurle soudain Marleigh en saisissant mon bras pour me secouer. Elle ne m'a jamais détrompé ! Jamais ! Alors que j'étais persuadée qu'elle était plus âgée ! Cette garce voulait se barrer de son orphelinat et n'a vu en moi qu'une porte de sortie. Quand on s'est fait choper, elle a fini de me baiser pour sauver sa peau ! Devant les flics, au tribunal, elle n'a fait que mentir et m'enfoncer !

Liêm chope mon poignet pour me tirer sèchement vers lui. Nauséeuse, je me raccroche à son épaule pour ne pas valser sur le luxueux parquet. Nos regards s'entrechoquent violemment, transformant ces saloperies d'étincelles en gerbes de feu.

– Tu n'as pas l'air surpris, murmuré-je devant son expression terrifiante.

– Peut-être parce que je ne le suis pas. Ou peut-être que je le serais si mon connard de demi-oncle, que je pensais mort, celui pour lequel j'ai en partie monté toute cette merde afin de dénoncer Solanum, ne me l'avait pas fait à l'envers. Ce léger détail a tendance à amputer mon degré d'empathie.

Le sarcasme dégueule de ses mots. Malgré moi, je me prends à sourire. Il est si… Liêm quand il agit ainsi.

– Elle te tient par les couilles, constate Marleigh alors qu'il avance vers son neveu, mauvais. Tu préfères cette pute à ta propre famille.

– Les liens du sang, Marleigh, ils n'ont rien d'indissoluble, ironise Liêm en retournant les paroles de l'autre fou furieux contre lui.

D'un mouvement souple, il se place entre Marleigh et moi, l'atmosphère s'épaississant de particules de rage et de mépris.

– Seulement, il y a une différence de taille entre vous deux, déclare-t-il ensuite, ses yeux vissés sur son oncle. Son mensonge à elle était pour sa vie. Pas dans le but de faire du mal. Ochoa ne pouvait pas deviner dans quel enfer t'allais atterrir. Et puis elle n'avait que 16 ans, quand on y réfléchit. Toi… tu l'as envoyée sur Solanum en toute connaissance de cause. Ça, ce n'est pas une punition, c'est de la torture.

Ses épaules se raidissent, ses muscles se bandent. Comme s'il se préparait au combat.

– Comment t'as pu ? gronde Liêm. Même si elle avait menti, c'était une gosse. Pas toi. Et Isma est mort en partie en ton nom. Pour te venger. Bordel, Marleigh !

– On n'échappe pas à sa nature.

C'est là. Que cette foutue atmosphère s'embrase. Un véritable bain de napalm. Tout va si vite que je ne sais même pas lequel se jette sur l'autre. La seule chose que je capte, c'est combien le sol est dur lorsque je tombe, déséquilibrée, au moment où ils s'empoignent violemment. Avec un râle, je roule sur le dos pour me relever sur un coude. Ma tête me lance méchamment. Un goût métallique envahit mes papilles, ma lèvre fendue par l'impact. Je rampe sur le parquet pour m'éloigner pendant que leur corps-à-corps s'intensifie. Le poing de Marleigh fauche Liêm d'une vilaine droite au coin de la mâchoire. Ce dernier titube, recule, en manquant de s'étaler, avant de cracher par terre un filet de sang et d'esquiver le coup suivant.

– Tu ne te caches plus derrière le cul d'un plus fort pour protéger le tien ? grogne Liêm en rejetant ses cheveux noirs en arrière.

– Plus besoin, halète son oncle. Je me débrouille par moi-même. Fini, les obstacles.

Avant qu'il n'ait le temps d'ajouter quoi que ce soit, Liêm se plie en deux. Et charge. Littéralement. Tête la première, il cueille l'estomac de Marleigh. Ses bras ceinturent sa taille tandis qu'ils basculent. Le choc de leurs corps cognant le parquet vibre jusqu'à moi. En à peine quelques secondes, voilà Liêm à califourchon sur son demi-oncle. Ses paumes se plaquent sur ses tempes, ses doigts s'emmêlent dans ses cheveux.

Et il commence.

Il commence à marteler l'arrière du crâne de Marleigh sur le plancher luxueux. Une vraie rafale. Une, deux, trois… dix fois. Peut-être plus. Chaque coup plus fort que le précédent. Et, à chaque coup, le corps sous le sien répond de moins en moins face à son déferlement de rage. Ses jambes s'agitent mollement. Son buste soubresaute sans que Marleigh ne tente plus de se débattre.

– Liêm… gémis-je, des mouches noires bourdonnant devant mes yeux. Arrête, tu vas le tuer… Liêm…

Il ne m'entend pas, tout à sa haine, à sa rancune. À la folie engendrée par Solanum. Avec une grimace, je me redresse. D'abord à quatre pattes, puis debout. Je n'essaie même pas de les séparer ni de raisonner Liêm. Je dois faire quelque chose. Autre chose. Hors de question de le laisser le tuer. Ce serait le tuer, lui, en le foutant d'emblée derrière des barreaux. Comme si je fermais moi-même la porte de sa cellule et en jetais la clé.

Chancelante, j'avise alors le chandelier sur le bureau. La minuscule flamme m'attire comme un phare en pleine tempête.

Peut-être, car j'y suis, en pleine tempête.

Sans réfléchir, je saisis la bougie et l'envoie valser au pied des rideaux. Elle atterrit sur la flaque de velours, qui s'embrase dès que je l'arrose avec le contenu d'une carafe de scotch. Apparemment, je suis devenue une experte…

– Au feu ! hurlé-je en me précipitant vers la porte. Au feu ! Il faut évacuer !

Pour la seconde fois, je force Liêm à sortir de sa torpeur en attirant son attention. Il s'arrête enfin, scanne d'un œil hypnotisé les flammes qui réduisent les tissus coûteux en cendres. Dans le cristal de ses yeux se télescopent tant d'émotions que je jurerais être en plein trip.

Enfin, il reprend connaissance. Et réalise ce qui est en train de se passer.

Son regard me cherche dès qu'il est de nouveau debout.

Me sonde une minuscule minute. Soixante secondes durant lesquelles je lis de la colère et de la déception. De la rancune et un sentiment de trahison. Même au début de mon arrivée à Solanum, je crois que le gouffre entre nous n'était pas aussi grand. Là, il éventre l'espace pour mieux nous séparer. Et, durant ce laps de temps, si court soit-il, un doute ronge mon esprit. Compte-t-il me planter là pour s'en aller seul ?

Tout à coup, son instinct prend les commandes. Le visage fermé, Liêm se précipite sur moi, cadenasse mes doigts entre les siens et m'entraîne vers la sortie. Sur le seuil du bureau, il s'arrête pour se retourner vers Marleigh, qui tousse en se relevant.

– Ne m'approche pas. La prochaine fois sera la dernière.

– T'es… t'es pas… un tueur, bafouille Marleigh, haletant.

Le regard de Liêm pue l'ironie, la tristesse, aussi. Un sourcil arqué, ses phalanges rétractées sur les miennes, il conclut d'une voix tellement indifférente qu'elle me fait froid dans le dos :

– Avant, peut-être. Et puis j'ai été à Solanum.

68

Liêm

Je voulais anéantir la réputation de mon père, l'existence dorée de ma chère mère. Depuis la toute première fois où nous avons évoqué l'idée de ce plan, avec Khassian et Ismaël, j'ai eu ce but en ligne de mire. J'aurais pu me contenter de laisser l'article de Fennell les détruire. Il me suffisait de patienter, le temps que ses mots inondent Internet. Attendre l'explosion que l'histoire de Solanum, notre histoire, allait fatalement créer. Le sordide a toujours fait vendre.

Sauf que je voulais participer. Encore plus, ruiner la vie de mes soi-disant parents face au monde. Que cette société à laquelle ils tenaient les rejette. Qu'ils deviennent des parias comme, moi, je l'étais devenu dès lors que je n'étais plus assez intéressant à leurs yeux.

Je ne suis pas du genre à tendre l'autre joue. Le désir de vengeance fait battre mon pouls depuis trop longtemps. Alors, savourer le fait de les voir perdre tout ce qu'ils possèdent… Ça, ça ne se marchande pas.

J'ai adoré y assister. J'ai pris un pied monstre tandis qu'ils perdaient absolument tout. Le truc… Le truc, c'est que j'avais occulté un léger détail. Le karma, et plus précisément son retour de bâton. En général, celui-ci est du genre violent, quand il n'est pas carrément dévastateur. Et si notre soif de justice était justifiée, la vendetta a toujours un prix à payer. La subtile ligne rouge à ne pas franchir.

Moi, je l'ai franchie. Sans un gramme de remords. J'ai sauté par-dessus cette putain de ligne à pieds joints. En me foutant du reste.

Et maintenant, voilà l'heure de passer à la caisse. Et cette putain de note s'avère salée. Exorbitante. À double tranchant, également.

La trahison de Marleigh.

La double trahison de Richard et de Mei, qui n'ont jamais levé le voile sur son évasion.

Le mensonge de Yenna.

Vingt heures que l'on a quitté le domaine Casablancas en flammes. Sans un mot.

Avec un soupir, j'écrase la cigarette dont le mégot brûle mes doigts, puis me dirige vers la réception du motel où nous avons échoué, après des heures à rouler dans le but de fuir l'État. Des centaines de kilomètres pour éviter d'être retrouvés maintenant que l'incendie de Solanum et la mort de Duke ont forcément été signalés. Sans compter le feu de cette nuit. Et, depuis, nous prenons notre mal en patience en attendant que Fennell nous contacte afin que nous puissions disparaître à notre tour.

Toujours sans un seul mot.

Une pointe d'agacement torture mes neurones dès que mes pensées s'envolent du côté de Khassian et des filles. Je n'aime pas l'idée de ne pas pouvoir vérifier par moi-même que tout va bien pour eux. Seulement, avec O'Brien, nous avons choisi la sécurité. Si je ne suis pas au courant de leurs positions, je ne peux rien révéler au cas où les flics nous mettraient la main dessus. Tout comme Yenna.

Fenn est l'unique personne à détenir certaines infos et, même s'il a déjà été contacté par les autorités à la suite de son article, il y a entre nous une différence notable. Son statut de journaliste lui confère le droit de taire ses sources. Il ne craint donc pas grand-chose. Après tout, il est censé n'avoir jamais mis un pied sur Solanum. Comme quoi, mentir est autant une arme qu'un moyen de défense.

Les traits verrouillés, j'entre dans la réception et règle la note, sans chercher à paraître aimable face à l'homme derrière son comptoir et qui, lui, est plutôt du style avenant. Malheureusement, je n'ai pas l'habitude. Je l'ai perdue il y a trop longtemps.

– Vacances ?

– Non.

Son regard pétille quand il renchérit, se foutant du grognement à peine perceptible de ma réponse.

– Voyage de noces, peut-être ?

– Cavale, dis-je, pince-sans-rire.

– C'est à peu de chose près la même chose ! s'esclaffe l'homme en triturant son tiroir-caisse.

Ma réponse, qu'il prend pour un trait d'humour, ne le dissuade pas de se lancer dans un discours que je n'écoute pas vraiment. Pour la première fois depuis ce moment, dans le bureau de mon père, une vague de chaleur se rebelle au creux de mon abdomen.

Les conneries qu'il débite sur la vie conjugale me ramènent vers Ochoa et ces vingt heures passées sans échanger une syllabe. Chacun retranché derrière un silence lourd tissé par les non-dits, nous avons atteint un seuil de rupture en même temps que le motel. Depuis notre arrivée, soit elle dort, soit je disparais pour l'éviter. Et plus Yenna culpabilise, plus je suis à vif. Alors que je crève de la sentir, de la ressentir. Autant que je crève de colère. J'ai beau avoir assimilé les raisons qui l'ont poussée à agir comme elle l'a fait, il n'empêche…

Face à la trahison de Marleigh, que je me suis bouffée de plein fouet, j'imagine qu'elle n'a, pour ainsi dire, rien à se reprocher. J'ai bien compris que je n'étais pas réellement visé, qu'elle n'avait cherché qu'à se protéger. De lui, du juge de l'époque, de l'orphelinat… De moi. Tous les deux, on a appris, dès l'enfance, que seule la survie compte. Alors, je suppose que je devrais oublier. Laisser ses mensonges derrière nous. Pourtant, j'ai cette rage ancrée dans le ventre, câblé sur une fureur permanente qui me rogne les entrailles.

– Vous avez raison, les jeunes. Faut en profiter. C'est cliché, mais tu verras, mon gars. La vie passe trop vite. Ma femme, j'ai vécu quarante ans avec elle.

– Je ne vais pas vous contredire, marmonné-je, impassible. Voilà qui est incroyablement cliché.

Ses yeux verts, délavés par les années, accrochent les miens. Un sourire nostalgique, empreint de solitude et de tristesse, se dessine sur son visage parcheminé.

– C'était pas assez, mon gars. Ça l'est jamais, d'ailleurs. Quarante années supplémentaires avec cette peste m'auraient plu.

Chassant l'envie de l'envoyer méchamment bouler, lui et son récit dont je n'ai strictement rien à cirer, je coince une nouvelle clope au coin de mes lèvres. Notre histoire, à Ochoa et moi, elle n'a rien de beau. Elle est constituée des cendres de passés trop compliqués à gérer, de violence et de tendances franchement pas très nettes.

Muet, j'attrape un journal national, y jette un œil satisfait et finis par sortir sans plus accorder d'attention au septuagénaire, qui continue, perdu dans ses souvenirs. Sur le seuil, le visage offert aux rayons du soleil, je laisse ces derniers m'absorber. Aspirer un peu de ce venin qui épuise mes veines.

Stop ! Suffit, les conneries.

Décidé à en finir, je gravis les marches de l'escalier extérieur qui mène à l'étage où est située la chambre. À chaque pas résonne, sous ma peau, la cadence dictée par mes doigts en train de claquer contre ma cuisse. Lorsque, enfin, j'ouvre la porte, c'est pour trouver Yenna assise sur le bord du lit, hagarde. Aussitôt, ses yeux se suspendent un court instant aux miens avant de se détourner pour fixer un point invisible sur le mur. Pas si invisible, en réalité. Un ricanement bute contre mes lèvres quand je remarque la tache de moisissure sur la cloison. Un mauvais présage, peut-être.

J'emmerde les présages.

L'épaule contre l'encadrement, je mate sa façon de se dandiner pour endiguer son malaise. Question d'habitude… Après tout, certaines choses ne peuvent pas changer du tout au tout. D'une impulsion, je déplie le journal et entame la lecture sur un ton nonchalant, conscient de son attention.

– Le scandale frappe la Cour suprême. Le juge Casablancas, fraîchement nommé, sur la sellette. Mis en cause dans une affaire aux relents sulfureux, le tout nouveau membre de la Haute Cour risque non seulement l'invalidation de sa nomination, mais également la prison : de multiples accusations de corruption, de pots-de-vin, de violences sexuelles, d'agressions, de maltraitances et de disparitions inquiétantes ont été émises à son encontre, entre autres par son propre fils. « Quand la Justice prend des allures de bourreau — Une enquête sur les dessous tragiques des foyers du vice », par Fennell O'Brien. Cette investigation, portée par des témoignages forts et poignants, a aussitôt provoqué une onde de choc au sein du ministère de la Justice, entraînant, dans la foulée, la rumeur persistante d'une prochaine enquête sénatoriale.

Sa poitrine se soulève avec frénésie, comme si elle se débattait pour réussir à respirer.

– La vermine appelle la pourriture, commenté-je avec une fausse indifférence. Leur vie est foutue. À eux d'apprendre ce que signifie vivre dans la honte. De souffrir. Et ça ne s'arrêtera pas là, ce n'est qu'un début. Ils vont tous tomber. Des putains de dominos. Les actionnaires, le personnel, les clients de cette saloperie de club de l'enfer. Absolument tous.

Quand Yenna prend la parole, la note légèrement éraillée de son timbre se grave sur ma peau. Comme si elle ne croyait pas vraiment ce qu'elle disait.

– C'est terminé. On en a enfin fini.

D'un geste brusque, je jette le papier à côté d'elle. Plutôt que de s'en emparer, elle hésite, tend les doigts vers lui, puis se rétracte avec prudence.

Je hais ce doute qui transpire de chacun de ses mouvements. Je hais qu'elle soit sur la réserve.

– C'est terminé, confirmé-je d'une voix atrocement douce.

Elle tressaille, sa tension soudain montée en flèche. Persuadée que ce lien entre nous est sur le point de s'effriter, Yenna essaie de récupérer son souffle, toujours aux abonnés absents. Comme il s'agit d'Ochoa, elle n'abandonne pas complètement. Au contraire, elle se relève, mue par un putain de ressort. Les poings convulsés le long de ses cuisses, elle se mord la lèvre en me fixant d'un œil noir.

– C'en est terminé de Solanum.

Je pénètre franchement dans la chambre et ferme la porte d'un coup de talon sans cesser de la ferrer du regard.

– Mais toi et moi…

La pointe de ma langue lèche lentement l'ourlet inférieur de ma bouche avant que mes lèvres ne se retroussent.

– Tu te rappelles, Ochoa ? Ça n'en sera jamais fini, de nous deux. Ça ne fait même que commencer.

La peine, la douleur de ces dernières heures, de toutes ces années se diluent. Elles se désagrègent sous l'intensité de ce qui me pousse vers elle. De ce qui la pousse vers moi.

– Je t'ai menti.

– Je t'ai blessée au nom d'une chimère.

Yenna marque un pas dans ma direction.

– Je t'ai trahi. En te mentant. Encore et encore.

Puis c'est à mon tour. Les pulsations sous ma peau martyrisent ma poitrine.

– J'ai pris tellement de plaisir à te faire mal, Ochoa…

Avant qu'elle ou moi ne le réalisions vraiment, nous ne sommes plus qu'à un souffle. Le brun de ses yeux se teinte d'une lueur presque rougeoyante.

Totalement indécente.

Campée devant moi, elle inspire. Bascule la nuque en arrière pour mieux me tenir tête. Et jouer la provoc.

– Tant mieux.

Sa voix n'est plus qu'un murmure tentateur, promesse de ce tout qui n'appartient qu'à moi. Qu'à nous. Qu'importe que ce tout nous emmène toujours trop loin.

– Liêm… Je n'étais pas innocente. Je ne l'ai jamais été. Si je devais refaire ce choix, je recommencerais sans l'ombre d'un remords.

Sa main se pose en étoile sur mon plexus, ses doigts recourbés de manière que ses ongles me griffent.

– Je devrais partir. Pour notre bien à tous les deux.

Je la scrute d'un œil froid quand les flammes lèchent mes veines. C'est sensuel. Sexuel. Et, perdus au milieu de ce chaos, ces foutus sentiments qui me déchirent. Tout comme ils la dévorent.

– Tu devrais.

Vicieuse, elle enfonce ses ongles plus profondément, jusqu'à ce que mes mâchoires se contractent. Ma propre main fuse pour capturer le bas de son visage.

– T'es une putain de menteuse, lâché-je avec une douceur trompeuse. Et, moi, j'adore mater le monde cramer. Aucun de nous deux n'est parfait. Ou on l'est, justement. L'un pour l'autre. L'un contre l'autre.

Sans attendre qu'elle daigne me répondre, je m'abats sur Yenna en même temps que, d'un geste trop brutal, je l'attire à moi. Ma bouche attaque la sienne. Elle cisaille ma lèvre, féroce.

Comme si la pièce brûlait autour de nous, je peine à respirer. Parce que j'ai besoin d'elle. D'être au cœur de Yenn.

Une seconde. Il nous faut une seconde pour qu'elle s'enroule autour de moi. Une autre seconde pour que je la soulève. Puis encore une autre pour bazarder tout ce qui se trouve sur la table ronde de la chambre. Pour l'y asseoir. L'y coucher. Pour la débarrasser de ses fringues.

Penché au-dessus d'Ochoa, je m'immobilise soudain. Prends le temps de détailler chaque centimètre de son visage empourpré. De ses courbes, qui m'appartiennent autant que les arêtes de mon propre corps sont uniquement à elle. Silencieuse, sans fausse pudeur, Ochoa me donne l'impression de vibrer sous mon regard. De vivre enfin pleinement.

N'y tenant plus, je tombe sur elle. M'empare de ma vipère. Je croque son mamelon durci. Mes doigts longent ses chairs humides, en les effleurant à peine, avant de s'enfoncer dans son ventre. Après quelques mouvements presque indolents, je pousse mes phalanges aussi loin qu'il est possible, crée un va-et-vient qui lui soutire rapidement un souffle étréci, sa peau tout à coup hypersensible et marbrée de longues traînées rougies. Un premier trait de plaisir la cueille tandis que je retire mes doigts et les replonge dans la foulée, mon pouce massant son clitoris gonflé. Son dos s'arque, à la limite de se rompre. Tout comme la table qui, elle, menace de céder.

– Maintenant… halète Yenn, ses paumes claquant le bois sur lequel elle est allongée. Maintenant… Liêm !

La vision excitante que j'ai sous les yeux termine de me dézinguer. En plein cœur… si bien qu'il explose. Je me redresse, vire mes vêtements du mieux que je le peux. Puis reviens sur elle. Protégé entre ses cuisses. Entre ses jambes, qu'elle noue sur mes reins. Mes doigts arrimés à ses hanches, je la pénètre enfin. Encore une fois, ni elle ni moi ne pensons à nous protéger, ravagés par le chaos qu'est notre putain de vie. C'est carrément illusoire. Seul se lier, se fondre l'un en l'autre paraît indispensable.

La sensation d'imploser. Autour d'elle. En elle.

Je glisse si lentement que sa gorge se brise dans un gémissement plaintif. Pendant que mes paumes maintiennent ses cuisses largement ouvertes, je ne relâche pas la pression. Ni celle de mon sexe, envahissant le sien. Ni celle de mon regard, ancré dans celui de Yenna. Lorsqu'une flèche électrise mon bas-ventre pour remonter et coller la foudre dans chaque grain de ma chair, je m'effondre sur elle. Ses bras m'attirent contre ses seins, ses doigts dans mes cheveux. Nos bouches se cherchent, se trouvent. Entrent en collision. S'affrontent en un baiser tour à tour exigeant et passionné.

Tandis que nos peaux claquent de plus en plus fort. Que je la martèle furieusement pour emprisonner son mensonge. Pour que jamais celui-ci ne touche de nouveau ses lèvres. Tandis qu'une de mes mains malaxe son sein quand l'autre broie sa taille.

Jusqu'à ce qu'une vague ondule et la submerge. Alors, seulement, mes coups de reins ralentissent, refluent doucement pour dériver en poussées paresseuses. J'agrippe ses poignets, les maintiens sans les serrer sur la table, de chaque côté de sa tête. Le dos creusé sous l'effort pour ne pas me ruer en elle, je me contente d'aller et venir avec souplesse.

– Yenn… grondé-je doucement à son oreille. Si tu essaies de partir sans moi…

Mon visage plonge dans son cou. Je la respire, à m'en dépouiller les poumons, avant d'imprimer ma marque. Je la mords sauvagement, me gavant du cri qu'elle libère, puis me redresse sur les coudes afin de m'enraciner à ses iris dilatés.

– Je te retrouverais où que tu ailles. Et tu sais combien j'ai la vengeance dans le sang.

Ses traits s'illuminent d'une moue coquine.

– Je rêve ou tu es en train de me dire que tu m'aimes, Liêm Casablancas ?

Avant que je ne puisse les retenir, les mots sortent d'eux-mêmes :

– Stoyan Lazarov.

Et puis merde ! Plus de mensonges, hein… On y est. À la dernière de mes vérités. La seule façon dont je suis capable de lui dire ces trois mots qui, à mes yeux, n'ont pas réellement de poids. Tout simplement parce que personne ne m'en a appris le sens.

Désorientée, Yenna caresse ma joue dans un mouvement presque aérien tant il est doux.

– Quoi ?

– Mon nom. Celui qu'ils m'ont arraché à l'orphelinat.

Le frisson qui mord son corps se répercute sur le mien, me dévoilant le désir que Yenna nourrit pour moi. Mais pas seulement. Ce frisson, c'est sa déclaration à elle.

– Stoyan…

Sa voix rauque murmurant ces quelques lettres me rend fou. Vorace, l'orgasme chahutant mon ventre, je me retire pour m'enfoncer durement en elle une dernière fois. Une toute dernière fois, qui la fait jouir, elle aussi.

Le séisme est ardent, d'une violence inouïe. Un retour de flammes qui calcine, sur cette table cassée, nos existences afin de nous permettre de renaître de nos cendres.

Pour enfin vivre.

ÉPILOGUE

Yenna
Trois ans plus tard

– Tu savais que prêter sa femme à un invité de passage est une coutume inuite, mon pote ?

– Techniquement, je ne suis pas sa femme.

Au lieu d'entrer dans une discussion polémique sur les traditions inuites, qui se finirait immanquablement par l'un des deux se jetant sur l'autre pour montrer qui a l'ascendant, Liêm se penche vers moi. Le coin de sa bouche relevé avec arrogance, il tire sur la manche de mon pull afin de dévoiler la trace de la toute première morsure qu'il m'a infligée, cette nuit-là, lorsqu'ils m'ont kidnappée.

– Ma marque. Ma femme.

– C'est sûr qu'à côté de ça, un anneau a quelque chose de moins… permanent, rétorqué-je, pince-sans-rire.

Son sourire bancal, accidenté par l'existence, se fracasse sur ses lèvres.

– Loquace et possessif, commente notre invité surprise. Comme quoi, rien ne bouge réellement malgré le temps qui passe.

Si quelqu'un a carrément effectué un virage à 360 degrés, c'est bien lui. Mon regard s'attarde sur chaque détail à contre-courant de l'homme que j'ai connu il y a maintenant près de trois ans. Ses cheveux n'ont plus cette teinte décolorée, presque blanche, mais un châtain quasi vénitien. Ses traits ont changé, plus virils, encore plus masculins, soulignés par les tatouages qui serpentent de son cou jusque sur sa mâchoire inférieure. Sans parler de son corps, qui a pris de la masse. Tout en muscle, il ressemble désormais à un fauve, l'allure sereine quand, en réalité, il bout de pouvoir déchiqueter sa proie. Le monde est peut-être dupe… Pas nous. Khassian a beau porter un costume de créateur en totale inadéquation dans notre minuscule maison, Liêm comme moi savons ce qui se dissimule dessous. Je ne sais pas dans quoi il trempe, et ne veux pas le savoir, mais il est clair que ses affaires doivent être sacrément louches.

Khass jette un œil attentif aux murs qui nous entourent. Les quelques meubles clairs, les rares éléments de décoration çà et là, le poêle, où crépite le feu, la malle d'où débordent nos fringues… Rien ne lui échappe.

– Prêts à décoller à n'importe quel instant, hein… analyse-t-il, songeur.

Puis il ajoute :

– Je suis certain qu'il y a même une arme ou deux sous le lit.

– On ne peut rien te cacher, ironise Liêm tandis qu'il joue avec le clapet de son briquet, ses longues jambes croisées. On partage notre temps entre plusieurs planques étalées sur le territoire du Nunavik. Avec ses milliers de kilomètres désertiques qui croulent sous la neige, se cacher des flics devient tout de suite plus facile. Heureusement pour nous deux, les Inuits forment un peuple soudé et complètement hermétique à l'extérieur. Personne ne bavera, tout le monde nous aidera.

– Nous sommes doués pour nous cacher des flics, mais pas assez pour échapper à un mafieux, apparemment, lancé-je, moqueuse.

Ce n'est pas le sourire flottant sur son visage qui risque de me contredire. Au lieu de se fatiguer à nier ce dont nous sommes conscients, Liêm et moi, Khassian se contente de déboutonner sa veste noire.

– J'ai un avantage, je connais l'esprit tortueux de ce taré. Sans parler du tien. En fait, je surveille absolument tout le monde. Ton père, par exemple, Liêm. La police. Ton bâtard de demi-oncle.

– Control freak, hein ?

– Notez que je n'ai pas encore cédé à l'envie de le démolir avant de le balancer à la mer, les pieds coulés dans une putain de dalle de béton.

Perso, je note surtout le « encore » dans sa phrase.

Un frisson de plaisir anticipé remonte le long de mon échine alors que je visualise la scène, Marleigh et ses chevilles emprisonnées dans un bloc, avant d'être éjecté dans la flotte. J'imagine que l'on ne se refait pas. Même si pratiquement trois ans ont passé, nous ne sommes toujours pas un modèle d'équilibre. Encore faudrait-il qu'on le veuille, je suppose. Ce qui est loin d'être le cas.

L'homme qui se tient à côté de moi, son bras sur le dossier de ma chaise, je l'ai dans la peau tel qu'il est. Avec ses fêlures et ses ombres. Avec ses éclairs de foudre qui illuminent la vie que l'on s'est créée, tous les deux, au cœur de ce no man's land glacé.

Ses cheveux noirs, toujours trop longs, me cachent une partie de son visage pour laisser à découvert la moitié sur laquelle sont dessinées ses fleurs de foudre. L'envie de me jeter sur ses lèvres brûle soudain les miennes. Une flèche de désir se plante au creux de mon ventre pour se désagréger.

Le regard lourd de Liêm, qui s'attarde sur moi, me révèle qu'il a parfaitement capté le fil licencieux de mes pensées. Et qu'il les approuve totalement, vu la manière dont sa bouche s'incurve avec indécence. Avec difficulté, je m'oblige à me reporter sur Khassian et la tasse de thé fumante posée devant moi.

– Tu as réussi à remettre la main sur les filles ?

Ses épaules se contractent, retenant le feulement qui soulève son torse.

– Lenor, sans problème. Aux dernières nouvelles, elle est de nouveau dans sa connerie de communauté. Quant à Circé… J'ai remonté sa piste jusqu'à Sao Paulo. Lima. Medellín. Maracaibo. Et puis plus rien. Elle s'est juste… évaporée, après avoir faussé compagnie aux deux bikers, en laissant derrière elle cette putain de lettre à la con, comme quoi elle ne voulait pas être retrouvée. Que *je* la retrouve.

L'instinct me pousse à me pencher légèrement vers lui afin de soutenir l'ombre hantant ses yeux.

– Je ne lâche rien, conclut-il avec hargne.

– Je n'ai aucun doute là-dessus. Comme sur le fait que tu y arriveras. Il ne peut en être autrement.

Plutôt que de se laisser aller à un peu trop d'humanité, il se redresse en tapant dans ses mains. Comme s'il chassait ses pensées chaotiques de son esprit. En tout cas, pour le moment.

– Alors ? Quelle est la suite du programme ? Quand je pense que je me pointe juste maintenant… Si, ça, ce n'est pas le karma !

J'éclate de rire. Un rire aussi franc qu'un peu étonné. Parce que, oui, on peut dire que Khassian a choisi son jour en débarquant lors de ce que l'on pourrait appeler un moment charnière pour Liêm et moi. Un quelque chose auquel on ne croit peut-être pas vraiment, tous les deux, mais qui représente un moyen de nous ancrer l'un à l'autre. De retenir la foudre au-dessus de nos têtes. De la laisser écorcher nos âmes pour les unir.

Une promesse. Celle de toujours nous choisir. Nous, plutôt que l'attendu. Nous, plutôt que la sécurité. Nous, nos fractures, nos désirs et nos milliers d'erreurs, plutôt que… Eh bien, plutôt que tout le reste.

***

Liêm

Pourquoi je suis là, déjà ? Ah ouais. Pour elle. Il n'y a que pour Ochoa que je suis prêt à ce genre de connerie. Parce que c'est important pour Yenn, pour ses origines, que vivre ici a ravivées.

– Quand je pense à ce que tu t'apprêtes à faire… se marre Khassian, emmitouflé dans un énorme anorak. Putain, j'aimerais qu'Isma soit là, histoire qu'on se foute de ta gueule ensemble.

Entendre le prénom de notre pote dépose un voile étrange sur nos épaules tandis que nous longeons le mur de la maison, jusqu'à la bonne fenêtre. Comme souvent, mon esprit me donne la sensation de se pétrifier dès lors qu'il est question d'Ismaël.

Un relent d'amertume tapisse mon palais.

– Dis-moi qu'il va mal.

Inutile de préciser de qui je parle. Malgré ces dernières années sans échanger un mot, afin de nous protéger les uns les autres, Khass devine parfaitement de qui il s'agit. Ses iris flamboient d'une haine presque… joyeuse. Malsaine au possible. Pourtant, il biaise. Après tout, on parle d'un mec qui cultive l'art du secret mieux que personne.

– Dis-moi que, toi, tu vas bien.

– Tant que Yenna est dans les parages, je vis.

– Les types dans notre genre n'en demandent pas plus.

J'acquiesce d'un bref hochement de tête.

– Toi ?

– Circé n'est pas dans les miens, de parages.

Pas un mot de plus. Ceux-là suffisent. Je le comprends à cent pour cent. Si Yenna venait à disparaître, je… Je rien, en fait. Il n'y aurait plus que du vide tentant d'emprisonner un néant sans fin.

– Pour répondre à ta question, reprend le Slave, le moins que l'on puisse dire est que ce connard de Marleigh va magnifiquement mal. Si mal que, tel que tu me vois, j'en bande. Des années que je n'ai pas été aussi dur. Paraît qu'un mauvais génie s'emploie à faire péricliter toutes les affaires dans lesquelles il ose se lancer. Dernier exemple en date : son club a cramé le jour de l'ouverture. C'est con, hein ?

Un rictus illumine mes traits engourdis par le froid polaire.

– Saint-John ?

– En prison. Enfin… dans un centre de rétention fermé, s'exclame-t-il avec une joie sombre. *Karma is a bitch.*

– Bien. Et mon père ?

Depuis notre évasion, je n'ai gardé qu'un œil lointain sur les répercussions de la chute de Solanum, Fennell servant de lien entre nous et le reste du monde. Dans notre coin paumé, il est déjà assez compliqué de se tenir au courant. Et puis je ne veux pas que toute cette merde pollue la vie bancale que nous nous sommes créée, Yenna et moi. Le journaliste nous informe donc de l'essentiel, en particulier de l'avancée du mandat d'arrêt à mon encontre pour la mort de Duke. La raison même pour laquelle nous migrons d'une planque à l'autre sans jamais cesser de courir.

– Il est totalement désavoué, retranché derrière les murs de son manoir vidé par les huissiers. Ta mère a vite foutu le camp pour se barrer au soleil : Acapulco. Aux dernières nouvelles, elle avait mis le grappin sur un avocat, qui l'a très vite larguée pour un modèle plus récent.

– *Karma is a bitch*, répété-je, pétri de sarcasme, en m'arrêtant enfin sous la bonne fenêtre.

– Pour en revenir à ton vieux, il est fini. Plus de réputation, plus de fric, pour ainsi dire, vu les montants astronomiques demandés par les victimes au civil. Sans compter les années de prison qu'il risque au pénal.

Une intense satisfaction naît entre mes tempes pour relâcher le nœud de vengeance qui ne s'est jamais totalement desserré dans mon abdomen. Rien ne le diluera jamais. Pas avec la mort d'Ismaël, à laquelle s'additionne maintenant la disparition de Circé. Même si je ne doute pas une seule seconde que Khass mettra tout en œuvre pour la retrouver, qu'importe le temps que cela pourra lui prendre. Voilà bien une conséquence à laquelle Fennell et moi n'avions pas pensé. Qu'elle puisse prendre la tangente, larguant son escorte, à peine arrivée à destination. Pourquoi a-t-elle agi ainsi ? Un mystère que seul Khassian Zhelev est en mesure de résoudre.

– Encore une fois, bien. J'espère qu'ils souffrent. Ça, ce n'est que justice.

Il ne répond pas. Laisse se dérouler le silence pour signaler à quel point il est d'accord avec moi. Un coup d'œil vers le ciel, dominé par les constellations, me ramène au présent. Les fantômes du passé se sont évanouis avec la venue de Khass jusque dans notre désert de glace. Ils ne sont plus que cela : de vieux fantômes.

Soudain, un couteau apparaît devant mes yeux. L'éclat argenté de la lame attise le brasier qui siège entre mes côtes.

– Je crois que c'est à toi de jouer.

Je saisis le cran d'arrêt, puis me tourne vers la fenêtre pour en forcer adroitement le cadre de manière à l'entrouvrir. Assez pour que je puisse m'y faufiler. D'un geste, je rabats la lame et lance l'arme à Khassian sans l'ombre d'un sourire, l'esprit déjà dans la maison.

– On se voit plus tard.

Khassian recule jusqu'à se fondre dans l'obscurité.

– Plus tard, ricane-t-il. On remet ça dans environ trois ans ?

Je ne proteste pas. À quoi bon ? C'est ainsi que les choses fonctionnent depuis notre fuite de l'île. On ne se manque pas. Se voir se révèle même assez douloureux parce que nous avons été les témoins de trop d'horreurs. Et puis nos objectifs divergent dorénavant, mais cette soirée… Cette soirée, elle, elle compte. Autant que toutes ces autres, sur Solanum, qui nous ont permis de survivre.

Certain qu'il s'est tiré, je pivote sur mes talons. Puis, avec la souplesse d'un chat, me glisse par l'interstice. Dans l'obscurité, je me remets debout avant de me diriger, sans aucune hésitation, vers le lit.

Il me faut à peine une minute pour agir.

Une minute pour m'installer à califourchon sur ses cuisses et la bâillonner. Dans la pénombre, j'entraperçois seulement les flammes dansant dans ses yeux bruns grands ouverts.

– Il paraît que je suis censé t'enlever, murmuré-je d'une voix bien trop douce. Une coutume inuite avant d'officiellement appartenir à ton peuple. Avant de t'appartenir, corps…

Je balance mon bassin contre ses hanches, torturant mon entrejambe en érection avec le sien, bouillant.

– … et âme. Comme quoi, toi et moi, c'était écrit, Ochoa. Depuis le tout premier jour.

Je me penche sur elle, effleure son nez de la pointe du mien, pour chuchoter ensuite contre son oreille :

– Depuis cette toute première nuit…

Ses paumes se plaquent sur mes joues. Avant que je ne puisse esquisser un geste de recul, elle le fait. Elle mord la tranche de ma main si fort qu'un gémissement douloureux, veiné de désir, s'évade d'entre mes lèvres. Machinalement, je retire mes doigts, laissant libre sa bouche de vipère.

– Tu comptes vraiment m'enlever ? demande-t-elle avec un petit rire excité.

Son haleine, épicée à cause des sucreries planquées sous son oreiller, chatouille mes narines. Son regard vorace chevillé au mien, elle se redresse sur les coudes, ses seins nus me défiant de m'en emparer. De les croquer sans une once de pitié.

– Alors ?

– Yenn, je t'enlèverai réellement quand je serai capable de te soulever.

Elle couine, suffoque d'indignation en se débattant sous mon poids. Sans succès. Parce qu'entre moi, dont les cuisses se resserrent autour des siennes, et son ventre énorme, qui menace d'exploser, Yenna n'est pas vraiment en état de combattre. Enfin, pas tout à fait. On parle de ma femme, là. Celle qui a dompté la foudre demeurée au fond de moi depuis ce jour où, gosse, cette dernière m'a traversé de part en part. Celle qui a réussi à la maîtriser afin de la garder au creux d'elle. Yenna se bat. Lutte et rend les coups. Toujours.

Ça, c'est nous. Bancals, dysfonctionnels, détraqués à cause de ce que nous avons vécu. Ça et tout le reste.

Ce reste qui nous permet de vivre, et pas seulement de survivre.

Parce qu'on s'aime, on se déteste. On se venge, on se pardonne. On baise, on se fait l'amour. On s'emprisonne, on se rend libre.

Seuls. Mais ensemble.

PLAYLIST

« Maraschino Love », EZI
« Play with Fire », Sam Tinnesz
« A Different Kind of Love », Son Lux
« Runaway », Aurora
« Devil Devil », Milk
« Bad Omen », Fjora
« Beautiful Crime », Tamer
« The Hunger in your Haunt », Crywolf
« Do it for me », Rosenfeld
« I Run », Amber Run

REMERCIEMENTS

Cette histoire, elle m'est particulièrement chère. J'ai vécu avec elle, avec eux et leurs fêlures. Alors c'est avec une joie immense mais également une touche de tristesse que je pose le mot Fin. J'espère de tout cœur que vous aurez pris autant de plaisir à le lire que moi, à l'écrire. Merci d'avoir partagé ces moments avec eux… D'avoir aimé, hurlé, souffert et parfois souri avec eux.

Comme toujours, j'ai une pensée toute particulière pour celui qui partage ma vie ainsi que nos trois enfants. Mes coups de foudre à moi.

Un merci qui ne sera jamais assez immense pour ma Isla A. Rowley. Pour sa présence, son amitié incroyable, sa foi en moi quand je ne l'ai plus. Pour me pousser toujours plus loin. Pour nos rires, nos brainstormings qui partent dans n'importe quel sens, nos discussions. Toi-même, tu sais ;-)

Impossible de ne pas parler de mes bêtas de toujours, Ci chewie et Emi jolie. Votre soutien, vos théories inoubliables. Les fous rires en vous voyant élaborer les pires tortures concernant un certain Gardien en Chef ! Vous devriez être prescrites sur ordonnance, le monde irait beaucoup mieux avec vous deux !

Un gros kiss à ma Minui Edmy et son sourire éblouissant et ma Choubibi Blondie, Julitdelaromance…

Une pensée toute particulière aux chroniqueuses, et à toutes ces passionnées qui sont toujours au rendez-vous, livre après livre… Létie, Élo, ma Oldi, Cécilia, Marie, Emilie, Julie, Valou, Mat, Gaelle, Océane, Didine, Léa, Roxie, Mumu, Angélique, Cris, Clémentine, Sabah, Jey, Legere Libris… Je ne peux pas citer tout le monde mais le cœur y est !!

Merci aux lectrices qui me suivent depuis si longtemps qu'il ne vaut mieux pas compter les années ! Gaëlle, Justine, Emma, Lai, les jumelles terribles, Chris, ma Cat's eyes, Flo, Nat, Steph, Chris, et encore Chris ^^, Céline, Aurore, Sophie… Encore une fois, mon p'tit cœur pense à vous toutes !

Un check aux copines auteures ! Erin, Anita, Diane, Sabrina, Wendy, Khéméia, Chris, Minui, Océane, Sonia…

Merci à vous toutes, lectrices, qui vous êtes arrêtées sur l'histoire de Solanum !

À très bientôt,

Kiss kiss,

Emily

addictives

Vic Anders
Lost in Chaos

Ana K. Anderson
Indompté
Scottish Bastard

Sophie Auger
Be with Me

Louve Baxter
Challenge the Boss

Rose Becker
Dangerous
Désirs & Désastres (en poche)
Torride, sexy & dangereux

Aimée Bianca
B.O.S.S. Beau, Odieux, Sexy, Snob

Sonia Birdy
California High School
L'Initiation (aussi en poche)
Touchdown. Campus Star

Laura Black
Dark Initiation
Games of Desire
H.A.R.D. Hot, Arrogant, Rebelle, Déterminé (aussi en poche)
Italian Boss
Sulfurous Bad Boy

Margot D. Bortoli
Too Young (aussi en poche)

Marjorie Burbaud
The Campus Teacher (en poche)
Foutu Highlander… (en poche)

Jocabel Caballero
The Experience List

Phoebe Campbell
Lui résister… ou pas

Anne Cantore
Promets-moi. Louise et Marco

Mia Carre
Bad for You
Charmant connard !
Teach Me Everything

Sarina Cassint
Avec toi… peut-être
Insolent Boss

Mélodie Chavin
Campus Rules
Coloc avec mon ennemi
Fake Lovers (coécrit avec Camilla Simon)
Fucking Wedding
Stepbro' Next Door

Alexia Clemens
Red Python. Save Me

Romy Cole
Never Kiss a Soldier

Mary Ann Davis
Coach Me Love

Olivia Dean
À lui, corps et âme – volumes 1 et 2 (en poche)

Gwen Delmas
Noël, toi & moi
Sex Friends. Pas de contraintes, que du plaisir !

Sarah Dheilm
Elite Fighter
Hot Reward
Je te déteste... Moi non plus !

Eugénie Dielens
Imprévisible Boss (aussi en poche)
The Boss Next Door

Cléa Dorian & Ninon Vars
Dark Love

Claire Dust
Mon coloc est une rock star

Juliette Duval
Falling for my Stepbrother

Sonia Eska
My Last Chance (en poche)
Ne me tente pas

Lil Evans
Boss Affair

Lou Everly
Bad Boy Crush (en poche)

Anne Ferra
One More Time

Lou Garance
Can You Keep a Secret? (aussi en poche)
Foutu coloc!
L'Infiltrée

Alexandra Gonzalez
Shades of You

Erin Graham
Back to Campus (en poche)
Coloc avec mon boss
L'Héritier des Doyle
Nos amours contraires (en poche)
Secret Stepbrother
Strong Addiction
Teach Me Love (aussi en poche)
The Boss
The Initiation
Un boss dans mon chalet

Emma Green
(Im)parfait (aussi en poche sous le titre *Fais-moi une place*)
10 bonnes raisons de te détester!
Âmes indociles (aussi en poche)
Bien plus forte que toi!
Bliss. Le faux journal d'une vraie romantique
Call Me Baby (aussi en poche sous le titre *Oh My Lord!*)
Call Me Bitch
Cent facettes de Mr Diamonds
Cœurs insoumis (aussi en poche)
Corps impatients (aussi en poche)
Fallait pas me chercher!
If You Wanna Be My Lover…
It's Raining Love!
Jeux imprudents
Jeux insolents
Jeux interdits
Just 17
Kiss Me if You Can
La Vie en vrai
Le Goût de nos rêves
Love & Lies on Campus
Love Me if You Can
PS: Oublie-moi!
Recherche coloc: emmerdeurs, râleurs, lovers... s'abstenir!
The Boy Next Room
The Boy on Fire
Toi + Moi: Envers et contre tout (aussi en poche sous le titre *Envers et contre tout*)
Toi + Moi: L'un contre l'autre (aussi en poche sous le titre *L'un contre l'autre*)
Toi + Moi: Seuls contre tous (aussi en poche sous le titre *Seuls contre tous*)
Une toute dernière fois

Kim Grey
Fausse fiancée & vrais ennuis (en poche)

Megan Harold
Breaking the Rules
Initiation with My Boss

Joh Harper
Broken but Alive
Crazy Love

Ludivine Hart
Arrogant & Tattooed

Marie Hayle
Lover Next Door
Under Control

Missy Heart
Dark Domination

Amy Hopper
Le Coloc

Ellie Jade
About Last Night
More Than Anything

Emma S. James
Under the Rain
Upside Down

Sara June
Rider in the Dark
Sexy Wild Rider

Emily Jurius
Love to Hate You

Antinea Kane
In Love with My Enemy

Emily Kind
Fleurs de foudre

Allie Krown
High School Challenge

Marion Laurent
I Want You in My Bed!
Mr Alpha
My Fake Boyfriend

Charlie Lazlo
Kiss Me I'm Famous (en poche)
Mon insupportable boss
The Duke (en poche)

Sienna Lloyd
Mords-moi !

Nina Loren
Breaking the Ice
Teach Me Again. Impossible Desire

Ella Lores
Fucking King
Mariée par accident à un connard arrogant rencontré la veille…
My Best Enemy

Aimée Lou
Royal Bodyguard (en poche)

Jessica Lumbroso
Emma X. Secrète et insoumise

Émilie Maes
7 Days to Resist

Lili Malone
Coloc avec un inconnu

Luna March
Brooklyn Girl

Mila Marelli
Crazy Wedding
Dark Man in Love

Mag Maury
My Hipster Christmas

Sianna Milano
High School Initiation

Caroline Mongas
Mariage forcé. Un contrat indécent

Billie Morgan
Free Fighter

Zoé Murat
Boss Me Around (aussi en poche sous le titre *The New York Office*)

Clara Nové
Offside

Aurore Nox
Foutu menteur !

Lina Parker
Campus at Sea

Alix Parks
Never Kiss the Boss

Jeanne Pears
Colocs & Sex Friends
H.O.T. Hypnotique, Obstiné, Ténébreux
Insupportable coloc
Jamais avec mon coloc ! (en poche)
The Most Insolent Man

Alexia Perkins
Arrogant Fake Lover

Sophie S. Pierucci
Deep & Dark (en poche)
L'Inconnu de l'ascenseur & Moi (aussi en poche)
My Stepbrother. L'initiation (aussi en poche sous le titre *My First Step*)

Silvia Reed
Darkest. La dernière heure

Anita Rigins
J'aime pas Noël ni les voleurs de taxis !
My Rules
No Rules
Toxic Hell

Lise Robin
Forbidden Stepbrother (en poche)

Jana Rouze
Effet de vague – saisons 1, 2 et 3

Isla A. Rowley
Le Coloc de mon frère
The Ultimatum
Toxic Games

Gaëlle Sage
Arrogant Rider
Kiss, Kill & Ride
Lost Rider

Caroline Sauvage
I Hate my Boss !

Ana Scott
À corps brisés (aussi en poche)
Dark Ride
Entre nous le chaos
Evil Ride
Last Ride
Le Meilleur Ami de mon frère
Say Yes to the Boss
Sensual Stepbrother
The Dominant
Un enfoiré mais un coup d'enfer !
Vicious Ride

Camilla Simon
Fake Lovers (coécrit avec Mélodie Chavin)
Initiation with My Enemy
Le mec parfait est un inconnu… ou presque !
Le rockeur parfait est insolent et tatoué

Adora Sky
Decadent Lover

Léana Soal
Fight & Hope

Cara Solak
Perfect Obsession

Izia Soley
Fauve
Initiation. On Your Skin

Liv Stone
Initie-moi. Mes jours contre tes nuits
Love Lessons (en poche)

Lena K. Summers
Donovan, roi des connards
Perfect Bad Boy

Kaly Swann
Austin. Breathe with Me

Lisa Swann
Adore-moi !

Oly TL
Jardin Secret

Alexane Tolley
The Boss Rules (en poche)

Fanny Twice
Burning First Love

Louise Valmont
Campus Initiation
Mon insupportable voisin !

Anna Wendell
Arrogant Bad Boy
Break Your Chains
Colosse. Le maître du jeu

Chloe Wilkox
Dominant Boss. Apprends-moi
Immoral (aussi en poche sous le titre *Demi-Frère*)
Your Game, My Rules (en poche)

Mina Zadig
Arrogant Highlander
Be my Teacher
Just Sex & Tattoos

Pour sa dernière année de lycée, elle veut vivre toutes les expériences... Et si son pire ennemi était la meilleure personne pour l'initier ?

Haylee a l'impression de n'avoir encore rien vécu… Alors, pour sa dernière année de lycée, elle compte bien se lâcher un peu ! Pour cela, elle a dressé une liste de choses à expérimenter : premier baiser, première soirée, première cuite… Afin de l'aider, sa meilleure amie a une solution pour tout ça : faire appel à Maximilien Henderson, la star du lycée. Pour Haylee, c'est une très mauvaise idée. Max était son meilleur ami d'enfance, avant qu'il ne cesse soudainement de lui adresser la parole. Depuis, elle le déteste et le voit surtout comme son insupportable voisin. Mais quand l'initiation commence et que le désir s'en mêle, leur relation n'est plus aussi claire… Haylee et Max sont-ils amis, ennemis ou bien plus ?

Autrice : Emily Kind

Edisource – Éditions Addictives
100, rue Petit, 75019 Paris
Imprimé par FINIDR – Lipova cp. 1965 – 73 701 Cesky Tesin,
République tchèque
Dépôt légal : juin 2023 – Achevé d'imprimer : mai 2023
ISBN : 978-2-37126-563-9
Réf. contrat : ZIEM_001